*M*edieval and Renaissance Studies ◎ No. 1

中世纪与文艺复兴研究
（一）

郝田虎　主编
Edited by Hao Tianhu

ZHEJIANG UNIVERSITY PRESS
浙江大学出版社

"中世纪与文艺复兴研究"论丛
编委会

主编的话

经过一年多时间的筹备,"中世纪与文艺复兴研究"论丛终于和大家见面了。欧洲的中世纪与文艺复兴运动,从 5 世纪绵延到 17 世纪,长达一千多年。根据广为流传的线性历史观,中世纪孕育了现代性,文艺复兴开启了现代世界,而中世纪和文艺复兴时期是中西文化进行较深层次接触和交流的肇始期。改革开放以来,我国中世纪研究的最大成绩在于,学界已达成共识,中世纪并非"黑暗时代",相反,该时期十分丰富、活跃。对欧洲中世纪的重新发现成为新时期的基本学术成就之一。西方文艺复兴发端于 14 世纪意大利的佛罗伦萨,逐步扩展到全欧洲,在艺术、科学、文学、宗教、政治、思想等诸多领域引发了革命性的变革,奠定了现代世界的基础。小众而弱势的中世纪和文艺复兴研究,包括文学、历史、哲学、政治学、艺术史、科学史等方面,不仅具有重大的学术价值,而且有助于深入理解今天的中国和世界,将有力促进我国的新文化建设。

"中世纪与文艺复兴研究"论丛为这一多姿多彩的领域提供了学术园地。2016 年 12 月,中世纪与文艺复兴研究中心在浙江大学外语学院挂牌成立,这为论丛的出版提供了条件。2017 年 10 月,研究中心主办的首次会议——"转折中的早期英国文学研究:青年学者论坛"在浙江大学紫金港校区召开,吸引了来自美国、韩国、中国的 30 余名学者与会。本辑的大部分论文是在这次会议论文的基础上精挑细选、修改而成的,而美国著名学者约翰·拉姆里奇(John Rumrich)教授的力作《阅读生命之血》是他在研究中心成立仪式上的学术演讲,在此经授权发表中译文。

论丛第一辑包括如下几个栏目：古英语文学研究、中古英语文学研究、文艺复兴研究、莎士比亚研究、学人之旅、著译者言、书评和追思。本辑的 24 篇文章，既有学术论文和书评，也有对东西方已逝著名学者的追思和纪念。书评像论文一样，讲究学术性，论丛的宗旨将学术性置于首位。同时，论丛重视学术研究中"人"的因素，"学人之旅""著译者言"和"追思"这几个栏目的设立，意在突出"人"的因素，体现学术的传承和国内国际人文交流。20 多位作者中，既有资深前辈，如任明耀、康士林、李耀宗等先生，也有学界中坚，如王明月、沈弘等教授，还有初出茅庐的博士，如崔梦田等。著名学者胡家峦教授为"中世纪与文艺复兴译丛"贡献了一部扎实的译著《斯宾塞诗歌选集》，"著译者言"栏目收录了胡先生为《斯宾塞诗歌选集》撰写的译者前言，可惜胡先生最近驾鹤西去，看不到论丛的出版了。我们永远怀念胡先生。

论丛的出版，得到了编委会（国际顾问委员会和编辑委员会）各位方家的充分肯定和大力支持，得益于浙江大学外语学院和外国文学研究所的热心扶植，也受益于多名特邀编辑的勤奋工作和国内外同仁的积极关注。主编诚挚感谢编委会的每个成员，以及认真负责的责任编辑张颖琪老师。欢迎读者提出宝贵意见和建议，以便我们改进工作，把论丛办得更好。

2018 年 10 月，中世纪与文艺复兴研究中心成功主办了"中世纪与文艺复兴欧洲文学研究青年学者国际研讨会"，世界著名莎学家、耶鲁大学教授、本论丛国际顾问委员会主席戴维·卡斯顿（David Kastan）先生与会并发表主旨演讲，让我们共同期待论丛第二辑的面世。

论丛的兴盛离不开广大读者和作者的大力支持。编委会诚挚欢迎相关领域的各位同仁不吝赐稿，大作请惠寄：cmrs2016@163.com；稿件体例详见本论丛论文。

郝田虎

2019 年 5 月于紫金港

目　录

■古英语文学研究

李东一｜《贝奥武甫》中 Unferth 插曲的含义（第 499—528 行）……3

伦纳德·奈道夫｜论历史美学：皈依基督教与《贝奥武甫》
的同位风格（杨开泛　译）…………………29

杨开泛｜《盎格鲁-撒克逊编年史》中的时间观念研究……………44

■中古英语文学研究

王明月｜来而不往非礼也：论英国中世纪道德剧《每个人》
的生死学……………………………59

周云龙｜亚洲景框与世界图像时代的来临：《曼德维尔游记》
中的"替补"逻辑………………………86

高红梅｜亚瑟王为何而死：《亚瑟王之死》的圣杯意象体系
与诗性政治……………………………100

包慧怡｜《金盾》与 C. S. 刘易斯的中世纪寓言理论……………114

■文艺复兴研究

约翰·拉姆里奇｜阅读生命之血（廖运刚　译）……………131

康士林｜形象与行动：16 世纪英国对通向中国的西北通道的
寻找………………………………152

邢锋萍｜"然而我只爱你"：乔治·赫伯特的诗学观……………170

崔梦田｜弥尔顿《论真正的宗教》中的宽容理念考辨……………187

■莎士比亚研究

任明耀｜莎士比亚和梅兰芳 …………………………………………… 203

沈　弘｜论莎士比亚《亨利四世》（上下篇）中哈利王子的

　　　　学徒生涯 ……………………………………………………… 219

徐　嘉｜莎剧的历史书写：《理查三世》与早期现代英国

　　　　教育革命 ……………………………………………………… 229

李艳丽｜兰姆版《莎士比亚物语》在日本明治前期的译介与传播 …… 242

■学人之旅

李耀宗｜我的"中世纪"之旅（《噢西坦抒情诗：

　　　　欧洲诗歌的新开始》新序） ………………………………… 261

杨林贵｜中国莎学百年的见证——拜望莎学世纪老人散记 ………… 274

■著译者言

胡家峦｜《斯宾塞诗歌选集》译者前言 ……………………………… 283

■书　评

王　岚｜伦敦城市喜剧中的地理空间——评《一座城市的戏剧：

　　　　伦敦喜剧中的地方 1598—1642》 ………………………… 309

刘立辉｜英国文艺复兴诗歌翻译的等值效应原则——以胡家峦译

　　　　《斯宾塞诗歌选集》为例 …………………………………… 319

唐仁芳｜莎士比亚中国舞台演出研究领域的一本英文先驱之作 …… 334

■追　思

沈　弘｜纪念约翰·伯罗，一位博学儒雅的慈祥长者 ……………… 347

厚　朴｜纪念 Carol V. Kaske 教授 …………………………………… 355

章　燕｜缅怀著名诗人、翻译家屠岸先生 …………………………… 358

Contents

■**Studies of Old English Literature**

Dongill Lee | The Implication of Unferth's Intervention in *Beowulf*
(ll. 499—528) ···3

Leonard Neidorf | On Historical Aesthetics: The Conversion to Christianity
and the Appositive Style of *Beowulf* (Trans. Yang Kaifan) ········· 29

Yang Kaifan | Time in *The Anglo-Saxon Chronicle* ····················· 44

■**Studies of Middle English Literature**

Denise Wang | Voluntary Exchange: The Concept of Salvation
in *Everyman* ··· 59

Zhou Yunlong | Asian Frame and the Coming of the Age of the World
Picture: The Supplement Logic in *The Travels of Sir John
Mandeville* ··· 86

Gao Hongmei | Why King Arthur Died: The Holy Grail Image System
and the Poetic Politics of *Le Morte Darthur* ·················· 100

Bao Huiyi | *The Golden Targe* and C. S. Lewis's Theory on Medieval
Allegory ··· 114

■**Renaissance Studies**

John Peter Rumrich | Reading Life-Blood (Trans. Liao Yungang) ············· 131

Nicholas Koss | Images and Action: The 16th-Century English Search
for the Northwest Passage to China ······················ 152

Xing Fengping | "Yet I Love Thee": On George Herbert's Poetic View ····· 170

Cui Mengtian | Milton's Idea of Toleration in his *Of True Religion* ········· 187

■**Shakespeare Studies**

Ren Mingyao | Shakespeare and Mei Lanfang Compared ···················· 203

Shen Hong | The Making of an Ideal Ruler: On Shakespeare's
　　　　Treatment of Prince Hal's Apprenticeship ·····················219
Xu Jia | *Richard III* and Early Modern English Educational Revolution ····229
Li Yanli | The Translation and Dissemination of Lamb's *Tales from*
　　　　Shakespeare in Early-Meiji Japan································242

■**Journey of Learning**
Li Yaochung | My Journey into the "Middle Ages" (New Preface to
　　　　Occitan Lyric: New Beginnings of European Poetry)············261
Yang Lingui | Visits with Professors Zhang Siyang and Ren Mingyao,
　　　　Witnesses of the Centennial History of Shakespeare in China ····274

■**Author's/Translator's Preface**
Hu Jialuan | The Translator's Preface to *Selected Poems of*
　　　　Edmund Spenser: Sonnets and Others····························283

■**Reviews**
Wang Lan | Spaces of London Comedy: A Review of *Theater of a City:*
　　　　The Places of London Comedy 1598—1642 ·····················309
Liu Lihui | The Principle of Equivalent Effect in Translating English
　　　　Renaissance Poetry: A Case Study of the Chinese Version of
　　　　Edmund Spenser's *Amoretti and Epithalamion* by Hu Jialuan ····319
Tang Renfang | A Pioneering English Monograph
　　　　on Staging Shakespeare in China·································334

■**In Memoriam**
Shen Hong | In Memory of Professor J. A. Burrow (1932—2017)·········347
Hou Pu | In Memory of Professor Carol V. Kaske (1933—2016) ·········355
Zhang Yan | In Memory of Mr. Tu An (1923—2017)·······················358

古英语文学研究

Studies of Old English Literature

《贝奥武甫》中 Unferth 插曲的含义
（第 499—528 行）

李东一

内容提要： 对 Unferth 讲辞性质的理解，在很大程度上取决于对 for wlence, for dolgilpe 等词的正确阐释。《贝奥武甫》中第 499—528 行的 Unferth 的讲辞并非完全为了表达对贝奥武甫的嘲讽，更是为了维护他自己和丹麦人的英雄傲气。笔者认为，这段讲辞的语气之所以给人留下负面的印象，主要是由于人们对其中的一些关键词和诗人插语的解读不太恰当。Unferth 用了诸如 for wlence, for dolgilpe, neþdon, belean, swuncon 等一连串的词来表现贝奥武甫在游泳比赛中的鲁莽与蛮勇。在 Unferth 语气粗鄙恶劣的语境下理解 wlenco 一词，它可解读成"虚荣"或"愚蠢的傲慢"等意。但从整篇史诗来看，wlence, wlenco 或其形容词形式 wlonc，表达的都是英雄傲气这一正面的意涵。在英雄主义的语境下去理解，wlenco 一词的中性意思"振奋昂扬"很符合 Unferth 的叙述。如此看来，Unferth 并不是在批评贝奥武甫与 Breca 的游泳比赛是孩子气的虚荣心作祟，而是指责其没有践行 wlenco，即"振奋昂扬"这一精神。这几个词对于理解英雄社会的哲学意蕴有着非常重要的作用。笔者对于 Unferth 这段讲辞的分析表明，Unferth 善于运用词语，应将他看成一个独立的角色，而不仅仅当作贝奥武甫的陪衬。他深切地意识到贝奥武甫对于丹麦人以及他自己的英雄傲气构成了威胁，因此，Unferth 对于贝奥武甫言语上的攻击是基于他的竞争意识。

关键词：《贝奥武甫》；Unferth；语文学；英雄社会

作者简介： 李东一，英国伦敦大学学院博士，自 1996 年执教于韩国外国语大学，从事英雄主义、英雄主义词汇以及古英语写作艺术等研究，教授古英语诗歌和中世纪英语文学等课程。主要著作包括《贝奥武夫》《英吉利教会史》《坎特伯雷故事集》《高文爵士和绿衣骑士》《天路历程》等韩语译本，在研项目"古英语创作中修饰语的功用"。

Title: The Implication of Unferth's Intervention in *Beowulf* (ll. 499—528)

Abstract: To a large extent, understanding the nature of Unferth's speech depends on the correct interpretation of *for wlence*, and *for dolgilpe*. Unferth's speech (ll. 499—528) in *Beowulf* is not wholly intended to evoke a mocking mood but rather is motivated by the desire to defend his and Danish heroic pride. I think the negative impression derived from the tone of Unferth's speech is largely due to the unfavourable interpretation of some key words, and to the intervention of the poet. On the surface a series of words seems to be used to effectuate the sense of rashness and foolhardiness in Beowulf's swimming-contest: *for wlence, for dolgilpe, neþdon, belean, swuncon.* In the context of Unferth's superficially scurrilous tone, *wlenco* can be interpreted as "vainglory" or "foolish pride." However through the poem either *wlence, wlenco,* or its adjective form *wlonc* is used to elicit a positive feeling of heroic pride. In the context of heroism, the neutral meaning of *wlenco* as "high-spiritedness" fits well into the progression of Unferth's narrative. In this way, Unferth is not criticizing the nature of Beowulf's swimming-contest with Breca, which might be possibly motivated by boyish exuberance, but is instead blaming for not living up to that *wlenco*, "high-spirit." These words are very important in understanding philosophical ethos in heroic society. The heroic society needs a special code of behavior and morality common to all Germanic races in the early Middle Ages. The most important concept, the binding force of society, was the *comitatus*, the mutual loyalty between lord and thane or warrior. The leader gave legal and economic protection in return for military services. I demonstrate that the generally accepted meaning "foolhardiness" given to *wlenco* is not applicable in Unferth's verbal attack against Beowulf's participation in the swimming-contest. My analysis of Unferth's speech reveals that he is a highly conscious manipulator of words and thus should be regarded as serving an independent role, not just a foil to Beowulf. He is keenly aware of

Beowulf's threat to Danish pride, as well as to his own heroic pride. For this reason, Unferth's verbal attack on Beowulf is firmly based on rival-consciousness.

Key words: *Beowulf*, Unferth, philology, heroic society

Author: Dongill Lee received his doctorate from University College London. He has taught at Hankuk University of Foreign Studies since 1996. He specializes in Heroism, Heroic Words and the Art of Old English Composition. He teaches Old English poetry and Middle English literature. His major publications include: Korean translations: *Beowulf*; *Historia Ecclesiastica Gentis Anglorum*; *The Canterbury Tales*; *Sir Gawain and the Green Knight*; *The Pilgrim's Progress*. His ongoing project is entitled "The Function of Epithet in Old English Composition." Email: dongbeo@hufs.ac.kr

I. Introduction

This paper deals with the meanings of some key Old English words in the context of heroic ideology with reference to the scene of Unferth's intervention (ll. 499—528) in *Beowulf*. So far critical views on this scene haven't yet truly reflected the real intention of Unferth. Usually Unferth is seen as a *provocateur*. However, the application of newly interpreted meanings of *wlenco* and *dol* suggests that he is motivated both by professional jealousy of Beowulf's self-attested ability to fight Grendel, and a desire to defend Danish pride. His heroic ideology—to demand action rather than words—is also revealed. Through the in-depth analysis of the sub-text of Unferth's version of the Breca episode I will prove that Unferth emerges as a role-player in heroic society far beyond as a foil to Beowulf or a symbolic figure of "discordia" or "mar-peace." My arguments will develop on the basis of philological study concentrating on some key Old English words such as *wlenco, gielp, dolgylp, dol*, or *dollice, oferhygd, ofermod*.

II. Unferth's rivalry, sense of inferiority and heroic ideology

There is no doubt that Unferth appears as a traditional agent *provocateur* when he tries to discredit Beowulf with his own version of the swimming-contest.[①] Unferth's words seem offensive and their impropriety is all the greater when set against the extreme courtesy of Beowulf's reception by the coastguard, Wulfgar and Hrothgar. Yet, the underlying meaning of Unferth's speech seems to shed a new light on his attitude towards Beowulf. Unferth tries to set out his personal heroic ideology. This intention becomes gradually evident as he begins to change his attitude towards both Beowulf and Breca. At the beginning of his version of the swimming-contest, Unferth taunts Beowulf that his youthful exploits were motivated by his audacious boasting. But it should be borne in mind that Unferth's sarcasm is directed to Breca as well as Beowulf. This is proved by Unferth's use of the dual *git* and accusative dual *inc* which implicate both men in foolishness and stubbornness:

> ðær git for wlence
> ond for dolgilpe
> aldrum neþdon?
> ne leof ne laþ,
> sorhfullne sið,
> þær git eagorstream
> mæton merestræta,
> glidon ofer garsecg;
> wintrys wylm[um].
> seofon niht swuncon;
> wada cunnedon
> on deop wæter
> Ne inc ænig mon,
> belean mihte
> þ a git on sund reon;
> earmum þ ehton,
> mundum brugdon,
> geofon yþum weol,
> Git on wæteres æht

(Beo, 508—517a)

[you two ventured the floods for the sake of pride, and risked your lives in deep water for idle boasting? No one, friend or foe, could dissuade you two from that sorrowful venture (disaster), when you two swam (rowed) out to sea, there you two enfolded the water's currents with arms,

---

① Alain Renoir points out that scenes similar to Beowulf's encounter with Unferth are found in *Hrolfs Saga Kraka* and *Odyssey* (111).

traversing (measuring) the paths of the sea, made quick movements with your hands, and glided over the ocean; the sea surged with waves, the winter's billows. You two toiled in the water's realm for seven nights]

As this speech develops, however, we can see that Unferth begins to single out Breca from the dual *git* to the singular *he* (Breca). This shifting of subjects seems to be designed in order first to emphasize Breca's victory over Beowulf then to praise Breca's achievement which echoes the ideal of the central figure of a *comitatus*:

> ðonon he gesohte   swæsne eðel,
> leof his leodum,   lond Brondinga,
> freoðoburh fægere,   þær he folc ahte,
> burh ond beagas.

(Beo, 520—523a)

[then he, dear to his people, sought his beloved fatherland, the land of the Brondings, his fair stronghold, where he had subjects and stronghold and treasure]

What we hear about now is the glorious return of Breca to his fatherland. Here the previous tone of sarcasm has disappeared completely. At the centre of his speech lies the thematic motif of the ideal *comitatus* which is encapsulated in the words: *swæsne eðel*, "fatherland", *freoðoburh*, "stronghold", *folc*, "people", and *beagas*, "treasures". Each of these words embodies a key element of the *comitatus* and together they make up a model society. Now the ideal picture of a heroic society is presented. This scene of Breca's return to his land seems to induce the audience to forget that Unferth had previously reproached him in harsh terms; instead Unferth delivers a panegyric on Breca. Moreover, Unferth raises Breca to the level of a perfect hero by putting an emphasis on Breca's fulfillment of his pledge to Beowulf:

Beot eal wið þe

sunu Beanstanes   soðe gelæste,

(*Beo*, 523b—524)

[The son of Beanstan performed faithfully all the vow that he had made against you]

In a wider context this phrase signifies a heroic ideal. In Germanic heroic society, heroes are continuously singled out by their strong commitment to the pledges and vows they made. Breca, in Unferth's speech, emerges as an ideal hero. But it should not be overlooked that Unferth, through this heroic eulogy, demonstrates his own heroic ideology: boasts, even if they are foolishly motivated, must be fulfilled. In the light of this heroic principle, Breca appears to be free from any of the faults which were pointed out by Unferth. Therefore it is assumed that Unferth's version of the Breca episode sets out an ethical standard from which Unferth seems to derive his heroic ideology; as long as a warrior achieves success in the fulfillment of his pledge he gains credit, despite the motivation of the vow. Unferth's recognition of the practical result of a heroic exploit is demonstrated by his later response of silence to the victory of Beowulf over Grendel:

Ða wæs swigra secg,   sunu Ec[g]lafes,

on gylpspræce   guðgeweorca,

siðan æþelingas   eorles cræfte

ofer heanne hrof   hand sceawedon,

(*Beo*, 980—983)

[Then the son of Ecglaf, Unferth was more silent in boasting speech about warlike deeds, when, through the hero's might, the nobles had examined the hand on the high roof overhead]

III. The purpose of Unferth's word-play

What is the purpose of Unferth's Breca speech with reference to his heroic ideology?[①] Ward Parks tries to explain this question in terms of heroic competitiveness: "when Unferth through his narrative account attributes to Beowulf the quality of inferiority at the swimming, this attribution implies an evaluation of Beowulf's heroic competence" (111). According to Parks, furthermore, what Unferth points out about this episode "is not that Beowulf was foolish in undertaking this swimming exploit, but that he lost at it" (111). Thus Unferth, with his assessment of Beowulf's past incompetence, foretells the failure of Beowulf's exploit:

> Đonne wene ic to þe　　　　wyrsan geþingea,
>
> (Beo, 525)

[Therefore I expect from you a worse result]

> 　　　　　　　　　　　　gif þu Grendles dearst
> nigtlongne first　　　　nean bidan.
>
> (Beo, 527b—528)

[if you dare to wait Grendel at close quarters for the space of a night]

In this prediction of the coming warfare, Unferth directly challenges Beowulf's heroic identity, as he publicly doubts Beowulf's heroic competence (Parks, 91). However, Ward Parks' view seems to me to fall short of a convincing case for Beowulf's recognition of Unferth's mental ability: *þeah in wit duge* (*Beo*, 589b), "though your mental powers may be great." This short statement leads the audience to consider what intellectual quality there is in Unferth's speech. It may be assumed that Beowulf clearly perceives

---

① E. B. Irving (1968: 53, 70) and Ward Parks agree that Unferth's aim is to cast doubt on Beowulf's heroic competence. Unferth claims that the swimming-contest demonstrates first, that Beowulf is irresponsible, risking life for a mere boast, and second, that Beowulf was unable to accomplish what he bragged about doing. The inferred conclusion is that the Danes should not believe his boasts or tolerate his presence, "as a foreign champion whose very presence is potentially an insult to a humiliated people."

Unferth's intention, which is delivered in the form of a verbal disguise: Unferth urges Beowulf to restrain or tone down such daring boasts.

On the effect of diction in this passage, Roberta Frank's view (Unferth's speech is dripping with irony, oblique and mocking, a rhetorical bow-wow: 161) is shared by Brodeur, who points out that the diction is designed to "stress and ridicule the vehement efforts in the sea of two young men frantically striving to make good a foolish boast" (146). However, the rhetorical use of diction is not wholly intended to evoke the mocking mood. Instead, it seems to be used to represent Unferth's concealed excessive consciousness of his inferiority, caused by his inaction. Concerning Unferth's psychology, Bonjour proposes that Unferth's undisputed position of superiority would be maintained as long as no one was able to successfully challenge Grendel (18). This view of heroic inferiority seems to be focused on personal matters rather than the much broader issue of Danish pride. It can be reasonably assumed that Unferth holds a high rank at Heorot on the grounds of his position: *æt fotum sæt frean Scyldinga*, "(he) sat at the feet of the lord of the Scyldings" (*Beo*, 500); and of his entitlement to make scurrilous remarks to a guest of honour in front of the whole Danish people. In addition, the weightiness of his social rank is later proved by Beowulf's public acknowledgement of Unferth's reputation as a *widcuðne man*, "widely famous man" (*Beo*, 1489b). Also, Unferth may be assumed to overhear some crucial remarks about the humiliating description of Heorot and to be upset by Beowulf's daring speech, which manifests an excessive confidence. Considering the importance of his position, therefore, Unferth appears to exhibit "his loyalty to the other in ways appropriate to his position in this society" (Cherniss, 11). He is thought to take on a role of symbolic defence representing the Danish warriors' "anger, pride, frustration, their xenophobia" (Irving, 1989: 47). It is unlikely, therefore, that Unferth utters his speech solely for the sake of defending his personal pride.

Before exploring the stylistic use of diction which demonstrates Unferth's psychological inferiority, the words of his speech should be reexamined.

Undoubtedly, the figurative tone of his speech is taunting, mocking, flyting, and is a little rude.[①] This negative impression is largely ascribed to the unfavourable interpretation of some key words, and to the intervention of the poet. As John Niles points out, the poet expresses his view of Unferth's sudden outburst "in such a confident tone that they need no further comment or defence—he speaks with the absolute authority—" (229).

Though the poet's view can be challenged, as he does not keep the tone of "absolute authority" all the time in the poem, the following intervention scene demonstrates that his judgement is so powerful that no other opinion can be considered:

onband beadurune:	wæs him Beowulfes sið'
modges merefaran,	micel æfþunca,
forþon þe he ne uþe,	þæt ænig oðer man
fre mærða þon ma	middangeardes
gehede under heofenum	þonne he sylfa-:

(*Beo*, 501—505)

[loosed his secret thoughts of battle. The venture of Beowulf, the brave sea-farer, was a great displeasure to him; for he would not willingly grant that any other man on earth should ever perform more glorious deeds beneath the heavens than he himself]

With this prejudged view of Unferth we are, even before hearing his words, led to a large extent to discredit him as an incarnation of jealousy "born of his own excessive pretensions" (Pope, 181). However, even this negative view of Unferth serves to reveal a hidden disposition which forms his heroic quality. Jealousy can hardly be regarded as a sign of bad disposition in heroic society as long as it serves to preserve one's pride. We are told, "he would not allow any other man to accomplish more glorious deeds in the world." Unferth is here

---

① G. C. Britton claims that Unferth cannot let Beowulf's boast go unchallenged, and so the question of politeness does not arise (1971: 247).

portrayed as a warrior whose mind is charged with the idea of heroic reputation, seeking heroic esteem, committed to the principle of the *comitatus*, and a man who also intends to preserve his already established social status. Yet, although we cannot say that Unferth is an ideal hero, we are led to agree that he is at least a warrior committed to the principle of the *comitatus*. This kind of double meaning also becomes a characteristic feature in the speech of Unferth.

IV. The meaning of *wlenco*

On the surface a series of words seems to be used to effectuate the sense of rashness and foolhardiness in Beowulf's swimming-contest: *for wlence, for dolgilpe, neþdon, belean* and *swuncon*. In the context of Unferth's superficially scurrilous tone, *wlenco* can be interpreted as "vainglory" or "foolish pride" (Wrenn, 287). However, throughout the poem, either *wlence, wlenco*, or its adjectival form *wlonc*, is used to elicit a positive feeling of heroic pride. On the arrival of Beowulf's band, Wulfgar admires their war-gear and concludes by using the term *for wlenco* (*Beo*, 338a) that they have visited Hrothgar, not as fugitives and exiles, but for some brave purpose:

	Ne seah ic elþeodige
þus manige men	modiglicran.
Wen' ic þæt ge *for wlenco*,	nalles for wræcsiðum,
ac for higeþrymmum	Hroðgar sohton.

(Beo, 336b—339)

[I have never seen so many foreigners as bold. I expect that you have sought out Hrothgar, not from exile, but from *high-spirits*]

It is very clear that *wlenco* here is used in a decisively praiseworthy sense, meaning "bravery", "courage", or "high-spirit". However, *wlenco* is used equivocally in two cases in *Beowulf* which I shall discuss in the following pages. Meanwhile I will examine the term as it appears in Unferth's utterance here and in the description of Hygelac's fatal expedition against the Frisians:

hyne wyrd fornam,

syþðan he *for wlenco*   wean ahsode,

fæhðe to Frysum.

(*Beo*, 1205b—1207a)

[Fate took him off, when he sought for misery, feud with the Frisians *by his proud courage*][1]

In this passage, however, as we are not told about the motivation of Hygelac's expedition into the Frisian land. In a heroic context, Garmonsway's rendering "proud courage" seems more appropriate than Clark Hall's "reckless daring" (the emphasis of which appears to be on Hygelac's lack of justification for his military adventure).[2] In a sense Hygelac can be blamed for his rashness in ignoring the responsibility of the leader and risking placing his whole nation in a dangerous situation. However, Farrell's accounts of the Hygelac's raid lead us not to accept this view. Farrell claims that it was part of a Germanic king's job to gather booty through battle. Thus it is very unlikely that the full resources of the Geats would have been committed to his raid. Frequent raids and conflicts were simply a fact of life in heroic society (Farrell, 255). Hygelac's position reflects a conflict between the responsibility of the leader on the one hand and that of the hero on the other.[3] The generally accepted view of Hygelac is that he is a rash man. This view is largely based on the interpretations of *for wlenco* (*Beo*, 1206a), as meaning "from reckless daring", and seeing this "daring" as motivating rash actions. However, the textual evidence is not consistent with this reading. Although the poet says that *Ðone siðfæt him snotere ceorlas lythwon logon*, "Wise men did not blame

---

① I agree with the translation "his proud courage" by G. N. Garmonsway and Jacqueline Simpson (33).

② The translation "reckless daring" is from *Beowulf and the Finnesburg Fragment*, trans. J. R. Clark Hall (81).

③ About the leader's dilemma between responsibility and heroic impulsiveness, see G. C. Britton (1965: 86-87).

at all for that expedition" (*Beo*, 202—203a), Hygelac recalls when Beowulf returns to the Geatish court how *ic ðe lange bæd, þæt ðu þone wælgæst white ne grette*, "For a long time I begged you not at all to confront the murderous monster" (*Beo*, 1994b—1995). These last words show that Hygelac alone thought it unwise for Beowulf to fight Grendel, which reveals him to be a cautious figure. His cautiousness is emphasized by the expression "For a long time I begged", which indicates how he urged caution on many occasions. As regards the motivation of Hygelac's military exploits, a similar semantic difficulty arises in the use of *for onmedlan*, "out of pride" or "out of arrogance":

	ac wæs wide cuð,
þætte Ongenðio	ealdre besnyðede
Hæðcen Hreþling	wið Hrefnawudu,
þa *for onmedlan*	ærest gesohton
Geata leode	Guð-Scilfingas.

(Beo, 2923b—2927)

[for it is widely known that Ongenðeow deprived Hæthcyn, the son of Hrethel, of his life at Ravenswood, when the Geatish poeple *out of arrogance* first attacked the warlike Scylfings]

As in the case of Hygelac's *for wlenco* in his military exploit, the meaning of *for onmedlan* is dependent on a clear understanding of the circumstances of the two warring tribes, the Geats and the Scylfing.

Here are the events in chronological order: when King Hrethel of Geatland dies (out of grief at his son Herebeald's accidental death) the Swedes take advantage of a weakened Geatland and ambush the Geats; when King Hæthcyn becomes king of Geatland, he leads an expedition into Sweden and captures Ongentheow's queen; Ongentheow quickly retaliates and rescues his queen, kills Hæthcyn and forces the Geats to take shelter in Ravenswood.

In this passage above, if we focus on the disastrous early death of Hæthcyn, then the supposed rashness of his attack on Sweden is explained as *for onmedlan*, "out of arrogance". But the poet provides no contextual evidence that the attack launched by Hæthcyn was a rash action. Perhaps, Hæthcyn's alleged rashness could be supported by *ærest*, "first". But this meaning of *ærest* becomes untenable in the context of constant warring because each tribe, including the Geats, is always vulnerable to sudden attack from surrounding countries. It has already been noted that it was the Swedes who first attacked in the first war between the Geats and the Swedes. In this context of sudden changes of situation, it might be assumed that the Swedes might have first attacked the Geats unless Hæthcyn first led his expedition into the Swedish land. Thus it might be inappropriate to render *for onmedlan* as the purely negative "out of arrogance". Unfortunately, there is no report of any strategic advantage on the side of the Geats at the time of the *ærest* attack. Like *wlenco*, *onmedla* is to be defined in accordance to its contextual meaning.

As regards *wlenco*, Shippey interprets the use of this word in line 508, as a "strong condemnation" rather than used in a "praiseworthy" sense as in Wulfgar's speech (*Beo*, 338a) (28). But he is very cautious in interpreting *wlenco* as "arrogance" or as "courage" in heroic verse, preferring the more neutral sense of "a man's readiness to risk *edwenden*" (Shippey, 39). I agree with Shippey's concept of the neutrality of *wlenco* except for line 508. In the context of Unferth's narrative, the neutral meaning of *wlenco* as "high-spiritedness" fits well into the progression of Unferth's narrative. Breca is one of *git* "you two", and is therefore a subject of *wlenco*. This means the negative sense of "foolhardiness" is not applicable, because later Breca is eulogized for the swimming-contest, that was motivated by *wlenco*. In this way, Unferth is not criticizing the nature of the swimming-contest, which might be possibly motivated by boyish exuberance, but is instead blaming Beowulf for not living up to that *wlenco*, "high-spirit".

However, the ambivalence of *wlenco* seems less important earlier in the poem, when Beowulf is ready to participate in a swimming-contest without carrying any kind of social and political burden. Thus, Beowulf's rashness in the Breca episode is clearly distinguished from a traditional heroic flaw, which has long been the subject of a controversial argument concerning the characterization of heroic figures such as Byrhtnoth (his *ofermod*), Hygelac (his last adventure) and old Beowulf (his fight with the dragon).

It should be pointed out that the poet of *Beowulf* uses another synonym for *wlenco* when he intends to convey a derogatory meaning. Hrothgar uses *oferhygd*, to describe the moral deterioration of Heremod:

> oð þæt him on innan   *oferhygda dæl*
> weaxeð ond wridað;

> (*Beo*, 1740—1741a)

[until *a measure of overbearing pride* grows and flourishes in him]

After telling Heremod's history, Hrothgar exhorts Beowulf not to be arrogant by using the same term:

> ond þe þæt selre geceos,
> ece rædas;   *oferhyda* ne gym,
> mære cempa!

> (*Beo*, 1759b—1761a)

[and choose for yourself the better part, the everlasting benefit; incline not to arrogance, famous champion!]

Here, in two cases, the term *oferhygd* is explicitly used in a bad sense. In *Beowulf oferhygd* is exclusively used with a negative meaning, thought it may also be used in a good sense "honourable pride, high spirit", according to *BT*. So the question arises as to why the poet put the ambiguous term *wlenco* in Unferth's speech, when he could have used *oferhygd* to convey an unambiguous negative meaning. Firstly, we can consider metrical restraints: most synonyms in Old English cannot be interchanged, because it would breach alliteration and metrical types. Suppose *wlenco* were to replace *oferhyda* in line 1760: *ece rædas, wlenco ne gym*. Here there is no change of meaning, but the meter of this line is apparently defective, since neither *ece* nor *rædas* alliterates with *wlenco*. In Unferth's speech in line 508:

	ðær git for oferhygd		wada cunnedon	
(a)	w w x Nx N	(Nx)	N(n)x	
(b)	w w x	(Ax)	N(n)x	

(a) supposed metrical type
(b) original metrical type

(Kendall, 248)

[when you two for pride tried the floods]

This sentence cannot be accepted for two reasons. One is the breach of alliteration, and the subsequent collapse of metrical contour is shown above. It is quite certain that the poet is restricted to a large extent by metrical grammar when he chooses words.

The other possible reason is that the poet intends to manipulate a situation. By making the best use of a word, which bears double senses of good and bad, the poet seems to set out a field of ambiguity. The meanings of *wlonc* and *wlenco* appear to be more ambiguous in this way than those of *oferhygdig* and *oferhygd*.

Nobody can denounce Beowulf for his daring in the swimming-contest. On the contrary, such rashness can be construed as a token of his heroic disposition. More important is Beowulf's contest with Breca. Unferth goes on telling of the audacity of Beowulf's attempt without mentioning his age. As well as the difference in the time spent striving at sea, Unferth's omission of Beowulf's telling of his age with the words *cnihtwesende* and *geogoðfeore* seems to me to be designed to evoke his early heroic quality rather than to concede his early immaturity.

V. The meaning of *dol, dolgilpe*

However, this favourable interpretation of *wlence* appears to be challenged as the following line contains *dolgilpe*, which appears to convey a more negative sense of foolish boasting. The compound word *dolgilpe* has the combination of two meanings: "foolish", "silly", in *dol* and "boasting", "pride", "arrogance", "glory" in *gielp*. In *Genesis B* the meaning of *dol* and the adverb *dollice* has the sense of presumptuous, audacious rather than foolish. Being inflated by excessive pride, the fallen angel believes in his own power and determines to be equal to God. Consequently, the rebellious angel resolves not to praise and serve God any more. In this circumstance, the angel's attitude towards God is more appropriately understood as "audaciously" rather than "foolish":

> and spræc healic word
>
> *dollice* wið Drihten sinne,

(Gen B, 294b—295a)

[and the angel [Satan] spoke haughty words, *audaciously* against his Lord]

> oð hie to dole wurdon,
>
> þæt him for galscipe   God sylfa wearð
>
> mihtig on mode yrre,

(Gen B, 340b—342)

[until they grew too presumptuous, so that the almighty God became angry in his mind because of their pride]

In a heroic context, daring bravery or a presumptuous mind can hardly be regarded as heroic weakness: in particular when heroes are called to action to prove their true prowess, which might risk their lives. Surprisingly enough, the positive meaning of heroic bravery is found in another example of *dollice* in Beowulf:

> forðam he manna mæst   mærða gefremede,
>
> dæda *dollicra*.

(Beo, 2645—2646a)

[because he above all other men had achieved the most glorious acts, *daring* deeds]

Garmonsway's interpretation "rash deeds" here seems quite inappropriate, since this part of Wiglaf's speech is entirely devoted to Beowulf's past glorious achievements. Thus the meaning of *dol* or *dollice* here can be interpreted as other than the sense of "foolish". Likewise the interpretation of *gylp* varies according to context. In the Christian context the concept of *gylp* does not seem to contain any positive value. The poet of *Genesis B* regards those blasphemous remarks of the fallen angel as *gylpword* (263):

	ne mihte him bedyrned weorðan
þæt his engyl ongan	ofermod wesan,
ahof hine wið his herran,	sohte hetespræce,
gylpword ongean,	nolde Gode þeowian;

(*Gen B*, 260b—263)

[it could not be concealed to him that his angel became presumptuous, raised him up against his master, sought hateful speech, made a *boastful speech* against him up against his master, sought hateful speech, made a boastful speech against him, would not serve God]

Though the angel Lucifer is presented as a warrior fighting with God, the sense of *gylp* here is by no means "heroic spirit" since his words are motivated by a rebellious intention against God. However, in secular poetry the meaning *gylp* can be reversed. In Hrothgar's description of Heremod's history, *gylp* is clearly used to indicate a crucial moral attribute of the heroic disposition. Heremod becomes a failure as a leader of the *comitatus* when he refuses to dispense treasures proudly to his followers:

nallas *on gylp* seleð

fætte beagas,

(*Beo*, 1749b—1750a)

[he never gives away gold-plated circlets *in proud vaunt*]

Here the adverbial use of *on gylp*, "proudly" or "honourably" has no negative sense. Also the sense of an "unreasonable boast" in *Genesis B* cannot be found in Beowulf's resolution to fight with bare hands against Grendel:

> gif ic wiste hu
> wið ðam aglæcean   elles meahte
> *gylpe* wiðgripan,   swa ic gio wið Grendle dyde;
>
> (*Beo*, 2519b—2521)

[if I knew how else I might come to grips with the monster in such a way as to fulfil my *boast*, as I did against Grendel long ago]

Here Beowulf proudly recalls his daring speech, charged with excessive heroic spirit, which was uttered at Heorot. In the context of heroic competitiveness, Beowulf's daring speech (or great words) can be regarded as foolhardy boasting by his opponent. Thus, in my translation, Beowulf's *dolgylp*, "audacious boasting" can hardly be understood as foolish declaration, since it was originally conceived to express his heroic willingness to take on an exploit. Such a boasting speech in a heroic society can act as a binding verbal commitment to act in a heroic manner. This custom of boasting speech is mentioned in the first banquet scene, in which the old spirit of gladness comes back to the Danes in the hall:

> Þa wæs eft swa ær   inne on healle
> *þryðword* sprecen,   ðeod on sælum,
>
> (*Beo*, 642—643)

[Then once again, as of old, there were *brave words* spoken within the hall, the people were in gladness]

Besides, "boasting speeches", expressed in those terms *gilpcwide*, *gylpword*, *þryword*, or *gebeotian*, work as an inspiration to heroic action. In the middle of the fierce bare-handed fight with Grendel Beowulf is reminded of his evening speech, which seems to renew his strength:

> Gemunde þa se goda,   mæg Higelaces,
> *æfensprœce*,   uplang astod
> ond him fæste wiðfeng;   fingras burston;

(Beo, 758—760)

[Then Hygelac's noble kinsman, calling to mind *what he had said that evening*, stood erect and grasped him tight, fingers were cracking]

Æfensprce here refers either to *gilpcwide* in line 640 or to *gylpword* in 675. The *gilpcwide*, referring to the speech at feast, implies Beowulf's decisive resolution to show the courage of a hero, or to die in battle. The word *gylpword*, referring to the speech made before sleeping, indicates Beowulf's intention to meet Grendel without a sword. But, the exact reference of *æfensprce* is not as important as the two occurrences of *gilpcwide* and *gylpword* which express Beowulf's heroic quality of showing his courage through a fair fight. The most important thing of all is that Beowulf was mindful of *gilpcwide* or *gylpword*, "boastful speech", at the time of desperate fighting in which he was risking his life. A similar situation with regard to "boastful speech" occurs in Wiglaf's speech, in which he rebukes his comrades for their ingratitude and cowardice in the hour of Beowulf's need:

> Ic þæt mæl geman,   þær we med þegun,
> þonne we gehebon   ussum hlaforde
> in biorsele,   ðe us ðas beagas geaf,
> þæt we him a gugetawa   gyldan woldon,

(Beo, 2633—2636)

[I remember that time at which we drank the mead, how in the beer-hall we pledged ourselves to our lord, who gave us the rings, that we would repay him for the war-equipments]

In this scene Wiglaf reminds his companions of their "boastful speech" in front of their lord Beowulf. Here the main content of their "boastful speech" is the promise that they would repay Beowulf for his generosity in dispensing treasures. To put it another way, Wiglaf recalls the almost sacred rule of the comitatus, in which warriors are obliged to serve their lord at the risk of their lives. In this sense, Wiglaf's companions fail by ignoring the obligation to their lord. In contrast, Wiglaf becomes a true hero not only by recalling his "boastful speech" but by committing himself to heroic obligation through actual deeds. In this way, making a "boastful speech" indicates a heroic disposition, but a warrior's decision to keep his promises and fulfil them by action is what defines him as a true hero.

In this context, Beowulf's recalling of his "boastful speech" in his time of trial proves that he is a real hero committed to his pledge. Wrenn further suggests that *gylp* "can refer to great deeds as well as to great words" (189). This interpretation accords well with Einarsson's definition; "*gielp* stresses the glory of the adventure, something to boast of" (976).

However, that kind of heroic verbal manifestation can also be misunderstood by an opponent like Unferth, whose mind is charged with the consciousness of heroic competition. I agree with Ward Parks in believing that *dolgilp* implies a lack of judgement and mental control rather than a lack of prowess, yet the real point (of using this term) is not to criticize Beowulf's foolish mind but to emphasize Beowulf's defeat at the swimming-contest (111). To a large extent, understanding the nature of Unferth's speech depends on the correct interpretations of for *wlence*, and for *dolgilpe*. As shown above, those two terms can be used either with a negative or positive meaning in Old English Poetry. However, in heroic poetry those terms seem to have favourable meanings. Moreover, Unferth, who is mindful of the heroic customs related to *for wlence*, because of "high-spirit", or "pride", *for dolgilpe*, because of "audacious boasting", cannot be assumed to use those terms as "vainglory", and "foolish boasting". Instead, by keeping these favourable meanings,

Unferth, in his version of the Breca episode, appears to increase Beowulf's shame: by suggesting that Beowulf in his high spirits made a boastful speech in accordance with heroic custom, but failed to fulfil the pledge at the actual scene of the swimming-contest.

Thus, the application of the favourable meanings of *wlence* and *dolgilpe* does not alter Unferth's original intention to emphasize Beowulf's martial inferiority which Unferth's version has also helped to evoke. In his speech, Unferth is intent upon establishing a less heroic image of Beowulf by recourse to the ironic use of words: Beowulf's heroic spirit is, for the time being, much reinforced with the piling of one heroic disposition (*wlence*) onto another (*dolgilpe*). Ironically, however, this combination of heroic qualities eventually brings out the image of an unsuccessful warrior, as Unferth announces that Beowulf was defeated at the swimming-contest. It is assumed, therefore, that through this image of failure Unferth reduces Beowulf's heroic quality.

In opposition to Rosier's view of Unferth as "a composition of drunkard, scurrilous accuser, fratricide, and coward" (6), Ogilvy regards Unferth as a "type character" by equating him with an essential figure demanded in the development of plot, such as Malvolio of *Twelfth Night*, or Sir Kay of Arthurian legend (373). However, Unferth appears to be more than a "type character" as he exposes his inner mind, characterized by psychological inferiority. Such detailed exposure of a person's deeper mind can hardly be regarded as a prominent feature of a "type character". Unferth, through his consciousness of words, intends to defend the pride of himself and the Danes, and at the same time reveals his psychological condition. Thus his speech contains textual and sub-textual frameworks: one is the consciously designed outwardness in which his intention to defend the pride of the personal and the public is made clear; the other is the unconsciously conceived inwardness in which Unferth's unfulfilled desire is revealed. The restrained desire to be heroic becomes more explicit as he uses more substantial verbs of action denoting the detailed action of adventure such as *reon*, "swan", or "rowed", *þehton*, "enfolded", *brugdon*, "made quick movement", *glidon*, "passed away", *æht*, "possessed", *mæton*, "traversed", or "measured". Unferth's keen sense of words is repeatedly noticed on the game of verbal disguise, in which he riddles in such a way as to make his meanings dubious. *Rowan* does not occur in the sense of "to swim" in poetry outside *Beowulf*. The sense of "to stir with hands the ice-cold sea" (*Wan*, 4); *mere hrerendum mundum freorig* "(we) drove (/stirred) over the ocean, freezing in my hands" (*And*, 491); and in *He ham cymeð-nefme him holm gestyre, mere hafa mundum* "He shall come home, the ocean does not steer (/guide) him, he shall control over the sea with hands" (*EX*, 107).

It is not clear in the above examples whether the men used oars or not, but it is probable that they did as they are thought to be on a boat. However, the image of oars is evoked by the movement of their hands (*hondum, mundum, hrerendum*). In Unferth's description of the swimming-contest "the references to the adventure as calling for strenuous work with hands and arms tips the balance in favour of 'rowed'" (Kennedy, 19). In his translation C. W. Kennedy tries to capture the image of oars in the movement of hands and arms; "with outstretched arms you clashed the sea-stream, measured the streets, with plowing shoulders parted the waves" (Wentersdorf, 159). The specification of the movement becomes more concrete as Unferth elaborates by using *earmum þehton, mundum brugdon*. The "strenuous work of hands and arms" is more vividly depicted in the terms "clasped", "parted" rather than "covered", "made quick movement". However, the image of "strenuous work" seems to depend on the choice between "to stir" or "to row" and "to swim". If the specification of the activity (*earmun þehton, mundum brugdon*) is joined with "to swim" then together with "strenuous work", an ideal image of heroic activity at sea is created. If, on the contrary, such diligent movement of hands and arms is to be delivered in the sense of "to stir" or "to row", then the actual scene is centered on the picture of helpless men striving to control the streams of the waves. It is not likely that Unferth intends to highlight

Beowulf's swimming skill in this scene. On the contrary, it is assumed that Unferth ridicules Beowulf's futile effort to control the sea, being entirely dependent on his own hands.

Unferth intends to point out Beowulf's lack of martial prowess, rather than to blame him for his audacious attempt to enter a dangerous swimming-contest. Thus the presentation of Beowulf's inferiority by Unferth is a direct insult towards Beowulf who is filled with excessive heroic spirit.

> he þe æt sunde oferflat,
>
> hæfde mare mægen;
>
> (*Beo*, 517b—518a)

[he overcame you at swimming, he had more strength]

> "Ðonne wene ic to þe   wyrsan geþingea,"
>
> (*Beo*, 525)

[Therefore I expect from you a worse result]

Here lies the underlying message from Unferth by whom, according to Parks, "a past incident is being summoned up not so much for its own sake as for its predictive value on the coming exchange" (49). Thus Beowulf's social value as a hero is cynically presented in a roundabout manner to imply his inability to perform heroic deeds.

VI. Conclusion

Dodds claims that in heroic society a warrior is judged by his successes. Any attempts that failed were not only worthless but a source of shame (Dodds, 28-50). This tradition of "shame culture" is brought home again to the minds of the audience of *Beowulf*, in particular when they hear of Unferth's taunting speech towards Beowulf; in this Unferth completely ignores Breca's previous attempt in the swimming-contest, based on youthful boasting, as with a panegyric tone he gives much credit to Breca's glorious achievement. In terms both of the classical heroic moral standard and that of Unferth, Breca's attempt should not be condemned at all as long as he proves his martial prowess in practical terms of success. With the same consequence, Beowulf's attempt, regardless of its motivation, can hardly be criticized, nor does Unferth blame Beowulf for his youthful adventure. On the contrary, Unferth intends to demonstrate Beowulf's incapability as a hero, which has been proven by his own version of the swimming-contest. Such a verdict, as can easily be concluded, will inflict an unbearable shame on Beowulf.

Works Cited

Bonjour, Adrien. *The Digressions in* Beowulf. Oxford: Blackwell, 1950.

Britton, G. C. "The Characterization of the Vikings in *The Battle of Maldon*." *Notes & Queries*, n.s. 12 (1965): 85-87.

---. "Unferth, Grendel and the Christian Meaning of *Beowulf*." *Neuphilologische Mitteilungen* 72 (1971): 246-250.

Brodeur, Arthur G. *The Art of* Beowulf. Berkeley: U of California P, 1971.

Brown, Phillis Rugg, Georgia Ronan Crampton, and Fred C. Robinson, eds. *Modes of Interpretation in Old English Literature: Essays in Honour of Stanley B. Greenfield*. Toronto: U of Toronto P, 1986.

Cherniss, Michael D. *Ingeld and Christ: Heroic Concepts and Values in Old English Christian Poetry*. The Hague: Mouton, 1972.

Dodds, E. R. *The Greeks and the Irrational*. Berkeley: U of California P, 1951.

Einarsson, Stefán. "Old English Beot and Old Icelandic Heitstrenging." *PMLA* 49 (1934): 975-993.

Farrell, R. T. "Beowulf, Swedes and Geats." *Sags-Book* 18 (1972): 225-286.

Frank, Roberta. "'Mere' and 'Sund': Two Sea-Changes in *Beowulf*." Brown, Crampton, and Robinson: 153-172.

Garmonsway, G. N., and Jacqueline Simpson. Beowulf *and its Analogues*. London: J. M. Dent & Sons, 1980.

Hall, J. R. Clark, trans. Beowulf *and the Finnesburg Fragment*. London: George

Allen & Unwin Ltd, 1963.

Irving, Edward B., Jr. *A Reading of* Beowulf. New Heaven: Yale UP, 1968.

---. *Rereading* Beowulf. Philadelphia: U of Pennsylvania P, 1989.

Kendall, Calvin B. *The Metrical Grammar of* Beowulf. Cambridge: Cambridge UP, 1991.

Kennedy, Charles W., trans. Beowulf*: The Oldest English Epic*. New York: Oxford UP, 1940.

Niles, John D. Beowulf*: The Poem and its Tradition*. Cambridge, MA: Harvard UP, 1983.

Ogilvy, J. D. A. "Unferth: Foil to Beowulf?" *PMLA* 79 (1964): 370-375.

Parks, Ward. *Verbal Duelling in Heroic Narrative: The Homeric and Old English Traditions*. Princeton: Princeton UP, 1990.

Pope, John C. "*Beowulf* 505, 'gehedde,' and the Pretensions of Unferth." Brown, Crampton, and Robinson: 173-187.

Renoir, Alain. *A Key to Old Poems: The Oral-Formulaic Approach to the Interpretation of West-Germanic Verse*. London: Pennsylvania State UP, 1988.

Rosier, J. L. "Design for Treachery: The Unferth Intrigue." *PMLA* 77 (1962): 1-7.

Shippey, T. A. *Old English Verse*. London: Hutchinson U Library, 1972.

Wentersdorf, Karl P. "Beowulf's Adventure with Breca." *Studies in Philology* 72 (1975): 140-166.

Wrenn, C. L., ed. *Beowulf*. London: Harrap, 1973.

Further Reading

Bosworth, Joseph, ed., and T. Northcote Toller, ed. and rev. *An Anglo-Saxon Dictionary*. Oxford: Oxford UP, 1882—1898.

Donahue, Charles. "Potlatch and Charity: Notes on the Heroic in *Beowulf*." *Anglo-Saxon Poetry: Essays in Appreciation for John C. McGalliard*. Ed. Lewis Nicholson and Dolores Warwick Frese. Notre Dame: U of Notre Dame P, 1975. 23-40.

Hughes, Geoffrey. "Beowulf, Unferth and Hrunting: An Interpretation." *English Studies* 58 (1977): 385-395.

Ker, W. P. *Epic and Romance: Essays on Medieval Literature*. New York: Dover Publications, 1957.

Klaeber, Fr., ed. Beowulf *and the Fight at Finnsburg*. 3rd edition with 1st and 2nd supplements. Boston: Heath, 1950.

Lawrence, W. W. Beowulf *and Epic Tradition*. Cambridge: Harvard UP, 1930.

Robinson, Fred C. "Elements of the Marvellous in the Characterization of Beowulf: A Reconsideration of the Textual Evidence." *Old English Studies in Honour of John C. Pope*. Ed. Robert B. Burlin and Edward B. Irving, Jr. Toronto: U of Toronto P, 1974. 119-137.

Smithers, G. V. "Destiny and the Heroic Warrior in *Beowulf*." *Philological Essays: Studies in Old and Middle English Language and Literature in Honour of Herbert Dean Meritt*. Ed. James L. Rosier. The Hague: Mouton, 1970. 65-81.

Stevens, Martin. "The Structure of *Beowulf* from Gold-Hoard to Word-Hoard." *Modern Language Quarterly* 39 (1978): 219-238.

（特邀编辑：郝田虎）

论历史美学：皈依基督教与《贝奥武甫》的同位风格

伦纳德·奈道夫

杨开泛 译

内容提要：本文重新思考弗雷德·C. 罗宾逊（Fred C. Robinson）认为《贝奥武甫》使用了"同位风格"观点的历史可信性。在罗宾逊看来，诗人让异教主义和基督教形成对照，让二者具有代表性的元素处于一种同位状态，这就能在诗人不做明确评价的情况下，让受众看到异教的过去呈现出来的让人仰慕和让人遗憾之处。多位批评家对罗宾逊的解读提出批评，认为这样的解读偏离时代背景，无法让人信服，但是本文认为，如果依据目前学界尚未注意到的一份历史相似文本（historical analogue）来判断，罗宾逊解读的可信度就会增加。英国温切斯特主教丹尼尔（Daniel）写了一封信，信中谈及如何劝说日耳曼异教民族信奉基督教的方法，这种方法背后的修辞策略与《贝奥武甫》中的同位风格有着明显的相似性。因此，应该把《贝奥武甫》的创作时间界定在盎格鲁-撒克逊人皈依基督教前后的社会背景下，这样的环境显然存在一种异教和基督教同位的美学。

关键词：弗雷德·C. 罗宾逊；《贝奥武甫》；同位风格；历史美学；温切斯特主教丹尼尔

作者简介：伦纳德·奈道夫，哈佛大学博士，南京大学外国语学院教授，研究方向为古英语文学。

译者简介：杨开泛，文学博士，温州大学外语系讲师，研究方向为古英语文学。

Title: On Historical Aesthetics: The Conversion to Christianity and the Appositive Style of *Beowulf*

Abstract: This paper reconsiders the historical plausibility of Fred C. Robinson's argument for the use of an "appositive style" in *Beowulf*. The poet, in Robinson's view, contrasts paganism and Christianity by placing their representative elements into a state of apposition, which enables the audience to perceive both the admirable and regrettable aspects of the pagan past without passing explicit judgment upon it. Several critics have denounced Robinson's interpretation as anachronistic and implausible, but this paper contends that its credibility is increased in the light of a hitherto unrecognized historical analogue. A letter written by Daniel, Bishop of Winchester, about methods for converting pagan Germanic peoples is shown here to recommend rhetorical strategies that distinctly resemble the appositive style of *Beowulf*. The composition of *Beowulf* is consequently situated in a milieu close to the conversion of the Anglo-Saxons, in which an aesthetic of pagan and Christian apposition evidently prevailed.

Key words: Fred C. Robinson, *Beowulf*, appositive style, historical aesthetics, Daniel Bishop of Winchester

Author: Leonard Neidorf, Ph.D. in English (Harvard University, 2014), Professor of English at the School of Foreign Studies, Nanjing University. His recent books include *The Transmission of Beowulf: Language, Culture, and Scribal Behavior* (Ithaca: Cornell University Press, 2017), *Old English Philology: Studies in Honour of R.D. Fulk*, ed. Leonard Neidorf, Rafael J. Pascual, and Tom Shippey (Cambridge: D.S. Brewer, 2016).

Translator: Yang Kaifan, Ph.D. in English Language and Literature (East China Normal University, 2014), is a lecturer at the Department of Foreign Languages, Wenzhou University (Wenzhou 325035, China), and his research interests include Old English literature, teaching of English literature, and area studies. Email: kfyang@wzu.edu.cn

　　《〈贝奥武甫〉与同位风格》这本书由最近去世的罗宾逊（1930—2016）撰写，在很多学者所列的最有影响力的《贝奥武甫》研究专著中，这本书靠近榜首的位置。迄今为止，已有很多本解读《贝奥武甫》的著作，阐释该作品的艺术价值，但是没有一本能把该作品风格和主题之间的关系分析得如此精彩，又有深度。罗宾逊沿袭 J. R. R. 托尔金（J. R. R. Tolkien）的观点，认为《贝奥武甫》关注"诗人与诗歌中人物所处的时代和社会背景形成的对照"（Robinson, 6; Tolkien, 245-295）。诗歌中的异教角色被表现为有英雄气质，有美德，并受人仰慕，但是由于他们无视诗人及其受众被赋予的基督教启示，所以他们的世界观有局限且带有悲剧色彩。诗人将异教的过去和基督教的现在并列，从而诱发受众既仰慕又后悔的情绪，这可以在不做任何明确判断的情况下让受众进行比较。按照罗宾逊的观点，《贝奥武甫》的风格和主题之间存在错综复杂的联系：

> ……诗人试图在其受众的集体记忆中为他们逝去的祖先留一个位置。这一既崇高又具挑战性的主题需要同位风格来表达，用暗示和间接的方式，而不是明确和直接的方式表达。一位处于基督教色彩极度浓厚世界中的诗人，如果既要谴责他笔下的英雄，又要捍卫他们的尊严，就必须在听众的意识中找到听众的推测能力以及考量两种并存观点的能力，并将这两种能力激活，两种观点并存对于缓解这种忧伤的文化张力来说是必要的。（Robinson, 13-14）

同位风格表现形式包括同位意义词汇的使用（比如说"god"既指"异教的神"又指"基督教的上帝"），偏离叙事所形成的人物对照（比如说诗歌中的西蒙[Sigemund]和海勒摩[Heremond]），以及对更宽泛主题的结构性并置（比如说青年和老年）。此外，罗宾逊还察觉到更加细微的同位现象。当诗歌的主角表明观点，认为由于生命之短暂，死后留名对一个人来说是最好的（第 1384—1389 行），他异教的世界观就与叙述者的基督教世界观处于同位的对照状态。诗人没有对贝奥武甫的评论做出评价，但是诗歌前面提及永恒的救赎（第 175—188 行），这就表明诗人不同意贝奥武甫的观点。但是把这段话放在贝奥武甫与格伦德尔母亲（Grendel's mother）勇猛决斗的前面，诗人"力图让我们仰慕古人，不管我们对他们神学立场上的困境有多么惋惜"（Robinson, 23）。

罗宾逊的著作被广泛评论，引用的人也比较多（Seymour, 363-364;

Taylor, 195-206；Kightley, 407-429）。马蒂·里萨宁（Matti Rissanen）的观点代表了很多人对这本书的评价，他把这本书称为"近年来《贝奥武甫》研究领域最重要的论著之一"（Rissanen, 363）。但是，学界对于罗宾逊著作的评价也不完全是正面的。有几位批评者对罗宾逊解读的合理性提出怀疑，认为这样的解读过于细微复杂，没有历史维度的合理性。乔伊斯·希尔（Joyce Hill）在一篇本应是赞许的书评中，发现罗宾逊"过于细微"（530）。同样，约翰·塔克（John Tucker）在赞许罗宾逊的同时，也承认这本书的不足之处在于其假设《贝奥武甫》诗人"有幸拥有能对燕卜荪式复杂晦涩做出回应的受众"（253）。约翰·M. 希尔（John M. Hill）和詹姆斯·卡希尔（James Cahill）还非常细致地从方法论角度对罗宾逊的解读提出批评，但是对罗宾逊著作最严厉的批评来自资深的文学批评家小爱德华·B. 欧文（Edward B. Irving Jr.）。无论是从哪个角度来看，他写的《〈贝奥武甫〉解读》（*A Reading of* Beowulf）和罗宾逊的《〈贝奥武甫〉与同位风格》（Beowulf *and the Appositive Style*）都可以称得上是两本最重要的《贝奥武甫》批评专著（J. M. Hill, 50-52；Cahill, 251-262；Irving, 1997: 175-192；Irving, *A Reading*）。欧文（Irving）认为，罗宾逊的书"存在误导，是不成功的"，因为这本书是以"蕴含于拉丁语解经传统的阅读方式"为前提的，而这种解读方式对于诸如《贝奥武甫》这样源于口头文学的作品而言，有些相去甚远（Irving, 1997: 187-188）。口头类型的俗语文学依靠直接的，而不是间接的表达："诗人谈论的，花 95%以上时间关注的东西是他或她感兴趣的东西，而这也是诗歌的主要内容"；于是，对于欧文而言，《贝奥武甫》只是"对英雄行为的仰慕性叙述"，而不是一首把异教和基督教观点并置的哲理诗歌（Irving, 1997: 189）。

罗宾逊和欧文之间的分歧在很多方面再现了托尔金和肯尼思·赛瑟姆（Kenneth Sisam）之间的分歧，前者的解读为罗宾逊的解读奠定了基础，而后者则是托尔金的主要批评者之一。托尔金认为，《贝奥武甫》不是一个简单的有关怪物决斗的民间故事，而是一个有文化的诗人对"异教的、贵族的和无望的"世界，以一种忧伤的态度，所作的象征性哲思（Tolkien, 118）。托尔金的解读赢得了很多支持者，并在后来的批评中进一步得到了阐发，但是赛瑟姆在《〈贝奥武甫〉的结构》（*The Structure of Beowulf*）一书中明确反对托尔金的观点。①赛瑟姆对托尔金批评的核心在于他认为托尔金的解读犯了时代误植的错误，因为按照合理的推测，盎格鲁-撒克逊时期的受众不可能有这么细致入微的辨识力。赛瑟姆关于诗歌受众构成的猜测表明了他对罗宾逊观点的批评：

> 我们可以假设听众会是出现在鹿厅（Heorot）的那些人：国王、他的家人、谋士以及官员……或许还有尊贵的访客或是人质……但主要的听众会是国王的护卫……这些人并非因为智力卓越而被选中。因此，不能认为他们对传说的历史或是神学很熟悉，且能迅速解读任何表述或是典故难点。直接的而不是精微的表达最适合他们。（Sisam, 9）

赛瑟姆把《贝奥武甫》解读成了娱乐文学，一个系列故事，由三部分组成，主要为那些学识相对不高的人所写。他认为，《贝奥武甫》诗人不会以细微方式传递信息，他和欧文一样，主张要关注那些诗歌中说出来的，而不是没有说出来的："我认为诗人用最大篇幅描述的或最为关注的应该是诗人认为最重要的；这种类型的诗歌取决于表达出来的，而不是没有表达出来的、晦涩的暗示，或是细微的反语。"（Sisam, 60） 赛瑟姆讨论到诗歌中的基督教和异教主义的问题时，不鼓励过度细致的解读方法："把诗人解读为一位深刻的思想者，认为诗人会尝试更为先进时代的选择性受众才能明白的主题和表达方式，所有这样的解读都有很大的困难。"（Sisam, 77）

这些分歧的核心是一个历史美学的问题：认为《贝奥武甫》诗人期

---

① 关于托尔金对于后世批评的影响，见Douglas Short, "*Beowulf* and Modern Critical Tradition," in *A Fair Day in the Affections: Literary Essays in Honor of Robert B. White, Jr.*, ed. Jack D. Durant and M. Thomas Hester (Raleigh: Winston, 1980), 1-23; Tom Shippey, "*Beowulf* Studies from Tolkien to Fulk," in *Old English Philology: Studies in Honour of R.D. Fulk*, ed. Leonard Neidorf, Rafael J. Pascual, and Tom Shippey (Cambridge: D.S. Brewer, 2016), 392-414.

待他的受众能辨别微妙且未阐明的主题，察觉到一种隐含的同位对照在发生作用，这是否合理？或者说诗人会不会仅用直接的和明确的陈述方式去表达思想？这是一个很难得到结论性答案的难题，因为盎格鲁-撒克逊时期没有留下诗学著作来详细解释像《贝奥武甫》诗人一样的人有可能会采用的修辞策略。现代学者在大多数情况下，只能依据他们自己矛盾的印象，去判断诗人能否表达微妙思想，受众是否具备只有现代批评中才有的复杂艺术能力。本文的目的就是介入这个有关《贝奥武甫》美学的讨论中，把关注点放在一份和当前讨论密切相关的中世纪文献证据上。文章后面部分会解读温切斯特的主教丹尼尔（死于公元 745 年）写给圣·卜尼法斯（St. Boniface）（约 675—754 年）的一封信，这封信牵涉到如何劝说异教的日耳曼人信奉基督教，学界还没有意识到这封信与《贝奥武甫》的同位风格形成历史对照。在这封信里，丹尼尔鼓励卜尼法斯使用修辞策略将异教主义和基督教放在一起形成对照，这种修辞策略和罗宾逊认为《贝奥武甫》中存在的同位策略极为相似。这封信提供了强有力的证据，说明 8 世纪的演说者如何对不识字受众的心智提出要求，这些受众要按照背诵的速度去接受俗语知识（vernacular learning）。如果注意到这份文献的隐含之义，就能极大地提升罗宾逊对于《贝奥武甫》解读的历史可信性。[①]

　　虽然关于丹尼尔的记载相对不多，但有好几处记载显示，在 8 世纪上半叶盎格鲁-撒克逊的知识界，丹尼尔是一个有分量的人。他是温切斯特的主教，担任西撒克逊人的主教将近 40 年（约 705—744 年），很受比德（Bede）和卜尼法斯的尊重。在《英吉利教会史》（*Ecclesiastical History of the English People*）的序言中，比德说丹尼尔给他提供了很多资料来源：

---

① 需要指出的是，本文不是将《贝奥武甫》的内容与日耳曼异教徒皈依基督教联系在一起的第一篇文章。关于如何在欧洲大陆传教背景之下讨论《贝奥武甫》，请参见 Larry D. Benson, "The Pagan Coloring of *Beowulf*," in *Old English Poetry: 15 Essays*, ed. Robert P. Creed (Providence: Brown University Press, 1967), 193-213. 关于这一问题的最新进展，见 Thomas D. Hill, "*Beowulf* and Conversion History," in *The Dating of* Beowulf: *A Reassessment*, ed. Leonard Neidorf (Cambridge: D.S. Brewer, 2014), 191-201.

"目前仍然健在的，受人尊重的西撒克逊人主教丹尼尔，曾与我交流如何去写作他自己王国的教会史，以及邻近的苏塞克斯（Sussex）和怀特岛（Isle of Wight）两个王国的教会史。"①在《英吉利教会史》后面部分，当比德把丹尼尔和奥尔德赫姆（Aldhelm）列为英国南部教会的先驱时，同时把他们两位视为智识上的同辈："他们两位接受过教会知识和《圣经》知识的完整教育。"②丹尼尔提供给比德的文献没有保留下来，但是丹尼尔写给卜尼法斯的三封书信却保留在卜尼法斯和勒尔（Lull）之间的书信集中。第一封书信是一封推荐信，规劝欧洲的国王们和神职人员要友好地接待卜尼法斯；第二封书信对如何说服异教徒信奉基督教提出建议；第三封书信讨论卜尼法斯提出的关于和不虔诚教士交流必要性的问题。这三封书信都表明，卜尼法斯将丹尼尔视为可以信任的教会领导（superior），可以向其提供宗教上的建议以及物质上的支持。第二封信是本文要讨论的。

我们不清楚这封信里的建议是针对卜尼法斯的询问而提出的，还是说卜尼法斯没有询问，只是丹尼尔意识到卜尼法斯已经着手开始说服欧洲大陆的日耳曼人信奉基督教之后想出来的。如果卜尼法斯写过这样一封信给丹尼尔，征求如何说服日耳曼人信奉基督教的意见，那么很遗憾

① 比德《英吉利教会史》的拉丁文和英文翻译均引自 *Bede's Ecclesiastical History of the English People*, ed. and trans. Bertram Colgrave and R. A. B. Mynors (Oxford: Clarendon Press, 1969)。该段引文出自书中第4-5页。拉丁文原文为："Danihel reverentissimus Occidentalium Saxonum episcopus, qui nunc usque superest, nonnulla mihi de historia ecclesiastica prouinciae ipsius, simul et proxima illi Australium Saxonum, necnon et Uectae insulae litteris mandata declaravit." 英文翻译为："Daniel, the esteemed bishop of the West Saxons who still survives, communicated to me in writing something of the history of the church of his own kingdom, as well as of the neighbouring kingdoms of Sussex and the Isle of Wight." 译者注：为了行文连贯，在中文翻译中一律把拉丁文和英文放在注释中。

② *Bede's Ecclesiastical History of the English People*, ed. and trans. Colgrave and Mynors, 514-515. 拉丁文为 "ambo et in rebus ecclesiasticis et in scientia scripturarum sufficienter instructi"，英文翻译为 "Both were fully instructed in ecclesiastical matters and in the knowledge of the Scriptures."

现在这封信没有保留下来。丹尼尔的信的引言部分没有说明写这封信的动机，只是赞扬卜尼法斯为这项艰巨的任务所做出的努力：

> 我很高兴，我敬爱的弟兄，我的同行牧师，你的美德现在值得拥有最高的评价。你已经进入异教徒如石头般坚硬而又贫瘠的心，你坚信你信仰的独一无二，你用福音书布道的犁头不知疲倦地耕耘，你每天不辞辛劳地努力把他们的心化为肥沃的土地。①

丹尼尔虽然饱受疾病折磨，但还是表达了想要亲自加入卜尼法斯的愿望，并且还支持卜尼法斯的努力，因此欧洲大陆传教产生的精神成果也有丹尼尔的一份功劳。卜尼法斯应该获得最高褒奖，但是"功劳第二的奖励应该给那些尽其所能支持这项虔诚而又有用的任务的人，这不会不合适"②。在整个传教过程中，丹尼尔给予卜尼法斯的支持有多种形式。在一封信中，卜尼法斯要求丹尼尔把《先知书》送给他，"六本《先知书》

---

① 英文翻译："I rejoice, beloved brother and fellow priest, that you are deserving of the highest prize of virtue. You have approached the hitherto stony and barren hearts of the pagans, trusting in the plenitude of your faith, and have labored untiringly with the plowshare of gospel preaching, striving by your daily toil to change them into fertile fields." 引自 *The Letters of Saint Boniface*, trans. Ephraim Emerton, rev. ed. (New York: Columbia University Press, 2000), 26. 拉丁文原文 "Quamvis, mi frater consacerdosque carissime, te primam virtutum promereri gaudeam palmam, qui saxea steriliaque actenus gentilium corda fidei magnitudine fretus fiducialiter adgrediendo vomere evangelice predicationis infatigabiliter subigens in glebas fertiles cotidiano labore convertere niteris." 引自 *Die Briefe des heiligen Bonifatius und Lullus*, ed. Michael Tangl, Monumenta Germaniae Historica, Epistolae Selectae in Usum Scholarum 1 (Berlin: Weidmannsche Buchhandlung, 1916), 38.

② *Letters of Saint Boniface*, trans. Emerton, 26: "a part of the second prize shall be given, not unfittingly, to those who support so pious and useful a work with what help they can give." *Briefe des heiligen Bonifatius*, ed. Tangl, 38-39: "tamen secundę portio palmę non incongruę ipsis etiam prestabitur, qui tam pio, tam salubri operi congratulando quibus valent subsidiis favent eorumque indigentiam conpetentibus amminiculis supplent."

整合为一卷，全部用清晰的字母写出来的"①。这本书之前归修道院院长温博特（Abbot Winbert）所有，温博特是卜尼法斯之前的老师，他想要这本书是因为他的视力日益下降。他解释道："我无法阅读那些字号很小，有很多缩略语的写作。"②丹尼尔当然为卜尼法斯提供了这本书，还加上来自西撒克逊的物品和人员，而卜尼法斯正是在西撒克逊长大并在那里接受教育。然而在第二封信里，提供的帮助更多是哲理性质的。丹尼尔允诺与卜尼法斯分享他的一些皈依策略（conversion strategies），这样可以让卜尼法斯"非常容易地克服未开化民众的抵触心理"③。

    丹尼尔信中的核心观点是，在与异教徒讨论神学问题时，最好能以一种间接的方式进行。传教士不能急着去谴责异教信仰的虚伪并捍卫基督教知识的正确，直接和强制的方法只会激怒和疏远那些潜在的皈依者。更为有效的办法是以一种间接的方式，让异教徒对话者逐渐意识到基督教的优越性。丹尼尔建议卜尼法斯："不要一开始就和他们争论他们的神的起源问题，虽然他们的神是假的，但是要让他们确信他们的神有一部分是通过男和女之间的交配而产生的。"④卜尼法斯应该要避免告诉异教徒他们的神是假的，应该让他们自己承认的事实"去证明按照人的方式出

---

① *Letters of Saint Boniface*, trans. Emerton, 94: "the book of the Prophets…in which the six Prophets are contained in one volume in clear letters written in full." *Briefe des heiligen Bonifatius*, ed. Tangl, 131: "librum prophetarum…ubi sex prophete in uno corpore claris et absolutis litteris scripti repperientur."

② *Letters of Saint Boniface*, trans. Emerton, 94: "I cannot read well writing which is small and filled with abbreviations." *Briefe des heiligen Bonifatius*, ed. Tangl, 131: "caligantibus oculis minutas litteras ac connexas clare discere non possum."

③ *Letters of Saint Boniface*, trans. Emerton, 26: "most readily overcome the resistance of those uncivilized people." *Briefe des heiligen Bonifatius*, ed. Tangl, 39: "quo magis advertas, secundum meum sensum qua potissimum ratione obstinationem agrestium convincere promptus queas."

④ *Letters of Saint Boniface*, trans. Emerton, 26: "Do not begin by arguing with them about the origin of their gods, false as those are, but let them affirm that some of them were begotten by others through the intercourse of male with female." *Briefe des heiligen Bonifatius*, ed. Tangl, 39: "Neque enim contraria eis de ipsorum quamvis falsorum deorum genealogia astruere debes, [sed] secundum eorum opinionem quoslibet ab aliis generatos per conplexum mariti ac femine concede eos asserere."

生的神和女神是人，而不是神，且因为他们的神在出生之前不存在，因此他们的神一定还有一个起源。"①在询问异教徒关于他们的神的起源问题之后，丹尼尔建议要询问他们关于世界起源和宇宙起源的问题。这种询问方式就是让异教的拥护者明确地看到异教主义前后不一，缺乏解释的合理性。"很显然，在宇宙创造出来之前，他们找不到他们的神可以居住的地方。"丹尼尔写道；他继续澄清这一点，并明确地告诉卜尼法斯，异教徒能理解这一点："我说的'宇宙'不仅仅是指这个看得见的大地和天空，而且还包括整个空间延续到的地方，这一点异教徒也能自己想象得到。"②罗宾逊认为，《贝奥武甫》诗人试图去描绘异教徒世界观在认识论上的缺陷，如果对照这一观点，上面这种对于异教徒心智能力的推测就很有意思。

　　丹尼尔给卜尼法斯提供了一系列具体的问题，这些问题都能让异教的对话者感到困惑。异教神的有限和不能永生的特点尤其是必须面对的异教神的弱点："问你的对手们，在他们的神出生之前，谁统治这个世界？他们的神何以能够统治或是按照他们的法律治理一个在他们之前就已经存在的宇宙？"③当异教徒们面对他们的神是依照人类繁殖的方式而产生

---

① *Letters of Saint Boniface*, trans. Emerton, 26: "prove that gods and goddesses born after the manner of men are men and not gods and, since they did not exist before, must have had a beginning." *Briefe des heiligen Bonifatius*, ed. Tangl, 39: "ut saltim modo hominum natos deos ac deas homines potius, non deos fuisse et cepisse, qui ante non erant, probes."

② *Letters of Saint Boniface*, trans. Emerton, 26: "I mean by 'universe' not merely this visible earth and sky, but the whole vast extent of space, and this the heathen too can imagine in their thoughts." (斜体为本文作者所加) *Briefe des heiligen Bonifatius*, ed. Tangl, 39: "Cum procul dubio ante constitutionem saeculi nullatenus genitis diis inveniunt subsistendi vel habitandi locum; mundum enim non hanc visibilem tantum cęlum et terram, sed cuncta etiam extenta locorum spatia, quę ipsi quoque pagani suis imaginare cogitationibus possunt, dico."

③ *Letters of Saint Boniface*, trans. Emerton, 27: "Ask your opponents who governed the world before the gods were born, who was the ruler? How could they bring under their dominion or subject to their law a universe that had always existed before them?" *Briefe des heiligen Bonifatius*, ed. Tangl, 39: "tamen altercantes interroga, quis ante natos deos mundo imperaret, quis regeret? Quomodo autem suo subdere dominatui vel sui iuris facere mundum ante se semper subsistentem potuerunt?"

的问题时，他们会碰到同样的问题："第一个神或是女神是从哪里，从谁那里，或什么时候确立或是产生的？还有，他们是否想象神和女神仍然在继续繁衍其他神？"①如果是这样，那么就会有无限数量的神，这时要决定去敬拜哪些神就会既困难又有风险。但是如果他们的神不再繁衍后代，为什么不繁衍？什么时候停止？这样的问题就会让异教信仰的暂时性和不一致性明显显现出来。在与基督教对照的情况下，异教信仰的不合理性变得更为显著。然而，丹尼尔也承认，对于那些以获得物质利益为目的而敬拜异教神的人而言，思想上的考量或许没有效果。对于这些异教信仰者而言，卜尼法斯应该要让这些潜在的皈依者知道基督徒拥有的物质富足，并且"让他们自己来说异教徒在哪个方面比基督徒要好"②。这样的询问方式会让异教徒意识到敬拜异教神没有任何好处，因为"基督徒几乎不让异教徒敬拜一寸土地"，所以基督徒有更多的财富和更肥沃的土地。③

在给卜尼法斯提供一系列的问题，从而揭示异教主义在精神上和物质上都没有优势之后，丹尼尔把他自己的皈依方法提炼为一个基本原则，这一原则可以推广到传教士和异教徒讨论的其他议题上。他这样写道：

> 这些以及很多类似的东西，要很长时间才能列举完毕，你应该把这些东西摆在他们面前，不要冒犯从而激怒他们，而要冷静，保持很大的克制。你要时不时地把他们的迷信和我们的基督教教义进

---

① *Letters of Saint Boniface*, trans. Emerton, 27: "And whence, or from whom or when, was the first god or goddess set up or begotten? Now, do they imagine that gods and goddesses still go on begetting others?" *Briefe des heiligen Bonifatius*, ed. Tangl, 39: "Unde autem vel a quo vel quando substitutus aut genitus primus deus vel dea fuerat? Utrum autem adhuc generare deos deasque alios aliasque suspicantur?"

② *Letters of Saint Boniface*, trans. Emerton, 27: "let them tell in what respect the heathens are better off than Christians." *Briefe des heiligen Bonifatius*, ed. Tangl, 40: "Si pro temporali, in quo iam feliciores pagani christianis sunt, dicant."

③ *Letters of Saint Boniface*, trans. Emerton, 27: "who are turning almost the whole earth away from their worship." *Briefe des heiligen Bonifatius*, ed. Tangl, 40: "christianis totum pene orbem ab eorum cultura avertentibus."

行比较，从侧面触动他们，这样一来异教徒们不会被激怒，而是感到困惑，于是就会为他们自己可笑的观念感到羞愧，也会明白我们也知道他们那些声名狼藉的仪式和传说。①

丹尼尔的方法和罗宾逊描述的同位风格惊人地相似，"这种风格更多的是暗示和间接表述，而不是明示和直接表述"（Robinson, 13）。罗宾逊认为，《贝奥武甫》诗人会做的事情正是丹尼尔鼓励卜尼法斯去做的事情：由价值和信念的并置来间接比较异教和基督教的观点。必须注意的是，这种策略不是为了说服受过教育、懂拉丁文的受众而设计的。相反，丹尼尔推荐把这种策略用在那些"没有开化的民众上"，更具体地说，是欧洲大陆上的日耳曼民族，卜尼法斯显然用他自己的英语方言和这些人交流过，且他的英语方言和其他西日耳曼方言之间可以互相理解（Moulton, 9-28）。丹尼尔对于日耳曼异教徒的心智能力的信心很能说明问题。他确信，那些没有接受过教育的乡下人能明白以微妙形式表达出来的思想，而这也让文学批评家有理由相信《贝奥武甫》的受众或许也能够明白诗歌中间接表达出来的主题。罗宾逊认为，《贝奥武甫》这首诗歌背后自始至终都隐藏着异教主义和基督教之间的对照，而丹尼尔也正好建议传教士要这样做，从这个角度来看，罗宾逊对于《贝奥武甫》的解读是有历史合理性的。

---

① *Letters of Saint Boniface*, trans. Emerton, 27: "These and many similar things, which it would take long to enumerate, you ought to put before them, not offensively or so as to anger them, but calmly and with great moderation. At intervals you should compare their superstitions with our Christian doctrines, touching upon them from the flank, as it were, so that the pagans, thrown into confusion rather than angered, may be ashamed of their absurd ideas and may understand that their infamous ceremonies and fables are well known to us." *Briefe des heiligen Bonifatius*, ed. Tangl, 40: "Haec et his simila multa alia, quae nunc enumerare longum est, non quasi insultando vel inritando eos, sed placide ac magna obicere moderatione debes. Et per intervalla nostris, id est christianis, huiuscemodi conparandae sunt dogmatibus superstitiones et quasi e latere tangendę, quatenus magis confusę quam exasperate pagani erubescant pro tam absurdis opinionibus et ne nos latere ipsorum nefarios ritus ac fabulas estimant."

　　承认同位风格和丹尼尔的信之间的历史对应并不意味着罗宾逊所有的观点都是正确的——事实上，部分对这本书的细致批评其实是难以撼动的[1]——但是他阐释《贝奥武甫》时提出的这种普遍的解读方式则是更加合理了。而相应地，以欧文和赛瑟姆为代表的批评家认为，像《贝奥武甫》一样的诗歌需要直接表达其主题则是错误的。丹尼尔推崇的间接方法让赛瑟姆观点的可信度降低："直接的而不是细微的效果"对于一位面对大部分都是"主要不是因为智力而被选中"的受众的诗人而言，是必要的（Sisam, 9）。时代误植的批评则是把矛头指向托尔金-罗宾逊传统发展而来的《贝奥武甫》解读方式——因为这些解读认定诗人"会尝试使用只有更为先进时代的选择性受众才能明白的主题和表达方式"（Sisam, 77），如果把这种批评指向赛瑟姆代表的批评传统，或许更为合理。因为我们必须明白，在一个大部分的文学和知识都是以口头方式传播的文化中，听众以背诵的速度来理解细微之处的能力很可能要超越那些以文字文化占主导的社会中的听众。[2]如果现代学者在阅读《贝奥武甫》文本时能发现文本中异教和基督教世界观的同位式对比，那么假定诗歌本来的受众在用耳朵接受时也能辨别出这样的对比，这不会不合理。

---

[1] 除了上面提到的Hill和Cahill对Robinson（包括Sisam和Irving）的批评文章之外，还有多篇重要的批评文章，详见Paul Cavill, "Christianity and Theology in *Beowulf*," in *The Christian Tradition in Anglo-Saxon England: Approaches to Current Scholarship and Teaching*, ed. Paul Cavill (Woodbridge: Boydell & Brewer, 2004), 15-39. Robinson的观点尤其让人怀疑的一点就是他假设《贝奥武甫》诗人认为日耳曼异教徒无一例外都要受到谴责。诗歌有些词组表明诗人至少思考过他们救赎的可能性，即便这种思考不是一种直截了当的方式。见Thomas Hill, "*Beowulf* and Conversion History"; Geoffrey R. Russom, "Historicity and Anachronism in *Beowulf*," in *Epic and History*, ed. David Konstan and Kurt A. Raaflaub (Malden: Wiley-Blackwell), 243-261.

[2] 有关这个话题的讨论，参见Walter J. Ong, *Orality and Literacy: The Technologizing of the Word*, 2nd ed. (New York: Routledge, 2002)和Ursula Schaefer, *Vokalität: Altenglische Dichtung zwischen Mündlichkeit und Schriftlichkeit* (Tübingen: Narr, 1992)。有关盎格鲁-撒克逊时期受众能察觉遣词造句细节的观点，请参考Geoffrey R. Russom, "Artful Avoidance of the Useful Phrase in *Beowulf*, *The Battle of Maldon*, and *Fates of the Apostles*," *Studies in Philology* 75 (1978): 371-390.

引用作品【Works Cited】

Bede's Ecclesiastical History of the English People. Ed. and trans. Bertram Colgrave and R.A.B. Mynors. Oxford: Clarendon, 1969.

Benson, Larry D. "The Pagan Coloring of *Beowulf.*" *Old English Poetry: 15 Essays*. Ed. Robert P. Creed. Providence: Brown UP, 1967. 193-213.

Cahill, James. "Reconsidering Robinson's *Beowulf.*" *English Studies* 89 (2008): 251-262.

Cavill, Paul. "Christianity and Theology in *Beowulf.*" *The Christian Tradition in Anglo-Saxon England: Approaches to Current Scholarship and Teaching*. Ed. Paul Cavill. Woodbridge: Boydell & Brewer, 2004. 15-39.

Die Briefe des heiligen Bonifatius und Lullus. Ed. Michael Tangl, Monumenta Germaniae Historica, Epistolae Selectae in Usum Scholarum 1. Berlin: Weidmannsche Buchhandlung, 1916.

Hill, John M. *The Cultural World in* Beowulf. Toronto: U of Toronto P, 1995.

Hill, Joyce. "Review." *Notes & Queries* 33 (1986): 530.

Hill, Thomas D. "*Beowulf* and Conversion History." *The Dating of* Beowulf: *A Reassessment*. Ed. Leonard Neidorf. Cambridge: D.S. Brewer, 2014. 191-201.

Irving, Edward B. Jr. *A Reading of* Beowulf. New Haven: Yale UP, 1968.

---. "Christian and Pagan Elements." *A Beowulf Handbook*. Ed. Robert E. Bjork and John D. Niles. Lincoln: U of Nebraska P, 1997. 175-192.

Kightley, Michael R. "The Brothers of *Beowulf*: Fraternal Tensions and the Reticent Style." *ELH* 83 (2016): 407-429.

The Letters of Saint Boniface. Trans. Ephraim Emerton. Rev. ed. New York: Columbia UP, 2000.

Moulton, William G. "Mutual Intelligibility Among Speakers of Early Germanic Dialects." *Germania: Comparative Studies in the Old Germanic Languages*. Ed. Daniel G. Calder and T. C. Christy. Wolfeboro: D.S. Brewer, 1988. 9-28.

Ong, Walter J. *Orality and Literacy: The Technologizing of the Word*. 2nd ed. New York: Routledge, 2002.

Rissanen, Matti. "Review." *Neuphilologische Mitteilungen* 88 (1987): 363.

Robinson, Fred C. Beowulf *and the Appositive Style*. Knoxville: U of Tennessee P, 1985.

Russom, Geoffrey R. "Artful Avoidance of the Useful Phrase in *Beowulf, The Battle of Maldon*, and *Fates of the Apostles*." *Studies in Philology* 75 (1978): 371-390.

---. "Historicity and Anachronism in *Beowulf*." *Epic and History*. Ed. David Konstan and Kurt A. Raaflaub. Malden: Wiley-Blackwell, 2010. 243-261.

Schaefer, Ursula. *Vokalität: Altenglische Dichtung zwischen Mündlichkeit und Schriftlichkeit*. Tübingen: Narr, 1992.

Seymour, M.C. "Review." *English Studies* 67 (1985): 363-364.

Shippey, Tom. "*Beowulf* Studies from Tolkien to Fulk." *Old English Philology: Studies in Honour of R.D. Fulk*. Ed. Leonard Neidorf, Rafael J. Pascual, and Tom Shippey. Cambridge: D.S. Brewer, 2016.

Short, Douglas. "*Beowulf* and Modern Critical Tradition." *A Fair Day in the Affections: Literary Essays in Honor of Robert B. White, Jr.* Ed. Jack D. Durant and M. Thomas Hester. Raleigh: Winston, 1980.

Sisam, Kenneth. *The Structure of* Beowulf. Oxford: Clarendon, 1965.

Taylor, Paul Beekman. "The Epithetical Style of *Beowulf*." *Neuphilologische Mitteilungen* 91 (1990): 195-206.

Tolkien, J.R.R. "*Beowulf*: The Monsters and the Critics." *Proceedings of the British Academy* 22 (1936): 245-295.

Tucker, John. "Review." *Yearbook of English Studies* 18 (1988): 253.

（特邀编辑：郝田虎）

《盎格鲁-撒克逊编年史》中的时间观念研究

杨开泛

内容提要： 盎格鲁-撒克逊研究界更多地把《盎格鲁-撒克逊编年史》（*The Anglo-Saxon Chronicle*）视为史学著作，研究的重点也集中在《编年史》的史料价值。但时间是历史叙述中的重要因素，时间本身也是重要的研究议题。本文思考《编年史》中的时间体系，以及这种时间体系如何影响权力结构和民族身份认同。《编年史》以耶稣诞生和国王即位时间为两个参考点，以阿尔弗雷德国王（King Alfred）为中心来构建时间体系，突出盎格鲁-撒克逊人的时间开始意识，淡化时间终结的世界末日意识。这种时间体系是盎格鲁-撒克逊时期权力结构的一种体现，同时也是盎格鲁-撒克逊人寻求民族身份认同的一种方式。

关键词：《盎格鲁-撒克逊编年史》；时间观念；权力结构；民族认同

基金项目： 2016 年省教育厅科研项目"《盎格鲁-撒克逊编年史》中的时间观念研究"（Y201635226）

作者简介： 杨开泛，文学博士，温州大学外国语学院讲师，主要研究方向为古英语文学、文学教学和区域研究。

Title: Time in *The Anglo-Saxon Chronicle*

Abstract: In the field of Anglo-Saxon studies, *The Anglo-Saxon Chronicle* is usually considered as historical writing and its value as historical archive is emphasized. However, time is essential in historical narrative and is worthy of consideration by itself. The paper examines the time structure in *The Anglo-Saxon Chronicle*, and considers how this time structure determines power structure and influences English national identity. The time structure of *The Anglo-Saxon Chronicle* regards the birth of Christ and the reign time of Anglo-Saxon kings as the two reference points, places King Alfred at the center of time structure, foregrounds Anglo-Saxon sense of beginning, and weakens the Doomsday sense of Christian time. This time structure is a reflection of the power structure in Anglo-Saxon England, and is also a way to seek for the English national identity in the Christian world.

Key words: *The Anglo-Saxon Chronicle*; Time; Power structure; National identity

Author: Yang Kaifan, Ph.D. in English and Medieval Studies, is a lecturer at the Department of Foreign Languages, Wenzhou University (Wenzhou 325035, China), and his research interests include Old English literature, teaching of English literature, and area studies. Email: kfyang@wzu.edu.cn

　　《盎格鲁-撒克逊编年史》（*The Anglo-Saxon Chronicle*）（以下简称《编年史》）是盎格鲁-撒克逊时期最重要的文献之一，以纪年形式（annals）记录了从罗马帝国末期一直到公元 1154 年的英国历史，跨越了英国历史的三个阶段：罗马不列颠时期、盎格鲁-撒克逊时期和盎格鲁-诺曼时期（Anglo-Norman）。现存的《编年史》手抄本共有 9 个（Ker, xv-xvii）。盎格鲁-撒克逊学界更多地强调了《编年史》的史料价值，却忽略了《编年史》体现出来的时间观念。时间在形式上和内容上都是《编年史》的重要组成部分。从形式上来看，《编年史》的叙述结构是特定时间观念的产物，从内容上来看，时间本身也是《编年史》记录和思考的对象。《编年史》如何体现编纂者的时间观念结构？这种时间观念背后体现了什么样的权力结构？权力结构建构背后的意图又是什么？这些都是围绕着《编年史》时间观念的几个重要问题。思考这些问题有助于拓宽时间观念的认知方式，同时也彰显时间观念在整个观念体系中的基础地位。《编年史》以耶稣诞生和国王即位时间作为两个时间参考点，来界定时间轴上的历史事件。两种时间参照体系分别代表着宗教与世俗力量对于时间的操控与规约。它们共同推进《编年史》的叙事进程，并构建《编年史》编纂者所代表的话语体系中的历史想象，塑造英吉利民族认同的最初形态。

一、《编年史》构建的时间观念体系

时间是思考中世纪问题的一个切入点。在观念体系中，时间和空间这两个观念是最根本的。俄国中世纪研究专家古勒维奇（Gurevich）在其《中世纪文学的基本范畴》（*Categories of Medieval Culture*）一书中提出，时间与空间是人类经验的基本架构，并把时间和空间视为中世纪文学的两个核心范畴（categories），以这两个核心范畴为基础，我们可以去认识整个中世纪的文化。他还认为，在任何一种文化中，没有什么因素比这种文化中计算时间的方式更能让我们去了解这种文化的特殊性。在古勒维奇的书中，对于法律（law）、劳动（labour），以及人格（human personality）等其他范畴的分析都是建立在对时间和空间范畴分析的基础之上。美国思想史家洛夫乔伊（Lovejoy）在其《存在之链：对一个观念的历史研究》（*The Great Chain of Being: A Study of the History of an Idea*）一书中提出思想史研究的方法，他认为，在研究我们的思想观念时，需要将其切分为不同的子观念体系，然后进一步把子观念体系分为不同的"单位思想"（unit-ideas）。他还进一步解释说，虽然我们的思想史通常划分不同流派或是主义（-ism），但是最核心的"单位思想"却是有限的。如果利用洛夫乔伊的这种方法去分析中世纪文化，时间也应该是最核心的"单位思想"之一。认知语言学家埃文斯（Evans）甚至认为，缺少时间的维度，我们就无法去认识经验世界。受到德国概念史（Begriffsgeschichte）（也就是"历史语义学"[Historische Semantik]）研究方法的影响，德国中世纪研究专家克拉森（Classen）在其 2015 年主编出版的《中世纪文化手册》中，从 72 个专题去梳理整个欧洲中世纪的文化，其中时间（time and timekeeping）就属于这 72 个专题中的一个。《基于牛津英语大词典的历史语义学词典》（*Historical Thesaurus of the Oxford English Dictionary*）按照物理世界（physical world）、心智世界（mental world）和社会世界（social world）三个大类来归纳英语词汇的语义，建立起不同词汇的语义场，"时间"（time）就是物理世界这个大类下面的类别（Kay, xxix）。时间是观念体系中最为核心、最为基础的概念，对于时间观念的理解构成了我们的时间观念体系，而时间观念体系则影响着我们对于其他观念的认知和理解。

一个时间体系的建构最重要的是确定时间的起点、时间的变化方式，以及时间的终点，而在三者之中，又以时间的起点最为重要。在《编年史》时间体系中，有个时间参考点：耶稣诞生和盎格鲁-撒克逊国王即位时间。耶稣诞生是《编年史》时间体系中最重要的一个参考点。整个《编年史》记录的历史事件都是以耶稣诞生为时间参考点。《编年史》开篇简要介绍不列颠的历史时，就提到了耶稣诞生之前 60 年（Cristes geflæscnesse LX wintra），罗马皇帝尤利乌斯·恺撒（Julius Caesar）征服不列颠（Bretenlond gesohte）的历史：

> Aer Cristes geflæscnesse LX wintra, Gaius Julius se casere ærest Romana Bretenlond gesohte & Brettas mid gefeohte cnysede & hie oferswiþde & swa þeah ne meahte þær rice gewinnan. (*Chronicle*, MS. A, 60 BC)
>
> 耶稣诞生之前 60 年，罗马皇帝尤利乌斯·恺撒是来到不列颠的第一位罗马人。恺撒猛烈进攻并打败不列颠人，但没有在不列颠建立王国。

古英语的介词"aer"不仅表示时间上的前面，而且还表示空间上的前面，从认知语言学的视角来看，这个介词表明耶稣诞生在整个时间体系的中心地位。《编年史》的时间体系是以耶稣诞生为中心而建构起来的。

以耶稣诞生为中心的这种纪年方式并非《编年史》所开创，从历史发展角度来看，这种纪年方式最初是由罗马的男修道院院长戴奥尼索斯（Dionysius）提出的。戴奥尼索斯认为，在此之前以罗马皇帝戴克里先（Diocletian）为参考点的纪年方式不合适，因为他认为戴克里先是暴君，以上帝道成肉身的耶稣诞生为参考点的纪年方式更能彰显耶稣是希望之源和救赎者（Wallis, 126-129）。盎格鲁-撒克逊时期的历史学家比德（Bede）则把这种纪年方式介绍到英国，并在欧洲推广开来。在戴奥尼索斯的基础之上，比德还对以耶稣诞生为参考点的纪年方式进行解释。比德认为，前面五纪更多是属于犹太人的时间，而耶稣诞生则是象征一个

新时代的开始。比如说，比德把第五纪看作希伯来人的暮年阶段（Wallis,
158）。此外，比德重新解释了《圣经》的时间观，把时间分为此岸时间
（time of this world）和彼岸时间（time of peace and heavenly life above）
（Wallis, 157）。比德还以用上帝创世的第一周和人类成长的不同阶段作为
类比，把此岸时间分为六纪（Six Ages），这六纪从上帝创世开始，一直
到比德所处的时代还在继续，第六纪终结于世界末日。彼岸时间的第七
纪就如同是上帝创世第一周的安息日，在这一纪时间里，人们期待着第
八纪复活季的到来（Wallis, 158）。比德按照这样的时间观念，建构了一
种线性的时间观念，并把这种时间观念用于叙述盎格鲁-撒克逊人的基督
化进程，撰写《英吉利教会史》。

《编年史》就继承了这种线性的时间观念。盎格鲁-撒克逊学界一般
认为，《编年史》的编撰起源于公元 9 世纪末西撒克逊国王阿尔弗雷德时
期，而差不多在同一个时期，一位匿名学者把《英吉利教会史》翻译为
古英语，而《编年史》在叙述早期英国历史的时候，主要参考了《英吉
利教会史》，因此《编年史》与《英吉利教会史》之间的承继关系就不难
理解。以耶稣诞生为起点的纪年方式是中世纪最重要的一种时间体系，
这种时间结构是中世纪历史叙述的基础。一开始，这种历史叙述主要表
现为教会史的建构，比如说比德的《英吉利教会史》，到了后来，这种神
圣的叙述方式也被运用到了世俗的叙述中来。盎格鲁-撒克逊时期的知识
生产主要由教会来控制，因此以《英吉利教会史》的时间体系来书写《编
年史》是教会权威的一种体现。

与纯粹的教会史时间体系不一样，《编年史》的时间体系中除了以耶
稣诞生为参考点之外，还有盎格鲁-撒克逊国王的因素。国王即位时间也
是重要的时间参考点，这是一种世俗的时间观念。《编年史》叙述历史事
件时，还会提及某位国王的即位时间以及统治的年份，与耶稣诞生的时
间互为参照，共同界定时间维度上的历史事件。比如说在《编年史》手
抄本 A 的序言部分，编纂者在叙述西撒克逊王国（Westseaxna rice）历史
之时，就特别提到每个国王的统治时间：

Þy geare þe wæs agan fram Cristes acennesse CCCC wintra & XCIIII uuintra, þa Cerdic & Cynric his sunu cuom up æt Cerdicesoran mid V scipum; & se Cerdic wæs Elesing, Elesa Esling, Esla Gewising, Giwis Wiging, Wig Freawining, Freawine Friþugaring, Friþugar Bronding, Brond Bęldæging, Bęldæg Wodening. Ond þæs ymb VI gear þæs þe hie up cuomon geeodon Westseaxna rice, & þæt uuærun þa ærestan cyningas þe Westseaxna lond on Wealum geeodon; & he hæfde þæt rice XVI gear, & þa he gefor, þa feng his sunu Cynric to þam rice & heold XVII winter… Þa feng Ęlfred hiera broþur to rice, & þa was agan his ielde XXIII wintra & CCC & XCVI wintra þæs þe his cyn ærest Westseaxna lond on Wealum geodon. (*Chronicle*, MS. A, Preface)

耶稣诞生之后 494 年，Cerdic 和他的儿子 Cynric 带领 5 艘船在 Cerdicesoran 登陆。Cerdic 是 Elesa 的儿子，Elesa 是 Esla 的儿子，Esla 是 Gewise 的儿子，Gewise 是 Wig 的儿子，Wig 是 Freawine 的儿子，Freawine 是 Friþugar 的儿子，Friþugar 是 Brond 的儿子，Brond 是 Bęldæg 的儿子，Bęldæg 是 Woden 的儿子。Cerdic 和 Cynric 登陆不列颠 6 年后，征服了韦塞克斯的王国。他们是从威尔士人那里征服韦塞克斯土地的第一代国王。Cerdic 统治了 16 年，死后由其儿子 Cynric 继承王位，Cynric 统治了 27 年……之后他们 23 岁的兄弟阿尔弗雷德继承王位。自他的祖先从威尔士人那里夺得韦塞克斯土地那时算起，已经有 396 年。

这一开篇为整个编年史构建了时间框架，在这时间体系中，耶稣诞生和国王即位时间是两个最重要的时间起点。在上述例子中，《编年史》说明了每个西撒克逊国王的统治时间，一直延续到阿尔弗雷德国王。再如，《编年史》手抄本 A 公元 1 年的叙述中，提到罗马帝国皇帝奥古斯都统治罗马帝国 65 年，在他统治的第 42 年，耶稣诞生（*Chronicle*, MS. A, AD 1）。耶稣和世俗国王是《编年史》时间体系中的两个参考点。这里的世俗国王不仅包括罗马皇帝，还包括盎格鲁-撒克逊时期的国王。在这一点上，《编年史》与比德的《英吉利教会史》存在较大区别。后者是纯粹的教会史，虽然叙述的是盎格鲁–撒克逊人的教会史，但总体上还是整个欧洲教会史的一部分。而无论从时间还是从叙述内容来看，《编年史》都不是教会史，而是利用基督教时间体系来叙述盎格鲁–撒克逊人过去事件的政治史。但是《编年史》在时间体系上也做了一些改变，即在基督教的时间体系中强调了国王即位时间在历史叙述中的重要性。《编年史》所建构的是一种由神圣时间和世俗时间交织在一起的混合时间观念体系。

在《编年史》的国王即位时间参考体系中，并不是所有的国王都一样重要。阿尔弗雷德国王是所有国王中最为重要的一个。也就是说，在这个以耶稣诞生和国王即位时间共同构建的时间参照体系中，阿尔弗雷德国王是另外一个中心。《编年史》用了比较多的篇幅去记录与阿尔弗雷德国王相关的事件。比如在《编年史》手抄本 A 的序言中，西撒克逊国王的历史一直从 "Cerdic" 延续到 "Ælfred"。在讲述公元 901 年发生的历史事件之时，《编年史》特别提到阿尔弗雷德国王是除了丹麦人统治区域除外的整个英格兰的国王（cing ofer eall Angelcynn butan þam dæle þe under Dena anwealde wæs）。《编年史》序言部分提到阿尔弗雷德 23 岁的时候继承了西撒克逊王国的王位，并特别提到这是阿尔弗雷德的祖先征服西撒克逊的第 396 年（CCC & XCVI wintra þæs þe his cyn ærest Westseaxna lond）。《编年史》手抄本 A 在公元 853 年的叙述中提到这一年阿尔弗雷德被他父亲 Eþelwulf 国王派到罗马（þy ilcan geare sende Eþelwulf cyning Ælfred his sunu to Rome），手抄本 A 和 F 在公元 868 年的叙述中提到麦西亚（Merica）国王寻求阿尔弗雷德的兄弟和阿尔弗雷德的帮助，共同抗击维京人入侵的事件（Burgręd Miercna cyning & his wiotan będon Eþered Westseaxna cyning & Ælfred his broþur þæt hie him gefultumadon, þæt hie wiþ þone here gefuhton）（Chronicle, MS. A, AD 868）。此外，在《编年史》手抄本 A 中，"Ælfred" 的名字总共被提到 28 次，而相比之下 "Crist" 只被提及 21 次。这些事实说明阿尔弗雷德是《编年史》时间体系的中心。

阿尔弗雷德为中心的时间体系只是《编年史》时间体系世俗化的一个方面。除此之外，《编年史》的时间体系还有着非常强烈的时间开始意识。比德认为，时间开始于上帝创世，这是时间的起点。但是在《编年史》的时间体系中，还有一种对于盎格鲁-撒克逊人时间的起点意识。这种对于时间开始意识的关注或许是源于日耳曼人对于过去的关注。评论家鲍斯查茨认为，日耳曼的时间观念是以过去为中心，在他们的时间观念里，只有过去和现在的区分（Bauschatz, 140-141）。对于过去的关注自然会引发时间的开始问题。《编年史》不仅关注盎格鲁-撒克逊人征服不列颠的时间起点和西撒克逊王国的时间起点，还关注阿尔弗雷德统治西撒克逊王国的时间起点。更为重要的是，《编年史》还特别强调阿尔弗雷德是一个统一的盎格鲁-撒克逊王国的时间起点："Se wæs cing ofer eall Angelcynn butan þam dæle þe under Dena anwealde wæs, & he heold þæt rice oþrum healfum geare læs þe XXX wintra, & þa feng Eadweard his sunu to rice"（*Chronicle*, MS. C, AD 901）。在面对维京人入侵的情况下，这种有关王国时间起点的意识显然有着特殊的用意。

《编年史》时间体系世俗化的另外一个特点就是淡化了时间终结的世界末日意识。比德区分此岸时间和彼岸时间的目的就是解释时间如何从此岸的有限性转变到彼岸的无限性，从而厘清在他之前的各种有关末世论的论证（Wallis, lxxi）。比德认为，在第六纪末，时间会终结：

The Sixth Age, which is now in progress, is not fixed according to any sequence of generations or times, but like senility, this [Age] will come to an end in the death of the whole world. By a happy death, everyone will overcome these Ages of the world, and when they have been received into the Seventh Age of perennial Sabbath, they look forward to the Eighth Age of the blessed Resurrection, in which they will reign forever with the Lord. (Wallis, 158)

目前正处于第六纪，依据所有的年代顺序，这一纪持续的时间并不确定，但和年迈状态一样，这一纪会在整个世界灭亡之后而宣告终结。经过幸福的死亡之后，所有人会跨越此岸世界的六纪。进入永恒安息的第七纪之后，他们会期待着耶稣复活第八纪的到来，到了第八纪，他们会和上帝永久统治。

　　根据比德的阐释，时间开始于创世纪，终结于第六纪，到了第七纪和第八纪，终结之后的时间已经变为一种永恒的状态。比德指出只是当前正好处于第六纪，但是第六纪持续的时间有多长，比德认为是不确定。这种时间终结意识也被比德带到了《英吉利教会史》的叙述中，表现为一种世界末日意识。评论家邓肯（Duncan）认为，盎格鲁-撒克逊人普遍存在一种对于千禧年到来的恐惧心理，认为世界末日即将到来（Duncan, 15-23）。这一观点也得到了戈登（Godden）的认同，戈登认为世界末日迫近的焦虑心理普遍存在于公元 1000 年前后作者的写作心态中，并认为对于世界末日的描述是这一时期作品的一个重要主题（155-180）。然而，这两位学者并没有关注《编年史》对于公元 1000 年前后历史事件的描述。这种世界末日即将到来的焦虑更多是出现在盎格鲁-撒克逊时期诸如布道文和圣徒传之类的宗教体裁文献中，而在以国王、战争等世俗题材为主导的《编年史》中，世界末日意识非常薄弱。《编年史》公元 1000 年前后的历史叙述基本上没有提及时间终结或是世界末日。比如说，手抄本 F 在公元 995 年的叙述中，提到了彗星（cometa）的出现，此外重点提到这一年大主教 Sigeric 去世（Siric arcebiscop），Ælfric 接任，并且说 Ælfric 是全英格兰最聪明的人（Þes Ælfric was swyþe <gewis> mann, þæt nas nan snotere man on <Englalande>）。再如，手抄本 E 在叙述公元 1000 年的事件时，只是简要地提到盎格鲁-撒克逊国王如何抗击入侵的丹麦人。从公元 1000 年前后的时间叙述来看，《编年史》并没有世界末日即将到来的时间终结意识。

　　如上所述，比德所阐释的基督教神圣时间和以国王即位为时间起点的帝王时间（regnal time）共同架构了《编年史》叙述进程，但是《编年史》弱化了神圣时间中的时间终结意识，突出了世俗时间在时间体系中的地位，有意识地突出西撒克逊国王阿尔弗雷德的即位时间是整个时间体系的中心。

二、时间观念与权力结构

时间最重要的功能是确立秩序。按照海德格尔的观点，历史真实和自然真实表现为时间上的延续性（Heidegger, 5）。而作为一种重要历史真实的权力观念自然也表现为一种时间上的延续性。从这个角度来看，《编年史》的时间体系也是这一时期权力关系的一种体现。基督教的时间框架体现的是宗教的权力，表明世俗王权的正当性是建立在宗教权力的基础上，世俗权力需要依附宗教权力才能存在。在整个中世纪早期的权力结构中，教会始终是一个重要的角色，世俗的权力只有借助于宗教权力才能确立统治的正当性，而对宗教权力的认同也体现在对于宗教时间观念体系的认同。盎格鲁-撒克逊时期的神学家阿尔昆（Alcuin）（c. 738—804）就曾经提出了一个严肃的问题："Quid Hinieldus cum Christo?"（英叶德和耶稣有什么关系？）英叶德（Ingeld）是《贝奥武甫》（*Beowulf*）中的一个角色，娶了罗瑟伽（Hrothgar）国王的女儿为妻（qtd. in Bullough, 93）。阿尔昆质疑的是日耳曼的英雄故事和耶稣到底有什么关系，而在当时这些日耳曼传统故事对于教会而言是不能被接受的。《编年史》以耶稣诞生为参考点叙述历史事件正是以宗教权力为主导的权力关系的一种体现。只有放在基督教的时间框架内，《编年史》才能面对和耶稣有什么关系这种质疑。盎格鲁-撒克逊时期的时间体系已经决定了这一时期的权力结构和分布。

但是如果因为基督教时间体系主导了《编年史》的叙述，就认为《编年史》就是一部教会史，这就低估了《编年史》的意义和价值。时间参考体系中的国王参考点是世俗王权的体现，而阿尔弗雷德国王的中心地位则体现了《编年史》的特殊之处，是阿尔弗雷德国王对于权力的重新建构。《编年史》产生是在公元 9 世纪末，没有直接证据可以说明《编年史》是在阿尔弗雷德国王的直接授意之下进行编撰的，但是《编年史》的编撰始于阿尔弗雷德国王在位期间。阿尔弗雷德国王在位期间，正是盎格鲁-撒克逊人抵御丹麦人入侵之际，阿尔弗雷德是唯一一位没有臣服于丹麦人的西撒克逊国王。为了应对丹麦人对于英格兰造成的破坏，阿尔弗雷德在位期间发起了文化复兴运动。西撒克逊国王阿尔弗雷德发起

了英国历史上首次大规模的拉丁文文献翻译运动，并亲自将圣格雷戈里
（Saint Gregory I）写的《牧师关怀》（*Regula pastoralis*）翻译为西撒克逊
语（West Saxon）。在翻译序言中，阿尔弗雷德谈到丹麦人入侵之后，英
格兰的教堂尽毁，教堂里的宗教文献也随之毁灭。为了让他们祖先留给
他们的精神财富重现光明，于是就发起了这次翻译运动。阿尔弗雷德还
亲自将奥古斯丁的《独白》（*Soliloquies*）以及波伊提乌（Boethius）的《哲
学的慰藉》（*Consolation of Philosophy*）等拉丁文著作翻译为古英语。从
文化复兴的角度来看，《编年史》的编撰也是阿尔弗雷德文化复兴的一部
分。《编年史》构建以阿尔弗雷德为中心的时间体系也是阿尔弗雷德权力
关系重构的一种体系。

在手抄本象征着知识和权力的中世纪早期，任何历史叙述都不是随
意的，都是某种权力意志的体现。时间的延续性目的是确定统治的正统
性。这种在时间上的起点意识就表现为一种"寻根意识"。还有一个问题
是：《编年史》的叙述为什么会延续到诺曼人征服之后？一个很重要的原
因就是后来的统治者希望维系统治的正当性和合理性。诺曼的统治者希
冀借助时间观念体系的延续性来维护统治的延续性。这一点可以从《编
年史》如何记载诺曼人的征服看出来：

> Her forðferde Eaduuard king, & Harold eorl feng to ðam rice & heold
> hit XL wucena & ænne dæg, & her com Willelm & gewann Ængla land.
> (*Chronicle*, MS. A, AD, 1066)
>
> 这一年，爱德华国王去世，哈罗德伯爵继承王位，统治了 40 个
> 星期加 1 天。这一年，威廉到来，并征服英格兰。

《编年史》只是用了"com"和"gewann"两个动词来描写征服者威
廉（William the Conqueror）对于英格兰的征服。诺曼人征服盎格鲁-撒克
逊人应该是非常重要的历史事件，但是《编年史》却一笔带过，并没有
过多渲染，这从一个侧面说明诺曼王朝希望借助时间上的延续性来巩固
其对盎格鲁-撒克逊人的统治。

《编年史》构建起来的时间观念体系同样也塑造了英格兰的民族观

念，时间上的"寻根意识"决定了英格兰的民族观念生成与演变。主流的基督教时间观念在整个中世纪都处于主导地位，而这也使得英格兰民族观念的界定不能偏离基督教的传统。民族观念首先是一个认同的问题，自然会涉及民族的起源、发展以及趋势问题。而这种问题从根本上来说是由对于时间的基本认知来决定的。《编年史》以阿尔弗雷德国王作为整个时间参考体系的中心，并详细叙述了阿尔弗雷德的家族史，目的是构建一个统一的盎格鲁-撒克逊民族认同观念。英吉利的民族观念在诺曼人征服之前就存在。以阿尔弗雷德为中心的《编年史》时间观念体系就是力图建立起统一民族观念的一种尝试。不过这样的民族观念建构离不开神圣叙事，基督教的时间参照体系也增强了世俗王权的正当性。不过在诺曼人征服之后，这种盎格鲁-撒克逊的民族认同观点逐渐被边缘化，《编年史》的叙述也在公元 1154 年终止。

《编年史》建构的民族观念是以阿尔弗雷德为中心。把阿尔弗雷德作为《编年史》时间体系的中心目的也是建构以阿尔弗雷德为中心的民族认同观念。如上文提到，《编年史》第一次把阿尔弗雷德视为整个英格兰的国王（cing ofer eall Angelcynn butan þam dæle þe under Dena anwealde wæs）（*Chronicle*, MS. C, AD 901）。外敌入侵使得盎格鲁-撒克逊人的民族意识变得更为强烈。对于阿尔弗雷德国王而言，写一部教会史很显然不是他的目的。在传教士完成了对于盎格鲁-撒克逊人的基督教化之后，思考如何在基督教国家里确定独特的民族身份是《编年史》编纂者思考的一个重要问题。而构建区别于基督教时间体系的盎格鲁-撒克逊人时间体系是寻求民族身份的一种方式。

三、结　语

《编年史》以耶稣诞生和国王即位时间作为两个时间起点，并强调了阿尔弗雷德的中心地位，来界定时间轴上的历史事件。这种时间体系分别代表着宗教与世俗力量对于时间的操控与规约，共同推进《编年史》的叙事进程，并构建《编年史》编纂者所代表的话语体系中的历史想象，这也催生了英格兰民族观念的生成。以时间观念为出发点，可以更加深入地解读中世纪语境中的各种核心观念。从《编年史》的时间观念出发，考察其中的权力关系，并涉及民族认同观念，这为中世纪研究提供了一种新思路。

引用文献【Works Cited】

The Anglo-Saxon Chronicle: A Collaborative Edition. MS. A. Ed. Janet M. Bately. Cambridge: D. S. Brewer, 1986.

Bauschatz, Paul C. The Well and the Tree: World and Time in Early Germanic Culture. Amherst: U of Massachusetts P, 1982.

Bullough, Donald A. "What Has Ingeld to Do with Lindisfarne?" Anglo-Saxon England 22 (1993): 93-126.

Classen, Albrecht, ed. Handbook of Medieval Studies: Terms, Methods, and Trends. Berlin: De Gruyter, 2010.

Duncan, Edwin. "Fears of the Apocalypse: The Anglo-Saxons and the Coming of the First Millennium." Religion & Literature 31.1 (1999): 15-23.

Godden, Malcolm. "The Millennium, Time, and History for the Anglo-Saxons." The Apocalyptic Year 1000: Religious Expectation and Social Change, 950—1050. Ed. Richard Landes, Andrew Gow, and David C. Van Meter. Oxford: Oxford UP, 2003. 155-180.

Gurevich, A. J. Categories of Medieval Culture. Trans. G. L. Campbell. London: Routledge & Kegan Paul, 1985.

Heidegger, Martin. History of the Concept of Time. Trans. Theodore Kisiel. Bloomington: Indiana UP, 1985.

Kay, Christian, etc. Historical Thesaurus of the Oxford English Dictionary. Oxford: Oxford UP, 2009.

Ker, N. R. Catalogue of Manuscripts Containing Anglo-Saxon. Oxford: Clarendon, 1957.

Lovejoy, Arthur O. The Great Chain of Being: A Study of the History of an Idea. Cambridge: Harvard UP, 1964.

Wallis, Faith, trans. Bede: The Reckoning of Time. Liverpool: Liverpool UP, 1999.

（特邀编辑：杨骁）

中古英语文学研究

Studies of Middle English Literature

来而不往非礼也：

论英国中世纪道德剧《每个人》的生死学

王明月

内容提要： 本文以英国中世纪道德剧《每个人》的生死议题为引子，以新历史主义的研究方法探讨当时英国城市生活的社会经济面及 15 世纪末、16 世纪初西欧基督教教会的腐败与宗教改革运动。《每个人》的剧作家借由戏剧批判每个人、有钱人、基督徒、少壮青年错误的金钱观以及教会神职人员的贪婪，进而凸显每个人不可不知的救赎经济学。剧作家以经济学礼尚往来的道理提醒每个人正视死亡的真相，以寻索在现世存活的意义。这样投机却务实的生死学在什么样的物质条件下产生？由谁发声？由谁主导？由谁建构？透过找寻可能答案的探索，或许我们将更加能理解这个剧本的历史意义及剧作家以戏剧文学方式批判 15 世纪末英国中产阶级（社会上层）商人贪婪及教会拜金的动机与时代意义。在 21 世纪台湾地区这个异教的语境里，生命救赎与个人政经地位、财富多寡、宗教信仰、年龄、性别、职业及教育有关吗？如果答案是肯定的，何以使然？本文所论述的《每个人》剧中的财富与善终的议题希望可以给读者提供一些省思。

关键词： 中世纪英国戏剧；《每个人》；救赎经济学；新历史主义；账本簿记

作者简介： 王明月，密歇根州立大学博士，中正大学外文系教授，主要从事中世纪英国文学研究。

Title: Voluntary Exchange: The Concept of Salvation in *Everyman*

Abstract: This paper argues that for the dramatist of *Everyman* and his Tudor audiences Everyman's fear of death and love for wealth awakened a sense of the cultural and historically contingent construction of the economy of salvation in a world of merchant capitalism. Taking the morality play as a resonant display of social discontent, this paper poses a series of questions concerning wealth: What should Everyman do with his money to save his soul? What is at stake for him to balance his account? How were medieval merchants' daily acts of bookkeeping formed and transformed? What cultural and material conditions made possible Everyman's reckoning? What were the feelings of those who originally held the account books, cherished them, collected them, and possessed them in the late medieval and early Tudor England? What is the meaning of "our" relationship to Everyman's anxiety of death as displayed in the morality play, and on this day? In light of Stephen Greenblatt's new historicism, I aim to recover as far as possible the historical circumstances of medieval merchants' bookkeeping and to analyze their concept of donation between these circumstances and our own. To be precise, we will situate the morality play in relation to other representative practices of commerce operative in the culture of Tudor England in both its history and our own.

Key words: *Everyman*, Medieval English Drama, economy of salvation, New Historicism, bookkeeping

Author: Wang Ming-yueh Denise (Ph.D., Michigan State University) is a professor of English at the Department of Foreign Languages and Literature, Chung Cheng University. Her research field is medieval English literature. Email: folmyw@ccu.edu.tw

一、前　言

本篇论文以英国中世纪道德剧《每个人》的生死议题为引子，以新历史主义的研究方法探讨英国 15 世纪末、16 世纪初的经济犯罪与教会腐败，如课税、逃漏税、贪污、贿赂、教会聚财、神职人员买卖神职等滥筋之所在。①基督教徒面对死亡的智慧与力量源自个人对于耶稣与使徒的死亡省思。关于苦难神学与旧约的原罪论这些严肃的宗教议题虽不是本文所要阐述的重点，但我们仍须谨记这些基督教义所蕴含的生死学以及圣经提供给中世纪经济学的词汇（Kolve, 69-98; Velz, 88-90; Conley, 374-382; Wortham, 23-31; Coldewey, 80; Cunningham, 368-379; Harper, 263-311; Wang, 45-61）。②在此，从新历史学的角度我们将重点关注剧中主人公每个人所呈现的死亡恐惧如何与当时英国城市生活的社会经济面

① 本文所采用的英国中世纪道德剧《每个人》的版本是 *Everyman and Medieval Miracle Plays*, ed. A. C. Cawley (London: J. M. Dent & Sons, 1974)。关于新历史学的研究方法，详见 Stephen Greenblatt 所著专书与期刊论文，特别是 "Resonance and Wonder"，11-34。学界普遍认为文艺复兴或更晚近的作品较容易以格氏的新历史主义分析，而中世纪文学作品的作者多半不具名且一手文献（多为手抄本）难以取得，因此本文在探讨商人和神职人员的记账文化（这是《每个人》中的核心意象）碍难具体分析账簿手稿的文化意涵与社会变迁。冀望未来能进一步参考相关文献，如 Franz-Josef Arlinghaus, "Bookkeeping, Double-entry Bookkeeping" in *Medieval Italy: An Encyclopedia,* Vol. 1: 147-150; James Aho, *Confession and Bookkeeping* 等研究 15 世纪有代表性的记账手稿，并对此历史文化议题有所获。

② 请参考 V. A. Kolve, "*Everyman* and the Parable of the Talents" in *The Medieval Drama: Papers of the Third Annual Conference of the Center for Medieval and Renaissance Studies*, ed. Sandro Sticca (Albany: State U of New York P, 1972), 69-98; John W. Velz, "Episodic Structure in Four Tudor Plays: A Virtue of Necessity," *Comparative Drama* 6 (1972—1973): 88-90; John Conley, "The Doctrine of Friendship in *Everyman*," *Speculum* 44 (1969): 374-382; C. J. Wortham, "*Everyman* and the Reformation," *Parergon* 29 (1981): 23-31; John C. Coldewey, "Some Economic Aspects of the Late Medieval Drama" in *Contexts for Early English Drama*, ed. Marianne G. Briscoe and John C. Coldewey (Bloomington: Indiana UP, 1989), 80; and John Cunningham, "Comedic and Liturgical Restoration in *Everyman*" in *Drama in the Middle Ages: Comparative and Critical Essays: Second Series*, ed. Clifford Davidson and John H. Stroupe (New York: AMS P, 1991), 368-379 and Denise M. Wang, " 'O ghostly Treasure, O Ransomer and Redeemer!: Economic Expressions in *Everyman*," *English Language and Literature* 63.1 (2017): 45-61。关于经济学语汇(language of economy)，我借用了 V. A. Kolve 的用法。虽然我的论述与 Kolve 所谈论的剧中的基督教救赎经济学背景相去不远，但是我的结论与研究方法却是迥然不同的。

及 15 世纪末西欧基督教教会的腐败与宗教改革运动相呼应。《每个人》的剧作家借由戏剧批判每个人的职业（坐商）来凸显商人生财之道的罪过、错误的金钱观以及神职人员的贪婪，进而凸显每个人不可不知的生死学。套用我们所熟悉的长照 2.0 话题：每个人该花多少钱买到一个好死？死亡是每个人的福利还是负担？财富是上黄泉路前进的动力吗？踏入生命最后一程，每个人可以领多少死亡给付？保险机制在哪里？这些疑问也是《每个人》的剧作家借由每个人之死所凸显的议题。

　　贪婪是中世纪基督教义所指定的七大罪之一，是其中最重的、永不得超生的死罪。[1]英国中世纪道德剧《每个人》以经济学礼尚往来（voluntary exchange）的道理提醒每个人正视死亡的真相，以寻索在现世存活的意义。贪婪是这部戏剧的主题。此剧劝世的教化功用或许正符合文本被归类为中世纪道德剧的文类范畴；但是除了定位该剧在英国文学史上的位置外[2]，我更好奇的是：这样投机却务实的救赎经济学（economy of salvation）是在什么样的物质条件下产生的？由谁发声？由谁主导？由谁建构？通过对可能答案的探索，或许我们将更能理解这个剧本的历史意义及剧作家以戏剧文学方式批判 15 世纪末英国中产阶级（社会上层）商人贪婪及教会拜金的动机与时代意义；进而根据此剧的主旨（贪婪）反思当代经济议题与当今台湾社会的人文素养，尤其是与生死经济学相

---

① 请参考 Morton W. Bloomfield, *Seven Deadly Sins: An Introduction to the History of a Religious Concept, with Special Reference to Medieval English Literature* (East Lansing: U of Michigan State P, 1967)。"贪婪"是七大罪中最严重、永不得超生的"死罪"。一般而言，七宗罪为七主罪（拉丁文为 *septem peccata mortalia*, Seven Cardinal Sins），源起于 3—4 世纪沙漠教父文献，早期为八宗罪。本文采用基督教较为世人熟知的七大罪或七原罪（Seven Deadly Sins，or Seven Capital Sins），详见 Bloomfield 43-44。亦可参考 Siegfried Wenzel 在 "The Source of Chaucer's Seven Deadly Sins" (*Traditio* 30[1974]: 351-378)一文中关于具体每一死罪的解说。

② 关于中世纪英国戏剧史，请见 http://www.luminarium.org/medlit/medievaldrama.htm。概论中提及有四大类：通俗剧（folk plays）、神秘剧（mystery plays）、道德剧（morality plays）与插剧（interludes）。摘录来自 Robert Huntington Fletcher, *A History of English Literature* (Boston: Richard G. Badger, 1916), 85-91.

关的议题：安乐死、长照 2.0、高龄产业经济（如 Zenbo 家事机器人、Pepper 商用机器人）等。当前我们对于死亡的认识多半与健康医疗照护相关。相较于英国中世纪及文艺复兴时期人们面对生死的态度，似乎我们时代多数人的生死见解也未必跳脱贪生怕死的窘境。在 21 世纪台湾地区这个异教的语境里，生命救赎与个人政经地位、财富多寡、宗教信仰、年龄、性别、职业及教育有关吗？如果答案是肯定的，何以使然？本文所论述的《每个人》剧中的生死议题希望可以为读者提供一些省思。

二、作品简介

《每个人》是 15 世纪末英国都铎王朝（1495）的作品。直至 1515—1535 年间仍有至少四个印刷本（两个完整版及两个残缺版），可见其受欢迎的程度。①主人公每个人象征基督教大帝国里男女老少的每一个人。每个人死后升天的先决条件是行善并奉行教义、接受教会的约束、完成出生受洗、忏悔、苦行、望弥撒等七圣事。②此剧讲述一个苟且度日的每个人如

---

① 现存留于世的《每个人》手稿始于英国都铎王朝，约公元 1485 年，后于二十年内（c.1515—c.1535）有四个印刷本留世。格雷格（W. W. Greg）认为，《每个人》的素材来源 Elckerlijc 大约完成于公元 1495 年（详见 A Bibliography of the English Printed Drama to the Restoration, 4 vols, London: Oxford UP, 1939—1959, I: 82）。关于这两个不同语言不同地区同一作品的诞生孰先孰后，学界众说纷纭，莫衷一是。我们可以确信的是，这个剧本的主题很受欢迎。这从同一时期类似剧情的风行可见一斑。这四个留世的印刷本中，两个较早期但不全整的版本由品森（Thomas Pynson）编辑出版，而另两个较晚期却完整的版本（现收藏于美国亨廷顿图书馆）则由史考特（John Skot）编辑出版。现代版的印刷本都是依据史考特的版本。本文所采用的英国中世纪道德剧《每个人》版本是考利（A. C. Cawley）所编辑的（详见 Everyman and Medieval Miracle Plays, London: J. M. Dent & Sons, 1974）。中文译稿来自本文作者。

② 这些七圣事正式记载在特伦特大公会议（the Council of Trent, 1545—1563）的公报里。简言之，七圣事在此之前是遭议论的，大公会议才会决议，不依循七圣事而行的基督徒将会遭受诅咒（anathema）。详见特伦特大公会议通过的第一条与第四条教义。上文与七圣事相关的内容选自 The Seventh Session of the Council of Trent (London: Dolman: Hanover Historical Texts Project, 1848), 53-67. 网络资料取于 2014 年 4 月 3 日。

何从恐惧死亡中解脱并且获得救赎的故事。剧情的发展可略分为两部分：前段讲述每个人纸醉金迷的生活，后段讲述每个人觉醒后的从容就死。剧中人物除了上帝与死神外，全是典型中世纪道德剧采用的寓意角色（allegorical characters）：每个人、伙伴、家人亲戚、财富、善行、力气、容颜、五官、知识与沉稳内敛。每个人死后将接受上帝的审判。审判时，他必须呈上善行记录（他的账本簿记）。[①]借由善行，每个人或许可以换得死后在天堂的永生。依据基督教教义，能随每个人面见上帝的也只有他在人世间完成的善行：扶弱济贫及对教会的捐献（almsgivings）。

《每个人》剧情的发展单一：每个桥段都重复剧中配角人物一个个离主角而去的场景。唯有善行不离不弃，最后随每个人安然地走入坟墓。剧情的高潮或转折点是每个人的忏悔觉悟，之后他必须奉行教会的约束，向神父忏罪，从容赴死前让神父在其五官上敷油。这些教会的仪轨，每个人必须都完成后才能获得善终。[②]

三、《每个人》与我

笔者以下分三个方面，分别围绕剧中主人公的职业、宗教信仰及性别年纪展开讨论：（一）每个人不是每个人：每个人是个生意人；（二）每

---

① 中世纪忏罪手册（medieval penitential manuals）中常见教士惯用的经贸词汇（commercial lexicon）。本剧的关键词、意象、老套的梗有着一成不变的相通性：清算（reckoning）、账本（account book）、账本簿记（account）和其他的经贸语汇。这些关键词有双重的指涉：信仰上的及物质上的，进而建构本剧丰富的意涵——宗教上的及社会经济面上的意义。

② 14世纪以降直至莎士比亚时期，西欧盛行的《死亡的艺术》（Ars Moriendi）详列将死之人（the moriens）应该做的事，否则不得善终：最后一次的领用圣体餐（Holy Eucharist），称之为 Viaticum，拉丁文意思是旅行与路，意涵濒死之际弥留者行至死后世界的资粮。弥留时，将死之人接受敷油礼（Extreme Unction）。由神父在他的双眼、双耳、鼻、双唇及双手（即身体五官）敷上复活节神圣礼拜四（Holy Thursday）的圣油。此剧中，每个人接受了这些圣事（sacraments），走入坟墓前完成这些仪轨。请参考 Frances M. M. Camper, ed. *Book of the Craft of Dying* (London: Longmans, 1917), 19-20。

个人不是每个人；每个人是个基督徒；（三）每个人不是每个人：每个人是个少壮的男人。无论何种职业身份、宗教信仰或性别年龄，任何人都需要面临死亡，也就是说，死亡是我们的共同点。面对生死大事，我们每个人都是《每个人》剧中的每个人。除此之外，身为 21 世纪东方儒释道文化里的我们可能与西欧中世纪晚期的每个人对生命意义的理解很不一样。在这样的前提下，这三个方面将引导我们去检视剧中主人公的言行举止，并且让我们更明白地看到剧作家想要凸显以礼尚往来为原则的救赎经济学在英国当时的时代意义和当代我们每个人与台湾地区社会经济发展的关系。

（一）每个人是生意人，有钱的生意人

此剧的主人公是个有钱的生意人，整日寻欢作乐，过着很滋润优渥的日子。许多学者指出，每个人具有的坐商或封臣这个社会角色是剧作家抨击当时社会物欲横流、人心贪婪的指针对象（"a well-to-do burgher"：Tydeman, 2）[①]。商人与封臣的行事趋向现实的、世俗的、以积聚物质财富为指针的导向。为方便我们的讨论，我们有必要了解英国中世纪经济社会结构的历史背景。中世纪晚期的经济发展除了源于城市的兴起与商人的政经地位的抬升，金钱游戏也翻转了旧农业时代的社会结构、价值观、历史观、人生观与物质生活。职业、权利、义务与社会威望在城市生活中促进社会阶层的形成。自古即有上中下三个层级，概约地说，中世纪中期有两个分开的社群属于城市上层阶级。这两个社群从西欧 11、12 世纪起才有较为固定的形态：商人及封臣。

中世纪早期商人居无定所。行商必须有国王给予的保护，同时商人间为了自我保护而组织社团，成员有义务相互帮忙。到了中世纪中期（13世纪），商人都转变成坐商，同时商会在城市里领导着商业活动。地中海

---

① See Harper, 273-274；在 Harper 之前，David Mills 已有相关评论，见 David Mills, "Anglo-Dutch Theatres: Problems and Possibilities," *Medieval English Theatre* 18 (1996): 137-138; William Tydeman 把剧中的每个人称为"a well-to-do burgher" (*English Medieval Theatre, 1440—1500*, London: Routledge, 1986), 2。

地区的商人们发展出一种特殊的委托性的合伙性交易形式：一方提供资金，一方进行实际货物的运输。行商转变为坐商是构成中世纪晚期（14世纪）典型城市生活的大前提。或者说，商人是城市兴起的动力。其社会阶级及威望也随之产生前所未有的变化。之前作为城市的上层阶级，远程贸易的商人于是在中世纪中期的城市里找到了他们的社会位置。①13世纪以后，账本簿记成了商人日常生活中不可或缺的要件。读书识字的教育也就带动了城市市民追求翻身的目标。精准地记账簿记的日常行为大大改变了世人的人生观：对于现世每天每个小时的计较与评量、财富的累积与付出。下文第三部分我们将进一步讨论中世纪晚期商人如何建构文艺复兴时期着眼于现世的人生观。

城市上层第二个重要的社群是封臣。和商人相较，封臣的职业可以是承租者、受雇于城市领主的管事。他们在城市里行使权力，拥有双重角色，既是市民又是官员。为首的是城堡的伯爵或地方管事，此外还有收税人、铸币人、庄园管家、驻守城堡的总管。他们也加入商会组织。当贸易商人在社团中与贵族抗衡时，当城市市民进行争取自治权的斗争时，封臣往往扮演关键性的角色。

到了 15 世纪，作为城市中层的手工业者②更多地散落在英格兰北部小城市里，如曼特斯特和约克两个城市，它们的城市特征就来自手工业者和那些既是生产者又是商人的工商业者。他们对教会和领主负有纳税

---

① 关于中世纪中期商人的崛起与经济发展，特别是货币金流的制度化，请参考 Raymond de Roover, *Money, Banking, and Credit in Medieval Bruges; Italian Merchant-Bankers and Money-Changers, A Study of the Origins of Banking* (Cambridge: Medieval Academy of America, 1948), Robert S. Lopez, *The Commercial Revolution of the Middle Ages, 950—1350* (Cambridge: Cambridge UP, 1976), M. M. Postan, *Medieval Trade and Finance* (Cambridge: Cambridge UP, 1973), Kathryn L. Reyerson, *Business, Banking, and Finance in Medieval Montpellier* (Toronto: Pontifical Institute of Medieval Studies, 1985), 与 Sylvia L. Thrupp, *The Merchant Class of Medieval London, 1300—1500* (Ann Arbor: U of Michigan P, 1976)。Sylvia L. Thrupp 提供本文关于英国坐商主要的及有用的相关背景资料。

② 泛指手工劳动的经济体（manual labor），包括一般所谓的各类匠工（craftsmen）。

的义务。在他们身上我们更可以看到城市变迁中社会阶级的生成、演化与消长。他们要先后摆脱的就是依附在他们职业身份上的各种赋税、财产税、结婚税、继承税、关税及死亡税。在约克，手工业专业化的发展很快。这可以从他们的商会组织水平的划分见得：磨坊师、烘焙师、屠夫、酿酒师等是食品业；玻璃加工匠、陶匠、打铁匠、皮革匠、羊毛加工匠等是手工业。手工业的工会也有垂直的划分，如羊毛业可以依次分为取样、洗涤、拣选、分类、纺线、捻线、织布，最后是染色。中世纪的约克就以羊毛纺织业中的染色闻名。这些手工业各个商会也是中世纪英国戏剧各个剧团演出最主要的赞助者。从同业公会的发展可见商人对城市生活的影响力。另有联合会同时保留了基督教会的因素，除了社会的经济需求外，还以宗教社团身份的高姿态，以领主为首，参与城市管理与课税的稽核，监督产品的质量数量，维护传统，保护会员的生计，执行学徒制的职训教育，控制工会会员的人数、入会资格等避免同业竞争冲突。

下层社会是一群为数可观的、隶属城市的居民与边缘人：那些没有任何职业的游民或者赤穷的乞丐、外来的新住民、住在城堡里的农民、四处旅行乞讨的托钵僧侣以及逃亡的走卒罪犯。

此剧的主人公是个有钱的生意人。每个人社交生活圈里的朋友们也都是如此。上文提及坐商或封臣这个社会角色是剧作家抨击当时社会物欲横流、人心贪婪的指针对象。商人以利相交，彼此的情谊全靠礼尚往来的经济模式维系。当每个人的好伙伴得知每个人即将踏上死亡之旅，好伙伴拒绝了每个人的邀请与馈赠。他说："就算你再次奉上华服美帽，我也碍难同行。"（292—293）此意味着他们的友谊确实曾经可以用物品馈赠与回报来建构及维系。

> 好伙伴："何时我们归来？"
>
> 每个人："我们不会回来了。我们再也不会回来了，当末日来临了。"
>
> 好伙伴："当真，那我可是不愿去那里的！"（260—262）

每个人发现他的礼物在生死交关的当下换不回好伙伴的情义相挺时，感慨地说出一个老生常谈的谚语："朋友中锦上添花易见，雪中送炭难寻。"（309—310）谁道买卖不成仁义在？他的好兄弟毫不留情地弃他而去。因为这笔交易不划算，有去无回。至于仁义，更不用提了。

每个人惯以商人的金钱观看待人事物。他以为有钱能使鬼推磨，只要有钱无事不办（413）。当死神召唤，他很自然地向死神提议以一千英镑换取缓刑（118—123）。死神六亲不认，岂会收贿？可见每个人利益熏心，双眼当真被财富给蒙瞎了（418—419），以为有钱能使鬼推磨。当他的财富拒绝与他一同赴死时，他感慨地对财富说："我们的关系向来如此亲密，我视你为我的一部分，我们从未须臾分开。"（408—409）财富冷冷地反驳每个人的要求，对他说："财富大爷我不隶属于任何人，你从来不曾拥有我，我来去自如，你唱你的调，我的歌与你不同调喔！"（414—415）

> 每个人："唉呦，我是如此爱你，我一直以来
> 　　　　整日享受你财物所带来的欢乐。"
> 财富："这就是你应得的诅咒，'我的爱'暂时借贷
> 　　　因为我的爱与永恒的爱相左。
> 　　　早知如此，你应该爱我少一些
> 　　　把我分一些给穷人
> 　　　今日你便不会沦落如此窘境
> 　　　也不至于如此忧悲苦恼。"（427—434）

财富奚落每个人一阵：

> 财富："甚么？你竟然以为我是你的所有？"
> 每个人："我确实是如此想的。"
> 财富："你错了，每个人，我说你错了
> 　　　我不过是借你暂时用用罢了；
> 　　　某些时日你因为有我而风光。

　　但我的本事就是夺人心智,

　　一个都不放过。

　　你认为我会跟着你到天涯海角吗?

　　不会的,真的,我是不会离开人世间的。"(437—445)

　　之后,财富拂袖而去。每个人只好回去检视他的账本簿记(book-keeping),也就是清算(reckoning)。他发现他的善行缺缺,于是开始想办法弥补。每个人为了财富不肯与他同去赴死而非常懊恼,他似乎仍冀望在最后审判的法庭上,他的金钱可以拿来贿赂审判长,入狱后讨好狱官,甚或至少左右判刑的轻重。此刻,财富与他唱的歌不同调,他岂不沮丧懊恼?我们或许会问:身为基督教文化下的每个人当知天国的财富与人间财富的不同,何以他会傻傻地相信他的物质财富可以带得走,甚至买到死后的减刑?他为何认为死神是可以被金钱收买的?精神上的满足如何用物质换取?可见每个人整日与钱为伍,深信有钱无事不办(413)。

　　中世纪晚期教会的财富就是在这样的迷思下积聚而来的。视财如命的商人很天真地以为金钱可以买命。活着的时候衣食无虞,有能力用大量金钱换来教士日夜代祷服务、临终敷油安息、死后荐亡拔度,并对穷人施舍。这样救赎的保险机制特别重要。每个人的礼尚往来生死经济观是社会群体的产物。其中教会因应世情而改变对于财富的解释以及自身逐渐贪婪腐败是关键所在。方济会、多明我会等修会的托钵僧侣游走于市集。他们传教的内容因为对象中有商人而有了变化。教会提供给城市教区神职人员的开示、告解者指导手册,以及神学士与修会修士所撰写的论经大集都对中世纪晚期至文艺复兴时期西欧城市经济推手(商人)的形象与商业行为做出正面的评价。①

① 教会的讲道、托钵僧的传教、教区教士的告解使用手册(confessors' manuals)、神学士所写的经论(theological *summae*)提供有利的显著的贡献,提升坐商与封臣职业的道德感与宗教形象,这与早期教会仇商的言论大不相同。请参阅 Aron J. A. Gurevich, "The Merchant" in *Medieval Callings*, ed. Jacques Le Goff, trans. Lydia G. Cochrane (Chicago: U of Chicago P, 1990), 243-284.

（二）每个人不是每个人，每个人是基督徒①

上文我们提及，中世纪晚期坐商日常生活中不可或缺的要件是账本簿记。算术要求精准，出纳结算才会分毫不差。坐商每天计算进账与支出，每天结算出的盈余还要分红让利，捐献给教会。相对的，教会神职人员每日代祷，临终为之敷油、死后安葬、依照死者遗书契约的年限为死者荐亡拔度。教职人员更要精准地记账簿记。这个记账的日常行为反映出了 15 世纪商人的人生观：（1）对于现世每天每个小时的计较与评量：时间就是金钱；（2）财富的累积：资本家的手段；（3）财富的支出报表，即捐献（善行）的登录：善终的保险机制。

自 11 世纪以降，教会对于商人的崛起向来抱着敌视的态度。②但随着社会变迁、城市的兴起，商人生前死后的捐献对教会的经济愈来愈重

---

① 对于身为异教徒、华人、日本人、韩国人等东方礼教文化的读者而言，基督教义或许是陌生而难懂的；信奉基督教的华人或许熟知圣经要义，但是各派宗教的正统性与真实理解往往自由心证，换言之，非基督徒与基督徒（如剧中的每个人）都很有可能误解上帝的话。我们可以肯定的是：每个人是基督徒，信仰不坚定与真理认知偏差的基督徒至今比比皆是，每个人"及时"悔悟，因此救赎有望。本文无意喙：世俗（异教徒）的金钱观和生死观与基督教的救赎经济学差异为何？高低如何？孰是孰非？我们所关注的是剧中剧作家如何凸显身为基督徒的每个人对于生与死的漫不经心与及时悔悟如何与当时的社会经济面与宗教改革运动相呼应。至于笔者是否为有正知正见的基督徒或异教徒更不重要。试问：基督教生死学教义非基督徒不能谈论吗？如剧中主人公每个人这样缺乏真正见解的基督徒又如何？自认有正知正见的基督教读者又如何？学术论坛上，持平为上，切忌偏见，莫摘叶寻枝好。

② 圣托马斯（Thomas Aquinas）虽然深知商业日益蓬勃却直言商人做生意牟利很可耻。圣方济（Francis of Assisi）的家族事业是纺织业与布料进出口商，他放弃继承家族的遗产，还断然中止与家族的来往，成立托钵僧会（方济会）。Godric of Finchale（1135—？）从经营小生意到进出口精品稀宝而致富，晚年舍弃所有家产出家为僧，死后被教廷封圣，受世人膜拜。13 世纪 Homobonus of Cremona 也因为将生前所有财富救济穷人而被教廷封圣。14 世纪（1360）Sienese 商人 Giovanni Colombini 创立新的托钵僧会（The Apostolic Clerics of St. Jerome, or Jeronymites）。详见 *Dictionary of Catholic Theology Online*.

要。13 世纪至 15 世纪社会转型，西欧的教士讲道时必须符合现实，将社会各阶级汲汲营营赚钱的动力转换成宗教信仰的助力，因此教会对于商人及财富的态度必须有模糊或合理化的解释。同时教廷对于不满教会贪财腐化的宗教改革者必须采取收编与妥协的政策，然而基督徒该如何处理世间的财富才能获得救赎呢？救赎经济学应运而生。

根据这方面研究最具权威的学者 J. Riviere 的解释，基督教的生死经济学（救赎论）是晚至 12 世纪才定形及有系统化的论述的（"salvation," *Dictionary of Catholic Theology Online*）。换言之，买卖交易的概念套用在解释圣经教义上是前所未有的事。这概念与词汇的生成与社会经济发展息息相关。救赎经济学主要的学理乃根据财产的所有权归属议题而生。旧约创世记篇记载亚当出卖上帝时他的生命财产已归付了魔鬼。新约记载基督的降临与受难是为了赎回上帝的财产。耶稣所流的血就是赎金。这个偿债论述里将人的生命譬喻成某种有价的对象。或者说，生命是钱，可以交易，可以抵押偿还。再则，争夺所有权的意象也充满戏剧性。它展现了法庭上被告与原告双方的攻防、审判与罪刑的执行。更有趣的是，它将圣经故事中上帝、魔鬼与基督三者的互动视为某种经济往来的行为——财产所有权的争夺。其前提是人亏欠上帝。人的生命来自上帝，堕落的灵魂是用耶稣的鲜血赎回的。类似的譬喻在中世纪英国文学中常见：兰格伦的皮尔斯农夫、约克剧 *Harrowing the Hell*，*Richard Rolle*，*Julian Norwich*，还有《每个人》。

救赎经济学所建构的是一种新的伦理道德取向。这般市侩的意识形态与中世纪早期（封建社会里的农业经济）神权至上的阶级意识形态很不一样。西欧社会因而有了不一样的看待生命的观点与不一样的生活习惯，其中最大的转折在于金钱观与金钱流动的变革。

严格地说，对基督徒而言，天国只能让舍弃世间财富的人进入，因此教会谴责教友迷恋世间财富。因为贪婪是财富累积的源头，所以它是最重的死罪。教会教士宣教时常大声炮轰啬爱财的教友及有钱人，特别是那些以利滚利的生意人。中世纪训诫文学（*exempla*）常见讲述放贷的商人不得好死的故事，特别是那些买汇卖汇、赚取汇差的借贷人

(moneychanger, banker)。在《每个人》这个道德剧中，每个人遭遇财富的背叛后，转而求助于善行。他的账本簿记所记录的善行少得可怜。因此当他呼唤善行时，善行有心无力，站都站不起来（485—488）。他向每个人抱怨因为他的业绩实在不好，以至于他如此孱弱（501—505）。每个人在知识的开导下明白了自己的过失，痛改前非，开始苦行，他积极分配他的财富，立下遗嘱，在死前把不义的钱财归还给来处，并且奉献教会、布施穷人（581—607）。善行渐渐强壮起来，后来陪伴每个人一起接受上帝的审判。有趣的是这些桥段让我们看到的是剧作家对于财富的肯定：有钱可以捐献；捐献可以累积功德，换取永生；豁免于下地狱之罪罚。所以说有钱并不是坏事，有钱才有能力行善、济贫扶弱。值得我们注意的是，每个人有社会责任。对于现世的肯定正是中世纪晚期文艺复兴初期人道精神的核心价值。一个人的价值在于对其他人的贡献：为他人服务。这样的人生哲学与宗教信仰是入世的、现世的，却又不偏离知识分子的哀愁（intellectual melancholy），因为死亡仍然不可免。

让我们回到中世纪晚期基督教会所宣扬的出世财富观。对此议题，一方面我们要问：中世纪中期以降教会攻击商人累积财富的愤怒从何而来？另一方面我们要问：几个世纪后教会态度软化并且合理化自身的企业经营，教会仇富却聚财，信众又该如何评估？当时宗教改革运动者又是如何批判与解决这样的矛盾的？从11、12世纪教会教士传道时仇富内容的讲道稿，我们可以略见一些端倪。这些讲道稿多半反映出当时教会及教友对于白手起家富人的普遍看法。对社会大众而言，有钱的商人，特别是不事生产以利滚利的坐商，他们特别眼红。除了批评他们是社会的混混、啬嗇贪财、取财不公不义，更诅咒他们下地狱。商人也意识到这样的诋毁，上教堂时特别低调，总是坐在角落暗处。身为基督徒的他们冀望获得救赎的信念与一般教友并无两样，甚至更迫切。中世纪有许多知名的托钵僧出家前都是商人。有些死后还被封为圣者，受信众膜拜，如圣方济（Francis of Assisi）[①]。14、15世纪西欧社会政治经济活动中，

---

① 见第70页注②。

商人的分量更是举足轻重。商人与封臣的社经地位稳固，影响力日增。然而商人的操守道德却处处受到贬抑。商人对于死亡的恐惧（下地狱）自然不等同一般，每个人对于死亡的反应几乎可以说患有身心恐慌症（Le Goff, "Usurer", 22-52; Kedar, 142-155）。

知耻近乎勇。知识教导每个人忏悔。当每个人知道自己的过失是源自贪婪时，治贪婪的良方当属慷慨解囊、济贫扶弱。《每个人》剧中，剧作家刻意将每个人告解的场景以口述的方式带过。当每个人消失在舞台上，知识与五官的对话向观众说明奉行教会教规的重要，尤其是七圣事中罪人向神父的告解（忏罪）。在五官与每个人的对话中，五官赞美教会神父的仁慈：

> 每个人，向神父的告解（忏罪）是你最好的作为。
> 上帝将带给你救赎
> 因为再没有比神职人员更高了：
> 神职人员教导我们圣经教义
> 使罪人皈依上帝转罪为福生天享乐
> 上帝给予神职人员
> 比天上的天使更大的权力
> 自上帝以降我们找不到解救之道
> 除了求助于神职人员。
> 每个人，上帝给了神父如此的尊荣
> 让他们代替祂在我们之中
> 所以说他们比天使还崇高至上。（729—748）

话锋一转，知识开始批评教会神职人员买卖神职（simony）的腐败：

> 倘若神父们是良善的，理当如此。
> 然而，当耶稣受难高挂十字架上
> 他在苦痛中给了我们圣体：

全能的天父没将神父们卖出。

因此，圣彼得说

耶稣诅咒那些

买卖他们的救世主上帝[的神父们]

或者是那些为钱财而作为而说教的神父们。

有罪的神父们给罪人坏的榜样，

他们的子女养在别人的家，我听说；

有些神父追逐女色

过着肮脏的生活，淫荡好色：

在妓院中犯罪迷失自我。（749—762）

这段与剧情发展看似离题，却与此剧的主题（贪婪）紧紧相扣。知识明嘲暗讽神父们的贪财：向神父忏悔是七圣事之一，但前提是神父是良善的（神圣的）；圣彼得说耶稣诅咒那些教会里买官卖官的坏神父，这些罪人抛家弃子流连声色的下场是好色所致。《每个人》开场时，上帝的独白直指人心的贪婪：

我看见在人世间享受荣华富贵的人们

对我竟然如此不仁不义，丝毫没有恐惧畏惧：

人们昧于良知看不见圣灵，

沉溺于罪中而不知我是他们的神；

他们满脑子都是钱

他们不怕我调教他们的教鞭

当我为他们而死时我展示的律法

我用我的鲜血，他们忘得真干净（21—30）

对上帝忘恩负义的下场是祂的愤怒与处罚。上帝接着说人类忘记了当年祂是如何付出代价买下礼物无私地献给人类（29—34）^①。剧中上帝的形象似乎非常符合当时商人的刻板形象：精明地算计每一个交易的得失、锱铢必较。所谓"来而不往非礼也"。人类的忘恩负义表现在他不懂得如何回礼。礼尚往来是文明的表现。《每个人》剧中，身为基督徒的每个人忘记上帝的存在与恩典实在不可原谅。当死神这个信差上门讨债时，每个人问死神："上帝找我何事？"（97）死神说："上帝找你（蒙主宠召）。你死期已到，带上你的账本上路吧！你再也回不来了。"（103—105）每个人说："我的账本簿记还没准备好呢！我不认识你。你是哪来的信差？"（113—114）这个桥段描述每个人对死亡与生命的漫不经心。在东方礼教的社会里，送礼的文化很细致，有很多窍门。但古今中外礼物基本的运作方式原则是一样的：送礼的人所送出去的礼必须得到受礼人的认同，受礼者收下礼物后必须回礼（回报的方式不拘）。换言之，运作的方式，就算不是对等的、互惠的，却必须是双向的、你情我愿的。上帝给得如此大方，然而人类却是浑然不知，或受之不恭。

在《每个人》这个剧中，我们看到基督苦难哲学里你来我往的生死经济学。上帝无私地给人类祂的厚礼。相对地，人类如果能于现世中无私地奉献，后日必得到天堂永生为报。这个礼尚往来的道理表现在剧中上帝的用词上：买卖生命、救赎（salvation, 718—720）、慈爱（mercy, 58）、恩典（grace, 607）、圣事（the sacraments, 716—720, 751—754），以及参与这样施与受交易的特权（苦行，penance）。以此观点，每个人确实欠上帝很多。他必须以命抵债。理论上，每个人的命是上帝给的资产。日常上，每个人必须欢喜地接受这个资产并回馈施者的恩惠。《马太福音》25：16—30 讲述耶稣说明上帝给每个人恩典的譬喻（"parable of talents"）：每个人获得赏赐的恩典如金币铜钱，虽然多寡不一，但绝不可藏之，以

---

① 上帝说人类忘记了当年祂是如何付出代价买下礼物无私地献给人类的（"My law that I showed, when I for them died,/They forget clean, and shedding of my blood red;/I hanged between two, it cannot be denied;/To *get* them life I suffered to be dead." 29-34, my emphasis）。*get* 的中世纪英文意涵与现代英文不同，指的是买，用钱财或物品换取得到的付出。详见 *Middle English Dictionary*。

少为足；反之，每个人应善用手中至宝，投资交易，以利滚利，将上帝给的金币加倍地积聚，为上帝服务，谋取最大的投资利益。且不论金币的譬喻为何，耶稣这个讲道的重点是投资报酬率：藏之地底的金币虽然守住了，但远不如善加利用的金币。用钱赚钱，生命是珍贵的，有如金币。每个人应该善用其一生为主所用、服侍主、传递福音。《马太福音》6: 16—24 讲述耶稣说有钱人进不了天堂，因为天上的财富与地上的财富不相容。唯有舍弃人世间财富者，才有资格拥有天堂的财富。耶稣这段讲道并没有贬抑财富，相反地，耶稣要求的是每个人追求心灵财富的热情，同时解释精神层次财富的重要性。

在《每个人》剧情发展到每个人明白物质财富与心灵财富不同之后，每个人深切忏悔，他接受了教会的规范，依照每个教友应执行的仪轨准备好就死：这些仪轨包括身口意的清净。① 上帝说善行与苦行是同业人的义务：共同参与耶稣的受难。每个人的才干本事、美貌、力气、知识、成熟内敛与五官是上帝企业的资产，上帝的投资（"because he would every man redeem,/ Which Adam forfeited by his disobedience", 584—585）。每个股东必须善用这些资产为上帝谋取最大的利益，积极参与耶稣的事业体，热血打拼（"by the means of his passion", 602—603），死后面见上帝时呈上最佳业绩的财报（清算）（"to make reckoning/ Before the Redeemer of all things", 511—512）。

在此之前，每个人物欲熏心，压根不知他自己的生命是上帝给他的最宝贵的礼物（这个礼很重，祂用鲜血买回来的）。每个人甚至认为他的生命与上帝无关。所以一开始当死神上门，他不认为上帝与他有任何干系。他得知死神是来索命之后，又问："我死后能很快地再返回到人间吗？"（146—149）。对基督徒而言，现世的时间（即生命）是属于上帝的，死后不是上天堂，就是下地狱。对中世纪晚期教会而言，世道的天灾人祸不断（如瘟疫、饥荒、战争等）显示上帝的愤怒，鲜少有人可以得救，

---

① 告解（confession by mouth）、苦行（restitution by penance）、忏悔（contrition by heart）（口清净：告解；身清净：善行与苦行；意清净：忏悔）。

绝大多数的人下地狱。早在中世纪中期，关于最后的审判除了地狱，还有炼狱的空间与时间设计，让相信死后必下地狱之说的世人有了翻身的希望。死者生前布施奉献教会愈多愈有希望得救。地狱与炼狱的差别在于受刑刑期的长短。善行多者即可缩短刑期（Le Goff, *Birth*, 133-153, 289-333, 356-360）。换言之，时间是交易的重要枢纽。不仅在世的时间可以买卖交易，死后的世界（炼狱）亦同。炼狱的空间与时间设计这样的类现代的生死经济学与坐商及封臣的时间观有着密切的关联。

（三）每个人不是每个人，每个人是个少壮的青年

每个人的死来得突然，毫无预警。剧中的每个人除了是有钱的基督徒之外，他还是少壮的男人。一出场时除了衣着光鲜亮丽，人也神采奕奕（85）。他整日活跃于社交圈里吃喝玩乐，丝毫没料到死神会找上门。每个人的死不是老死也不是病死。他的死是意外的死，更是英年早逝。剧作家要强调的是死亡的不可预知，无常迅速得可怕。人类的生命是上帝给予的礼物，命长命短不由人，生死也不由人，因为时间是属于上帝的。这个剧中每个人及时行乐在前，及时行善在后。"及时"凸显了死亡紧迫盯人的压迫感与虔诚信仰的迫切感。剧中我们看到死亡与信仰对每个这样的年轻人显得分外紧张。

对于 15 世纪末英国都铎王朝的坐商或封臣而言，日常生活中记账簿记与采风纳税的时间管理不可怠慢。生命是宝贵的，时间更是如此，片刻都不能虚掷。时间就是金钱，一寸光阴一寸金。13 世纪以后，西欧封建制度下农业经济所造就的社会阶级架构（祷告的[教士 *oratores*]、打仗的[贵族 *bellatores*]、劳动的[农民 *laboratores*]）①已经瓦解，主要是生活条件的改善所致。商人进口的舶来品包括东方的丝绸、琉璃、香料等提供贵族更高的奢华选择。②托钵僧侣的传教与教会改革运动提供商人的子

---

① 关于这三个社会阶级（*ordines*），请参阅 Georges Duby, *The Three Orders: Feudal Society Imagined*, trans. Arthur Goldhammer (Chicago: U of Chicago P, 1980).

② 马可·波罗家族的故事。

弟识字受教育的机会。农民因为劳动力短缺、工资的提高而不再受到庄园经济居地的限制（Le Goff, *Time*, 87-100）。部分劳动者改业进入城市生活，于是大小城市兴起，更加造就了商人在城市里的特殊身份。商人既不属于贵族（血统），也不是神职人员（修行），更不是靠劳动维持生计的农工（手工业）。

14、15 世纪商人的社会地位已经巩固。教会深知仇商的旧思维已经不再符合商人活跃于社会上层的实际状况。13 世纪德国方济会托钵僧 Berthold von Regensburg（1210—1272）教士的讲道稿充分表现出他游走各个城市所观察到的城市社会阶级变迁（*Encyclopædia Britannica*, 3: 813）。他用圣经里天国成员的九等级说明人间的十等级职业百工。第一等是裁缝与鞋匠，第二等是铁工业（包括珠宝匠、铸币匠、铁匠、木匠、石匠等），第三等是行商（比如那些贩卖给贵族他们远从法国及匈牙利带回的舶来品的行商），第四等是饮食业（酿酒工、烘焙工、奶酪工等），第五等是农民，第六等是医生，等等。最下等的是演员与杂耍艺人。可见他所见到的城市社会居民生活里百业分工已然成形，旧时代的封建社会已被资本社会取代。

他所写的讲道文（*Sermon on the Parable of Talents*）对《马太福音》中耶稣所说的金币的譬喻有非常独到的见解。他说上帝给予每个人的金币多寡不一，金币代表每个基督徒该实践的五个任务：（1）金币代表人身。每个人的生命是神给的，是个体的、具体的、有形的。（2）金币代表每个人的职业道德。每个人的专长是神给的。百业是适性适所，术有专攻的。（3）金币代表每个人的阳寿长短。每个人的寿命长短是神决定的，每个人该善用所得的时间（寿命）。（4）金币代表每个人所拥有的物品。每个人的财富多寡是神决定的，每个人该善用所得的物质财富，投资管理致富。（5）金币代表每个人与人为善的爱心。每个人该敦亲睦邻，广结善缘。

我们从 Berthold 修士的讲道中找到中世纪晚期商人礼尚往来生死经济学的大概轮廓。虽然他的论述中时间的概念尚未走到所谓的商人的时间①，但是他所谓的时间也不再是传统教义下教堂的时间（Le Goff, "Time", 3-86）。更有趣的是，我们发现他对于生命的认知是他出入城市各阶层社会活动的缩影。金币所代表的第一个意义，人身，不是模糊的人类全体的生命而是个体单一的人身。金币所代表的第二个意义，职业道德，不再是粗分的三族群（打仗的、祷告的、劳动的），而是各种不同职场的专业能力，首重服务他人的社会责任。Berthold 特别强调每个人善用职能的重要性。劝告酒商不要在酒中掺水骗财，买卖首重诚信。人身（生命）的价值因此是社会性的、日常生活的、奉献的、服务的。金币的第三个意义，寿命，显示 13 世纪时个人对于时间的敏感度远胜于前。时间是珍贵的，不可虚掷浪费。金币的第四个意义，物质财富，Berthold 显然对于现世的财富是肯定的，多多益善。金币的第五个意义，爱你的邻居如己，Berthold 强调的是城市生活里张三李四你来我往的人际关系。Berthold 阐述金币这五个意义时没有只字提及灵魂，却巧妙地将传统救赎论所宣扬的灵魂救赎带入了新的启示——把握人生、服务他人（己达达人）。

对此剧的观众而言，像剧中主角每个人的英年早逝或许常见。因为当时的生活条件、卫生保健习惯及天灾（瘟疫、地震、气候暖化、旱灾）人祸（宗教战争、教廷人事斗争）所致。依我所见，剧作家所要求的是：人生无常迅速，生死事大。每个人从未想过死亡是如此靠近，生死一瞬间。唯有善用生命的每一分钟，行善积德，才有可能得到一个好死。棺材装的是死人，却不一定是老人。常言道：黄泉路上多少年。诚如 Harper、Kolve 等学者所主张，此剧每个人的死亡恐惧与基督教苦难神学息息相关，尤其是救赎经济学与奉献两个主要议题。贪婪是罪行，但是此剧的剧作家似乎更在意呈现每个人对治贪婪这个恶行的具体方法：实际的行

---

① 相较于上帝的时间，人类的寿命抽象且神圣不可僭越，理由是时间是上帝的。商人的时间具体而且可以被人管理操弄。对商人而言，时间就是金钱。从教义方面看，商人用时间赚取财富，他是贼，偷了上帝时间的贼。大学教授也是贼，因为知识是上帝所有的。大学教授用知识赚取财富，因而也是贼，偷了上帝知识的贼。关于"时间是上帝的"、"商人、教授是贼"等以上论述，详见 Le Goff, "Time", 3-86。

动与及时的行善。基督教教义敬天爱人的内涵在此有了个人的位置。每个人随时会死，生命无常。善用此时此地的机缘，服务他人，施舍穷人，对教会慷慨奉献才有可能得救。自此以降，我们可以说，中世纪晚期至文艺复兴时期基督徒对于时间与金钱的重视程度，不仅仅表现在每个人对于现世财富经营时间效用的掌控（银行信用借贷），更表现在有钱人冀望于生前死后以财富换取地狱受苦减刑的大量金钱奉献（代祷、荐亡拔度、消灾祈福、布施穷人等）。Berthold 所说的"爱你邻居如己"，在《每个人》这个剧中，每个人光有爱心不够，爱需要用行动实现，着眼现世，及时为他人服务。这种"济世"的精神正是文艺复兴人道主义者的核心价值。

四、结 论

《每个人》是一出非典型的中世纪英国道德剧。①剧作家所呈现的死亡主题看似普遍却不寻常。英国 15 世纪末、16 世纪初的经济犯罪与教会腐败，如课税、逃漏税、贪污、贿赂、教会聚财、神职人员买卖神职等滥觞离不开贪欲与金钱游戏的诱惑。在以上的讨论里，我们从新历史主义提倡物质历史的重要性出发，以英国 15 世纪坐商账本簿记（清算）的物质文化为核心，关注剧中每个人的死亡恐惧如何与当时英国城市生活及 15 世纪末西欧基督教教会的腐败和宗教改革运动交相辉映。笔者主张，英国中世纪道德剧《每个人》主人公的职业、社经地位、宗教信仰与性别年纪必须放在英国中世纪晚期城市的兴起与坐商/封臣看重时间/生命、金钱/身家财产的社会经济背景中去解读。中世纪晚期城市商人对于现世的存在感、生命依归的意识形态为剧作家提供了许多创作灵感。剧作家借由戏剧批判每个人、有钱人、基督徒、少壮青年错误的金钱观以及教会神职人员的贪婪，进而凸显现实世界中每个人不可不知的生死学。救赎经济学在此剧中的呈现方式与该剧主人公在三个方面息息相关：（1）每

---

① 典型的中世纪英国道德剧主角与配角的行事与谈吐往往是风趣幽默的。这出剧中每个人与其他的角色却是严肃的、缺乏幽默感的。

个人的职业与洗心革面（vocation and reform）；（2）每个人的职业与财富（vocation and money）；（3）每个人的职业与换取财富的劳动力（劳心或劳力）（vocation and labor）。

21 世纪全球的生意人与前人无异，生死打拼都是为了钱。但是我们经商的用词不同于古人。现代经济学提供给我们许多词汇，如投资报酬率、证券交易、基金、债权、融资、权状等；犹有甚之，一般人也习惯用投资理财的概念来经营人生，特别讲究人脉经营。我们冀望以生命做本金，善用人际关系让我们四处逢源，财源广进。这个管理人生经济学的词汇意涵着一个潜规则：有来有往，账本簿记、清算（reckoning）。同时，依循这个游戏规则联动的运作力，建构了可以让每个人操弄经营及管理的人际关系。换言之，我们期待付出必有回报，礼尚往来，皆大欢喜。英国中世纪道德剧《每个人》以经济学礼尚往来（voluntary exchange）的道理提醒每个人正视死亡的真相，以寻索在现世存活的意义。本剧批判人心贪婪下教会大量接受信众金钱奉献（donation）及神职买卖（simony）的腐败。金钱人人爱，本是人之常情，但是迷恋金钱万能，崇拜金钱，为钱为奴的后果是贪得无厌的罪行，不得好死，僧俗皆同。剧作家响应当时宗教改革者的呼吁与行动要求：贪婪是永不得超生的死罪——提醒观看此剧的观众以行动（身体力行）实践善行（捐献）。

《每个人》剧中每个人的死亡是身体的、具体切身的感受，而非概念的、冥想的。即使今日我们没有任何宗教信仰，或者选择完全仰赖医学科技的救赎，我们依旧期盼在相信医生的虔诚信念（价值观）中获得慰藉。[①]《每个人》剧中每个人的死亡是具有社会意义的。死亡凸显了每个人与他者的情感联结，以及人际关系的存在、变异、延续与作用。若延续我们以上的讨论，将来的研究或可放大检视此剧如何彰显了中世纪晚期至文艺复兴知识分子关于死亡的省思——以神为中心（theo-centered）是中世纪基督教思想的基础，而以人为中心（anthro-centered）是文艺复兴时期人道精神（Christianized humanism）主要的内涵；再则，职业高低、

---

① 参看 BBC "Trust Me, I Am a Doctor" "健康 2.0" "医师好辣" 等电视节目。

财富多寡、谋财手段、劳心或劳力的所得在英国 16 世纪文艺复兴时期已然是社会宗教改革运动的口号。13 世纪西欧各个城市纷纷成立大学，有些城市还是源自大学师生的进驻而生成（即大学城，如牛津、剑桥）。人们一度坚信，时间是上帝的，知识也是上帝的。当商人用时间赚钱营利，大学教授贩卖知识维生，时间与知识再也不是上帝的专属。关于中世纪晚期大学经济的研究与大学教授的人生观、知识论与生死学至今仍鲜有研究成果。除了 15、16 世纪西欧商人的贸易资本论（commercial capitalism），中世纪大学的兴起与教授治校、薪资结构、社经地位等也是十分值得我们深究的。相较于中世纪晚期文艺复兴初期的贸易资本论，今日盛行于全球的股民资本论（share-holder capitalism），同样让商人与大学教授必须面对社会道德的挑战。经济新闻达人 Duff McDonald 的新书 *The Golden Passport* 抨击哈佛商学院教授自 20 世纪 80 年代以来所建构的新兴宗教：CEO 崇拜（the cult of CEO）。依 McDonald 之见，华尔街金融界拜金和道德的沦丧与哈佛商学院（Harvard Business School，HBS）的走歪路式的传道授业有决定性的关系。①中世纪西欧大学教授赚钱营生（劳心 intellectual labor）的议题留待将来有机会再讨论。

引用文献【Works Cited】

Aho, James. *Confession and Bookkeeping: The Religious, Moral, and Rhetorical Root of Modern Accounting.* Baffalo: SUNY P, 2012.

Arlinghaus, Franz-Josef. "Bookkeeping, Double-entry Bookkeeping." *Medieval Italy: An Encyclopedia.* Ed. Christoper Kleinhenz. New York: Routledge, 2004. Vol. 1. 147-150.

"Berthold von Regensburg." *Encyclopaedia Britannia 3.* Cambridge: Cambridge UP, 1911. 813.

Bloomfield, Morton W. *Seven Deadly Sins: An Introduction to the History of Religious Concept, with Special Reference to Medieval English Literature.* East Lansing: U of Michigan State P, 1967.

---

① 参看 Duff McDonald, *The Golden Passport* (New York: Harper Business, 2017).

Cawley, A.C., ed. *Everyman and Medieval Miracle Plays*. London: J. M. Dent & Sons, 1974.

Comper, Frances M. M., ed. *Book of the Craft of Dying*. London: Longmans, 1917.

Conley, John. "The Doctrine of Friendship in *Everyman*." *Speculum* 44 (1969): 374-382.

Cowdewey, John C. "Some Economic Aspects of the Late Medieval Drama." *Contexts for Early English Drama*. Ed. Marianne G. Briscoe and John C. Cowdewey. Bloomington: Indiana UP, 1989.

Cunningham, John. "Comedic and Liturgical Restoration in *Everyman*." *Drama in the Middle Ages: Comparative and Critical Essays*. Second Series. Ed. Clifford Davidson and John H. Stroupe. New York: AMS P, 1991. 368-379.

de Roover, Raymond. *Money, Banking, and Credit in Medieval Bruges; Italian Merchant-Bankers and Money-Changers, A Study of the Origins of Banking*. Cambridge: Cambridge UP, 1973.

Duby, Georges. *The Three Orders: Feudal Society Imagined*. Trans. Arthur Goldhammer. Chicago: U of Chicago P, 1980.

Fletcher, Robert Hungtington. *A History of English Literature*. Boston: Richard G. Badger, 1916. http://www.luminarium.org/medlit/medievaldrama.htm. Retrieved June 15, 2014.

Greenblatt, Stephen. *Sir Walter Ralegh: The Renaissance Man and His Roles*. New Haven: Yale UP, 1973.

---. *Renaissance Self-Fashioning: From More to Shakespeare*. Chicago: U of Chicago P, 1980.

---. *Shakespearean Negotiations: The Circulation of Social Energy in Renaissance England*. Berkeley: U of California P, 1989.

---. "Resonance and Wonder." *Bulletin of the American Academy of Arts and Sciences* 43.4 (1990): 11-34.

---. *Marvelous Possessions: The Wonder of the New World*. Chicago: U of Chicago P, 1992.

---. *Hamlet in Purgatory*. Princeton: Princeton UP, 2002.

---. *The Greenblatt Reader*. Hoboken: Wiley-Blackwell, 2005.

Greg, W. W. *A Bibliography of the English Printed Drama to the Restoration*. 4 vols. Vol. 1. London: Oxford UP, 1939—1959.

Gurevich, Aron J. A. "The Merchant." *Medieval Callings*. Ed. Jacques Le Goff. Trans. Lydia G. Cochrane. Chicago: U of Chicago P, 1990. 243-284.

Harper, Elizabeth, and Britt Mize. "Material Economy, Spiritual Economy, and Social Critique in *Everyman*." *Comparative Drama* 40.3 (2006): 263-311.

Kedar, Benjamin Z. *Merchants in Crisis, Genoese and Venetian Men of Affairs and the Fourteenth-Century Depression*. New Haven: Yale UP, 1976.

Kolve, V. A. "*Everyman* and the Parable of the Talents." *The Medieval Drama: Papers of the Third Annual Conference of the Center for Medieval and Renaissance Studies*. Ed. Sandra Sticca. Albany: State U of New York P, 1972. 69-98.

Le Goff, Jacques. "The Usurer and Purgatory." *The Dawn of Modern Banking*. New Haven: Yale UP, 1979. 22-52.

---. "Time and Labor." *Time, Work & Culture in the Middle Ages*. Trans. Arthur Goldhammer. Chicago: U of Chicago P, 1982. 3-86.

---. "Peasants and the Rural World." *Time, Work & Culture in the Middle Ages*. 87-100.

---. *Birth of Purgatory*. Trans. Arthur Goldhammer. Chicago: U of Chicago P, 1984.

Lopez, Robert S. *The Commercial Revolution of the Middle Ages, 950—1350*. Cambridge: Cambridge UP, 1976.

McDonald, Duff. *The Golden Passport*. New York: Harper Business, 2017.

Mills, David. "Anglo-Dutch Theatres: Problems and Possibilities." *Medieval English Theatre* 18 (1996): 137-138.

Postan, M. M. *Medieval Trade and Finance*. Toronto: Pontifical Institute of Medieval Studies, 1985.

Reyerson, Kathryn L. *Business, Banking, and Finance in Medieval Montpellier*. Toronto: Pontifical Institute of Medieval Studies, 1985.

"Salvation." *Dictionary of Catholic Theology Online*. Retrieved May 15, 2015.

Seventh Session of the Council of Trent. London: Hanover Historical Texts Project, 1848. 53-67. Retrieved April 23, 2014.

Spinrad, Phoebe S. "The Last Temptation of Everyman." *Philological Quarterly* 64

(1985): 185-194.

Thomas, Helen S. "Some Analogues of *Everyman.*" *Mississippi Quarterly* 16 (1963): 97-103.

Thrupp, Sylvia L. *The Merchant Class of Medieval London, 1300—1500.* Ann Arbor: U of Michigan P, 1976.

Tydeman, William. *English Medieval Theatre 1400—1500.* London: Routledge, 1986.

Velz, John W. "Episodic Structure in Four Tudor Plays: A Virtue of Necessity." *Comparative Drama* 6 (1972—1973): 88-90.

Wang, Denise M.Y. " 'O Ghostly Treasure, O Ransomer and Redeemer!': Economic Expressions in *Everyman.*" *English Language and Literature* 63.1 (2017): 45-61.

Wenzel, Siegfried. "The Seven Deadly Sins: Some Problems of Research." *Speculum* 43.1 (1968): 1-22.

---. "The Source of Chaucer's Seven Deadly Sins." *Traditio* 30 (1974): 351-378.

Wortham, C. J. "*Everyman* and the Reformation." *Parergon* 29 (1981): 23-31.

（特邀编辑：郝田虎、邢锋萍）

亚洲景框与世界图像时代的来临：
《曼德维尔游记》中的"替补"逻辑

周云龙

内容提要：《曼德维尔游记》隐喻地表达了中世纪晚期欧洲的认识范型，其中的亚洲记述大量借用了《鄂多立克东游录》中的相关内容。对两部游记重复的部分做一比较，可以发现相同的路线和内容背后是不同的叙事与结构。《鄂多立克东游录》快捷、简约的场景转换在《曼德维尔游记》中遭遇了延宕、阻隔，场景之间的持续性意义联系也就无可挽回地陷入了危机。《曼德维尔游记》的每一个场景都将偶然地拣选出某个个体观众，并且单独地将其"摄入"。个体性的画面型构了个体性的意识，个体化的进程就此开始。《曼德维尔游记》的叙事者与受众成为异域景观或"存在者"的主体和中心，这意味着"世界图像"时代的来临。"人"成为"存在者"的中心与绘画透视法原则确立"中心点"是同一件事情的同一个过程，于是，透视化的亚洲景框就发明了亚洲的"他异性"景观。《曼德维尔游记》中，虽然亚洲的"他异性"被叙事者和读者强行带入或关联于自身，但"替补"机制的运作又瓦解了现代欧洲主体意识的自足性。

关键词：近代欧洲；旅行书写；亚洲想象；反思性主体

作者简介：周云龙，博士，福建师范大学文学院教授，主要研究领域为比较文学形象学和戏剧。

Title: Asian Frame and the Coming of the Age of the World Picture: The Supplement Logic in *The Travels of Sir John Mandeville*

Abstract: As the metaphor of the episteme of early modern Europe, *The Travels* of Sir John Mandeville's Asia representation relies so heavily on *The Travels of Friar Odoric*. Comparing the Asian images in the two texts, we'll find the different narrative structure. *John Mandeville* breaks the successive scenes in *Friar Odoric* into pieces and severs the significant bonds between scenes. Every scene in *John Mandeville* will single out an audience accidentally and capture it separately. Individualization begins while the individual awareness is constructed by the single picture. That the narrator and audiences of *John Mandeville* get in the centre of the exotic scenes means the coming of "The Age of the World Picture." That human becomes the centre of the hypokeimenon shares the same procedure with the establishment of central point of perspective principle, so Asian alternity is invented by the perspectival Asian frame. Although Asian alternity is compulsively bound up with the narrator and audiences of *John Mandeville*, the supplement logic crumbles the self-sufficiency of modern European subjectivity in turn.

Key words: early modern Europe, travel writing, Asian imagination, reflexive subject

Author: Zhou Yunlong, Ph.D., is a professor of comparative literature and theatre at the School of Chinese Language and Literature, Fujian Normal University (Fuzhou 350007, China). His major research field is the representation and signifying practices of exotic images. Email: yunlongzhou666666@163.com

一、引言:《曼德维尔游记》及其问题

文本缩印了世界,因为文本结构的方式隐喻着特定时代想象世界的图式。尽管作者身份与材料来源漫漶不清且充满争讼,但作为文本的《曼德维尔游记》,却深刻地暗示了中世纪晚期欧洲的历史印迹与世界观念。当然,这并非意味着,《曼德维尔游记》就是一部讲述中世纪晚期欧洲风物的旅行书写。与此相反,它记叙的内容是关于非洲和亚洲的。但在批判的知识立场上,作者身份与材料来源并非重点所在。它们是一种关系体系般的结构,总是已经为读者、摹本等因素所成就、所干扰,或者是(德里达意义上的)"替补"(supplement)。换句话说,《曼德维尔游记》

中的历史印迹，正是由其叙事的"替补"行为刻画出来的，至于其作者身份与所叙内容的真伪，则无关紧要。

《曼德维尔游记》是对此前欧洲的旅行、宗教、历史等文献的汇编、整理，几乎已属常识。这部游记倚重的资料颇为繁复（Lach, 78-79）。辨析并细究《曼德维尔游记》的作者在哪些部分借用了哪些文献，不是本文的任务，但本文亦遵从既有的研究成果作为论述的起点。本文认为，《曼德维尔游记》是对既有相关文献资料的一次重读与阐释，而这种重释又是某种认识范型和思想视野的"投射"（projection）。因此，要解析《曼德维尔游记》中的世界观念，我们至少需要思考并探讨如下层面的问题：（1）《曼德维尔游记》的叙事如何与前文本对话并结构新文本？其中的"替补"机制如何？（2）《曼德维尔游记》以何种方式想象世界？（3）这种世界观念中潜藏着有关中世纪晚期欧洲怎样的知识状况？

在地理学知识衰退的背景中，想象的制图学塑造了中世纪基督教欧洲的世界观念。这一时期的世界图景可在著名的 T—O 型地图上得以印证。"所有可以居住的世界被以圆形所代表的海洋环绕。……陆地中央的地区是一个按照 T 字形排列的水体。T 字的竖线代表地中海。T 字的横的一端代表黑海和爱琴海，另一端代表了尼罗河和红海。……在可居住的世界的中心，也就是在 T 字的上边一点点是耶路撒冷。在可居世界之外遥远的东方是天堂。"（马丁，54）从中世纪到文艺复兴时期，T—O 型地图构成了划分欧、亚、非大陆的依据。尼罗河是非洲和亚洲的地理分界线（Lewis & Wigen, 24）；而在文明与地理尺度上，隶属于近东、西亚的地区，在宗教文化上与拉丁基督教欧洲又有着密切的关联。基于这两个理由，从记叙的地域，可以把《曼德维尔游记》的内容分为两部分，即埃及和"圣地"（巴勒斯坦、叙利亚和阿拉伯地区），还有就是印度与中国。不同于横跨非洲和西亚的"圣地"，在 T—O 型地图上，印度与中国跟基督教欧洲在物理距离上更为遥远，在心理距离上则为不折不扣的"东方"。所以，尽管在篇幅上几近平分秋色，但非洲和西亚之外的印度与中国，才真正构成了欧洲观看异域的实际期待与想象世界的参照框架。

有研究者指出，在西欧想象"东方"的漫长历史与海量文献中，《曼德维尔游记》之所以能够占有一个不同寻常的突出位置，主要原因是"该书整合了东方的知识，帮助文艺复兴时期穆斯林以外的地域形成了他们的世界观"（Lach, 80）。但是，这一评价其实是基于《曼德维尔游记》在外在形式上，对其他文献中的旅行路线、地理板块、人文风物的对接拼凑或叠加组合。如果依循此论调，无论这种对接何等"严丝合缝"，事实上《曼德维尔游记》对中世纪晚期的欧洲受众而言，其价值仍然停留在知识系统的累积，而不是知识结构的转换。根据福柯的假设，"认识型"是某个时代共享的某种隐性的认知规则和表象结构（福柯，10-11）。在此尺度上重估《曼德维尔游记》的意义，上述评价与解释就显得过于肤浅了，因为行旅地图的绘制，真正依托的是心灵的地图或知识的地图。鉴于此，本文认为，任何一部文献的意义并不体现于其对某个特定时代的"实用"价值，而在于它如何隐喻地表达了某个时代的认识范型。

二、《曼德维尔游记》与《鄂多立克东游录》：
相同地理空间的不同想象

如果说《曼德维尔游记》的重要性不在于其整合了其他文本，那么，与此前的其他旅行书写相比较，它提供了何种独一无二的知识系统？该问题涉及游记叙事者结构异域空间的具体方法。我们需要在文本及其借用的重要原初资料之间加以比对、分析。《曼德维尔游记》关于印度和中国的记叙，所采纳的最重要的材料来自鄂多立克的东方记录（Lach, 79）。前文已经指出，印度和中国真正构成了欧洲观看异域的实际期待与想象世界的参照框架，而文本的这个部分主要借鉴了《鄂多立克东游录》[1]的相关内容。接下来本文将在这两个文本间往返穿行，在互文关系中确立《曼德维尔游记》把"东方"作为"表象"[2]去把握的具体方法与范型。

---

[1] 笔者对其中的地名翻译采用何高济译本（《海屯行纪·鄂多立克东游录·沙哈鲁遣使中国记》，何高济译，北京：中华书局，1981年）。

[2] 这里的"表象"指的是"对存在者的对象化"的方式，其"目标是把每个存在者带到自身面前来，从而使得计算的人能够对存在者感到确实，也即确定"。见马丁·海德格尔《林中路》，第81页。

《鄂多立克东游录》是中世纪到文艺复兴时期向欧洲传播亚洲知识的重要文献，它受欢迎的程度"仅次于马可·波罗的游记"（Lach, 41）。传统研究依然在经验的知识立场上评估《鄂多立克东游录》的重要性，主要体现于两个方面：首先，它是元朝时诸多欧洲传教使团中唯一留下的完整记述（Lach, 40）；其次，这些记述对后世研究中世纪中西交通意义重大（何高济，28）。在具体内容上，《曼德维尔游记》走笔至"印度"时，对《鄂多立克东游录》几乎是亦步亦趋。《曼德维尔游记》成书与流通的时期，元朝已经进入内忧外患的衰退期，元朝的终结也是欧亚陆上贸易的终结。成吉思汗的精锐铁骑踩踏出来的跨越欧亚大陆的通衢或关闭，或改道。14世纪的商队与使团（包括鄂多立克及其随行者）（Yule, 6）前往亚洲时，多选择经由君士坦丁堡（莱瓦克，196）艰难地开辟欧亚交通，以维持其贸易活动。与此相应，《曼德维尔游记》开篇讲述了从英格兰到君士坦丁堡的历程，随着叙事者离开"世界的西边"（Coleman, 21）并渐行渐远，终于"踏上"鄂多立克曾走过的路线。达到边界模糊且印象神秘的印度后，两部游记出现了大篇幅的重合，竟致使早期的研究者认为二人在游历东方时是"结伴而行"（Lach, 78）的。我们不妨在两部游记内容所重复的部分，对其涉及的地域场景予以对比。

两部游记在盛产胡椒的梵答剌亦剌和僧急里城邦开始重合。与《鄂多立克东游录》涉及的地理空间进行比较，《曼德维尔游记》在印度和大印度之间的地方，多出了很多岛屿的记述。但更关键的是方位之间过渡、衔接的方式。相同的路线和内容，在《曼德维尔游记》中是完全不同的叙事与结构。

虽然现实的空间位置之间的地理间隔是一致的，但在想象的空间位置之间的地理联结却是两样的。从波郎布到马八儿，《鄂多立克东游录》如此衔接："从这里走出十日的旅程就到了另一个叫作马八儿的王国。"（Yule, 80）关于这个间隔，在《曼德维尔游记》中，叙事者则以第二人称强调了路途之遥和间距之大："从这个国家到达马八儿，您需要十天的旅程，穿越许多的边界。"（Coleman, 165）前往南巫里时，《鄂多立克东游录》对两地之隔依然轻描淡写："离开这里向南穿过海洋，我用了五十天到达一个叫作南巫里的国家。"（Yule, 84）《曼德维尔游记》则是另一幅全然不同的笔墨，在受众的接受心理上大大拉伸了两地间的距离："从我前面述及的国家出发，您要走过 52 天的旅程，穿越大洋和许许多多、形形色色的岛屿和国家，方才到达一块大陆地南巫里。这之间的旅程太过漫长，无以言表。"（Coleman, 171）我们暂时跳过两部游记略有偏差的路线，继续对比从爪哇到八丹的转折叙述。《鄂多立克东游录》里面告诉我们，后者在前者"近旁"（Yule, 90），《曼德维尔游记》却取消了二者的毗邻感："从这座岛屿出发渡海，您将发现另一座叫作八丹的大岛。"（Coleman, 171）离开印度，继续向东，就进入了南中国，即"蛮子"地域。《鄂多立克东游录》这样记述："在海上向东航行多日后我来到高贵的蛮子省，我们称之为上印度。"（Yule, 103）《曼德维尔游记》一如既往地强调漫漫旅程："在海上航行了很多天，您将发现很大的国土和王国，那就是蛮子。"（Coleman, 193）在这里，我们注意到《曼德维尔游记》在路线"地标"上明显出现了断裂。两部游记都讲述了广州，但《曼德维尔游记》并不像《鄂多立克东游录》那样，依次把旅程向北推进，即由广州到刺桐（泉州），再到福州、杭州，而是出现了很多模糊的描述。比如，叙事者展示了广州的航船之多后，就不见了踪迹，转而含混地描写蛮子地区的风物之盛，等衔接到杭州城时，不得不说"从这座城走了许多的路程，是另一座城杭州……"（Coleman, 195）。这句话里面的"这座城"应该是指代前面述及的广州。

　　在蜻蜓点水般地掠过蛮子和契丹之间的几个"驿站"之后，两部游记终于到达了它们浓墨重彩的大汗的国土。《鄂多立克东游录》一如既往地简洁明快："离开那里，我向东穿过许多城镇，就到了那座高贵的城市汗八里，它是契丹最著名的省份里的一座古城。"（Yule, 127）《曼德维尔游记》讲述了临清之后，先对契丹进行了概述，接着就是关于大汗奢华的宫廷及其威严权力的记述——两部游记在这项内容上几乎又是重合的。

三、亚洲景框与反思性主体的生成

虽然《鄂多立克东游录》是作者临终前在病榻上口授其所在使团的教友笔录，旅行线路似乎茫无端绪，但该著作的叙述策略却是班班可考。基于上文的梳理，我们发现，《鄂多立克东游录》在叙事上是一个连续的整体。当叙事者引导历代受众跟随其展开旅程时，提供了一条贯通而流畅的线路。尽管从现实的地理常识判断，这条旅行线路上的若干地点的次序有些凌乱迂回（比如刺桐城就出现两次），但这丝毫不影响这些地点从属于同一个空间序列和叙事流程。《鄂多立克东游录》的叙述从渡过黑海开始，前往特列比松城，进入大美尼亚到额尔哲龙，接着来到萨尔比萨卡罗，再到讨来思，前往孙丹尼牙……就这样，文本中虚拟的时空模拟着记忆中真实的时空，其叙述中的行程持续向前推进。在地理空间尚未变化的时候，叙事者会暂停下移动的步伐，为预期中的中世纪晚期欧洲受众勾勒该空间的自然或人文风物与掌故；每当变换场景，叙事者就会清晰地把承前启后的过程讲述出来。比如，鄂多立克述及他的使团从忽里模子到塔纳之后的内容就是关于塔纳物产、风俗以及使团中四名传教士殉教的过程，全部讲述完毕之后，地点就转移到了波郎布港和刺桐……上文对其走笔至梵答刺亦刺和僧急里城邦，直至契丹省的汗八里的旅程之间的地理转换分析，提示了《鄂多立克东游录》毫不黏滞的空间过渡叙述方式，整部游记的叙事整体上显示出一种连续性与整一性。这种简洁明快地凸显过渡性的地理空间的叙事策略，使《鄂多立克东游录》的地理想象以相当严密的方位空间组合而成，仿佛是一名画师在受众眼前绘制了一幅超长的卷轴风景画作。虽然被展示的诸多场景之间千差万别，但它们却被反复出现的过渡性空间转换叙述，整合在同一个连续、平滑的叙事进程中。不同的地理空间在绵延不绝、持续推进的叙事动力学上，彼此凝结在一起，形成单一的有机叙述。

中世纪晚期的欧洲读者们，被引人入胜的异域风物召唤在《鄂多立克东游录》这一风俗长卷之中时，他们面对的将是一个无尽而完整的叙述，而这种叙述反过来又建构出一种集体性的"观看"模式。梅洛-庞蒂在讨论观看者与可见者之间的关系时指出，"所有视觉中都有一种根本的自恋主义"，"因为看者被摄入了被他看之物中，所以他看到的仍是他自己"（梅洛-庞蒂，166-167）。在这样一种互为条件的双向运作、建构过程中，被游记展示的连续画面和叙事所捕获的中世纪晚期欧洲的"观看者"就被反向地凸显出来了。但是，这个具有连续性和整体性的异域长卷中，并不存在某个可以被单独孤立出来的叙事，以供读者单独孤立地阅读、审视、思考。这就意味着，被游记所"摄入"、建构的读者或梅洛-庞蒂意义上的"他自己"必定是一个群体而非个体，是复数而非单数。于是，个体性的"观看"无法存在，因为没有可供个体"观看"的单一叙事元素。任何人的"观看"与凝视都无法独立自主，而是消融于由自己与其他读者共同的"观看"/阅读行为之中。如果说中世纪晚期欧洲的读者被《鄂多立克东游录》中的异域空间画面所摄入、诱导、同化，彼此互视并互释，那么，隶属于读者群体中的"个体"就没有立锥之地——他们看不见也意识不到独立的、个体化的自己，只能集体性地与游记的内容浑然一体。《鄂多立克东游录》的叙述策略与其所建构的读者群体之间的关系，借用海德格尔论述"世界图像"时的相关术语（海德格尔，86，88），就是人尚未成为"存在者本身的关系中心"，"人在存在者范围内"尚未成为主体，人与其外的其他"存在者"平起平坐、互为融彻，"世界"尚未成为图像。

根据前文的比较，我们发现，与《鄂多立克东游录》简洁明快地展示过渡性空间的方式不同，《曼德维尔游记》中地理空间的转移仅具有（其作为"旅行书写"的）文体学意义，而不具有（其作为"旅行指南"的）地理学意义，是为了展示而展示。不妨做一个假设，我们如果按照鄂多立克讲述的路线，基本上仍可以循环的方式原路返回，但《曼德维尔游记》提供的路线却相当模糊，在现实地理上完全是不可逆的。两部游记在地理空间转换时所采用的不同叙事策略，提供给读者的是迥异的接受效果。《曼德维尔游记》提供了较《鄂多立克东游录》丰富得多的异域博物与风俗奇观，后者清晰、连续和整体性的叙事，被转换为一种模糊、中断与片段性的记叙。《曼德维尔游记》的这种转换，是通过强调在不同异域场景之间的衔接阶段的距离漫长、间隔繁复、旷日累时达成的，这一策略致使《鄂多立克东游录》提供的卷轴风景画作被割裂为单一、独立的画面组合。一旦快捷、简约的场景转换遭遇了延宕、阻隔，场景之间的持续性意义联系也就无可挽回地陷入了危机。如此，《鄂多立克东游录》中连续、整一的叙事流程，在《曼德维尔游记》中出现了多次断裂，每个场景之间不再有意义上的绝对关联。当中世纪晚期的欧洲受众在面对这部游记时，显然也将收获一种与此前截然不同的效果——群体性的"观看"被单一的、没有关联的场景画面无情地解散了。每一个场景都将偶然地拣选出某一个体，并且单独地将其"摄入"。于是，个体性的画面型构了个体性的意识，个体化的进程就此开始了。

大约在《曼德维尔游记》出版后 80 年，意大利学者 L. B. 阿尔贝蒂在佛罗伦萨用拉丁语完成了"第一篇现代绘画理论的论文"（阿尔贝蒂，75）。在这篇论文中，阿尔贝蒂借助数学知识首次系统地阐述了绘画中的"透视法"原则："画家的职责是：在画板或墙壁上用线条和颜料画出任何物体的可视面，让画面图案从特定的观看距离和角度显得有立体感和质感，显得逼真。"（阿尔贝蒂，62）在二维的画板或墙壁上，"逼真"地呈现三维甚至（再把叙事时间考虑在内的话就是）四维的现实，这显然是一组矛盾，那么，如何可能？阿尔贝蒂在论文的不同部分不厌其烦地强调的技法（阿尔贝蒂，8, 17, 19, 39）是，选择一个固定的点，作为衡量被模仿事物的尺度。在论文中，这个点就是阿尔贝蒂所说的"中心点"。这既是现代画家，也是现代观看者的视觉的起点。如果一幅画作是"逼真"的，那么，从这幅画作的"中心点"出发的视线将在其消失的地方遭遇一种"想象"的回应——在画框里面看不见的某处，某物也正在看这个"在看"的观看者。艺术史家布列森对此机制有过精当的总结："在画作的平面上……有一个我从来都无法占据的凝视的位置，从这个位置上看到的景观，我只能通过翻转自身的位置和视角，并且把自己的凝视想象为水平线上全新的、折返的消失点来体会。"（Bryson, 106）在此过程中，反思性的自我就诞生了。如果把画作引申为一般性的异域地理景观，这一凝视的逻辑仍然适用。

对一种划时代的观念的形成而言，80 年也许仅仅算得上是俯仰之间。我们可以在《曼德维尔游记》与《论绘画》这两个看似没有任何关联的文本之间发现某种隐微的"互文"关系。我们注意到，《曼德维尔游记》述及沿途场景变化时，常常引人瞩目地使用第二人称"您"。这一做法，事实上正在有力地把《鄂多立克东游录》中的受众从"存在者"/连续的异域场景中召唤了出来，把他/她放置在与游记叙事者"我"相同的位置。正是这个位置，赋予《曼德维尔游记》的受众一个与叙事相一致的借以"观看"、想象亚洲的景框。这种情形在《鄂多立克东游录》里面是不可想象的，因为其受众群体性地被连续的、流动的叙述所推动并建构，他们看不见"自己"。《曼德维尔游记》的受众在与异域画面的彼此凝视与互释中，看到了"正在看自己的自己"（Miller, 82）。受众在意识层面就把自己从"存在者"中抽离，从而成为"存在者"的主体与中心，其他"存在者"/异域场景就此成为叙事者和受众的（海德格尔意义上的）"表象"。《曼德维尔游记》的叙事者与受众成为异域景观或"存在者"的主体和中心，与阿尔贝蒂在《论绘画》中确立"中心点"其实是同一件事情的同一个过程。具有反思性的自我在《曼德维尔游记》中的生成，依赖了其中中断性的场景衔接策略的拣选与发明，与此同时，异域景观的他异性也被拣选与发明出来了。也只有在此时，异域才真正成为"异域"，成为"我"的"表象"，因为"我"看到的自身和异域，借助了透视化的亚洲景框。

当然，《曼德维尔游记》中透视化的亚洲景框，是视觉隐喻意义上的，其写作并没有直接化用绘画的透视法原则。《曼德维尔游记》中的基督教欧洲旅行者/叙事者在呈现基督教欧洲之外的异域空间时，设定的初始起点是"世界的西边"，诸如英格兰、爱尔兰、威尔士、苏格兰或挪威等（Coleman, 21）。这就意味着，整个文本中的每个异域场景，都是从基督教欧洲的视域和尺度为异域空间设定叙述框架的，而异域空间则是去现实化、概念化的，它们已经从其特定意义脉络中被抽出。这一绘制异域的图式，正如海德格尔所说的对"存在者的对象化"的表象系统："这种表象的目标是把每个存在者带到自身面前来，从而使得计算的人能够对存在者感到确实，也即确定。"在这个过程中，"人成为那种存在者，一切存在者以其存在方式和真理方式把自身建立在这种存在者之上"（海德格尔，81，82）。异域空间作为基督教欧洲叙事者的"存在者"，其实在欧洲开始对东方进行政治、经济拓殖之前，就被纳入了欧洲自身的主体化进程中了。在这个意义上，作为"存在者"的异域是缺席的，在场的仅有其表象和被表象的方式。异域空间在《曼德维尔游记》中是以概念和方案的性质而被呈现的，这一概念与方案的性质，正是海德格尔所谓的"存在者"/"世界""被把握为图像"（海德格尔，84）。与此同时，异域其实作为在场的缺席被排除了。《曼德维尔游记》的作者后来被认为根本没有到过其谈及的地方，其实这不是重点所在，问题的关键在于，文本提供了中世纪晚期欧洲对异域的观看与思考方式，同时又暗示了亚洲或东方在型构中世纪晚期欧洲的反思性主体和世界观念时的指意功能。然而，这部在经验的知识立场上纯属虚构的游记，不期然间强化了叙事的效力，因为一旦作者亲历了所提及的场所，其想象力也就没有了可以恣意驰骋的空间。《曼德维尔游记》中的基督教欧洲旅行者/叙事者飞扬的想象力，或中世纪晚期欧洲的集体欲望，使异域空间的概念化更为彻底，其整体结构中包含了基督教欧洲在中世纪晚期的主体化意识与方案（即把异域空间概念化、表象化）。这就是暗隐在《曼德维尔游记》中最重要的认识范型之一。

四、结语："世界图像"的隐喻与"替补"逻辑

《曼德维尔游记》与《鄂多立克东游录》的亚洲记述在表层内容上高度相似的背后，是内在"框架"上的深度差异。本文始终在批判的知识立场上解析两部游记之间的关联，开篇部分曾用"替补"的概念来描述作为"原本"的《鄂多立克东游录》与"摹本"《曼德维尔游记》之间的关系体系。在德里达看来，"替补"没有本质，是本体论无法思考的东西，但它可以扰乱"起源"的整一性幻觉，因为没有"替补"，也就没有"起源"（德里达，456-459）。在这个意义上，我们可以说，《鄂多立克东游录》中的叙事者"我"并不真正具有独立意义，因为在后续文本《曼德

维尔游记》的"替补"逻辑中，"我"的呈现依赖了对《曼德维尔游记》中的叙事者"我"与读者"您"的压抑和排除。在这层"替补"关系中，正如前文所分析的，"我"不是具有自足自为意义的现代反思性自我，而是持续推进的地理景观的一部分。在对现代自我/"替补"因素的排斥（也是依赖）中，《鄂多立克东游录》中的"我"和地理景观彻底融合，进入"存在者"的行列。用布列森的表述，这个"我""看不见自身"，"我"的"身体是在上帝的凝视下，而不是在他者反向投射的凝视下移动"（Bryson, 98）。但作为"替补"的《曼德维尔游记》中的叙事者"我"与读者"您"的出现，消解了处于凝视地位的"上帝"，反思性的自我"代替"上帝成为"存在者"的中心。事实上，《曼德维尔游记》的叙事者反复以教皇的名义强调这部虚构出来的游记的真实性，并试图以自己的言语唤起读者对基督教的义务（Coleman, 11），这本身就是一种对基督神圣的欺骗、瓦解与讽刺。可以说，《曼德维尔游记》中的"我"与"您"就是即将迈入"现代"门槛，不断遭受腐败、战争和瘟疫折磨的欧洲的代名词。

然而，根据"替补"的逻辑，"替补"因素不仅可以扰乱、消解"起源"的整一性，同时，它也使"替补"因素自身的自洽性、稳定性面临着自我解构的困境。那么，《曼德维尔游记》中凸显的欧洲的现代反思性主体其实同样依赖了它自身的"替补"因素，即被发明为异域空间的亚洲。作为"存在者本身的关系中心"，欧洲的现代主体意识的确立，离不开海德格尔所谓的"表象"活动，即"世界被把握为图像"。"世界之成为图像，与人在存在者范围内成为主体，乃是同一个过程。"（海德格尔，84, 86）作为异域空间的亚洲的"他异性"在这个主体化过程中发挥了作用，这种"他异"的图像，被叙事者带到中世纪晚期的欧洲读者大众面前，"并在自身面前"拥有它，"使之关涉于自身，即关涉于表象者，并且把它强行纳入到这种与作为决定性领域的自身的关联之中"（海德格尔，84-85）。可是，亚洲的"他异性"被叙事者和读者强行带入或关联于自身，在"替补"机制的运作中又扰乱了现代欧洲的主体意识，因为"替补"因素虽然不能视为在场，但至少也不能被完全作为缺席。这种困境体现在游记文本的叙述裂隙中。叙事者为了使异域场景在透视法原则下显得更加"逼真"，不得不努力地引导读者追随其不断行走的步履和眼睛，这其实已经在破坏其叙述或"表象"世界的完整性。当"您"从欧洲的真实时空被邀请至亚洲的想象时空时，其实是时时处处在与叙事者直接交流，此间的"表象"与"人"就发生了严重的混淆。换句话说，作为现代"人"，"您"在决定、支配并赋予"存在者"以框架时，这个现代"人"被焦虑的叙事者再度拉回到了过去的时空，自身看似确定的在场也再度变得可疑。

引用文献【Works Cited】

Bryson, Norman. *Vision and Painting: The Logic of Gaze*. New Haven: Yale UP, 1997.

Coleman, E. C., ed. *The Travels of Sir John Mandeville*. Stroud: Nonsuch Publishing Ltd., 2006.

Lach, Donald F. *Asia in the Making of Europe Vol. 1, The Century of Discovery*. Chicago: U of Chicago P, 1971.

Lewis, Martin W., and Kären E. Wigen. *The Myth of Continents: A Critique of Metageography*. Berkeley: U of California P, 1997.

Miller, Jacques-Alain, ed. *The Four Fundamental Concepts of Psychoanalysis*. New York: Norton, 1998.

Yule, Colonel Henry, ed. *Cathay and the Way Thither*. Vol. 1. London: The Hakluyt Society, 1866.

阿尔贝蒂.《论绘画》. 胡珺，等译. 南京：江苏教育出版社，2012.

雅克·德里达.《论文字学》. 汪堂家，译. 上海：上海译文出版社，2005.

米歇尔·福柯.《词与物：人文科学考古学》. 莫伟民，译. 上海：上海三联书店，2012.

马丁·海德格尔.《林中路》. 孙周兴，译. 上海：上海译文出版社，2014.

《海屯行纪·鄂多立克东游录·沙哈鲁遣使中国记》. 何高济，译. 北京：中华书局，1981.

布莱恩·莱瓦克，等.《西方世界：碰撞与转型》. 陈恒，等译. 上海：格致出版社，2013.

杰弗里·马丁.《所有可能的世界：地理学思想史》. 成一农，等译. 上海：
　　上海人民出版社，2008.

莫里斯·梅洛-庞蒂.《可见的与不可见的》. 罗国祥，译. 北京：商务印书
　　馆，2008.

（特邀编辑：崔梦田）

亚瑟王为何而死：《亚瑟王之死》的圣杯意象体系与诗性政治

高红梅

内容提要： 圣杯、神剑与圆桌不仅与圣杯征途以及骑士命运密切关联，而且象征君权神授的政治架构。其中，圣杯统摄了神剑与圆桌，形成了圣杯意象体系。圣杯征途使得异教骑士巴乐米底与激进骑士加拉哈被排除于亚瑟王朝之外，体现了亚瑟王朝骑士制度的局限性，这是对"君权神授"政治基础的破坏。背叛骑士团体的莫俊德对忠于骑士团体的兰斯洛特的胜利，则标志着以个人价值与个性解放为核心的人文主义观念对骑士精神的颠覆，并最终推翻了亚瑟王朝。

关键词：《亚瑟王之死》；圣杯；圆桌；诗性政治；君权神授

作者简介： 高红梅，东北师范大学博士，长春师范大学文学院教授，从事英美文学的教学与研究。

Title: Why King Arthur Died: The Holy Grail Image System and the Poetic Politics of *Le Morte Darthur*

Abstract: The Holy Grail governed the sword and the round table, and thus formed Holy Grail image system, and it symbolized the political framework of divine right of kings. The poetic politics of this legend is represented in the deconstruction of the frame of divine right of kings. The Holy Grail journey excluded the pagan knight Barlmede and the radical knight Galahad out of Arthur Dynasty, which represented the limitation of the knight system of Arthur Dynasty, and it was also destructive to the political basis of "divine right of kings". The success of

Mordred who betrayed the knight team to Lancelot who was loyal to the knight team, symbolized that the knight spirit was subverted by humanism whose core was individual value and the emancipation of individuality, and it overturned Arthur Dynasty eventually.

Key words: *Le Morte Darthur*, Holy Grail, Round Table, poetic politics, divine right of kings

Author: Gao Hongmei, Ph.D. of Northeast Normal University, professor of the College of Literature, Changchun Normal University (Changchun 130032, China), is engaged in the teaching and research of English and American literature. Email: momoyu123@126.com

托马斯·马洛礼的《亚瑟王之死》是 15 世纪英国乃至欧洲最具影响力的散文著作，是对英法两国从 12 世纪至 15 世纪广泛流行的亚瑟王传奇的整理与汇编。那个时期的写作概念就是积极的改写，"每个故事都是一系列文本—文本性的结合。这些新文本在吸收此前文本的基础上，重新讲述一个故事或进行解读，而不仅仅是重新执行模式或范例"（Greco，42）。圣杯追寻的情节是《亚瑟王之死》的重要组成部分，可上溯到 12 世纪法国作家克雷蒂安·德·特洛瓦（Chrétien de Troyes）的《帕西法尔》（1181—1191）、德国作家艾森巴赫的《帕西法尔》和法国"兰斯洛特—法语圣杯散文故事系统"中的《追寻圣杯》（*La Queste del Saint Graal*）等作品。马洛礼《亚瑟王之死》与其他作家改编的差异在于，将圣杯追寻的情节与《头韵诗亚瑟王之死》《分节诗亚瑟王之死》的资料结合在一起，将骑士追寻圣杯与亚瑟王之死、亚瑟王朝的覆灭联系在一起，创作出独立于君权神授框架之外的诗学与美学政治。

一、圣杯意象体系与君权神授框架的建构

在《亚瑟王之死》中，神剑、圣杯、圆桌都与亚瑟王及其圆桌骑士的命运形成了互动，也都与亚瑟王的神圣王权密切相关，由此构成了圣杯意象体系。

神剑的意象来源于凯尔特神话弗格斯（Fergus）的佩剑卡拉德波加（Caladbolg）。在各个版本的亚瑟王故事中，最早出现在《不列颠王史》："亚瑟王身佩卡利波恩（Caliburn）剑，这盖世无双的宝剑是在阿瓦隆岛上熔铸而成。"（Geoffrey of Monmouth, 28）携着这柄王者之剑，亚瑟杀死了 470 个撒克逊人，并先后击败了爱尔兰人、苏格兰人和皮克特人，奠定了王者霸业的基础。到了《亚瑟王之死》，马洛礼将分别来自两个不同拉丁文版本的《梅林传》的石中剑与湖中剑并置于书中。象征王权的宝剑放在了圣保罗教堂里的石台砧上，宝剑四围镌着金字，"凡能从石台砧上拔出此剑者，乃生而即为英格兰全境之真命国王"（8）[1]。后来，亚瑟王的石中剑断裂了，但他仍凭借着湖中仙女赠予的代表英勇、神力、高贵与荣誉的圣剑（Excalibu），让很多优秀骑士心悦诚服地聚集在圆桌，听命于他。石中剑是对王族血脉的验证，象征着王权的确立；湖中剑是对英雄神力的检视，象征着王权霸业的创立过程。

法国的克雷蒂安首次将圣杯意象引入文学作品《帕西法尔》，它带着神秘的气息，读者无从了解圣杯的含义。"当时没有任何迹象表明圣杯是一个圣体容器或一个宗教仪式中使用的杯子——尽管从主人公隐居的叔叔口中，帕西法尔了解到圣杯包括一种圣餐。"（Lechat, 15-16）12 世纪末到 13 世纪初，法国诗人罗伯尔·德·博隆创作了《亚利马太的约瑟》，"第一个将克雷蒂安神秘的圣杯变为现在人们所熟悉的圣杯传奇故事"（Lupack, 224）。圣杯是指最后的晚餐中耶稣用过的酒杯，随后用来盛着亚利马太的约瑟收集的被钉在十字架上基督的血。从此，圣杯被赋予了另一个新的象征意义——生命与基督的象征。在《亚瑟王之死》中，"这乃是我主耶稣基督宝血的象征，高贵无比，由亚利马太的约瑟携入英格兰"（626）。圣杯意象也延续着同样的象征意义，"这意味着这个杯子也是一个圣杯的意象，在文学传统中最著名的圣体的容器和圣餐变体论的象征"（Hodges, 193）。

---

[1] 除特别加以说明的引文外，本文引用的作品汉译均出自托马斯·马洛礼著，黄素封译：《亚瑟王之死》（北京：人民文学出版社，2005 年）。以下凡引用只随文注明出处页码，不再一一说明。

圆桌意象首次出现在韦斯（Wace）的《不列颠传奇》（1155），骑士圆桌是为了避免亚瑟王的骑士争夺荣誉宝座而设置的。罗伯尔·德·博隆为这一世俗倾向的圆桌，增加了新的素材与意义，将圆桌、圣杯意象与最后的晚餐联系起来，并赋予其宗教意味。在他的《梅林传》中，"为了表达对'三位一体'的崇敬之情，梅林设立了圆桌，以作为与'最后的晚餐'的餐桌（圣经）和圣杯桌相呼应的第三张桌子……留给将来完成圣杯冒险的骑士"（Greco, 44-45）。马洛礼在《亚瑟王之死》中汇集了圆桌世俗与宗教的双重意义。其一，圆桌与骑士荣誉以及王权息息相关。在亚瑟王朝，只有"武艺高强，贡献又大"的武士才能成为圆桌骑士，"圆桌骑士得到全世界的称赞，因为他们享有优雅、勇敢和光明磊落的名声"（Mott, 231）。骑士在成为圆桌会议成员之一时，就要发誓为圆桌增光，捍卫圆桌骑士的荣誉。圆桌的位置体现了骑士荣誉与地位差异的同时，也赋予每位骑士以同等的尊严与使命，"圆桌骑士是亚瑟王的个人追随者，永久为亚瑟王效劳"（Mott, 231）。通过圆桌的设立，亚瑟王长久地把持着王权。圆桌代表着骑士的荣誉，也象征着对王权的进一步巩固。其二，骑士圆桌与宗教信仰联系密切。"在亚瑟王传奇中，'圆桌'这个概念有三重重要含义。最常用的含义是指骑士之间的兄弟之情；人们很少使用，但其实是'圆桌'最初的意思，就是指圆形的桌子。最后，指的是亚瑟王在盛大节日，尤其是圣灵降临日举行的宫廷宴会。"（Mott, 231）《亚瑟王之死》的圆桌含义属于第三种，各骑士在圆桌上的座位是神安排的，圆桌骑士都应该深切了解圣杯的真理，并期待圣杯在圣灵降临日的圆桌晚宴上显灵。

只见半空中有一只圣杯，冉冉地进入大厅，上面用白色绸遮盖着，但是没有人能够看见它，更不知道由什么人捧持着它。片刻之间，满厅中充溢了一种非兰非麝的香气，同时每一个骑士都得到佳馔美酒，那种味道有胜于他们平日在人世间所喜爱的酒肉。这圣杯在大厅中周行了一遍，方才突然隐去，也不知道飞到哪里去了。（636）

对圣杯的追寻是圆桌骑士领受的终极使命，而圆桌的空位被命名为"危险席位"，它必须留给"一个无敌于天下、不怕毁灭的好汉"（576）。据此，只有坐上这危险席位的圆桌骑士，才能追寻到圣杯，才能达成与神的合二为一，并成为圣杯骑士。圆桌成为骑士追寻圣杯之旅的出发点与返回点，它寓意君权神授。

圣杯意象体系是马洛礼的文学建构，随着基督教文化在西欧影响的深入，也逐渐被基督教化，体现了中世纪的三位一体的精神结构。在《亚瑟王之死》中，神剑的神力来自异教神并代表着王权血统的纯正与高贵，圣杯象征着基督，圆桌是世俗王权与上帝之间的链接；而世俗王权下的骑士对圣杯的追寻，则意味着世俗的王权效忠已被基督教化。另一方面，象征荣誉的"危险席位"不是留给耶稣自己的，而是留给如同耶稣一样的圣杯骑士的。圆桌、神剑与圣杯也同样象征着亚瑟王世界的三个等级，即圣杯骑士、亚瑟王与基督，体现出了一种从人间到天堂的直线运动，这仿佛是马洛礼向三位一体致敬，每一个意象都代表着同一神圣的不同层面。因此，圣杯意象对神剑与圆桌意象的统摄，"就为这种骑士制度内部的协调一致找到了一种新的表现形式，同时也为证明贵族统治的神圣合法性找到了一种方法"（里乌和西里内利，195）。

从圣杯意象体系与王权神性的关系来看，这篇传奇似乎具有鲜明的宗教指向，仿佛圣杯象征的宗教信仰维系了亚瑟王朝。但是，《亚瑟王之死》成书于 1469 年，从社会思想的演进来看，此时已进入文艺复兴时期，人文主义在知识分子阶层已十分盛行，或许对马洛礼也会有一定的影响。凯文·T. 格林认为，"马洛礼的叙事是对其深层个人信仰的表达"（Grimm, 16）。马洛礼深层个人信仰的表达，是对圣杯意象体系所象征君权神授框架的解构，它体现于异教骑士巴乐米底与激进骑士加拉哈、忠于骑士团体的兰斯洛特与背叛骑士团体的莫俊德这两个悖反并置都对应于亚瑟王之死的深层结构。

二、圣杯征途对君权神授框架的破坏

"当年魔灵曾把圆桌比拟作地球的圆形，就因为圆桌是表示了世界的正义，也表示了整个世界，不论基督徒或是异教徒，都能够同样地走上这圆桌"（663），但"当魔灵建立圆桌制度的时候，他曾这样说过，凡参加圆桌社的人，应该深切了解圣杯的真理"（663）。马洛礼以圣杯这一极具精神与神学价值的意象作为圣杯征途的核心，并沿着宗教谱系的两个端点，将骑士分为异教徒骑士与激进基督教骑士。异教徒骑士为巴乐米底，激进基督教骑士包括加拉哈与帕西法尔（黄素封的译名是薄希华）。作者将这两种截然对立的骑士并置，体现了圣杯征途对世俗王权基础的破坏。

巴乐米底身为异教徒骑士，英勇善战而坚贞，他对特里斯坦时而追随、时而对抗，深深暗恋伊索德，内心里信仰耶稣基督和圣母玛利亚；但他"优秀萨拉森骑士"的身份"挑战了亚瑟骑士身份理想的同质性"（Armstrong, 30）。他与其他基督教骑士信仰的差异，时时令他陷入孤立之中，特里斯坦对他说："可是巴乐米底骑士啊，有一点使我惊奇，您果然是一位真正优秀的骑士，不过您还不曾接受过洗礼。"（622）葛雷荣骑士对他的身份也表示遗憾，"啊，这太可惜了，像这样优秀的骑士，一身的好本领，那是应当受洗礼的"（623）。巴乐米底受洗后，其身份问题似乎得到了解决，亚瑟王朝也欣然接受他加入圆桌社，"巴乐米底的转变说明基督身份在圆桌骑士中的主流地位"（Armstrong, 32）。但自此之后，马洛礼却安排他追寻怪兽，巴乐米底被屏蔽在圆桌骑士追寻圣杯的外围，隐没于亚瑟王朝的秩序之外。

"如果说巴乐米底在努力缩小他自身与圆桌骑士之间的差异，那么加拉哈似乎在努力创造差异——不断地挣脱将他绑缚在尘世的骑士精神上的枷锁。"（Armstrong, 32）骑士精神的信条之一就是护教，作为基督教的守护者，他们无一不是将追寻圣杯视为最高的荣誉，以履行与神订立的契约。加拉哈骑士是骑士圆桌"危险席位"的主人，也是作品中唯一真正完成追寻圣杯使命的骑士，他履行并完成与神订约的同时，也成了"最伟大的骑士"。《亚瑟王之死》作为中古英语文学的代表作之一，运用了具有中世纪特征的寓意程式——讽喻来实现作品主题。"在贴标签的讽喻作品中，其意义在作品本身里就已经十分明确……最重要的是对故事的字面意义给予适当的关注。"（伯罗，124）从出生到升入天堂耶稣基督那里，领受圣杯的骑士加拉哈一直都保持着童贞的肉体。从出生来看，伊兰公主将童贞献给了最负盛名的骑士兰斯洛特，两人才有了加拉哈。在追寻圣杯的过程中，加拉哈也一直保持童贞之身，没有做不道德的行为，这也是他和鲍斯、帕西法尔找到圣杯的原因；而其他的骑士们则由于傲慢、私欲，永远无法接近圣杯。对此，作者马洛礼用高文梦到的"异象"来说明这个道理。

> 一百五十只雄牛，都不在牧场上吃草，这象征着骄傲的态度，不知忍耐与谦顺，其中只有三只是例外。那雄牛象征着圆桌的集团，因为他们犯了罪过，所以变成了黑色。黑的意思，就是不道德的行为。又如三只白色雄牛，其中两只全白、一只生有黑斑的意义，我认为那两只白的牛代表加拉哈骑士和帕西法尔骑士，因为他们贞洁而无污点；至于第三只带有斑点的白雄牛，是指鲍斯骑士而言，由于他失过一次童贞，但从此以后他还能保持着纯洁的生活，所以他的罪被神所饶恕了。（692）

因此，加拉哈和帕西法尔是身心圣洁的代表，而其他骑士则是罪恶的代表，尤其是加拉哈远远超越于其他骑士。

圆桌骑士能否获得至高荣誉并得到神的救赎，不仅依靠骑士个人的修为，还要遵照神的意志，去履行命定的契约。加拉哈被神钦定为耶稣的人间代理人，以神的预言形式反复出现的"危险席位"与红色十字的盾牌说明了这个问题。圣灵降临节是为纪念耶稣复活后差遣圣灵降临而举行的庆祝节日，在这一天，"神藉着拿撒勒人耶稣在你们中间施行异能、奇事、神迹，将他证明出来，这是你们自己知道的。"（《圣经·使徒行传》第2章第22节）早在加拉哈还未出生，在圣灵降临节当天，神派遣的修士已经预言了他的未来：

> "说起这人，我却知道，不过现时这人还没投胎罢了，料想在今

年总会来到人间；到得那日，他自能坐上这个危险席位，而且那只圣杯将来也会由他获得。"这位修士在朝廷上说过这番预言以后，立时告别，飘然而去。（576）

后来，又逢圣灵降临节，"危险席位"出现了新写的金字："我们的主耶稣基督受难之后，经过了四百五十四年，这个座位才得以应验。"（630）耶稣的神力还赋予未出生的加拉哈以超出一般骑士的异能，以达成"无敌于天下"的地位。为此，神为他准备了一把石中剑，剑上写着"无人能令我走动，取我者即佩我在身侧之人，此人乃天下最优秀之骑士"（630）。拔出石中剑既是加拉哈力量、勇气、荣誉的象征，又是"加拉哈出自我主耶稣基督的第九世"尊贵血脉的明证。尤其是加拉哈坐上危险席位后，所领受的白色盾牌上"正中又一个红色十字"，更将他耶稣人间代理人的身份凸显无疑。

加拉哈是马洛礼刻意书写的基督教精神符号，他追寻到圣杯之后，"当加拉哈已死的肉体看到了属灵的东西，他战栗不止。他向天举起了双手，说道：'主啊，我感谢您，现在我已经看见那么多年来我所盼望的东西了。现在我的主啊，假若您喜欢的话，我不愿再活下去啦。'"（750）他的灵魂却很快被一群天使迎接到天上耶稣基督那里去了。"作为圆桌骑士完整存在的最后联系，他同时也讽刺性地威胁着骑士团体的完整性，因为作为兰斯洛特的儿子与圣杯获得者，他的精神高于其他骑士，他是一个圆桌之外的局内人，一个似乎相似却不断标榜自身独特性以及与其他骑士差异性的人物。"（Armstrong, 30-31）他的存在是为了救赎更多的骑士，可身心圣洁的加拉哈注定会难以适应世俗的亚瑟王朝，他也无意效忠亚瑟王，因为"这世界是不安定的"，只有与神的合而为一才能达到本质的真实与永恒，"也就是他通过死亡脱离了圣杯征途，脱离了骑士以及故事本身"（Armstrong, 32）。

马洛礼将圣杯征途上两个端点的异教徒骑士与激进基督教骑士的并置，对应于亚瑟王朝覆灭。圣杯征途起源于圣灵降临节上的骑士誓言。

　　"我（高文骑士）现在要立誓做到，从明天起，不再耽搁，用一年零一天的工夫，努力去寻觅这只圣杯。若是日子必须更多些，我亦愿意；我要清清楚楚地瞻仰它一番；如若还不及在这里看到的，我绝不再返回朝廷，我下了决心，不达到我的愿望不再转回；这样做不至于违反主耶稣基督的旨意吧。"（637）

　　这个誓言充分说明了圣杯宣言的单向度与一维性，它破坏了亚瑟王权的秩序，因为大多数的骑士既不能如同加拉哈一样，充满激进、纯然高尚的信仰状态，又不能达成品行的纯然与高尚，加拉哈成为大多数圆桌骑士返回亚瑟王朝的障碍。更为重要的是，"巴乐米底与加拉哈的角色以同样的方式检验了骑士制度的界限。尽管他的果敢、英勇以及对骑士精神的虔诚，巴乐米底与其他骑士的差异最终将他排除在骑士制度之外。而加拉哈尽管不断地完善自己，他与其他骑士的不同使他无法融入典型骑士社团内的尘世而威严的活动。这两个角色都给亚瑟社会秩序带来了挑战，尝试着去扩展亚瑟骑士的定义。他们最终被排除在外揭示了《亚瑟王之死》中骑士身份的局限性与狭隘性"（Armstrong, 33）。而对骑士认定的局限性与狭隘性不仅严重地影响了王权的向心力，而且深重地削弱了亚瑟王朝的整体实力，为亚瑟王之死与亚瑟王朝的覆灭埋下了伏笔。

三、个人价值与个性解放观念对神圣王权的颠覆

　　除了异教徒骑士与激进基督教骑士这样极少数的圆桌骑士外，大部分骑士成为维护王权神性的主体力量。但是，在这个圆桌骑士团体中，以兰斯洛特为代表的忠于王权的力量与背叛骑士团体的莫俊德这两个悖反并置也对应于亚瑟王之死的深层结构，并最终将亚瑟王朝推向毁灭的深渊。

　　《亚瑟王之死》成书时已进入文艺复兴时期，"然而要是以为在中世纪文学和英国文艺复兴时期的现代文学有一个明确的界限，那就错了"（伯罗，165）。对于中世纪文学来说，通过讽喻可以直接表明先验的神学观点；而对于中世纪之后的艺术家来说，它是进一步文学创作的起点，

并更多地融入了现实与个性化的因素。圣杯意象体系三位一体的精神结构集中体现了中世纪文学的意识形态与创作方法。但是，作为中古英语散文中难得一见的被当作文学的《亚瑟王之死》也被加入了社会生活的现实因素，传递了作者的深层个人信仰与个性化表达。

在以追寻圣杯为途径达成骑士身份认同的亚瑟王朝里，久负盛名的兰斯洛特被寄予厚望，然而他却和其他骑士一样难以完成使命，难以攀上圣杯骑士的高度。兰斯洛特骑士将自己住的地方命名为"快乐屿"，然而大家却称他本人为"厄运武士"，这无疑暗示着兰斯洛特骑士的骑士精神与君权神授框架存在着巨大的反差，这很可能是他身份焦虑问题产生的根本原因。

兰斯洛特的受洗名为"加拉哈"，这似乎预示着他获得圣杯并成为圣徒的可能性。在初来亚瑟王国时，兰斯洛特倾向于通过比武、决斗以及令人惊骇的冒险展现自己的本领，他的能力也远远超出其他骑士，被亚瑟王朝公认为"当代最高贵的骑士"，但是作者"也预兆性地把他的优秀和他对王后的爱联系起来"（Jesmok, 27），这似乎隐喻兰斯洛特的圣徒之路即将中断，但他本人对这一切却毫无意识。兰斯洛特在拒绝多位贵妇及少女求爱并为王后辩护的同时，也竭力压制关于他和王后暗生情愫的传言。他说："她（桂乃芬）是对待自己丈夫最最忠心的一位贵妇，凡是对这怀疑的人，不妨和我比试一下。"（170）兰斯洛特一开始出场，他的自我认识就陷入矛盾与混乱之中，就表现出其骑士精神与王权神性结构的不一致性；而且兰斯洛特这种对身份认同的混乱，不断地在后文以"循环性情节"复现。安德鲁·林奇认为，"如同后来几乎所有的探险一样，似乎只是增加了他的名声，并没有从根本上改变对其所代表的身份的理解"（Lynch, 5）。

兰斯洛特对身份的困惑与焦虑，在追寻圣杯的过程中表现得尤为突出。兰斯洛特作为受洗的"加拉哈"与圣杯的渊源很深，在宣布"危险席位"与圣杯预言的圣灵降临节晚宴之后，他在佩莱斯王城堡里第一次见到了圣杯，这次会面使得他与伊兰公主结合并成为加拉哈的父亲。此事也彻底改变了兰斯洛特的人生轨迹，并把他内心焦虑与困惑的情绪推向了顶点，兰斯洛特因王后的斥责而精神失常。伊兰公主和桂乃芬王后是相互对立的两位女性形象，伊兰公主是纯真的象征，与圣杯象征的身心圣洁一致。而王后桂乃芬正相反，她代表着情欲与对王权的忠诚。这两位女性是撕裂兰斯洛特内心激烈矛盾的象征。一方面，兰斯洛特渴望成为基督耶稣的真正骑士；另一方面，他无法摆脱私欲，兰斯洛特无法遵从于上帝的旨意。对于象征着身心圣洁的圣杯，灵魂被撕裂的兰斯洛特只能接近，却永远无法真正领受它。他又重新返回亚瑟王朝，继续忠实于亚瑟王庭之旅。

与兰斯洛特在忠诚王权与信仰之间进退维谷形成的身份焦虑有所不同，骑士莫俊德的身份焦虑来源于他对王权的个人欲望与野心。在《亚瑟王之死》中，马洛礼对莫俊德的叙述都是间断情节，以"速写"方式插入叙述主线，并直接推动小说情节进入高潮与尾声阶段。关于莫俊德的间断情节，分别是第 10 卷的 3 次、第 20 卷的 3 次和第 21 卷的 3 次。莫俊德谋害亚历山大等事件表现出其品行恶劣、"诡计多端"的特点，为日后的背叛埋下伏笔。另一方面，关于莫俊德的间断情节，也给读者了解莫俊德的精神世界留下了很大的空白，他为何要觊觎王位呢？以间断情节出现，说明莫俊德骑士在圆桌社中身份不高，地位不重要，也无法成为圆桌骑士的主要人物。从出身来看，莫俊德名义上是高文骑士同母异父的弟弟，实际上他却是亚瑟王的私生子。身为骑士，莫俊德却无法达到如同兰斯洛特、高文这样尊贵的地位，也无法得到王后桂乃芬的垂青；身为国王后代，虽然莫俊德与亚瑟王血脉相连，但作为私生子却永远无法成为皇室的合法继承人，他似乎永远与王权有一步之遥；他与王权以及王后这种微妙的关系，就使得他无法认同地位的低微，并陷入了身份焦虑之中。莫俊德身份卑微而又"诡计多端"，永远都把这种对身份的焦虑深埋于心底，无意向外人道也。

对于莫俊德来说，兰斯洛特是他通向王权之路的最大阻碍。莫俊德与骑士阿规凡向亚瑟王控诉兰斯洛特与王后的奸情，逼迫亚瑟王采取措施报复兰斯洛特，这导致圆桌社的分裂，从而为自己谋权篡位制造了大好时机。我们在莫俊德疯狂行为的背后，看到了一个卑微骑士的焦虑、挣扎与反抗，听到了一个野心勃勃的私生子的呐喊。

更耐人寻味的是，"敢于冒天下之大不韪"的莫俊德骑士居然取得了阶段性的胜利，顺利地登上了王位，"这时英格兰的大部分民众都趋向了莫俊德骑士，充分表现出了喜新厌旧的劣根性"（870）。在传奇的结尾，亚瑟王死后，兰斯洛特追随王后桂乃芬皈依宗教并殉情，被誉为"全部基督徒的领袖"。爱情让兰斯洛特实现对上帝的皈依，他对桂乃芬王后世俗的爱情最后达到了信仰的高度。我们发现，在亚瑟王朝的政治中，代表追求个人价值与个性解放的莫俊德战胜了兰斯洛特所代表的骑士精神的同时，也战胜了圣杯意象体系所象征的信仰。尤其是，当面对主教严厉的神学诅咒时，莫俊德根本就不以为意，甚至叫嚣，"您就用最凶恶的办法惩罚我好了，要知道我终会反抗您的"（869）。对于神权与亚瑟王朝来说，莫俊德无疑是恶德败行的；但莫俊德的个人价值观与个性解放思想却是新时代的先声，具有人文主义倾向，代表着进步力量。《亚瑟王之死》严密的政教合一体系趋向僵化和死亡。然而，就是在这里，我们看到一个处处指向未来美好世界的新气象。

《亚瑟王之死》的这种矛盾对立在 15 世纪的英国具有很强的现实性，其时的英国处于各种矛盾交织中。一方面，王权统治危机四伏，贵族的各个派系陷入对王权的争夺战——玫瑰战争中，王权意识与封建制度处于崩溃之中；另一方面，英国港口城镇的资本主义工商业发达，资产阶级的价值观念逐步向社会扩散，这是一个从封建社会向资本主义社会过渡的阶段。虽然莫俊德骑士也以死去为结局，但这仍然能够表明，宗教信仰已经无法维系一个民族或国家，甚至以圣杯征途为象征的力量对王权起到了破坏作用，"君权神授"的政治信仰已被削弱；作者马洛礼对人的情感与人性要求的合理性予以肯定，这也是 15 世纪前后欧洲社会主流的价值倾向。与其说亚瑟王朝的覆灭是为封建制度唱的一曲挽歌，不如说他为莫俊德的个人价值与个性解放唱了一曲赞歌。

马洛礼以圣杯意象体系为媒介，用隐喻的力量神化了骑士的俗世生活，将宗教的戒律转化为追寻圣杯的传奇。在中世纪，物质的世俗世界仅仅被看作是神圣真理的显现，圣杯隐喻的精神圣洁才具有真实性与永

恒的价值。随着文艺复兴及人文主义的兴起，世俗社会从上帝的信仰中
解放出来，它的存在具有了现实性与独立价值，此时已无法依靠圣杯隐
喻的精神信仰来维系人群、民族乃至国家政权的稳定，而文艺复兴对世
俗价值的肯定，则进一步彰显了人类在上帝面前越来越自信的理性力量。

引用文献【Works Cited】

Armstrong, Dorsey. "The (Non-)Christian Knight in Malory: A Contradiction in
    Terms?" *Arthuriana*, Vol. 16, No. 2, On Malory: Festschrift in Honor of
    D.Thomas Hanks, Jr. (Summer 2006): 30-34.

Geoffrey of Monmouth. *The History of the Kings of Britain*. London: Penguin
    Books, 1977.

Greco, Gina L. "From the Last Supper to the Arthurian Feast: 'Translatio' and the
    Round Table." *Modern Philology* 96.1 (Aug. 1998): 42-47.

Grimm, Kevin T. "Sir Thomas Malory's Narrative of Faith." *Arthuriana*, Vol. 16,
    No. 2, On Malory: Festschrift in Honor of D. Thomas Hanks, Jr. (Summer
    2006): 16-20.

Hodges, Kenneth. "Making Arthur Protestant: Translating Malory's Grail Quest
    into Spenser's Book of Holiness." *The Review of English Studies*, New
    Series, 62.254 (April 2011): 193-211.

Jesmok, Janet. "Comedic Preludes to Lancelot's 'Unhappy' Life in Malory's *Le
    Morte Darthur*." *Arthuriana* 14.4 (Winter 2004): 26-44.

Lechat, Didier. *Perceval ou Le conte de Graal*. Dijon: Didier Lechat, 1994.

Lupack, Alan. *The Oxford Guide to Arthurian Literature and Legend*. Oxford:
    Oxford UP, 2005.

Lynch, Andrew. *Malory's Book of Arms: The Narrative of Combat in* Le Morte
    Darthur. Cambridge: D.S. Brewer, 1997.

Mott, Lewis F. "The Round Table." *PMLA* 20.2 (1905): 231-264.

J. A. 伯罗.《中世纪的作家和作品：中古英语文学及其背景（1100—1500）》.
    沈弘，译. 北京：北京大学出版社，2007.

让-皮埃尔·里乌、让-弗朗索瓦·西里内利，主编.《法国文化史（卷一：

中世纪)》. 2 版. 杨剑，译. 上海：华东师范大学出版社，2011.

托马斯·马洛礼，著.《亚瑟王之死》. 黄素封，译. 北京：人民文学出版社，
　　2005.

《圣经·中英对照》（中文：和合本；英文：英文标准版 ESV）. 上海：中
　　国基督教协会，2016.

（特邀编辑：崔梦田）

《金盾》与 C. S. 刘易斯的中世纪寓言理论

包慧怡

内容提要：中世纪文学语境中充斥着"象征"与"寓言"两种程式。两者都对应着甚至是来源于一种将世界及其中万物理解成"面具"的思维习惯，仿佛万物的意义从来不在于表象。这种倾向至晚可以追溯到基督教早期教父的四重解经法，在中世纪经院哲学的智识氛围中被强化。现代研究中世纪象征—寓言程式的代表学者赫伊津哈、刘易斯和艾柯中，只有刘易斯在《爱的寓言》中坚决为两者划清了界限，也是刘易斯对"寓言"的定义引领我们更接近了通常支配中世纪寓言诗的修辞手法。以中古苏格兰语写作的诗人威廉·邓巴尔的《金盾》是具有代表性的寓言诗文本。本文拟通过对《金盾》的细读，考量刘易斯寓言理论的价值，以期更好地理解中世纪寓言体的修辞效果。
关键词：中古苏格兰语；中世纪；寓言；邓巴尔；C. S. 刘易斯

作者简介：包慧怡，爱尔兰都柏林大学英语系中世纪文学博士，复旦大学英语系副教授，主要研究领域为中古英语文学、中世纪手抄本中的图文互释。著有学术专著 *Shaping the Divine: The Pearl-Poet and the Sensorium in Medieval England* 等。

Title: *The Golden Targe* and C. S. Lewis's Theory on Medieval Allegory
Abstract: Symbolism and allegory are two major rhetorical devices used throughout the medieval poetic corpus. Both correspond to and even originate from a way of thinking that tends to perceive the world and everything in it as a "mask" as if the surface is always deceptive. Among modern scholars on medieval symbolism and allegory, including Johan Huizinga, C.S. Lewis and Umberto Eco,

only Lewis, in his *Allegory of Love*, clearly differentiates the functioning process of symbolism from that of allegory. Moreover, it is Lewis' definition of allegory that brings us closer to the essence of allegorical poetry as a literary genre, of which *The Golden Targe*, written in Middle Scots by William Dunbar, is a fine example. This paper will examine Lewis' allegory theory through detailed analysis of *The Golden Targe*, in the hope of better understanding allegory as an influential medieval rhetorical device.

Key words: Middle Scots, medieval, allegory, William Dunbar, C.S. Lewis

Author: Huiyi Bao (Ph.D. in medieval English literature, University College Dublin), is an associate professor of English, College of Foreign Languages and Literature, Fudan University. Her research focuses on Middle English literature, and the textual-pictorial engagement in medieval manuscripts. Her monographs include *Shaping the Divine: The Pearl-Poet and the Sensorium in Medieval England*. Email: huiyibao@fudan.edu.cn

中世纪文学语境中充斥着"象征"（symbol）与"寓言"（allegory）两种程式。在现当代中世纪文学理论研究者那里，对这两个术语的区分并不总是明确的，甚至经常将两者都泛泛地归入"象征法"（symbolism）一起谈论。只有 C. S. 刘易斯（C. S. Lewis）在他论寓言体的专著《爱的寓言：一种对中世纪传统的研究》（*The Allegory of Love: A Study in Medieval Tradition*）中坚决在两者间划清了界限，也正是刘易斯在《爱的寓言》中对"寓言"的定义引领我们更接近了支配中世纪寓言诗的经典修辞传统。苏格兰诗人威廉·邓巴尔（William Dunbar）以中古苏格兰语①写

---

① 邓巴尔使用的中古苏格兰语（Middle Scots）又称低地苏格兰语（Lowland Scots），是中古英语北方方言的一种变体。不同于中世纪高地苏格兰人使用的苏格兰盖尔语（Scottish Gaelic），中古苏格兰语与中古英语之间只有发音、拼写和构词上的细微差别，前者有时被看作后者的一种方言。因此 15、16 世纪以中古苏格兰语写作的诗人常被归入广义上的中古英语诗人，包括邓巴尔、罗伯特·亨利逊（Robert Henryson）、加文·道格拉斯（Gavin Douglas）等。

就的梦幻诗《金盾》（*The Golden Targe*）是十分具有代表性的寓言诗文本，同时也是中世纪晚期寓言体发展到纯熟之境的典范之作。本文试图通过对《金盾》的细读来考量刘易斯寓言理论的历史价值，并为深入理解中世纪寓言诗的修辞效果提供新的角度。

作为常见的中世纪修辞程式，"象征"与"寓言"固然有共通之处：两者都植根于一种将世界及其中万物理解成"面具"的典型中世纪思维习惯，仿佛万物的意义从来不在于表象。恰如约翰·赫伊津哈（Johan Huizinga）在《中世纪的秋天》中所言：

> 中世纪人的头脑对于圣保罗的这条真言了悟得最为透彻："我们现在是对着镜子观看，模糊不清；到那时，就要面对面了。"（《哥林多前书》13：12）①……这种感受可能会采取一种病态强迫的形式，导致一切事物似乎都隐藏着一种危险，一个我们必须不惜一切代价解开的谜面。或者，万物也可被作为一种宁静与安心之源泉来体验，让我们充满这种感觉：我们自己的生命也包含在世界的隐藏意义之中。（Huizinga, 194）

这种倾向在现代人眼中无疑显得拐弯抹角，缺乏效率，但它并不仅仅是文学趣味变迁的一个例证。它至晚可以追溯到基督教早期教父的四重解经法，在中世纪经院哲学的智识氛围中被强化，同时也源于一种用图像来把握世界的传统，而图像的系统是逐渐确定下来的，一如翁贝托·艾柯（Umberto Eco）在《中世纪艺术与美》中所言："图像是俗众的文学（*laicorum literatura*）。"（Eco, 54）比如在中世纪动物寓言集（bestiary）彩绘手抄本中，鹈鹕总是象征基督，独角兽总是象征贞洁。早在这种倾向达到顶峰之前很久，奥古斯丁就在《论基督教义》中言之凿凿地宣说："当某种用比喻的方法说出的事物被按照字面来理解时，它只在肉身层面被理解。"（Augustine, 84）圣维克托的休（Hugh of St. Victor）

---

① 本文中《圣经》引文均出自《圣经：简化字现代标点和合本》（南京：中国基督教协会，2004），后文将随文标出引文出处的卷数及章节，不再另注。

则在《学习论》中将这一观点发展得更为清晰:"一切分析都始于有限或已定义之物,向着无限或未定义之物前进。"(Hugh, 92)然而休同时也提出了警告:缺乏经验的读者滥用寓意解经法可能造成危险后果。有鉴于此,他建议道:

> 从前,那接受了生命之法的人为何遭谴,难道不是因为他们一味追随那使人死的字句,却忽略了那使人活的精义?但我说这些,不是为了要给任何人机会,按照自己的意志任意解释经文……两方面都很重要:一是我们要遵循字句,不可将我们自己的理解置于神圣作者之上;二是我们不可遵循太过,以至于不承认真理的一切表述都反映在字句中。不做献身于字句的人,"属灵的人能看透万事"①。(Minnis, 81)

对于艾柯而言,象征和寓言都可被归入"中世纪象征主义"(medieval symbolism),并可被进一步分为"形而上象征"(metaphysical symbolism)和"普遍寓言"(universal allegory)。前者与"在世界之美中洞见上帝之手的哲学习惯"有关,对于约翰·斯科图斯·埃里金纳(John Scotus Eriugena)这样的象征主义者而言,"世界是一场盛大的神显",在美丽的造物中彰显着上帝的事工(Eco, 56)。艾柯对"普遍寓言"的定义则不那么清晰,大致可归纳为:将世界及其中万物看作拥有四个层面的意义(字面义、寓言义、道德义、神秘义)。有时,"形而上象征"会转化为"普遍寓言",艾柯称之为"象征结晶成寓言"的过程(Eco, 58)。对于艾柯而言,两者不过是同一种审美情趣的不同表现,在某些情况下甚至可以互转。然而在艾柯的结晶论问世前四分之一个世纪,C. S. 刘易斯曾在《爱的寓言》中提出过迥然相异的看法,刘易斯认为,象征,或称"圣礼主义"(sacramentalism),"几乎是寓言的反面",坚定不移地在两者间划清了界限:

---

① 休在此部分引用了《哥林多前书》第 2 章第 15 节:"属灵的人能看透万事,却没有一人能看透了他。"

两者间的差异再强调也不为过。寓言作者离开已知——他自己的情感——去谈论更不真实之物，也就是虚构。象征作者离开已知，为了寻找更真实之物。换种说法来解释这种差异：对于象征作者而言，我们才是寓言。我们是"僵硬的拟人"；我们头顶的苍穹是"影子般的抽象"；我们误以为是真实的世界，不过是那存在于别处的、在所有不可思议的维度上都真正饱满立体的世界的干瘪缩影……象征之诗根本不曾在中世纪引吭高歌，只有在浪漫主义的时代才臻于圆满；这一点，对于区分象征与寓言的重大差异也是至关重要的。（Lewis, 45-46）

刘易斯的定义引领我们更接近了通常支配中世纪寓言诗的那种修辞手法，威廉·邓巴尔正是这一寓言诗传统的后起之秀。在这类寓言作品中，拟人化的理念常被设定为针锋相对的敌人，为了争夺某项精神大奖——通常是主人公的灵魂——而大打出手，刘易斯把这种战争称作"灵魂大战"（*psychomachia*）、"内战"（*bellum intestinum*）或"圣战"（Lewis, 55）。另一位理论家，安古斯·弗莱彻（Angus Fletcher）试图用詹姆斯·弗雷泽（James Frazer）的《金枝》（*The Golden Bough*）中关于接触巫术和感应巫术的人类学概念去解释中世纪人对这种修辞手法的热情，他同时还用上了精神分析术语，将"象征"等同于弗洛伊德的"无意识"，得出的结论是：人们可以通过象征直接窥见事物的"正常"秩序，"无须从物质世界的现象出发进行任何逻辑推导"，"但在寓言中，作者始终在尝试首先将合乎逻辑的秩序归类，然后再把它们安插入方便的现象，先设定理想的系统，再举例证明"（Fletcher, 18）。要理解这类寓言究竟如何运作，苏格兰诗人威廉·邓巴尔写于 15 世纪末期的《金盾》是上好的研究对象①：它既是爱情寓言诗又是梦幻诗——两种典型的中世纪文体；同时又篇幅适中，只有 279 行（每节 9 行，共计 31 节）。

————————————

① 《金盾》第一次被印刷出版是在 1508 年，创作时间大约在 1490 年至 1500 年间。

《金盾》的情节远远谈不上复杂：第一人称叙事者"我"在五月清晨一个鸟语花香的花园中睡着，梦中开来一艘载着一百名衣着光鲜的仕女的大船，"我"虽然害怕却忍不住爬到近前窥探，不慎被维纳斯发现，后者部署"美貌""优雅的举止""坚贞"等各类寓意人物向"我"发动了三波袭击，只有"理性"手持一面黄金盾牌为"我"而战，最后"欺骗"弄瞎了"理性"的眼睛，战败的"我"落入了"抑郁"手中，得胜的大船鸣炮远去，被炮声惊醒的"我"又回到了花园里。在现代批评家眼中，《金盾》并非邓巴尔最出色的作品。贯穿全诗的"镀金体"（aureate style）因为充斥着五光十色的形容词和拉丁文引进词而屡遭诟病，被帕特里克·克鲁特维尔（Patrick Cruttwel）称为"就如 18 世纪最糟的作品那般墨守成规、了无生气"（Cruttwel, 175）。事实上，"镀金体"的出处虽然在《金盾》，诗中邓巴尔却把这种风格归于前辈大师约翰·高厄（John Gower）和约翰·利德盖特（John Lydgate）名下，作为对他们的最高赞誉。

C. S. 刘易斯虽然赞赏该诗的语言、风格和意象，却对邓巴尔使用寓言的方法不甚满意："他的寓言没有什么历史价值。它们存在仅仅是为了提供愉悦……它有可识别的寓意动作……但这种动作太不明显，时常退化成一长串拟人角色的名单（这是《金盾》唯一严重的缺陷），我们可以对之视而不见……其中我们看到，寓言形式被改造成纯粹的装饰。"（Lewis, 251-252）这几乎算不上令人满意的辩护，因为正是寓言使得《金盾》的戏剧性得以运作，而给一位中世纪寓言诗人的手艺打分，自然无法避免对寓言使用效果的考量。实际上，我们通过文本细读不难感受到，《金盾》中的寓意人物既非可有可无的装饰品，也不是一场"退化"后遗留的亡者名单。

《金盾》的寓意人物大致可分为两类：来自古典传统的男女神祇——除去维纳斯一个例外，他们下船后并未加入争夺叙事者灵魂的战斗；以及那些代表人类礼仪、社会地位或道德的"品质性"角色——继承自一个较新的、被《玫瑰传奇》（La Roman de la Rose）发扬光大的传统，这些品质性角色在维纳斯的带领下，向叙事者"我"（在"我"之内）发起了"灵魂大战"。邓巴尔对这两类人物的处理迥然不同。全诗寓言部分（始

于第六节）的开场是同类文体中最栩栩如生的篇章之一，如中世纪上演
神秘剧的游行花车一样流光溢彩，同时又有威尼斯画派肉感的田园情调
和挑逗意味：

> ……从船上走下
>
> 百位女士，华服美饰
>
> 如五月初绽之花，娇艳欲滴
>
> 不戴帽子，不束头巾，身着绿衣。
>
> 缕缕秀发下垂，光彩熠熠
>
> 鬓发明灿，缠绕金色丝带
>
> 酥胸似雪，纤腰如枝。（第57—63行）[①]

　　仿佛强调她们没戴帽子和头巾、蓬松下垂的鬓发、具有象征意味的
绿色衣裙还不够似的，诗人还要把我们的目光引向雪白的胸脯和纤细的
腰肢。甚至这还不够，下一节诗中紧接着出现了中世纪作品中的常见修
辞法"哑口无言"（inexpressibility topos）——先巨细无遗地把对象描述
一遍，然后谦称自己完全没有能力描述它——说无论荷马还是西塞罗都
没有足够的技巧去刻画这个"完完全全的天堂"（第72行）。在此，邓巴
尔表面上在描绘花园之美（花园是爱情寓言诗中最常见的场地），使用的
词汇却已经危险地暗暗指向情欲带来的至乐。

　　到现在为止，邓巴尔尚未对两种寓意人物作区分，两种角色都包含
在"百位女士"中。然而，随后的六节诗（第9—14节）则专属于古典
万神殿，神与半神从中络绎走出，血肉匀停，并非死气沉沉的木质偶像。
动作的细节："在那里我见到'五月'，最快活月份的女王……在花园里
来回踱步……我见到'自然'呈给她一件长袍……用尽天下一切色彩，

---

① 本文中《金盾》中译均由作者译自中古苏格兰语原文，底本为 James Kinsley ed.,
　 William Dunbar: Poems, Oxford: Clarendon, 1968. 译文对 TEAMS 上《金
　 盾》的原文及其注释亦有参考，参见 http://www.lib.rochester.edu/camelot/teams/
　 dunfrm3.htm。

装饰刺绣，尺寸相宜。"（第 82—90 行）生动的神态描绘："我看到骁勇善战的玛尔斯，脸色阴郁又严肃，肌肉发达四肢壮。我看到脾气暴躁的萨杜恩，头发灰白年纪长，眼神像要搅乱空气。"（第 112—115 行）园艺与阴茎之神普利阿普斯、田野之神法努斯和门神雅努斯——"甜美的入口之神"（第 120 行）——紧随彼此，铺开一副充满男根、生殖、情欲意象的暗示性画卷。普路托由不苟言笑的冥界主宰摇身变为"精灵般的梦妖，穿着绿色的斗篷"（第 125—126 行）——象征自然力的淘气引诱者，仿佛《仲夏夜之梦》中的仙王奥伯朗——好和酒神"巴库斯，给餐桌带去喜乐者"（第 124 行）成双配对，以强化噩梦中纵欲狂欢的氛围：在这类梦魇里，地狱之门洞开，魔鬼扮成众神，穿着绿衣，弹奏竖琴或鲁特琴，仿佛身处俗世宴席。在短短 45 行诗中，邓巴尔成功地让一整船角色各显神通，华丽登场。

将第二类寓意人物激活的，是"窥视者汤姆"（Peeping Tom）文学形象的一个较为温和的版本——叙事者虽然没有因为"仅仅瞟了一眼"（第135 行）就被夺去视力，却为此遭到了维纳斯弓箭团的攻击。在这转折的一幕中，被动态始终占统治地位："我受到突然的惊吓……我被发现了"（第 135—137 行），"我"仿佛无助地落入了早为他设好的陷阱中，但事实上，是"我"自己"穿过绿叶，爬到附近"（第 133 行）。即便在被发现时，"我"也并非全无慰藉："但我并不感到十分恐惧，这群人儿实在赏心悦目。神奇而强烈的情感攫住了我……"（第 140—145 行）。全诗的"显现点"（point of epiphany）——借用诺斯莱普·弗莱（Northrop Frye）的术语——罗马万神殿之寓言与真正的中世纪爱情寓言之间的决定性转折发生于坠入爱河的刹那。出乎我们意料，邓巴尔把这个半被动半自愿、带有自毁倾向的过程描述得颇为"现实主义"。

当女士们让绿色斗篷落下，露出藏在鬓发里的弓箭，组成了严阵以待的方阵，全军统帅"美貌"女士便率领一众女战士（分别代表"典雅爱情"女主人公理应具备的某种品质），向叙事者发起了首轮攻击，这些"品质"包括"优雅的举止""雍容的外表""欢快的天性""愉悦的神情"，其中不乏可一眼从更早的寓言传统中识别出来的角色。接着，唯一站在

"做梦人—叙事者"这方的"理性"登场，"拿着闪闪发光的金盾……那位高贵的骑士"（第 151—153 行），以寡敌众的战斗正式打响，与此同时"我"却无事可做，只有躲在"理性"背后打哆嗦的份。

丹东·福克斯（Denton Fox）用结构主义的方法把此处维纳斯的阵营一划为三，分别象征女性生命的三个阶段：少女（由"温柔的年轻"打头阵，后面紧跟着几位"青涩的处女"："绿色的天真""羞赧的腼腆""颤抖的畏惧"和"卑微的服从"）；青年女士，或"完美的中产阶级少妇"（领头的是"甜蜜的女性"，"教养""仪容""纯洁""耐心""好名声""坚贞""谨慎""文质彬彬""心思周到""规矩的友人""诚实的举止""善意的神态""温和"与"清醒"紧随其后）；以及成熟贵妇，"有着贵族头衔和财富带来的一切附加值"（由"高贵的身份"率领，后面是"地产""尊严""地位""崇敬""华服美饰""情欲""孟浪""名誉""放荡""慷慨""自由"和"贵族派头"）（Fox, 327-328）。这当然是一种逻辑清楚、容易接受的分法。然而除此之外，这三轮攻击也可以暗示一切女性品质的集合——情欲的神秘之一在于，令人着迷的往往并非美德，魅力无敌的有时是不完美，乃至邪恶。就算中世纪语境下的"孟浪""放荡""自由"等词含义往往模棱两可，以上罗列的三大串品质同时在一个女人身上展现的概率毕竟微乎其微——仿佛维纳斯正试图搞清"我"的口味究竟如何，偏爱天真灰姑娘还是"致命女郎"（femme fatale），品德无可指摘的淑女还是眼神狂野的吉卜赛舞娘。尽管并非上述所有寓意人物都能被清晰无误地归类，随着战事渐激，维纳斯麾下的女战士们的确将《天真之歌》的调子转为了《经验之歌》："她们高高举起了旗帜，像阵雹般松开箭的云阵，不断发射直至用尽了武器"（第 177—179 行）。

最后，当所有的塞壬都没能将我们的奥德赛引诱上钩，维纳斯改变了战略：仿佛拔去奥德赛的耳塞，她转派"欺骗"（Dissymilance）打头阵冲锋，辅以"亲近"（Presence，"船上的主弓箭手"）、"欢迎""善待"和"体贴知心"（Hameynes，"她性格顽强箭术棒"）——全部来自"经验"的阵营——第一弓箭手"美貌"再度登场，完成殿后（第 181—194 行），如是逐一部署完毕，将"灵魂大战"之寓言圆环完美收拢。评注家一般认为，"欢迎"（Fair Callyng）就是《玫瑰传奇》中的"欢待"（Bialacoil），由普罗旺斯语"belh aculhir"（欢迎）派生而来，并在另一位以中古苏格兰语写作的诗人、苏格兰国王詹姆斯六世（即英王詹姆斯一世）的《国王之书》（*Kingis Quair*）第 673 行中扮演"引见者"之角色。"欢迎"女士"比礼貌要多出一点；而多出的那一点，一位受过良好教育的女士恰恰难以向任何熟人拒绝，只要对方并非一眼看去就不正经或粗俗不堪"（Lewis, 122）。"欢迎"所表示的这种暧昧不清、模棱两可的好意成了女性最有力的武器之一，辅以同样灵活的"善待"（Cherising, 一个随时可向"宠溺"和"爱抚"转换的词），还有"亲近"和"体贴知心"带来的密切接触，领军人则是"欺骗"和"美貌"。"理性"开始节节败退，直到"危险的亲近"往他眼中撒了一把粉末——失明的"理性"被驱逐入"绿色密林"中，留下无助的"我"独自面临厄运。以下三节诗（第 24—26 节）描述了爱情得到回报的感觉是多么稍纵即逝：

> ……伤势严重，奄奄一息
> 须臾间我沦为美貌女士
> 凄惨哀切的阶下囚。
> 我觉得她仿佛愈发兴高采烈
> （在理性失去他的明眸后）
> 比起从前，脸蛋也愈发美丽。
> 哎呀！理性啊，你为什么瞎了？
> 将我的天堂变成了地狱
> 我找不到垂爱，只得到怜悯。
>
> 欺骗忙不迭地攻击我，
> 欢迎不断朝我笑得欢，
> 善待喂给我甜言蜜语。
> 新相好抱了我一会儿，爱抚我
> ——在可以走一公里路的时间内——

> 随即转身离去，我再也没见过她。
> 接着我看见危险朝我走来。
> 我无计可施，躲她不及，
> 她轻蔑地斜睨，趾高气扬。
>
> 最后，离别她终于到来，
> 把我转交到抑郁手中
> 待在原地，任后者掌控我。
> 此时风神鼓足了猛劲，
> 厄洛斯，我想是他吹响了号角
> 这号声吹落片片树叶。
> 突然间，不到一瞥眼的工夫
> 一切都消失，只留下荒野，
> 只剩下鸟儿、河岸和小溪。

"危险"（Dangere）也就是《玫瑰传奇》中"玫瑰"的最顽固的看护者，与"冷漠的轻蔑""保持距离"是近义词；"抑郁"（Hevynesse，又名"沉重"）的怀抱是"我"最后的归宿。东风吹起号角，把天堂花园变成寸草不生的荒原，把"我"之前抱怨"理性"离开时打的比方"将我的天堂变作地狱"在梦中变成了现实。最后，连梦境也被大船载着胜利者离开时震耳欲聋的开炮声惊醒，醒来的"我"发现自己又回到了最初入梦的地方，也就是全诗前五节描述的那个枝头缀满宝石质地的鲜花的花园。

如我们所见，第二种寓意人物——参与"灵魂大战"的那些抽象品质——确有成为刘易斯所诟病的"《金盾》唯一严重的缺陷"之嫌，也就是沦为"一长串拟人角色的名单"（Lewis, 252），而没有被发展为羽翼丰满、复杂而栩栩如生的戏剧人物。其实，邓巴尔的"名单法"在本诗的特定语境下有其长处。

首先，在描写一场剑拔弩张的紧张战役时，恰恰是寓言的短促精练及其中人物紧锣密鼓、毫无间隔的快速登场，捕捉住了"我"所面临的这场步步相逼、势如排山倒海的攻击的本质。上文已经谈到，邓巴尔对不参与"灵魂大战"的神祇人物的刻画并不乏神来之笔。

其次，中世纪寓言诗的戏剧感介于非寓言散文与神秘剧之间——在处理同等题材时，要论生动立体，它往往胜过前者，不及后者。或许最好把一首寓言诗比作一幕哑剧，或是一场傀儡戏：演员的一部分魅力恰恰在于一种机械气，一种深藏在它们木质四肢中的僵硬感，而过度的灵巧和肖真反而会破坏傀儡师苦心经营的这种特殊的美学效果。就这一点而言，《金盾》中的寓意人物间完全没有对话（连哈姆雷特式的独白都没有）——某些批评家眼中的诗艺上的缺陷——反而无声地成就了哑剧着魔般的氛围，这种氛围又在贯穿全诗的晶莹剔透、微光灼烁的意象群中得到了进一步烘托。

第三，"名单法"很好地发挥了一种古老的修辞效果，我们暂且称之为"唱名的效应"：每个在场者都被赋予一个名字，当这个名字被说出，名字的主人就扮演一个独一无二的角色。亚当通过这个方法为大地上的动物命名，而他被授予这一权柄也是通过类似的过程。《金盾》在第 19 节前 5 行内一口气喊出 14 个人的名字，在第 20 节前 5 行内一口气喊出 13 个，我们得到的印象是：维纳斯确实使出了浑身解数，把能想到的属于女性的品质或优势全都部署到位，以便齐心合力攻下"理性"的堡垒。

最后，在某种意义上，寓言是将假扮成人的角色身上属人的元素驱除的过程，这是由它的运作方式决定的。一切寓言都是拟人的，但只有将人之精神驱出它们的外壳时，这些角色才是有效的。象征的运作过程则正好相反：动物、植物乃至无知觉的石块或木十字皆可成为象征，但象征主义的基本气质是泛灵论的；象征最有效的时候，就是当属人的恐惧、欲望、希冀和信念被吹入无生命之物之中时——所有的无生命之物在中世纪纹章系统般的世界里都有其一席之地。正是在这一意义上，《金盾》的中心意象——玫瑰与珐琅镀彩——才得以成为贯穿始末的有效象征。另一方面，严格说来，《金盾》中只有第二类寓意人物——那些在"灵魂大战"中扮演人类战士角色，本身却已被涤尽了人性的抽象品质——

才称得上是纯粹的寓言。第一组中的罗马人物是式微的神祇，从一千年前起它们就开始失去真正的精神能量，但这些步入黄昏的偶像身上的人性元素尚未被完全驱除干净，因此成不了纯粹的寓意人物。一如叶芝最爱引用的一句赫拉克利特名言：人类和神祇永远在"死着彼此的生，活着彼此的死"（Yeats, xxxix）。刘易斯在《爱的寓言》中尝试追溯这个"抽象品质成神"而"神明消退"的过程（Lewis, 56），但这个野心勃勃的计划只开了个头，留下了大量空白给未来的研究者。现在，我们或许可以更好地理解和欣赏邓巴尔在他的"纯粹寓意人物"身上所花的心思了：他对人物的塑造是浮雕式而非圆雕式的，而他确是一位浮雕大师——不仅仅在于手艺本身，更在于知道何时该向圆雕技术靠拢一点儿，一如我们在他笔下那些非纯粹的寓意人物身上所见。

　　中世纪梦幻诗的主人公往往在五月的花园中坠入梦乡，这一成为原型的花园，按照 A. C. 司皮林（A. C. Spearing）在其论梦幻诗传统的代表作《中世纪梦幻诗》中的说法，来自希腊、意大利和巴勒斯坦等地的典型地中海地貌，"坐落于南方的艳阳中……同时有一棵或一群树提供遮挡烈日的树荫……通常有微风吹过……为炎热国度带来慰藉"（Spearing, 17-18）。然而在邓巴尔——一个苏格兰人那里——吹过五月高地的不是地中海岸薰人的暖风，却是冷雨、浓雾与阴寒：厄洛斯的号角"吹落片片树叶"（第 231 行）。"我"只有从梦中醒来时方能回到"人间天堂"般的花园——《创世记》中鸟语花香的伊甸园与《启示录》中明艳璀璨、由黄金宝石筑就的新耶路撒冷的合体——这一事实提供了解读本诗的另一重可能性：在一种文学体裁已趋衰落时新近登台的作者不得不面对的影响的焦虑。一如邓巴尔自己在诗中坦言，他在寓言诗传统中所步的是中古英语诗人乔叟的后尘，"尊敬的乔叟，一切修辞的玫瑰"（第 253 行），还有生着"甜蜜的嘴唇和纯金的舌头"的"高尚的高厄和雄辩的利德盖特"（第 262—265 行），此种诗艺在《金盾》开篇用来描绘梦中花园的那些微光粼粼、半透明的却又充满浓郁人工气息的词句中得到了绝佳的象征。不难注意到，邓巴尔描述花园和描述他所倾慕的那些诗人的手艺时用的是同一套词汇（"镀上了珐琅瓷""点亮""镀金""彩绘""纯金的"

"明晃晃""光芒"），而中心意象"芬芳的玫瑰"又将自然与艺术的完美统合起来。在梦幻部分快结束时，"我"发现本可以代表圆满无瑕的诗艺的花园变成了一片寸草不生的荒原，一如他在诗末对自己这本"小书"（lytill quair）的描述："卑微、恭顺、意图简单……你衣衫褴褛，污渍斑斑，破烂不堪"（第 272—278 行）；梦醒后，"我"又回到了丰饶肥沃的天堂花园，只是开篇那种与自然融为一体的狂欢让位给了一种庄严的平静："空气温和、宁谧、宜人"（第 249 行），似乎暗示对自己的技艺有了更客观的认识，也与自身达成了某种和解——失而复得的乐园并不完美，但仅仅是通过了解这种不完美，事情就尚有改进的余地。在这场令人尴尬、挫折丛生的爱情之梦中，叙事者"我"将在自己手艺中寄托的完美主义的野心换成了一种更加脚踏实地的希冀。

当然，我们不必非得把《金盾》当成一首谈论诗艺的"元诗"。作为一种文类，寓言体常常以其定义使我们忘记：寓意解读不过是多种欣赏方式中的一种。就如在教父解经学中，寓意解经并不排斥其他三种层面的解读（字面义、道德义、神秘义），同时，将字面意义"解码"也不意味着我们可以像摒弃用完的工具一样摒弃寓言本身的诗学价值。那些认为邓巴尔"对其诗作中的寓言并不很感兴趣……至少他主要关注的不是维持清晰的寓言叙事机制"的评论显然有失公允(Fox, 318)；但同时我们也应当承认，寓言机制不是寓言诗的一切。中世纪寓言诗中的能指并不是"对故事的一种冷冰冰的、不相干的补充"(Lewis, 250)。寓言如灯，照亮字里行间隐蔽的角落，赋予我们重访故地发现新景的"文之悦"。在《金盾》中，邓巴尔三棱镜式的寓言将整首诗变成了镜厅，这是一门始终自知自觉的手艺，从 15 世纪以中古苏格兰语写作的苏格兰诗人群到沃特·司各特和罗伯特·彭斯，这门手艺在高地从不曾失传。

引用文献【Works Cited】

Augustine. *On Christine Doctrine*. Trans. D. W. Robertson, Jr. New York: Liberal Arts P, 1958.

Cruttwell, Patrick. "Two Scots Poets: Dunbar and Henryson." *The Age of Chaucer*.

Ed. Boris Ford. London: Penguin Books, 1954. 175-187.

Dunbar, William. *William Dunbar: Poems*. Ed. James Kinsley. Oxford: Clarendon, 1968.

---. *The Golden Targe*. Http://www.lib.rochester.edu/camelot/tcams/dunfrm3.htm.

Eco, Umberto. *Art and Beauty in the Middle Ages*. Trans. Hugh Bredin. New Haven: Yale UP, 1986.

Fletcher, Angus. *Allegory: The Theory of a Symbolic Mode*. New York: Cornell UP, 1964.

Fox, Denton. "Dunbar's *The Golden Targe*." *ELH* 26.3 (1959): 311-334.

Guillaum de Lorris and Jean de Meun. *The Romance of the Rose*. Trans. Frances Horgan. Oxford: Oxford UP, 1994.

Hugh of St. Victor. *The Didascalicon of Hugh of St. Victor*. Trans. Jerome Talor. New York: Columbia UP, 1963.

Huizinga, Johan H. *The Waning of the Middle Ages: A Study of the Forms of Life, Thought, and Art in France and the Netherlands in the Fourteenth and Fifteenth Centuries*. Trans. F. Hopman. Harmondsworth: Penguin Books, 1965.

Lewis, C. S. *The Allegory of Love: A Study in Medieval Tradition*. Oxford: Oxford UP, 1936.

Minnis, Alastair. *Medieval Theory of Authorship: Scholastic Literary Attitudes in the Later Middle Ages* (2nd ed.). Philadelphia: U of Pennsylvania P, 2009.

Spearing, A. C. *Medieval Dream-Poetry*. Cambridge: Cambridge UP, 1976.

Yeats, W. B. *The Poems*. Ed. Daniel Albright. London: Everyman's Library, 1992.

《圣经：简化字现代标点和合本》. 南京：中国基督教协会，2004.

（特邀编辑：郝田虎、姜文涛）

文艺复兴研究

Renaissance Studies

阅读生命之血①

约翰·拉姆里奇②

廖运刚　译

内容提要：弥尔顿在《论出版自由》中有一著名论断："书并非全无生气，毫无生命存留；书有命，是作者灵魂的子嗣，如潜质，伏于书，一朝唤醒，便会如作者之魂，鲜活如初"；"书如药：药液去粗取汁，药力留存，书则是作者智慧的菁华"。长期以来，弥尔顿所持的生机唯物阅读论及其要义，一直未得学界辨识。弥尔顿作品中凡述作者与读者间密切的心理纽带，立论基础便是《论出版自由》中基于唯物论的读者反应现象学。弥尔顿的作者、读者观，与其生机一元论连贯一致，也把该理论表达得淋漓尽致。就书而言，弥氏认为，书是作者赖以存在的工具，也是一项鲜活的技术，追根溯源便是作者生命之血。

关键词：约翰·弥尔顿；《论出版自由》；书；阅读；生机一元论

作者简介：约翰·拉姆里奇，美国德克萨斯大学奥斯汀校区塞拉尼斯英国文学讲席教授，中国、法国、爱尔兰、南非等国访问教授，发表弥尔顿研究专著、论文、专书章节若干，编有多种论文集、诺顿评论版 17 世纪英国诗歌以及现代图书馆版弥尔顿作品集数种。

---

① 译者注：本文系作者于 2016 年 12 月 30 日在浙江大学中世纪与文艺复兴研究中心成立仪式上首场学术讲座的文字稿，承蒙作者书面授权，在此发表中译文。翻译期间，译者得到郝田虎教授及校对者崔梦田博士热情、细致的指教和订正，谨表深深谢忱。

② 译者注：外国人名，除约定俗成、作者自定外，均据《世界人名翻译大辞典》第 2 版（上、下卷）（新华通讯社译名室主编，北京：中国对外翻译出版公司，2007）译出。下文不再一一说明。

译者简介：廖运刚，北京大学博士，四川大学外国语学院英文系副教授，主要研究英国文艺复兴时期文学、本·琼生等。

Title: Reading Life-Blood

Abstract: In *Areopagitica*, Milton famously insists that "books are not absolutely dead things, but do contain a potency of life in them to be as active as that soul was whose progeny they are"; "they do preserve as in a vial the purest efficacy and extraction of that living intellect that bred them." Milton's vitalist-materialist conception of reading and its significance has generally gone unrecognized. The materially grounded phenomenology of reader reception posited in *Areopagitica* underlies Milton's presentation of the intimate psychological relation between authors and readers throughout his writings. Milton's conception of authorship and reading conforms to and is expressive of his vitalist monism in the specific case of the book as an instrumentality of authorial presence, a living, ultimately blood-based, technology.

Key words: John Milton, *Areopagitica*, books, reading, vitalist monism

Author: John P. Rumrich is the Celanese Professor of English Literature at the University of Texas, Austin and has been a visiting professor in China, France, Ireland, and South Africa. His publications include monographs on John Milton, various articles and book chapters, edited collections of essays, the Norton Critical Edition of seventeenth-century poetry, and several editions of Milton's works for Modern Library.

Translator: Liao Yungang, Ph.D. (Peking University), is an associate professor in the English Department of Sichuan University. His research fields include English Renaissance literature, particularly Ben Jonson. Email: liaoyg@scu.edu.cn

　　承蒙浙江大学中世纪与文艺复兴研究中心邀请，来做首场讲座，我不胜荣幸。浙大成立本中心，体现了学校领导的重视与担当，得益于外国语言文化与国际交流学院的慷慨相助，离不开学院领导程工教授的鼎力支持。学校各级领导都是学术专家，高瞻远瞩，慧眼卓识，我今天借此机会深表感谢，想必也说出了在座诸位同仁的心声。中心研究员中，郝田虎教授是推动中心成立的最主要力量。田虎教授曾在哥伦比亚大学攻读文学，师从戴维·斯科特·卡斯顿（David Scott Kastan）教授。2006年，田虎教授从哥大顺利毕业，获得博士学位。之后，他迅速成长，进步卓著，获得国际学界瞩目，成为一位国际早期现代文学研究界杰出的青年学者，也无疑是未来该研究领域的一位领导者。2013年，我造访浙大和北大，有幸与田虎教授初次相会。之后，我们又数度重逢。2015年，英国埃克塞特（Exeter）大学举办国际弥尔顿论坛（IMS），我们一同参加，再度重逢，最为难忘。今天，浙江大学成立中世纪与文艺复兴研究中心，田虎教授以杰出的学术成就，广邀天下英才，济济一堂，共襄盛举，而我忝列其间，倍感形秽。

各位同仁想必早已知晓，田虎教授还曾受业于沈弘教授。沈弘教授目前也在浙大教学、研究，高才大德，治学严谨，著述宏富，同样名扬海内外。沈弘教授曾求学于北京大学、牛津大学、剑桥大学及哈佛大学，并执教北大多年。30年前，我与沈弘教授相识之初，沈弘教授尚是北大学生，得李赋宁教授言传身教。我们均年纪轻轻，血气方刚，衣带宽松，大不如今。当时，20世纪六七十年代的"文革"已经结束，百废方兴。北京大学也逐渐走出废墟，力图全面恢复学术，包括英语语言文学教学研究。具体讲，20世纪初，北大英文系课程体系中，约翰·弥尔顿已是必修课，一直固定开设到20世纪上半叶，即便三四十年代日寇入侵，学校被迫南迁云南，躲避战祸，也未曾废弃。当年，最后一位在北大讲授弥尔顿的老师，是20世纪伟大的英国学者燕卜逊（William Empson）。倭寇侵华，中国各地饱受战争之苦，灾难重重，但燕卜逊教授廉顽立懦，大雅君子，投身中国，协力保全中华高等教育于水火。沈弘教授的导师，我刚提及的大儒李赋宁先生，就曾师从燕卜逊教授。燕卜逊曾一再强调，正是因为当年在中国西南讲解《失乐园》，才真正领会了弥尔顿史诗的精髓。我本人在北大的经历，远不及燕卜逊先生那么丰富、曲折，燕卜逊先生的学问文章我也无法望其项背，但1986、1987年间，我在北大授课时，弥尔顿不仅已经重归北大单列课程，还深深影响了我。我也因为在北大讲解弥尔顿，对他从根本上有了全新的认识，这与当年燕卜逊先生所获新知如出一辙。更为重要之处，乃是我年纪轻轻，远赴中国，逐渐懂得，要真正了解自己的文化，首先须置身局外，审视自己，审视自己的文化。当年，我实在万幸，能获得机会，与沈弘等青年学人为伍，教学相长。他们聪颖、谦逊、坚毅、友爱、洒脱、热忱、和善。当年的沈弘，今天的郝田虎，便是这样的青年学人。开始讲座之前，请允许我由衷感谢各位，给予我如此美好的教、学回忆。

下面，请允许我从史实开讲吧。泱泱华夏，不少城市都可以组建中世纪与文艺复兴研究中心，但杭州明显最为合适。13 世纪时，意大利领导欧洲走出了中世纪，步入了文艺复兴；其时，甚至更早，杭州便已是世界第一大城市，蜚声海外，威尼斯旅行家马可·波罗来访可以印证。马氏称杭州"比世界任何城市都更伟大"。宋代，杭州与阿拉伯商人海上贸易经久不衰，亦为明证。有人说，马可·波罗 13 世纪后期到访杭州纯属神话传说，但是，沈弘教授的论证，令我信服。事情已过七百年，要拿出确凿证据，断定历史，的确困难，但马氏到访，确曾发生。马氏回到欧洲后，中华文明令欧洲人更加神往。当时，欧洲人眼中的世界，渐渐扩大。优秀艺术家怀疑原来的想象是否正确，新的想象随之产生。而宗教权威设置壁垒，垄断学说，面临崩溃之险。发生这些变化，一个重要原因，就是马氏到访中国。常规教育讲述的世界之外，原来还有很大的地方。爱思考的人认识到，原来神造的世界比之前的理解要大得多，陌生得多。由于新发现，世界其实很大——而今天，似乎依然如此。

即便从今天情况看，杭州仍是组建中世纪与文艺复兴研究中心的最佳城市。本中心专注研究人文，探索文化之源。浙江大学全国知名，尤以理工科领先。常有人以为，理工学者不重人文。恰恰相反，中外最睿智、最杰出的科学家、工程师、管理者都深知，人文学科是人立于社会之本，至关重要；培养人文专才，促进人文学习，保持人文研究薪火相传，是伟大高校的重要使命，不可或缺。中世纪和文艺复兴之交，这种认识十分重要，当今亦然。近来，技术进步日新月异，科学发现石破天惊，堪比中世纪文艺复兴之交。人们必须以新的眼光、批判的精神，审视自己，懂得何谓美好人生，何谓公平社会，以至最终思考：人何以为人。名校如浙大者，一面奋力认识世界，以期跨步前行，更有自信，一面回望先贤，从遗留史料事迹，不论成败，求索指引。在西方，五百多年来（在中国，要早数个世纪），文艺复兴由意大利肇始，西行远及北欧，当时的人们破解眼前危机乏力，苦寻良方，活字印书大兴，令他们可以轻松求教于先世贤达，实效显著，渐成利器。最近，科幻史诗大片《星际穿越》（Interstellar），讲述世界资源枯竭，末日临近，引发英雄救赎。片中，可以超越时空，成全英雄施救的事物不是其他，而是一个四维书架或超四方体书架，这既显得十分贴切，又极富灵感。此时此刻，数字技术催生出大量新工具，功能无比强大，记录、存储信息，数量惊人。因此，印刷时代似乎离我们渐行渐远了。借今天的机会，我打算谈谈在以前，书到底为何物，有何含义。确切地说，英国早期现代最伟大的一位作家，如何看待阅读的真面目。前文我提及，居于不同文化，可让人以崭新的眼光审视自己。现在，我们进入信息技术新时代之际，也是回顾过去，重新看待自己的契机。换言之，当今世界，植根印刷文化多年，印刷品琳琅满目，不计其数，图书馆、藏书楼巍然屹立，宏图华构，雕栏玉砌，专事存放、保护印刷品，甚至向印刷品致敬。回到当年的印刷世界，我们会如何以理性的眼光，重新看待自己呢？

约翰·弥尔顿是早期现代文化中最杰出的一位。多年以来，沈教授、郝教授和我都曾孜孜研究其人其作。在美国，如果某图书馆墙上有字（当然，涂鸦除外），多半都录自弥尔顿的诗文。约翰·杨·科尔（John Young Cole）的著作《书之于墙：国会图书馆馆舍上的铭文名言》（On These Walls: Inscriptions and Quotations in the Buildings of the Library of Congress，1994），就收录了不少这样的例子。国会图书馆抄录弥尔顿似乎再合理不过。约翰·亚当斯（John Adams）、詹姆斯·麦迪逊（James Madison）、托马斯·杰斐逊（Thomas Jefferson）等美国国父受弥尔顿影响至深。三位均是饱学之士，国会图书馆三大主楼便以他们的名字命名。美国革命发生前一百多年，弥尔顿印行了一本小册子，名为《论国王与官吏的职权》(*The Tenure of Kings and Magistrates*),反复论证,政府权力来自人民。弥尔顿又以此为基础,为英国史上一桩前所未有的大事做了辩护:审判、处决国君。1658 年,奥利弗·克伦威尔(Oliver Cromwell)去世。两年后,王政复辟,但弥尔顿没有默默地被动接受。相反,他不顾彻底失明,目不能视,又饱受痛风折磨,甚至不惜性命,即便面临因反政府观点遭车裂酷刑的危险,也要敦促建立英联邦或共和国。结果,他一败涂地,不仅没能说服各方,还遭保皇派拘捕关押。弥尔顿似乎早已预见到如此下场,明知保皇派睚眦必报,必然落井下石,仍义无反顾,仗义执言。

然而,即便当年弥尔顿真因反抗政权获刑(他如何躲过一劫,现仍是个谜),其非正统的政治主张依然能够找到革新派读者,不过要在百年之后,到大西洋彼岸而已。弥尔顿有生之年和去世以后,有许多著作惨遭焚毁,但借用他自己的话说,没有一部遭到"屠戮"(massacre)。该词出自《论出版自由》(*Areopagitica*)一文,意指某版所印卷册悉数销毁,一卷不留。"如此毁书灭言,戕害不止于屠戮生命的肉体,更是扼杀理性的气息,肉身之魂。"(1644)①当然,弥尔顿印行作品未尽数焚毁,也不全靠运气。王政复辟期间,牛津城遍搜其作,付之一炬。然而,牛津大学图书馆饱蠹楼(The Bodleian Library)收藏的作品,似乎让人放到了焚书者目力之外,逃过一劫。复辟时期,弥尔顿四处遭恨,牛津是内战期间查理一世的陪都,仇恨弥尔顿者尤其多。但是,饱蠹楼建馆的宗旨是"文章之共和"(*Republicaeque Literatorum*),镌刻于图书馆门拱之上,清晰可见。1602 年,该馆创建时,民众视君权为当然,君主制处于绝对巅峰。以共和信念建立图书馆,表明该馆天生就有反叛、颠覆精神,至少在贵族社会如此,因公民若思想共和,必平等相待,最终听命于理智判断,不会屈从于粗暴权威。所以,连霍布斯(Thomas Hobbes)都曾埋怨,大学学习希腊、罗马作家,其思想流传,培育了民主理想,引发内战,导致弑君。霍布斯的怨言不无道理。印刷时代,图书馆高堂广厦,表达

---

① 原注:除《论出版自由》外,所有弥尔顿引证均出自 *The Complete Poetry and Essential Prose* 现代拼写版,William Kerrigan, John Rumrich 和 Stephen M. Fallon 合编,纽约 Random House 2007 年版。

了对人类累积知识的热情，对文化智慧的热爱，也表达了对图书力量的虔诚，相信图书能打开视野，让人看到其他地方、其他时代，改变人类命运。

弥尔顿著作中，有不少名言适合图书馆使用，其中一句，镌刻在纽约公共图书馆（The New York Public Library）主阅览室正门上方。该室长达 297 英尺（90 米略余），气势恢宏。2008 年，弥尔顿四百周年华诞，该室曾举办纪念展览。有人说，大门上方已天天展示其名言，纪念展不过是其敷衍铺陈而已。图书馆官网如此阐释该名言："高居大门之上，耀眼夺目，以引领之身，请读者进入罗斯主阅览室（Rose Main Reading Room），十分相宜。"用来装点这座伟大图书馆的公共阅览室大门，还有什么名言警句比这更适宜呢？该言是书的定义，取自《论出版自由》，史上捍卫思想自由最著名的作品之一。弥尔顿说："好书乃人主魂珍贵的生命之血，涂香珍藏，以助生命延续。"该话最后一语，"生命延续"，恰好也是弥尔顿四百周年诞辰纪念展的副标题，表明弥尔顿的接受史经年历久，过程离奇曲折，令各位馆长挂怀。

我本人与此言也颇有渊源。首次来华执教前数年，我尚居纽约，一边研习弥尔顿，一边教授其作，常去该阅览室看书。有时，起身离座，徜徉于巨室，借舒展手脚，注视大门上方此言，总觉似懂非懂。这句名言，喻书为人之珍宝，一看便知，但之外的寓意，则不甚明了。于是，我遍查注释，数百年所出大小作品集，凡能查及，无一放过。但结果几乎一无所获。阅览室正门上方之言，在所检阅的十数种文集中，仅一种有注，且极简而语焉不详。我又写信求助馆方，恳求告知此言内涵及选择原因。无奈，他们也未能告知选刻该言的理由，但提供了其他信息。1908 年，弥尔顿诞辰三百周年前后，图书馆内饰竣工；该馆一重要创办者，詹姆斯·伦诺克斯（James Lenox）极嗜收藏弥尔顿作品；又引 1916 年《纽约公共图书馆公告》所述相告："伦诺克斯倾力收藏弥尔顿作品。据称，现已几乎遍购其作。大英博物馆和牛津饱蠹楼收藏弥氏著作也极全，但两者相加，都不及他。"这些史实，足以说明，选择弥尔顿名言装点大门，理所当然，却既没有说明选定该言的原因，更未能阐明该言的寓意。从这方面讲，纽约公共图书馆馆员，至少那些给我回信答问的人，都跟我一样，对选刻此言之事不甚了了。

或许因为弥尔顿名言引得太多，镌刻装点太多，甚至如纽约公共图书馆官网所言，"示之以众，光彩夺目"，早已人人熟知，无须解释了。就是说，1911 年，图书馆开馆以来，就选定了这句话，意思顾名思义，清楚明了，您还看不出来？然而，我仍不清楚，仍要询问为何"好书"可与"生命之血"相等，如何理解？尤其该如何理解"主魂珍贵的生命之血"？即便此言仅仅是个比方，无意给书下正式定义，求问弥尔顿因何选用"血液"一词来谈"书"，也未尝不可。本次来杭州，我捧读霍克思（David Hawkes）翻译的曹雪芹《石头记》，或大家熟知的《红楼梦》。霍克思在序言中写道，该小说虽未完成，但究竟是"一位伟大艺术家以生命之血写就"之作。我明白，霍克思想说的意思是，身为译者，他当竭尽所能，力保原作风貌不失，但我绝不相信他会说，《石头记》与曹雪芹本人身上的血液有任何干系。然而，弥尔顿与曹雪芹不同。弥尔顿笃信生机一元论（vitalist monist），打上述比方，反映了其诗人思想家的视角。他深知，世间万物，归为一统，源头皆可追溯到某单一的神圣母体。弥尔顿用喻，比常人而言，包含更多本体论内容。二元论认为，物质现实不能完美地反映超验理念现实（transcendent ideal reality），需用比喻方能描述，故比喻不过是些美丽的谎言。但弥尔顿并不认同这个观点。今天，我就来讲讲弥尔顿给书的定义，看看他所谓的书含作者之血，到底有何意义。

或许，纽约公共图书馆富丽堂皇，其主阅览室金碧辉煌，能选用弥尔顿的语句来装点大门，会令弥氏心满意足。但这种满足，并非那么纯粹。弥尔顿如果看到自己的话刻在宏伟的建筑物上，如纽约公共图书馆或美国国会图书馆，必定会嘲讽地调侃一下。弥尔顿的作品，始终在表达其清教徒立场：建筑再宏伟，工程再浩大，不过是人心虚荣，装腔作势，好大喜功而已。当然，我未说上述两个伟大的图书馆正好是那样的建筑，也并非只有清教徒才鄙视宏大的建筑。约翰逊博士（Samuel Johnson）和浪漫派大诗人雪莱（Percy Bysshe Shelley），脾性、观点都与清教徒大不相同，但也有类似的态度。弥尔顿在后期杰作中，对一些宏伟的建筑，轻则表达不敬，重则讽刺、挖苦，甚至毁灭，其中名气较大的有：万魔殿（Pandemonium）、托勒密地心说（Ptolemaic astronomy）、冥河大桥（The Bridge over Chaos）、巴别塔（The Tower of Babel）、大衮神庙（Dagon's Temple）。即便是犹太神庙，罗马人尚未毁灭，弥尔顿就已在《复乐园》中，提前几十年，以嘲讽之心，在其顶上安放了上帝之子的血肉之躯或永生神偏爱的人间住所。上帝之子居然矗立乃父庙顶，脚踏乃父安栖之威霆，面露轻狂。若令人惊愕，则《失乐园》中早已有了先例。第 11 卷中，洪水横扫了上帝的大美花园，"意在教导你，神从未赐封任何圣地"，"最庄严、最得上帝许可"的地方未受赐封，最快乐的乡村、"上帝曾显灵"的田园，也未赐封（第 11 卷第 836—837 行、第 318—319 行），天使长米迦勒（Michael）如是说。在人祖堕落后的世界中，得救者便携的内在乐园就足够了。据米迦勒所言，这确实比任何人为制造，甚至比为神所造的建筑都"快乐得多"。

弥尔顿素来鄙薄宏伟的建筑和威严的楼面，甚至旧时神迹显现的圣地，并不限于其晚期大作。他印行的第一首英文诗，《悼戏剧诗名家 W. 莎士比亚》（"An Epitaph on the Admirable Dramaticke Poet, W. Shakespeare"）就放言说，莎翁若想靠纪念碑实现不朽，希望"一世之功，藏于垒石"（第 2 行），不如靠书。人要影响恒久，好书更有效；弥尔顿此诗早期印本，文字常有变化，表明作者就是想表达这样的意思。莎翁戏剧集的 1632 年对开本，首版三个版本（states）中，弥尔顿所作莎翁挽诗，两个有文字改动。1645 年、1673 年，弥尔顿自己印行诗集，更有主动权把控诗作文辞，便又改动了诗中的个别词语。具体一例，便是对金字塔的称谓。每次改动，都表明他特意称其 star-ypointing（直指繁星），而非 star-pointing，执意要在现在分词 pointing（指）前，加上中古英文过去时前缀"y-"。换言之，他不用 ypointed，尽管该词符合语法规则，1632 年第二对开本的一些早期印本中，也用了该字。ypointing 这个不规则动词就像一个怪物，一头双背，同时表达过去、现在两种时间。有人说，弥尔顿此举完全是"亦步亦趋模仿斯宾塞（Edmund Spenser）用古语"。但假如弥尔顿真是坚持用 ypointing，拒不接受印刷商建议的 ypointed，那么，他就是想用这个语法奇特的合成词，来确切表明建金字塔的理由：确保逝去之物依然留存。另外，弥尔顿所做莎翁挽诗，在 1632 年第二对开本中，用了 lasting 一字，但在 1645 年、1673 年出诗集时，该字变成了 livelong，同样表明，莎翁虽已去世多年，其著作在身后却比王室金字塔还更能不朽。用大文豪约翰逊博士虚构的哲人伊姆莱克（Imlac）的观点，国王筑金字塔，不过是"生命日衰，别无他计，强迫万千苦工连年劳作，观其盲目垒叠巨石，聊以自慰而已"。

弥尔顿似乎主张，为作者修建巨大陵墓，或耗费巨资，修筑庄严的纪念馆，让作者陈尸其中，或许能令作者声名千古，永垂不朽，但都不如一卷好书流传，世代传看，能让作者更真切地活在后人心中。无疑，文艺复兴时期，作家诗人普遍渴望名垂青史，万古流芳，到了 20 世纪晚期，这种观念，已是老生常谈，陈词滥调，只能当笑料了。例如，伍迪·艾伦（Woody Allen）就曾戏言，当然想不朽，但自己的作品能否不朽，根本不在乎。他在乎的只是能否不死，于是不朽。作者靠著作能获得何种"命后之命"呢？固然，书本无生命，何言先命、后命？何况，当今读者接受论更主张文本意义须由读者构建，非作者写就。文本的权威和本体论状态最多是不确定的。考古学家科勒留斯·霍尔托夫（Cornelius Holtorf）曾有一专著，谈解读石器时代的碑文："重点是读者，非作者"，"读者解读文本，与作者初衷完全是两码事"；"产生意义，要靠读者，非作者"。从这个角度看，要相信雪莱解读雕像残片的观点，非常困难："这些残片，生命全无/却仍留下了其感情，栩栩如生。"当今，我们普遍认为，表情达意的主体非亲历之人不可，无生命之物必定不能。

然而，弥尔顿却认为恰恰相反。"书并非全无生命之物，乃作者魂之子嗣，可能鲜活如初，如作者之魂。"弥尔顿于《论出版自由》如是说。莎翁或已逝去，安身墓土了，但弥尔顿令他"身后犹存"，与约翰·济慈（John Keats）所哭不同："我们惊叹之际/你已为自己建好一碑，得了永生。"（第 7—8 行）弥尔顿以碑喻书，秉承了玄学派诗风，极言人读莎翁剧作之时，惊愕于心，成了弥尔顿所谓"记忆之子"的活传人，化身为路，供莎翁上升，成为缪斯女神（第 5 行）①。恒久以来，人皆以为，圣人遗骨——"神圣遗物"（第 2 行）——有身后美德，可变奇迹，施神力，不时引诱生者去打搅其安息之所。莎翁已逝，美德仍存，但弥尔顿没有将其现存美德归于其"荣耀骸骨"，而是归于其著作，印行出版的书本纸张。

实际上，凡谈到出版，弥尔顿总会说，印刷出书，是延续作者生命的手段。即便弥尔顿是用喻写实，我们起码也应认真对待，不应简单地视为修辞手法，一笑了之。1638—1639 年间，弥尔顿游历意大利，曾写信感谢梵蒂冈（Vatican）图书馆馆长卢卡斯·霍尔斯特（Lukas Holste）。信中，弥尔顿将作者未印行的手稿，比作维吉尔（Virgil）未出生的魂，"即将跨越天界大门，升入天堂"，"好像一切就绪，仅需印刷人员一推手，便可做跨越之举"。弥尔顿表达"推"的意思时②，没有用英文字 delivery，特意用了一个希腊语同义词。弥尔顿常有此习，用拉丁语写信作文，却不时借用几个柏拉图的辞句。弥尔顿这里选用的希腊语关键词 μαιευτιχην，本指接生员，不禁令人想起苏格拉底曾将自己讲哲学之法喻为接生之术（Midwife's art）（*Theatetus*, 149a）。但是，这封信中，新生儿是古希腊作者的手稿，接生者则是印刷人员，非哲学家。与此相反，在《论出版自由》中，弥尔顿把出版审查者比作"红眼朱诺（Juno）"，盘踞当中，禁止书稿出版，阻碍作者"智慧的子女"降生。

印行出版书稿，既有接生之功，则作者埋藏于书的种子，如何播到读者心中，孕育生长的呢？《悼莎翁》一诗再次提供了关键线索。弥尔顿说，"读者之心"，将莎翁的"神谕般的诗行"吸入其中，留下深深印迹，宛如字钉蘸油墨，印字于纸张，钉、纸接触处，留下凹凸痕迹。W. R. 帕克（Parker）作《弥尔顿传》时，曾解释"神谕般的"（Delphic）一词，认为就是"诗"的意思，说法更华丽花哨而已——因特尔斐神谕（Delphic

---

① 译者注：记忆之子：据希腊诗人赫西奥德（Hesiod）的首部作品《神谱》（*Theogony*），记忆之子是缪斯之弟，为主神宙斯与记忆神摩涅莫绪涅（Mnemosyne）所生。弥尔顿此喻即是说，莎翁与缪斯乃姐弟也。
② 译者注：推，即印刷工人手工印刷的动作。此处有比喻意，"助产"。英文字 delivery 在此即是该意。

oracle）凡有预言，皆用诗歌。然而，弥尔顿早年读普鲁塔克（Plutarch）就已知晓该神谕，即女祭司端坐地球中心，身下有地裂细缝，冒出仙气。女祭司吸入仙气，由昏入睡，遂由阿波罗（Apollo）纳入怀中。特尔斐神谕鼎鼎大名，其智慧浓缩为二诫，镌刻在特尔斐城阿波罗神庙的墙上："知己""凡事勿过"。莎翁作品影响读者身心，在弥尔顿笔下，与特尔斐神谕求告、显灵的过程，息息相通。弥尔顿的悼莎翁诗宏观地影射了特尔斐神谕，借用其二诫讲莎翁诗歌有隐晦深意，对读者起作用，不过是以违背的方式罢了："然后你夺走了我们的想象/思考太多则又让我们变成了大理石柱"（第 12—13 行；着重号引者所加，下同）。读者看到莎翁之诗，不但未能获得线索，认识自我，反而因其诗如神谕隐晦，诗人虽已故去多时，其生命之力善育多产，渗入、支配了读者的想象，逼其不能节制，以致思想"太多"。

1818 年，玛丽·雪莱（Mary Shelley）发表《弗兰肯斯坦》（*Frankenstein*）时，才十几岁。该小说广泛使用弥尔顿诗文，以活生生的实例，让人了解作者对读者的影响力，仿佛雪莱要验证弥氏的阅读理论。凡熟悉该小说者，都能记得，维克多（Victor）创生即弃的怪物，因偷听到菲利克斯（Felix）细致讲解沃尔内（Volney）的《帝国废墟》（*Ruins of Empires*）而知世界历史，知善恶。怪物说："故事精彩至极；对敏感之人，善为至誉，恶为至毁；史上所记之人，莫不如此。"怪物因接触文学，有了道德意识，继而质疑自己的本性，发现知识改变了他："知识真奇怪！一旦接触到人的思想，就紧抓不放，如地衣附石。"（96）怪物又得到三部书：歌德（Goethe）名作《少年维特之烦恼》（*Sorrows of Werter*），普鲁塔克《名人传》（*Lives*）一册，以及弥尔顿史诗《失乐园》。怪物自学了三本书，知识更有长进。由"维特的想象"，怪物学得了"失意与忧郁"，从普鲁塔克的传记，他了解了"高尚的思想"："我感觉体内真情迸发，一心向善，一意憎恶。"（103）

怪物读《失乐园》，跟读普鲁塔克传记一样，感觉是"真人真事"。不同之处是，他觉得弥尔顿所述，更像自己的经历，更令自己痛苦：

> 我就像亚当，造出来了，但很显然，跟世上的人没有任何关联；
> 但其他任何方面，他都跟我大不相同……我可怜之至，四下无援，
> 孑然一身。多少次，我都认为，撒旦更像我。（105）

然而，连撒旦"都有同僚、帮凶，可以得到他们崇敬、鼓励"。不过，怪物也跟亚当一样，经历了孤独忍耐，逐渐懂得，终日形单影只并非完美：

> 我痛苦，没有夏娃来安慰我，来分享我的想法。我只身一人，
> 形影相吊。我想起来了，亚当曾向他的造物主哀求；但我的造物主
> 呢，在哪里？他已经抛弃了我。我内心痛苦死了，我要咒死他。（106）

本来，怪物能活，因为创造者用一些碎尸块拼成了怪物之身，充入了生命之气。如今，怪物遭弃，翻看《失乐园》。诗中，神造亚当，造夏娃，陪伴亚当，撒旦遭逐，令他刻骨铭心，竟因此为自己拼凑出了灵魂，以及在雪莱小说中的叙事本领。

维克多深信，自己发现了赋予物质生命的办法，因为掌握了大自然的运行机制，其"隐身施法之术"，"我已成功发现生命孕育、繁衍的秘诀：不，还有，无生命的物质交给我，我也能给它生命了"（30, 34）。但是，如果生命分为生理和精神两面，则维克多只给了怪物生理一面；由死尸变活物的精神力量，他却放任不管了。"繁育"一词，用于理性生物，意义不止繁衍生命。维克多给怪物的这种繁育，是个培养的过程：给了肌体生命后，便撒手不管，任其接受道德熏陶，去分辨善恶、美丑。弥尔顿和雪莱描绘的培养过程，要顺利进行，根本上，必须借助文学作品。而且，弥尔顿主张生机一元论，故对他而言，书的生产，跟阅读的理性思考过程一样，发生于同一个有机生理体中，都包含了大自然的"隐身施法"，即玛丽·雪莱小说中，维克多探究的核心问题。

弥尔顿的《悼莎翁》，盛赞其超凡成就，也表露出对莎翁征服读者的非凡力量的某种焦虑，仿佛他是心智的病毒一般。大批评家 C. S. 刘易斯（C. S. Lewis）曾率先发现，弥尔顿著作吸收 17 世纪自然哲学至广至深，读来堪比当今的科幻小说。然而，至今，《失乐园》研究者仍多少有些忽

视此方面。该方面最明显的地方，用刘易斯的话说，就是史诗包含了当时的"最新圣灵论"，尤其是"精神主宰肉身"的理论。读者踏进刻有弥尔顿名言的大门，进入恢宏的图书馆，并非进入一个大孵化室，周围遍布锁闭容器，其中主魂潜伏，伺机抓住漫不经心之人。不过，有时候，科幻小说会讲主动占领，或外来物种入侵、繁衍，虽与科学发展时代不符，令人倍感穿凿附会，却颇有用处。这样写，其实更接近弥尔顿心目中的读者反应，也更符合弥氏所期望的文坛美名不朽。进出图书馆大门，视而不见墙上的弥尔顿名言，反而离弥尔顿的意图相去甚远。

以刘易斯痴迷弥尔顿的圣灵论或精神学为背景，我前文提及有关好书定义的那个简短注解，意义就十分显著了。该注见于1898年牛津版，作注者约翰·W. 黑尔斯（John W. Hales），曾在伦敦国王学院任研究员。他注释弥尔顿所用"生命之血"一词说："很可能指某种古老的生理学理论，极言命即血。"这个注释轻描淡写，也不具体，但黑尔斯至少认识到了，该处需要注释，弥尔顿用"生命之血"诸词，绝非司空寻常。恰恰相反，弥尔顿在暗指一些过程，且这些过程于生命繁衍，乃至自我形成不可或缺，甚至，据弥尔顿的思路，形成灵魂，也必经这些过程。弥尔顿的神学著作《论基督教教义》（Christian Doctrine）曾说，"人之魂①似由父母按自然秩序衍生"，而非"每天由上帝亲手创造"。该著虽是神学著作，但这个立场，却极不正统。弥尔顿用该著表达的观点是："人一旦造成——我是指完整的人——用明晰的话说，即叫'活灵魂'。"因此，如果我们认可《牛津英语大词典》（Oxford English Dictionary）的定义，弥尔顿的所谓"主魂"，意思是主导者、领导者，或者更直接地说，是令人成为主导的主要品质，既含肉身，又含灵魂。

这种情况下，整体论认为，"精神"指身心完备之人，传统上，就是一个过程，自然、生命、肉体之魂紧密结合，相互联系，达到极致。弥尔顿同时代诗人约翰·多恩（John Donne）曾在名诗《极乐》（The Ecstasy）

---

① 译者注：据《康熙字典》，魂乃阳气，魄乃阴气，神乃阳之精气，灵乃阴之精气。本译文未严格区分灵、魂的阴阳意义。

里，描述了这个过程：

> 我们的血奋力孕育精神，
>
> 竭力令其更像灵魂，
>
> 因这些手指必须用极精巧的结，
>
> 把我们编成人。（第 61—64 行）①

罗伯特·伯顿（Robert Burton）著《忧郁的解剖》（*The Anatomy of Melancholy*），随性写来，内容多不专一，也给精神下了相似的定义，即"某极玄妙之气，由血液及灵魂之器压迫散发而出，以作其功"——含生育。书虽不直接包含主魂，但有其"珍贵的生命之血"或精神。具体说，书含一物，来自作者生命之血；该物受压，就散发得到精神，即生命之魂，而生命之魂的坐落点，就是心脏。

《失乐园》第 5 卷中，拉斐尔以神授权威，告诉亚当夏娃，人的灵魂由各种精气构成，精气间有高低之分，低者常愿变纯上升，化为高者。他解释说，人吃入饭食，化而入血，生命之魂②则由血净化，以做"生命之功"，而"生命之功"一词沿用至今。某些"生命之魂"想变作神经之魂。神经之魂位于大脑，与当今神经系统功用相似。修我莎士比亚课的

---

① 原注：除弥尔顿作品外，本文所引 17 世纪诗歌，均据《诺顿十七世纪英国诗选，1603—1660 年》现代拼写版，John Rumrich 及 Gregory Chaplin 编，2006 年版。

② 译者注：原文为 vital spirits。16 世纪中叶至 18 世纪中，欧洲人（包括弥尔顿）认为，人的精气可分多种，有低浑者，也有高纯者；低浑者近于肉体与灵魂间的媒介，非纯气息，高纯者为纯气息。高低精气各司其能：vital spirits 司心、肺等生命、情感，本文译为生命之魂；animal spirits 掌感知与主动动作，相当于现今的神经，与我国传统的经络差别大，权且译神经之魂，本义现已不用；natural spirits 管营养与吸收，intellectual spirits 则执想象、理解、推理等大脑的功能。此二者本文未涉及，且不译。详见《牛津英语大词典》，以及 Alastair Fowler 编注的《失乐园》（Alastair Fowler, ed. *Paradise Lost*. By John Milton. Pearson & Longman, 2007）诗文卷 5，尤其是第 479—490 行及注释，以及卷 4 第 805 行、卷 5 第 484 行注。另可参看，Barbara K. Lewalski 编注本（Barbara K. Lewalski, ed. *Paradise Lost*. Blackwell, 2007）卷 5 第 479—487 行注。

学生当会记得，我本月曾说，早期现代英国人普遍认为，标准的人体运作方式，就是如此。但在第 485 行，弥尔顿在原有人身构成之外，让拉斐尔加上了前所未有的崭新一魂。他说，肉体之魂，终究想变成智慧之魂，司"想象和理解，由此灵魂/接受了理性，理性即灵魂的本质"（第 5 卷第 485—487 行，金发燊译）。此处所谓智慧之魂，换言之，与神学家所谓理性之魂乃二名一实。总之，生命之魂协调感觉与情感，肉体之魂协调神经官能，智慧之魂协调理性，一切都源自同一血液环境——"珍贵的生命之血"。

弥尔顿著作中，"生命之血"一词出现过不止一次。因此，我们就不必非要依赖《牛津英语大词典》，将其视为"古老的生理学理论"的沉渣，来阐述黑尔斯的注解。弥尔顿诗文中，"生命之血"一词意思最明确处，是在亚当讲述夏娃身世的时候。上帝取下亚当一根肋骨，散发着"温暖的心脏之魂，/流淌着生命的鲜血"（第 8 卷第 466—467 行）。亚当的肋骨，心灵之气，生命之血，合而为一，夏娃便诞生了。与这个写实用法不同，弥尔顿在《论改革》中也用了生命之血一词，不过是个比喻。"一切神圣、如生命之血的法律、条例、法案"，只要能保护英国国民的权利（着重号作者所加），他都会赞美。《牛津英语大词典》life-blood 词条，解作形容词用，仅引了此句为例，意为"至关重要的，本质的"。但是，该词典举《论出版自由》中的同一词为例时，虽然释义与作形容词用法相当，也貌似比喻，但却认为是名词："关键部分，或生气勃勃的影响"。但若仔细分析《论改革》中的相应段落，会发现，《牛津英语大词典》单引该字的比喻用法，其实并不全是比喻，而我在下文还会讲到，《论出版自由》中的那个用法，也不完全是。

弥尔顿一再说，"先辈之魂，以最宝贵的鲜血，最高超的本领，摆脱诺曼魔爪，艰难获得自由"，才成全了英国人享有命血法律的保护。用米歇尔·福柯（Michel Foucault）的话说，弥尔顿如此写，乃因其身处"血缘社会"，而在该社会，"权力靠血缘发声"。现代心理学提出自我发展之前，有人已经认识到，身份的基础是血缘。主魂，或毋宁说，人之诸魂，哪怕已经合于一身或"集于一体"，都被认为来自血液。血乃魂之所在。

特别是，因基督宝血之功，人才得救赎。所以，立法限制君王权力，弥尔顿赞为"命血之法"，并非因这些法律有抽象的意义，对于英国国民的宪法地位，"十分重要"或"性命攸关"，而恰恰是因为先贤主魂以"宝血"构成"灵魂"，确立律法，且与律法合于一身。以弥尔顿之见，任何国民，只要捍卫法律，抵制侵权，就是先贤主魂，出命血之法，入于人身，形于表达。先贤之魂伏于善法，恰似作者主魂置身好书。

如将弥氏《悼莎翁》诗中的妙喻，用于《论出版自由》中好书的定义，则可得如下结论：弥尔顿视书为坟冢，内掩作者浓缩之魂，或作者浓缩的肉体之源，即生命之血，如古代木乃伊，浓缩了主人躯体。现在，我们认为浓缩代表干枯、死亡，但早期现代医学不这样看。干缩人尸是常用药，因其保留了生命活力，或"拯救之力"，甚至如弥尔顿所述，有书本之功："药经提炼，装入小瓶，其至纯之效得以保留。书亦然。作者思想智慧，浓缩于书，确能保留作者生命之力。"弥尔顿在《论基督教教义》中反复申说，人的精神，"是高级物质，几乎全部（他们认为）、显著地包含了无疑更为低级的物质——正如精神、理性官能包含肉体官能，即感知官能和生长机能"。英国先贤奋力从诺曼铁掌中夺得自由，确立生命宝血之法，保全、传递其英魂，获得弥尔顿击节赞赏。同样，书能保全、传递作者之魂，也为弥尔顿赏识。选用金字塔，以其纪念碑功用来描述书本，即便看暗含的细节，处处都显得十分妥帖。在弥尔顿时代，书页纸张多造自亚麻碎布，与古埃及包裹干尸的布料完全相同。人尸制干后，涂上香料、植物精油防腐。15世纪，同样的香料与植物精油混合，便发明了印书油墨，用来印书。所以，书中油墨所缚、所珍藏的东西，不是其他，正是作者身为理性生物之魂。借用当今信息技术的话说，书保全了作者的生命菁华，读者用眼即可下载。

书中作者之魂与读者之眼有真实联系，但大可不必以为这有多么神秘，多么不为人知。弥尔顿偶尔确也描绘过光透人眼，但他与许多早期现代诗人并无二致，多将视觉描述为发射信号，而非接收信号，即眼睛发出饱含灵气的光束，或"视线"（visual ray）（《失乐园》第3卷第620行，金发燊译），与物象（phenomena）外表相遇，俘获物象之像，交还给想象。这个光学模型恰能印证多恩之言：他与恋人"眼睛发出的光线交织成一根双股绳/穿起了彼此的双眼"，体外已经用精神相连（《极乐》第7—8行）。《仙后》第2卷末尾的阴森场景，凡读过斯宾塞诗的人，当会记得，阿卡莉霞（Acrasia）"透过湿润之眼"正在吸食韦尔当（Verdant）魂之际，让人俘获现行："整个这段时间，她都俯身他的胸前/放荡的眼神牢牢盯住了他的双眼/似在寻药"。从这个犯罪场景可以看出，吸魂的器官，不是嘴，而是眼睛（第12章第73节，第1—3行）。这个现代早期读者接受论的生理机能模型表明，印刷书本中用油墨储存的作者之魂，随时准备与读者的眼睛相遇，与读者的思想相拥。

17世纪诗人中，把阅读过程写得如此亲热的，绝非弥尔顿一人。克拉肖（Crashaw）在《论赫伯特（G. Herbert）先生之书》中赞美了《圣殿》，问道："你可知晓，美人，你在看什么？/最神圣之爱藏于此书/期望你眼神能冒火/来点燃他的奉献（sacrifice）"（第1—4行）。安妮·布雷兹特里特（Anne Bradstreet）"以迷醉之眼"读了迪巴尔塔斯（Du Bartas）的作品，也用诗表达了相似的阅读体验：

> 最近，我眼花缭乱，再看你的诗行，
> 大自然中，艺术纷纷闪耀：
> 其光线从高处反照回来，
> 融化了我冰冷心中的不感之恩；
> 光线射入到一处更肥沃的土壤，
> 很快就鲜花怒放，果实满枝，
> 我纵然贫瘠，但我的雏菊，
> 虽在晚春，也开了家常的花。

书有力量改变读者，在新教鼎盛的英国，还有坚实的宗教权威基础。最著名的事迹，大概是圣奥古斯丁（St. Augustine）因与《圣经》近似神圣的遭遇而喜获新生。弥尔顿史诗中，不少地方也易让人联想到读者和作者亲密相见。不过，因诗中故事发生在无书时代，还不涉及实际阅读。

例如，取亚当肋骨造夏娃，"流淌着生命的鲜血"，与弥尔顿定义书本的用词遥相呼应。夏娃乃上帝所造不假，但她源自亚当之身，也符合亚当的心意。将夏娃比作书，亚当喻为其作者，诗中文字并非没有依据，却很复杂，需明确界定。一来，她未经涂香料防腐，也未如珍宝得以珍藏。不过，她的命外之命——"女性之籽"——最终确也繁衍了上帝之子，即上帝或亚当的道成肉身，或者他们合体的化身，而创造夏娃本人的正是上帝和亚当。我的意思是，这个独特的例子中，似乎书还能反过来给作者生命。天使长米迦勒告诉亚当，夏娃梦见救主降临之状，堪比创造夏娃时，亚当恍惚昏睡的情形。米迦勒将夏娃梦境与亚当昏睡相比，说明了同样的问题（第 11 卷第 367—369 行）。弥尔顿曾描述过自己类似的经历。睡梦中，缪斯降临，赐予灵感，前后场景与所写夏娃梦境大体一致。夏娃之于亚当，相当于人子之于夏娃，也相当于《失乐园》之于弥尔顿。

弥尔顿史诗中，尚有多处与诗人讲的好书相关，包括罪恶的诞生。罪恶本系撒旦邪念之子，似极合弥尔顿所言书乃思想之子嗣。虽然，罪恶也一如夏娃，并非撒旦邪念提纯，用以储存珍藏，但罪恶确也呼撒旦为创造者。无疑，堕落天使拜伏于罪恶的魔力："惊愕顿生，俘获了/天国之众"（第 2 卷第 758—759 行）。弥尔顿笔下的读者，读到莎翁大作，惊愕之状，堪比堕落天使。罪恶对天国神等，影响之巨，令众神惊异不已，丧失了自我，甘愿认贼作父，成了帮凶，而创造罪恶的"贼父"，就是撒旦的主魂。弥尔顿担心读莎翁书会发生的事，撒旦恰恰通过罪恶实现了：某他者似寄生物，占据、改变接受者。撒旦企图施加另一影响，也与此相关：用声音而非目光侵入、操纵了夏娃的想象，培植杂念，令其逐渐偏离道德至善，滑入歧途。此例中，撒旦绕开了典型的阅读过程，通过插入声音、形象到夏娃的想象，令其做梦。夏娃醒来，讲述该梦，便为后来受蛇更间接的操纵做好了想象的准备。撒旦能间接操纵夏娃，乃因其劝说之语"言之成理、言犹在耳，她听来头头是道"（第 9 卷第 737—738 行，金发燊译）。

我的观点是，弥尔顿《论出版自由》中这句重要名言，镌刻在纽约公共图书馆罗斯主阅览室大门上方，也出现在许多其他图书馆里，都表达了弥尔顿奇特的早期现代阅读理论及其接受历史。这个理论，跟弥尔顿的生机一元论高度一致，充分表达了他的思想。或许，把该理论称为早期现代的科幻小说，甚至会更好。弥尔顿以书为工具，来表明其生机一元论，阐明作者的影响（authorial presence），或者，借用斯威夫特（Jonathan Swift）在其《木桶的故事》（*A Tale of a Tub*）里嘲讽的"精神之运行机制"。弥尔顿写到此点，极为乐观，而斯威夫特写到此点，则极为悲观，因为他们虽然面对同样的印刷载体，但对作者潜力的认识，即作者本人内在的精神力量是好是歹，大不相同。我们今天很容易忽视此点。后来有一小册子，学界一直以来都归于斯威夫特名下，正标题为《弥尔顿复原，本特利降格》（*Milton Restor'd and Bentley Depos'd*）。此书中，本特利（Bentley）编辑《失乐园》，不但没能获功，反被比作大屠杀："只有弥尔顿遭此厄运：其书面世不过六十年之久，便惨遭编辑谋杀。"此话听来似有哗众取宠之嫌，但对《失乐园》和《论出版自由》的作者来说，则不无道理："毁一好书，与杀戮一人何异？"（第 2 卷第 492 页）。

引用文献【Works Cited】

Adams, Robert M. *Strains of Discord: Studies in Literary Openness*. Ithaca: Cornell UP, 1958.

Allen, Woody. *The Illustrated Woody Allen Reader*. Ed. Linda Sunshine. New York: Knopf, 1993.

Anonymous. *Milton Restor'd and Bentley Depos'd*. London: E. Curll, 1732.

Burton, Robert. *The Anatomy of Melancholy*. New York: Sheldon and Co., 1862.

Cole, John Young. *On These Walls: Inscriptions and Quotations in the Buildings of the Library of Congress*. Washington: Library of Congress, 1994.

Foucault, Michel. *The History of Sexuality: Volume 1: An Introduction*. Trans. Robert Hurley. New York: Vintage, 1980.

Hales, John W., ed. *Milton: Areopagitica*. Oxford: Clarendon, 1898.

Hawkes, David. "Introduction to Cao Xueqin", *Story of the Stone*. Vol. 1. London: Penguin, 1973. 15-46.

Holtorf, Cornelius. *Monumental Past: Life-Histories of Megalithic Monuments in*

Mecklenburg-Vorpommern (Germany). University of Toronto: Centre for Instructional Technology Development, 2000-8. Accessed July 6, 2016 <tspace.library.utoronto.ca/citd/holtorf/2.4.html>.

Johnson, Samuel. *The History of Rasselas, Prince of Abissinia*. Boston: J. Belcher, 1811.

Lewis, C. S. *A Preface to* Paradise Lost. London: Oxford UP, 1942.

Milton, John. *Areopagitica*. London, 1644.

---. *Complete Poetry and Essential Prose*. Ed. William Kerrigan, John Rumrich, and Stephen M. Fallon. New York: Random House, 2007.

New York Public Library. "John Milton at 400: 'A Life beyond Life.'" Accessed July 6, 2016 <www.nypl.org/events/exhibitions/john-milton-400-life-beyond-life>.

---. *Bulletin of the New York Public Library*. Volume 20: 1916.

Parker, W. R. *Milton*. 2 vols. Oxford: Clarendon, 1968.

Plato. *Collected Dialogues*. Ed. Edith Hamilton and Huntington Cairns. Princeton: Princeton UP, 1961.

Rumrich, John, and Gregory Chaplin, eds. *Norton Critical Edition of Seventeenth-Century British Poetry, 1603—1660*. New York: Norton, 2006.

Shelley, Mary. *Frankenstein or The Modern Prometheus, The 1818 Text*. Ed. Marilyn Butler. Oxford: Oxford UP, 1994.

Shelley, Percy Bysshe. *Selected Poetry and Prose*. Ed. Bruce Woodcock. Ware: Wordsworth Editions, 2002.

Spenser, Edmund. *Faerie Queene, Book Two*. Ed. Erik Gray. Indianapolis: Hackett, 2006.

Swift, Jonathan. *A tale of a tub. Written for the universal improvement of mankind ... To which is added, An account of a battle between the antient and modern books in St. James's library*. London, 1710.

（特邀编辑：郝田虎）

形象与行动：
16 世纪英国对通向中国的西北通道的寻找

康士林

内容提要： 本文首先聚焦汉弗莱·吉尔伯特爵士（Sir Humphrey Gilbert）的著作《论通向中国的新通道的发现》（1576）中的中国形象，文中还会提及1576 年以前展现了中国形象的其他文本。其次，笔者将考察这些文本中提及的中国形象如何激发弗罗比舍（Sir Martin Frobisher, 约 1535 或 1539—1594）和戴维斯（John Davis, 约 1550—1605）进行了几次失败的探险航行，试图探寻通向中国的西北通道。本文从形象学的角度说明，形象不仅是文本中的真实存在，也可以是引发特定行动的因素之一。

关键词： 汉弗莱·吉尔伯特爵士；通向中国的西北通道；形象学

作者简介： 康士林（Nicholas Koss），1943 年出生，美国宾夕法尼亚州人，1966 年于圣文森学院取得哲学学士学位，1966—1969 年，于台湾新竹 Chabanel 语言中心研习中文，之后于印地安那大学伯明顿分校研究比较文学（博士，1981）；1981 年春天起任教于辅仁大学英国语文学系，先后任教于辅仁大学翻译学研究所、比较文学研究所及中国文学研究所，任教期间亦曾担任辅仁大学外语学院院长、比较文学研究所所长，2009 年自全职教授退休；台湾古典、中世纪暨文艺复兴学会创始成员和首任主席（2006—2010）；2010 年春，为北京大学中文系比较文学与比较文化研究所特聘教授；2016 年起兼任浙江大学外语学院中世纪与文艺复兴研究中心国际顾问。研究领域包括：小说（中国、英国、美国）、中西文学关系、西方文学中的中国意象、文学与宗教、中英翻译和汉学。发表专著 *The Best and Fairest Land: Images of China in Medieval Europe*（《极乐净土：中古世纪的中国形象》，台北：书林，1999），中英文论文见于《辅仁学志》《中外文学》《淡江评论》《华裔学志》《国际汉学》等。

Title: Images and Action: The 16th-century English Search for the Northwest Passage to China

Abstract: This paper will first focus on the image of China in the text *A discourse of a discoverie for a new passage to Cataia [Cathay]* (1576) by Sir Humphrey Gilbert (1539—1583). Reference will also be made to other pre-1576 English texts presenting images of China. Next will be examined how these images of China led to the unsuccessful voyages of Sir Martin Frobisher (c. 1535 or 1539—1594) and John Davis (c. 1550—1605) to discover a Northwest Passage to China. In terms of Imagology, this study will argue that an image not only has a textual reality but can also be a factor in engendering specific actions.

Key words: Sir Humphrey Gilbert, Northwest Passage to China, Imagology

Author: Nicholas Koss did his undergraduate studies in philosophy at St. Vincent College and studied Chinese at Chabanel Language Institute in Taiwan. He holds a Ph.D. in Comparative Literature from Indiana University and is currently Distinguished Professor of Comparative Literature at Peking University and Fu Jen Catholic University. He is one of the founding members of the Taiwan Association for Classical, Medieval and Renaissance Studies, and served as its first President (2006—2010). He is also an international consultant for the Center for Medieval and Renaissance Studies, Zhejiang University. His research interests are the image of China in the West, Chinese-Western literary relations, comparative fiction, and literature and religion. He is now doing research on the image of China in 16th- and 17th-century England, about which he has published a number of articles, including "Matteo Ricci on China via Samuel Purchas: Faithful Re-Presentation," which is in *Western Visions of the Far East in a Transpacific Age, 1522—1657*, edited by Christina Lee. His other publications include many journal articles and *The Best and Fairest Land: Images of China in Medieval Europe*, Taipei: Bookman, 1999. He has two edited books forthcoming. Email: nicholaskoss@hotmail.com

Currently, for many people in the West, China has an image of wealth and power. This image can cause Westerners to act in a particular way both in relationship to China and to their own country, as when Western companies learn of the image of China as economically strong and then devise ways to have their company operate in China to partake of its supposed wealth. This essay will focus on Sir Humphrey Gilbert's *A discourse of a discoverie for a new passage to Cataia* (1576) as a text which strengthened the image of China as a land of wealth. And it was this image that then was in partly responsible for the action of searching for a northwest passage to China from England by Martin Frobisher. Furthermore, accounts of Frobisher's search for China created yet more images of China as a land of wealth.

Such a phenomenon of image and action was already happening at the end of the 15th-century when Columbus went in search of a land of great wealth which he called "the land of the Great Khan." He had an image of this land as one of great wealth and this image propelled him to do all he could to find this land. In this journal of Columbus for October 30, 1492, there is reference to this land as being north of Cuba:

> The Admiral "says he must attempt to reach the Gran Can, who he thought was here or at the city of Cathay, which belongs to him, and is very grand. ... All this land, he adds, is low and beautiful, and the sea deep." (Columbus, 63)

And by November 1, "The Admiral is 'certain' that he is close to Zayto [Zaiton] and Guinsay [Quinsay]" (Columbus, 65). These references to the Gran Can, Cathay, Zayto and Guinsay presumably are from *The Travels of Marco Polo*, which Columbus had with him on this voyage. In Polo is a full description of the wealth of China; and it is this image which is a driving force behind the determined endeavors of Columbus to find a passage to China.

Similarly in the middle of 16th-century England there was an image of a country of great wealth in the East called Cathay. At this time, however, the word "China" was first being introduced into the English language. The country which we now call China was then usually referred to as Cathay or a variation thereof. But as James McDermott, the author of a biography of Frobisher reminds us, this Cathay is more a "myth":

> ... "Cathay" was not strictly synonymous with China, as many commentators have since assumed, but [was] a wishful, flawed composite of the dreams of commodities and markets which Englishmen had only ever touched through the intermediary activities of other nations. (101)

How did this word "Cathay" enter into the English language? The Latin word "Cataia" or variants thereof had often been used in Latin medieval works related to what we now call northern "China" and their vernacular translations, such as the ever popular *Travels of Sir John Mandeville* in which Mandeville visits a place called Cathay and in *The Travels of Marco Polo*, which was translated into English for the first time in 1579. These accounts also showed Cathay to be a land of great wealth. Soon the word "Cataia" was being used in English texts as we see in the title of Sir Humphrey Gilbert's text, and eventually became "Cathay."

According to the *OED*, the first use of the word "China" in English was in 1555 in the English translation by Richard Eden (c. 1520—1576) of the first three sections of Peter Martyr's Latin work *De orbe novo decades* (*Decades of the New World*): "The great China, whose kyng is thought...the greatest prince in the worlde." What is interesting here, is that the first chapter of Gilbert's *A discourse of a discoverie for a new passage to Cataia* is entitled "To proue a passage by authoritie to be on the Northside of AMERICA, to goe to CATAIA, *China*, and the East *India.* &c." Here the word "China" appears after "CATAIA," and on the map in Gilbert's work (see p. 159 below) China is next to Cataia. At this time, there is no general understanding that these two words refer to the same place.

At the end of the 15th-century and in the first part of the 16th-century, England was already developing an interest in China. Henry VII, in 1497, encouraged Sebastian Cabot to search for the northwest passage to China (Dodge, 17). In 1517, John Rastell, brother-in-law of Thomas More, referred to a northwest passage to China in a drama he had written (McDermott, 95). John Rut actually attempted to do so in 1537 (McDermott, 97). Following this attempt, there were no more such ventures for the next 40 years (Dodge, 34), until the efforts of Humphrey Gilbert.

Publications in English about China before 1576, the date of Humphrey's text, were few. Information about China began to circulate in Europe in the late 1520s with letters in Portuguese from two Portuguese, Christovao Vieyra and Vasco Calvo, who had been imprisoned in Canton for being part of a Portuguese embassy to Beijing. These letters were not translated into English at the time. Then, in 1549 Galeote Pereira, a Portuguese trading illegally in China, was arrested and imprisoned. He wrote an account of his ordeal, and in 1561, this was copied in Goa and forwarded to Rome, where it was published and subsequently translated into many European languages. It had a fairly wide circulation in Europe. By 1577, there was an English translation of Pereira by Richard Willis.

In 1548, the Portuguese Dominican missionary Fr. Gaspar da Cruz (c. 1520—1570) sailed for Goa with the first group of Dominicans sent there. After various missionary activities in Southeast Asia, he spent a couple of months in Canton during the winter of 1556. When he returned to Portugal in 1569, he published in Portuguese a book on China, the first printed book in Europe entirely devoted to China: *Tractado em que se cõtam muito por estêso as cousas da China* [Treatise in which the Things of China are Related at Great Length]. This work does not appear to have had much circulation beyond Portugal and Spain, but in 1625, an abridged English translation was published.

The second European book on China, which was written in Spanish, is

Discurso de la navegacion que los Portugueses hazen a los Reinos y Pronicias del Oriente, y de la notica q se tiene de los grandezas del Reino de la China [*A discourse of the nauigation which the Portugales doe make to the Realmes and Prouinces of the East partes of the worlde, and of the knowledge that growes by them of the great thinges which are in the Dominions of China*] (1577) by Bernardino de Escalante (c. 1537—after 1605), who had never been in China. This work is based on the accounts of China by da Cruz and others as well as on interviews with those who have been there. This work was translated into English in 1579 by John Frampton, an English merchant who had lived in Spain, who also in the same year brought out an English translation of *The Travels of Marco Polo*.

As far as I know, the first work in English by an Englishman with considerable reference to China, then known as "Cataia," is *A discourse of a discoverie for a new passage to Cataia* (1576) by Sir Humphrey Gilbert (c. 1537—1583).

From Wikipedia, 1584 portrait of Sir Humphrey Gilbert at Compton Castle.

Gilbert studied at Eton and Oxford and knew Greek and Latin, Spanish and French. In 1563, when around 24 years old, after returning from a stint in

France, he immersed himself in the study of geography to see if there was a northwest passage to Asia. Already in 1565, Gilbert petitioned Queen Elizabeth for a patent to go to "Cataia" (Dodge, 62). Then, in the same year, at the order of the Queen, Gilbert had a debate before her in which he argued for a northwest passage to China and Anthony Jenkinson (1529—1610/1611), who was involved in trade with Russia, spoke against it. Subsequently, the two cooperated in plans for searching for a northwest passage (Dodge, 63).

By June 1566, Gilbert had completed a text urging the discovery of a northwest passage to China. This work was meant for his brother, Sir John Gilbert, who could not agree with Humphrey's advocacy for finding a northwest passage for China. Ten years later in 1576, this text, without the author's consent, was then published as a pamphlet by George Gasciogne (c. 1535—1577), a friend of Humphrey Gilbert and well-known poet (Gosling, 59).

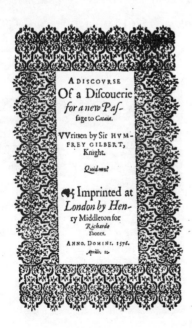

From Early English Books Online (EEBO), *A discourse of a discoverie for a new passage to Cataia.*

There are three parts to this text: Preface, Letter to his brother, and the text itself, along with a map of the northwest passage.

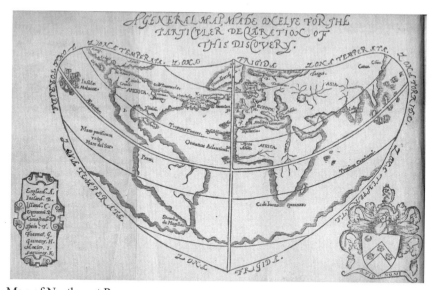

Map of Northwest Passage

From Early English Books Online (EEBO), *A discourse of a discoverie for a new passage to Cataia.*

In his Preface, Gascoigne explains that the text was written by Gilbert for his brother, Sir John Gilbert, who opposed looking for a northwest passage:

> You must herewith vnderstand (good Reader) that the authour hauinge a worshipfull Knight to his brother, who abashed at this enterprise (aswell for that he himselfe had none issue, nor other heier whome he ment to bestow his lands vpon, but onely this Authour, and that this voyage then seemed strāg and had not beene commonly spoken of before, as also because it seemed vnpossible vnto the common capacities) did seeme partly to mislike his resolutions, & to disuade him from the same: thereupon he wrote this Treatise vnto his saide Brother, both to excuse and cleare himselfe from the note of rashnesse, and also to set downe such Authorities, reasons, and experiences, as had chiefly encouraged him vnto the same, as may appeare, by the letter next following, the which I haue here inserted for that purpose.

Interestingly there is no mention of Cataia in this Preface, but in the letter

Humphrey wrote to his brother which appears next, there is reference to Cataia at the very beginning:

> *YOV* might iustly haue charged mee with an vnsetled head if I had at any
> time taken in hand, to discouer *Vtopia,* or any countrey fained by imagination:
> But *Cataia* is none such, it is a countrey, well knowen to be described and set
> foorth by all moderne *Geographers,* whose authoritie in this art (contrarie to
> all other) beareth most credit, ...

Here we see Gilbert arguing that contemporary maps of the world all include Cataia. This paragraph then concludes by saying that Cataia is a place with "the wonderfull welth and commodities" and an "abundance of riches & treasure." The image of China is clearly that of a land of wealth.

Chapter 2 includes a long reference to Marco Polo regarding Cataia:

> 6 But neither *Paulus venetus,* who lyued, and dwelt a long time, in *Cataia,*
> euer came into *America,* and yet was at the *Sea coastes* of *Mangia,* ouer against
> it, where he was imbarked, and perfourmed a great Nauigation along those Seas.

Gilbert must have been very familiar with the Polo text but since the English translation had yet to appear, I'm not able to ascertain which of the many translations he had access to. It was probably from Polo that Gilbert got the word "Cataia."

In this chapter is also reference to "China" as being on the sea, suggesting it has a different location from Cataia:

> thorow this our fret into *Mare del Sur,* & so trending by the *Mulluccae,*
> *China,* and *C. De buona, speranca,* maintaineth itself by circular motiō which
> is all one in nature, with *Motus ab Oriente in Occidentem.*

In Chapter 10, "What commodities woulde ensue, this passage once discouered," the image of Cataia as a place of much wealth is also presented:

great aboundance of gold, siluer, precious stones, Cloth of golde, silkes, all maner of Spices, Grocery wares, and other kindes of Merchandize, of an inestimable price.

Although David Quinn, an expert on Gilbert, writes that his "geography, if learned and often ingenious, was mostly preposterous" (*Canadian Biography*), nonetheless, as we have seen from the text, there is an obvious image of China as a land of great wealth.

With this image of China established, we now can turn to the action it engendered at that time, especially in the person of Martin Frobisher, who made three voyages looking for the northwest passage beginning at the time of the publication of Gilbert's *A discourse of a discoverie for a new passage to Cataia*. It is not possible to show directly that Frobisher was aware of, or read, Gilbert's text but it can be assumed that he was familiar with it or had been told about it.

First, however, a brief explanation as to why trade with Asia was so badly needed by England. In the middle of the 16th century, the "English economy, having long enjoyed relative stability, entered an intensely unsettled phase" (McDermott, 14). Too much cloth was being produced, and there was no long any place to sell much of it. Therefore, new places to sell British cloth, such as in Asia, had to be found.

From Wikipedia, Sir Martin Frobisher by Cornelis Ketel, 1577, at Bodleian Library, Oxford University.

Martin Frobisher (c. 1535 or 1539—1594), the son of a merchant, received little formal education, and as a boy was already working on a ship. By 1560, he had become an "active privateer" and probably a "pirate" as well (McDermott, 49). It is not clear exactly when Frobisher developed an interest in the northwest passage to China, but Richard Willes, a former Jesuit and the editor of *The history of trauayle in the West and East Indies and other covntreys* (1577) suggests that Frobisher first learned about the northwest passage in the mid-1550s from a Portuguese sailor when imprisoned in a Lisbon jail. Furthermore, according to Alan Cooke, who has researched Frobisher and his travels, by 1561 Frobisher

> had laid before his friends a map by which he proved a northwest passage voyage "easie to bée performed". ... For 15 years thereafter he offered his services for such a voyage to likely entrepreneurs of the time. Unable to promise them "sure, certayne, and present gaynes," he despaired of opening their purses and took his plan to the queen's court.

In 1575 Frobisher and Michael Lok of the Muscovy Company were granted a license to search for the northwest passage to China (McDermott, 104). In all Frobisher was in charge of three voyages (1576, 1577, and 1578) looking for this passage.

During his first voyage in search of a northwest passage, Frobisher did not discover it, but in looking for such a passage, he did find an ore in Canada on Baffin Island that he brought back to England. This ore was thought to be of considerable value. Therefore, on the second voyage, the emphasis was more on collecting tons of this ore to bring back to England rather than looking for the northwest passage. Information about this second voyage is in Dionyse Settle's *A true reporte of the laste voyage into the west and northwest regions, &c. 1577. worthily atchieued by Capteine Frobisher of the sayde voyage the first finder and general.* Settle's book was extremely popular and soon published in French, German and Latin (McDermott, 192). This second voyage is also described in Willes' edition of *The history of trauayle in the West and East Indies and other covntreys* (1577) under the title of "For M. Cap. Furbyshers Passage by the North-west." The third voyage in 1578 had the largest number of ships and gathered more ore, which when taken back to England was learned to be of no worth. This voyage, ostensibly for the purpose of finding a northwest passage to Asia, added nothing new to this endeavor.

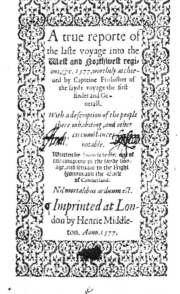

From Early English Books Online (EEBO), *A true reporte of the laste voyage into the west and northwest regions.*

In his report on Frobisher's second voyage, in his "To the Reader" Settle presents an auto-image of the search for Cathay that sees this quest as most appropriate for the English:

[so] it hath plesed God, at this present, by the great diligence & care of our worthie countrieman, Master Martine Frobisher, in the 18. and 19. yeare of oure Queenes Maiesties reigne, to discouer, for the vtilitie of his Prince and Countrie, other regions more Septentrional, then those before rehearsed:

which, from the beginning, as vnknowne till nowe, haue bene concealed and hidden. Which discouerie, I iudge most apt for vs English men, and more agreeing to our temperature, then others aboue rehearsed.

This auto-image is further developed when Settle speaks about these places learning of Christianity from the English, thus making the English as superior to the people in the lands they hope to discover.

In the following year, in 1578, *A true discourse of the three Voyages of discoverie, for the finding of a passage to Cathaya, by the Northwest, under the conduct of Martin Frobisher Generall* by George Best (d. 1583/1584) was published. Little is known of Best's life before the publication of this book, which in part describes his participation in the second (1578) and third (1578) voyages of Frobisher.

From Early English Books Online (EEBO), *A true discourse of the three Voyages of discoverie, for the finding of a passage to Cathaya, by the Northwest, under the conduct of Martin Frobisher Generall.*

Six years after the third voyage, Best was killed in a duel. As was the case with Humphrey Gilbert's text, Best's book was published without the consent of the author, which we learn in reading the "The Printer's Preface," in which it is said the printer took the manuscript from a friend who was reading it. An image of Cataya as a land of riches is given in the first section of the book, which is entitled "What commodities and instructions may be reaped by diligently reading this Discourse," with the remark that it is a place with an "infinite treasure of Pearle, Gold and Silver." Furthermore, at the beginning of the "Dedication," the importance of finding such a route is stressed, and this attempt is described as "being a matter in oure age above all other, notable." Also in the "Dedication" Best further adds, as Settle did, that this search will help with the spread of Christianity. The entire book is an account of the three voyages, thus showing the action that came about because of the image of China as a land of wealth as well re-enforcing the image of China as a country of many riches.

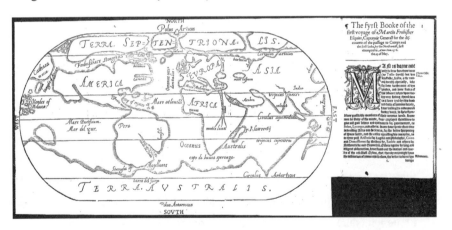

From Early English Books Online (EEBO), map before the first chapter of *A True Discourse*.

This study has shown how the image of China as a land of wealth was an important factor in the efforts taken by Frobisher to look for the northwest passage to this land. Then, with the publication of accounts of his travels, this image is further strengthened and developed. Frobisher was one of the more important and well-known English explorers to undertake the search for a northwest passage to China. He was followed later in the 16th century by John Davis (c. 1550—1605), who was in charge of voyages looking for the northwest passage in 1585, 1586 and 1587. Davis' account of these voyages is in his *The Worldes Hydrographical Discription* (1595). Other topics related to the northwest passage worth to be studied include the role of John Dee in these explorations, and Richard Hakluyt's comments about seeking this passage in his *Discourse Concerning Western Planting* (1584). Further research is needed too on Frampton's 1579 English translation of *The Travels of Marco Polo* as well as the role of Richard Willes in spreading information about China in England in the 1570s.

Works Cited

Primary Texts

Anghiera, Pietro Martire d'. *The decades of the newe worlde or west India conteynyng the nauigations and conquestes of the Spanyardes, with the particular description of the moste ryche and large landes and ilandes lately founde in the west ocean perteynyng to the inheritaunce of the kinges of Spayne.* ... Wrytten in the Latine tounge by Peter Martyr of Angleria, and translated into Englysshe by Rycharde Eden. Londini: In ædibus Guilhelmi Powell [for Edwarde Sutton], Anno. 1555. E-text: EEBO and <https://quod. lib.umich.edu/e/eebo/A20032.0001.001?rgn=main;view=toc>.

Best, George. *A true discourse of the three Voyages of discoverie, for the finding of a passage to Cathaya, by the Northwest, under the conduct of Martin Frobisher Generall.* London: Imprinted by Henry Bynnyman, 1578. E-text: EEBO.

Columbus, Christopher. *The Journal of Christopher Columbus during His First Voyage, 1492—1493 and Documents Relating to the Voyages of John Cabot and Gaspar Corte Real*. Trans. with notes and an introduction by Clements R. Markham. 1893. Elibron Classics, 2015.

da Cruz, Gaspar. *Tractado em que se cõtam muito por estẽso as cousas da China* [Treatise in which the Things of China are Related at Great Length] em casa de Andre de Burgos, 1569. An abridged 17th-century English version is *A Treatise of China and the adjoining regions, written by Gaspar da Cruz a Dominican Friar, and dedicated to Sebastian, King of Portugal: here abbreviated,*in Samuel Purchas, ed. *Hakluytus Posthumus, or Purchas his Pilgrimes*. London: Printed by William Stansby for Henrie Featherstone, 1625. E-text: EEBO. C. R. Boxer has done a complete translation of this work in *South China in the Sixteenth Century: being the narratives of Galeote Pereira, Fr. Gaspar da Cruz, O.P. [and] Fr. Martin de Rada, O.E.S.A. (1550—1575)*, London: Hakluyt Society, 1953.

de Escalante, Bernardino. *A discourse of the nauigation which the Portugales doe make to the Realmes and Prouinces of the East partes of the worlde, and of the knowledge that growes by them of the great thinges which are in the Dominions of China. Written by Barnardine of Escalanta* [sic]*, of the Realme of Galisia Priest*. Translated by John Frampton. London: Imprinted by Thomas Dawson, 1579. E-text: EEBO. The Spanish original is: *Discurso de la navegacion que los Portugueses hazen a los Reinos y Pronicias del Oriente, y de la notica q se tiene de los grandezas del Reino de la China*. Seville, 1577.

Gilbert, Humphrey. *A discourse of a discoverie for a new passage to Cataia*. Imprinted at London: By Henry Middleton for Richarde Ihones, Anno. Domini. 1576. Aprilis. 12. (London, 1576). E-text: EEBO and <https://quod.lib.umich.edu/e/eebo/A01749.0001.001?view=toc>.

Pereira, Galeote. *Certain reports of China, learned through the Portugals there imprisoned, and chiefly by the relations of Galeote Pereira, a gentlemen of good credit, that lay prisoner in that country many years*. Written in Portuguese shortly after 1553. First published in Italian in 1565 in *Nuovi Avisi delle Indie di Portogallo ... Quarta Parte* (Venice). This Italian version was the basis for 1577 English translation of R. Willes that was published in

History of Trauayle in the West and East Indies (237-253). E-text: EEBO. The modern English version, based on the Willes translation is by C. R. Boxer in his *South China in the Sixteenth Century: Being the Narratives of Galeote Pereira, Fr. Caspar da Cruz, O.P., Fr. Martin de Rada, O.E.S.A. (1550—1575)*. London: Hakluyt Society, 1953.

Polo, Marco. *The most noble and famous travels of Marcus Paulus, one of the nobilitie of the state of Venice, into the East partes of the world, as Armenia, Persia, Arabia, Tartary, with many other kingdoms and Prouinces. ... Most necessary for all sortes of persons, and especially for Trauellers.* [Translated from the Spanish by John Frampton.] London: Imprinted by Ralph Newberry, 1579. E-text: EEBO.

Settle, Dionyse. *A true reporte of the laste voyage into the west and northwest regions, &c. 1577. worthily atchieued by Capteine Frobisher of the sayde voyage the first finder and generall With a description of the people there inhabiting, and other circumstances notable. Written by Dionyse Settle, one of the companie in the sayde voyage, and seruant to the Right Honourable the Earle of Cumberland.* Imprinted at London: By Henrie Middleton, Anno. 1577. E-text: EEBO.

Vieyra, Christovao. Letter (c. 1524). Portuguese text in Ferguson "Letters from Portuguese Captives in Canton, Written in 1534 and 1536," *The Indian Antiquary* 30 (1901): 482-491. Modern English translation in Ferguson, *The Indian Antiquary* 31: 53-65.

Vieyra, Christovao and Vasco Calvo. Letter (c. 1524). Portuguese text in Ferguson, 30: 467-482. Modern English translation in Ferguson, 31: 10-32.

Willes, Richard, trans. *The history of trauayle in the West and East Indies and other covntreys lying eyther way towardes the fruitfull and ryche Moluccaes. As Muscouia, Persia ... with a discourse of the north-west passage. ...* Gathered in parte and done into Englyshe by Richarde Eden. Newly set in order, augmented, and finished by Richarde Willes. Imprinted at London by Richard Iugge, 1577. E-text: EEBO.

Secondary Texts

Cooke, Alan. "BEST, GEORGE (d. 1583/1584)." *Dictionary of Canadian Biography*, vol. 1, University of Toronto/Université Laval, 2003—. Accessed October 13, 2017 <http://www.biographi.ca/en/bio/best_george_1583_84_1E.html>.

---. "FROBISHER, SIR MARTIN." *Dictionary of Canadian Biography*, vol. 1, University of Toronto/Université Laval, 2003—. Accessed October 13, 2017 <http://www.biographi.ca/en/bio/frobisher_martin_1E.html>.

Dodge, Ernest S. *Northwest by Sea*. New York: Oxford UP, 1961.

Gosling, William Gilbert. *The Life of Sir Humphrey Gilbert: England's First Empire Builder*. Westport: Greenwood Press, 1970.

McDermott, James. *Martin Frobisher: Elizabethan Privateer*. New Haven: Yale UP, 2001.

Quinn, David B. "GILBERT, SIR HUMPHREY." *Dictionary of Canadian Biography*, vol. 1, University of Toronto/Université Laval, 2003—. Accessed January 27, 2018 <http://www.biographi.ca/en/bio/gilbert_humphrey_1E.html>.

（特邀编辑：王明月、郝田虎）

"然而我只爱你":
乔治·赫伯特的诗学观

邢锋萍

内容提要： 17世纪英国诗人乔治·赫伯特往往被归类为玄学派诗人。但是，"玄学派"这一概括性的称谓并不能准确而充分地诠释赫伯特的诗歌特点和他本人的诗学观念。本文从诗歌主题、诗歌语言和诗歌本质这三方面出发探讨他的诗学观，说明他在诗歌创作中坚持单一的主题和质朴的语言，以真情实感书写宗教体验，把拉近人与上帝的距离视为诗歌的本质。他与同时代擅长奇喻、追求巧智的玄学派诗人有着显著区别。

关键词： 乔治·赫伯特；诗学观；玄学诗；宗教诗人

作者简介： 邢锋萍，浙江大学博士，中国矿业大学外文学院副教授，主要从事早期现代英国文学研究。本文受"中央高校基本科研业务费专项基金"资助，是中国矿业大学社科基金项目"乔治·赫伯特与英国宗教改革研究"（2018WA02）的阶段性成果。

Title: "Yet I Love Thee": On George Herbert's Poetic View

Abstract: The 17th-century English poet George Herbert is usually classified as a "metaphysical poet." However, the word "metaphysical" is neither adequate nor accurate to describe the characteristic of his poetry and poetic view. This essay attempts to discuss Herbert's view on poetic writing based on the aspects of theme, language and the nature of poetry, so as to illustrate that he insists on one simple theme and uses plain language, which is quite different from the contemporary metaphysical poets who are skilled in conceit and paradox and who try to show off their "wit." Herbert's special poetic view is an important reason why his poetry was widely accepted in the 17th century.

Key words: George Herbert, poetic view, metaphysical poetry, religious poet
Author: Xing Fengping (Ph.D., Zhejiang University) is an associate professor at the School of Foreign Studies, China University of Mining and Technology (Xuzhou 221116, China). Her research field is early modern English literature. Email: fengpingx@126.com

塞缪尔·约翰逊（Samuel Johnson）在《考利传》中评价玄学派诗人们喜欢炫耀才华，"全部努力只为展现学识"，利用"巧智"（wit）把迥异的意象拼凑在一块，"用暴力把截然不同的观念捆绑结合"以达到出其不意的效果，他们缺乏情感的投入，是"人性的旁观者，而不是参与者"，无法在他人心中"激起痛苦或愉悦的感受"（Johnson, 15-16）。约翰逊对玄学派诗人的剖析成为后世学者评价玄学派诗人及其诗歌时必须面对的权威观点。①然而，并非所有玄学派诗人都具有以上特点。

乔治·赫伯特（George Herbert）与玄学派鼻祖约翰·多恩（John Donne）有着许多交集，也往往被视为玄学派的主要人物。②诚然，赫伯特的英语诗集《圣殿》（*The Temple*）包含一些奇思妙喻，收录了《祭坛》（The Altar）、《复活节的翅膀》（Easter Wings）和《乐园》（Paradise）等引人注目的图形诗，这些诗歌的确体现了诗人的精巧构思和新奇的创作手法，使他得以进入玄学派诗人的行列。然而，这样的诗作在他的诗集中为数不多，而且图形诗并非赫伯特首创，正如约瑟夫·艾迪生（Joseph Addison）和理查德·斯梯尔（Richard Steele）在《旁观者》（*The Spectator*）中提到的，赫伯特的图形诗作为"虚假巧智"与古希腊不良传统之间

---

① 约翰逊对玄学派经典化进程起到了推动与阻碍的双重作用（叶丽贤）。

② 17世纪玄学派诗人以约翰·多恩为代表，公认的核心人物包括多恩、赫伯特、沃恩、马尔维尔、克拉肖等人。20世纪著名评论家赫伯特·格里尔森（Herbert Grierson）和海伦·加德纳（Helen Gardner）等人都曾编撰玄学派诗歌合集，其中乔治·赫伯特的诗歌被认为是各类玄学派诗集不可或缺的部分。

存在关联。①

假如我们脱去赫伯特"玄学"的外衣，就会发现他在诗学理论方面已经进行了一定程度的探索，形成了独特的诗学理念，而非简单的"玄学派"可以概括。赫伯特在他的许多诗篇中记录了他对诗歌的看法，探讨了诗歌主题、诗歌语言以及诗歌本质等一系列问题。他"因写了大量的关于诗歌以及诗歌创作的诗而显得与众不同"（Stein, xiii）。本文拟从赫伯特区别于典型玄学派诗人的特征出发，探讨他独特的诗学观。

一、赫伯特论诗歌主题："然而我只爱你"

早在 1681 年，理查德·巴克斯特（Richard Baxter）就这样描述赫伯特和他的作品："赫伯特和上帝对话时，他是真的相信上帝的存在，他在这个世界上的主要任务就是为上帝工作。关于心灵和天国的写作构成了他的作品。"（Patrides, 137）多恩、卡鲁（Thomas Carew）和考利（Abraham Cowley）等玄学诗人撰写了大量爱情诗甚至艳情诗，然而赫伯特却专写宗教诗，他的诗歌主题显得异常单一。

17 世纪散文家艾萨克·沃尔顿（Izaak Walton）曾为赫伯特作传，其中记录了赫伯特在 17 岁时从剑桥大学写给其母亲的信。信中附有赫伯特献给他母亲的新年礼物：两首十四行诗。其中第一首写道：

> ……莫非诗
> 仅是维纳斯之仆役？只对她讨好？
> 为何商籁不能写你？然后献祭
> 在你的圣坛燃烧？你的爱难道
> 不能使灵魂唱出对你的赞意，

① 18 世纪以艾迪生为首的评论家对图形诗持批判态度，认为把诗歌写成鸡蛋、翅膀、斧头、牧笛或祭坛的形状是一种错误的巧智，因为诗人"必须根据这个图形轮廓对诗歌进行压缩或拓展，就好比古希腊的暴君普罗克鲁斯迪斯（Procrustes），把一个人放到一张铁床上，如果此人太矮，就拉伸他的身体，如果此人太高，就截掉他的腿以适合床的大小"（Patrides, 150）。

> 和任何一个"她"比拟？你的飞鸽
>
> 难道赛不过他们的丘比特？（206）[1]

这一连串激昂的反问句宣示了年轻的乔治·赫伯特对未来诗歌创作主题的取舍。从 16 世纪开始直到 17 世纪初，爱情诗一直是英国诗坛的主流，锡德尼（Philip Sidney）、斯宾塞（Edmund Spenser）、莎士比亚（William Shakespeare）等伟大诗人的作品无不歌颂爱情，提倡"及时行乐"的主题，这一主题也"在英国玄学派诗歌中得到了集中的表达"（吴笛，50）。在当时诗人把热情倾泻到写爱情诗上，诗歌成为"维纳斯之仆役""只对她讨好"的现状面前，赫伯特并没有随波逐流，他独树一帜，坚持把上帝及其教会作为描述对象和呼请对象，摒弃以维纳斯和丘比特为象征的世俗之爱，开创了 17 世纪英国宗教诗的繁荣局面。在赫伯特眼中，上帝的美是任何一个"她"都无法比拟的。

赫伯特在写给他母亲的第二首十四行诗中进一步描写世俗的"她"和神圣的上帝之间的区别：

> 每片云凝结出对你的赞美，不准
> 诗人将它另作他用。
> 玫瑰与百合体现的是你；把它们
> 与双颊相比，于你是一种滥用。
> 我为何要把女人的双眼比作水晶？
> 如此拙劣的捏造烙进他们庸俗的头脑，
> 他们的火焰狂乱，没有向上去
> 赞美，不屑为你花费墨水分毫。
> 打开她们的骨骼，你会发现一片虚无，
> 最美的脸上只有脏污，但是主，在你那里
> 揭露中，展现出美丽。（206）

---

[1] 文中相关引文均出自 George Herbert, *The Works of George Herbert*, ed. F. E. Hutchinson (Oxford: Clarendon, 1945), 译文由笔者自译，以下只标明出处页码，不再一一注明。

诗人认为，诗歌应当用来赞美上帝，而绝不能"另作他用"。然而，当时的爱情诗常常把情人的容颜比喻成花朵，把情人的眼睛比作水晶。比如，与赫伯特同时代的托马斯·坎皮恩（Thomas Campion）在《樱桃熟了》中这样赞美女性美丽的脸庞，"有一座花园在她的脸上，/盛开着百合和玫瑰"（转引自胡家峦，68），"玫瑰"喻指脸色红润，"百合"则暗示皮肤白皙。然而在赫伯特的诗中，这样的类比是对上帝的不敬，因为玫瑰与百合是由上帝创造的，象征着上帝之美。俗世的美人空有美丽外表，却经不住时间的考验，很快就会化作"一片虚无"，即使最美丽的脸庞下隐藏的也仅是"脏污"而已。

赫伯特的这首诗会让人以为他厌恶女性，但是查尔斯（Amy Charles）在传记中给出了截然不同的观点："他对女性抱有很高的评价"（Charles, 142）。他与家人的信件以及他的散文集《乡村牧师》中的描述都证实了这一点。实际上，赫伯特这首诗的重点并非贬低女性，也并非排斥爱情，而是批判当时过度堆砌华丽辞藻来铺陈爱情和肉欲的诗风，他在诗中将表象和本质、终有一死的肉体和永恒的精神、短暂的美和恒久的美相对照，表明了他的诗学主张，即沃尔顿所说的"奉献所有诗歌方面的微薄力量来赞美上帝的荣光"（Walton, 28）[1]。

同时我们可以发现，在对诗歌主题的选取上，赫伯特明显受到了锡德尼的影响。从生平经历和文学作品来说，我们都有理由"把赫伯特同锡德尼联系在一起"（Bottrall, 119）。赫伯特与锡德尼是姻亲，因为锡德尼的妹妹玛丽·锡德尼嫁入了赫伯特家族，后来她的两个儿子把乔治·赫伯特引荐给国王詹姆斯一世，并且帮助他担任贝默顿教区的牧师。赫伯特的母亲在独自抚养七个儿子的过程中，很可能把锡德尼这位功成名就的亲戚作为榜样来教育她的孩子们。赫伯特在两首十四行诗中表现出来

---

[1] 艾萨克·沃尔顿的传记被许多评论者认为不够准确，并且掺入了太多个人情感因素。但是，由于有关赫伯特的传记数量较少，而沃尔顿又与赫伯特生活在同一时代，有些史料只能参照他的记述，因此本文在必要处依旧引用他的观点。

的只将诗歌奉献给上帝的决心与锡德尼在《为诗辩护》中表露的观点极其吻合。锡德尼认为诗歌的主要目的是教育和怡情悦性，他主张用诗歌赞颂上帝，而排斥低劣的爱情诗，他写道：

> 只要我们唱出那永恒的善的颂赞——那给我们手来写，才智来构思的上帝的永恒的善的颂赞……事实上，许多属于所谓不可抗拒的爱情的作品，如果我是个情妇，我是不会相信他们真在恋爱的；他们是如此冷静地运用火热的词句，以致他们很像宁可读读恋人的作品，来抓住几个夸张词句的人。（锡德尼，《为诗辩护》，66-67）

赫伯特渴望用诗歌赞颂上帝并且排斥世俗爱情诗的思想与锡德尼此处宣扬的观点可谓如出一辙。然而，尽管锡德尼抨击那些热切赞美爱情的诗歌作品，但是他自己在短短的一生中却写出了百余首十四行诗表达他对恋人佩内洛普（Penelope）的情意，这些诗就是著名的十四行组诗《爱星者与星》（*Astrophel and Stella*），并且由此引发了伊丽莎白时代十四行诗的繁盛。赫伯特在这一点上与锡德尼有所区别，因为他自始至终没有写过一首赞美世俗爱情的诗歌，这和他本人的人生经历有直接联系，但是也突出反映了他的诗学观和诗歌创作实践的一致性。

关于他诗歌主题的单一性，有学者提出负面评价，如琼·贝内特（Joan Bennet）就评论说，"赫伯特相对狭隘有限的人生经历不仅限制了他的主题的选择范围，而且使他的诗歌材料简单化"（Bennet, 50）。对此，萨莫斯（Joseph Summers）提出反驳："赫伯特有意识地选取了他人生经历中的某些方面作为诗歌的主题，而且他并没有刻意从广度和深度上展现出他所有的人生经历。"（Summers, 95）实际上，对于他作品主题相对狭窄这个问题，赫伯特早已在诗中为自己作了辩护。他在《珍珠》（*The Pearl*）一诗的标题旁注明"Matth. 13"（即《马太福音》第13章）[①]。正

---

① 《马太福音》13：45—46 中记载：天国又好像买卖人寻找好珠子，遇见一颗重价的珠子，就去变卖他一切所有的，买了这颗珠子。《珍珠》这首诗中，赫伯特把天国福音比作珍珠，值得他不惜一切去追求。

如标题《珍珠》所暗示的，这首诗表达了诗人愿意放弃目前拥有的一切去购买天国福音这颗珍珠的立场。该诗分为 4 节，前 3 节分别以"我知道'学识'的途径""我知道'荣誉'的途径"和"我知道'愉悦'的途径"为开头，各自阐释说话者对世俗世界中三样重要的人生目标"学识""荣誉"和"愉悦"的熟悉和掌握。诗中说话者对当时的自然科学、宫廷、社交礼仪、政治以及音乐和爱情等让人愉悦的东西都了如指掌，他在第 9 行写道："所有大门都向我敞着，或者我有钥匙打开"（转引自王佐良，107）。他用很长的篇幅来展示各方面的学识，让读者信服他是个多才多艺、懂得享受生活的人，而并非人们认为的缺乏人生阅历。但是该诗前三节均以副歌"然而我只爱你"结尾，表明他不为"学识""荣誉"和"愉悦"所惑，放下这三种世俗追求，选择天国这颗珍珠。在最后一节中，诗人更进一步点明他的态度："这一切我都知道，而且都掌握在手中：/所以我，不是蒙住，而是睁着眼睛/飞向你，因为你卖的货物我全懂。"（转引自王佐良，107）

由此可知，赫伯特并非如评论家贝内特认为的由于缺乏阅历而导致主题内容狭窄；恰恰相反，他在成为牧师之前的职业（剑桥大学校方发言人、英国议会议员等）使人不能忽视他的文采和社交口才，他刻意将选材范围缩小，乃是为了他的写作目的（赞美上帝）服务。他抛下能让"头脑发热，热血沸腾"（转引自王佐良，108）的世俗之爱，因为他知道不是爱和"卑劣的智慧"（转引自王佐良，109），而是上帝的指引使他从迷津中走出来，因此他既不歌颂爱情，也不炫耀才学，与约翰逊口中将卖弄学问视为毕生追求的玄学派诗人有着很大差距。

二、赫伯特论诗歌语言："牧羊人是诚实的"

以多恩为首的玄学派诗人擅长"巧智"和"奇喻"，经常使用"悖论"修辞，从而"避免直抒心曲、避免落入前人窠臼，追求新颖强烈的艺术效果"（朱徽，171）。此外，他们"援引深微隐奥的学问，在各色观念间牵线搭桥，取譬引喻"（叶丽贤，25），因此玄学派诗歌在理解上往往要求很高的思辨能力，在语言上也难免晦涩深奥。赫伯特在早期热情模仿多恩的诗作，如前面提到的他在 17 岁时献给他母亲的两首十四行诗便明显带有临摹多恩作品的痕迹，可以把它们与"多恩成熟时期的风格相关联"（Spiller, 177）。然而，无论是《圣殿》早期的 W 手稿（Williams manuscript）还是后来的 B 手稿（Bodleian manuscript）均未收录这两首十四行诗。究其原因，一方面可能是赫伯特认为这两首诗的文笔过于稚嫩，另一方面也可能是因为这两首诗的语言有悖于他后来提倡的写作风格。赫伯特在成熟阶段创作的诗歌语言简单明了、意象清晰直接，逐渐形成了质朴的语言特色。柯尔律治（Samuel Coleridge）在《文学传记》（*Biographia Literaria*）中就曾评价赫伯特"用最准确、自然的语言表达了最奇妙的思想"（Coleridge, 196）。

赫伯特一生酷爱收集谚语和格言，尤其喜欢收集外国的谚语。在他死后出版的《异国格言录》（*Outlandish Proverbs*）中收录了多达 1184 条格言（该数目基于 F. E. Hutchinson 编辑的版本），其中包括"谋事在人，成事在天"（Man proposes, God disposes）、"爱情和咳嗽一样不能被掩饰"（Love and a Cough cannot be hid）、"瓶中酒不解渴"（The wine in the bottle does not quench thirst）等至今人们耳熟能详的名言警句。而赫伯特对格言的热衷在一定程度上影响和造就了他写诗时言简意赅的语言风格。在诗集《圣殿》中，特别是第一首诗《教堂门廊》里曾多次出现这本格言集中的句子，该诗被查尔斯认定为创作年代较早，大约写于 1613/1614 年。我们从而可以推测，赫伯特在诗歌创作早期就已经受到民间谚语的影响，倾向于使用直白的语言和清晰的意象。

同时，赫伯特在 1624 年之后便开始从事乡村牧师的职业。与担任圣保罗大教堂教长的多恩相比，赫伯特的诗歌显得质朴、谦逊，因为他面对的听众大部分是农夫，有的甚至目不识丁。他在《乡村牧师》中说道："耕犁、短斧、蒲式耳、发酵面团和吹笛跳舞的男孩这些日常景象……也可以显示天国的真理。"（257）因此朴素的乡村环境促使赫伯特在诗歌创作中使用简单明了的语言和明白质朴的意象，他的诗歌因此也成为他向村民布道的一种方式。里基（Mary Rickey）就认为，赫伯特与其他玄学派诗人是不同的，因为他"通常把诗歌中的主题以清楚明白的语句表达出来"（Rickey, 159）。

赫伯特在多首诗中表现出他对诗歌语言方面的要求。《约旦河（一）》（Jordan I）这首诗本身由三个诗节组成，每个诗节 5 行，以交叉韵写成。第一节中，诗人反对杜撰和虚构，认为真实才能体现美：

> 谁说只有杜撰的故事和虚假的发丝
> 才能称为诗？美难道不在真中显现？
> 所有好的建筑都必须有盘旋的楼梯？
> 难道一切诗句都不合格，除非它们描写
> 　画上的椅子，而非实体？（56）

"画上的椅子"指涉《理想国》中的片段，因为苏格拉底在抨击"模仿诗"的时候曾经说，描摹床的一幅画实际上离真理已经隔了两层，因为它模仿了一张床，而床本身又模仿了"床"这个理念（Martz, 447）。在这一节中，诗人在反对虚构的同时，又反对过分复杂、迂回曲折的行文风格（如"盘旋的楼梯"）。

> 只有把魔法树林和突兀的草地
> 用粗俗的句子描绘，才叫诗句？
> 为何潺潺溪流必定唤起情人的爱意？
> 为何一切都被隐藏，而人们阅读、猜度，
> 　隔着两层获取意义？（56）

作为一名宗教诗人，赫伯特致力于把他的诗歌全部奉献给上帝。出于这一目的，他不仅排斥当时那些矫揉造作的爱情诗，而且也摈弃传统的浪漫田园风格。"魔法树林"和"突兀的草地"代表着传统牧歌中的景象。"草地"以出人意料的方式展现，是西方园林设计者为了给人惊喜而运用的独特手段。但是在赫伯特看来，田园诗有虚构和隐晦的缺点，"一切都被隐藏"。在田园诗中出现的牧羊人和牧羊女，他们的真实名字往往

被隐去，而代之以斯特洛丰（Strophon）和艾玛瑞利斯（Amaryllis）等名字（Summers, 109）。这样的诗歌描绘的是一个想象出来的世界，虚构的人物在虚幻的"树林""草地"和"溪流"边活动，因此离"真实"相差甚远，就像画上的椅子，离真理已经隔了两层。

> 牧羊人是诚实的；让他们歌唱：
> 谁想出谜尽管继续，而我直奔主题：
> 我不羡慕任何人的夜莺或春天；
> 他们亦不能因韵律不佳而将我惩治，
> 　　我只简单地说，*我的上帝，我的王*。（57）

诗人欣赏牧羊人的诚实和直白，他不希望像别的诗人一样给出谜题让读者解读，而愿意简单直接地表达所思所想。"直奔主题"原文为"pull for Prime"，其中"Prime"指的是普里梅罗纸牌游戏（Primero 这种纸牌游戏 16、17 世纪时在英国盛行），这个短语意为抽到一张决定胜负的关键牌。"夜莺"和"春天"是田园诗中经常出现的吟咏对象。诗人在此表明，他的诗歌不会迂回曲折地拿一些谜题来考验读者，也不会赞颂浪漫虚幻的田园风光和阿卡狄亚式的传奇故事（由此可以看出赫伯特与锡德尼的区别）。他只想简单地歌颂上帝，为此甚至可以牺牲诗歌的韵律。

从《约旦河（一）》这首诗，我们可以看到，赫伯特对诗歌语言的要求概括起来有如下两点：真实和简单。《约旦河（二）》同样表现了赫伯特的诗学观，与前一首不同的是，这首诗还生动再现了诗人创作时的心路历程。《约旦河（二）》在最初的 W 手稿中的题目原本为《虚构》（Invention），从全诗内容来看，这个原先的题目似乎更能概括这首诗的意义。然而两首描写诗歌创作的诗均以"约旦河"命名绝非偶然。"约旦河"这个题目有着多重含义：首先，具有丰富基督教内涵的约旦河在此处代替古希腊多神教文化中提到的赫利孔山（Helicon）上的圣泉，成为诗的灵感来源；其次，约旦河是一条用于洗礼的河流，施洗者约翰就曾在约旦河中为耶稣施浸礼，因此也可喻指诗歌的洗礼和净化，象征着赫伯特的诗风从繁复向简朴的转变。这些阐释在解读这两首诗的时候都有助益，但是最后一种，即诗歌的洗礼和净化更能体现赫伯特在语言上追求简单纯粹的真实意图。

《约旦河（二）》同样包括 3 个诗节，每节由交叉韵写成：

> 当我首次把关于天国喜悦的诗行提及，
> 它们光彩四射，胜过平常，
> 因我搜罗精巧的文字、整洁的构思；
> 我的想法开始扩展、生长、膨胀，
> 隐喻中缠绕的是一个简单的意图，
> 意义也被装饰，仿佛可以卖点银两。
>
> 成千上万的观念在我脑海中奔跑运转，
> 它们争着献计，仿若我并不成功：
> 我时常把已经写下的文字抹删；
> 这个不够犀利，那个缺乏生动。
> 没有什么足以丰富到为太阳装扮，
> 更没有什么能描绘那欢乐在他头上踩动。
>
> 就像火焰在蹿升之时盘旋弯曲，
> 我把我自己编织进了意义。
> 当我忙乱之时，传来一位朋友的耳语
> *这些冗长的浮夸是多么地不着边际！*
> *美妙词语早已在爱中写就：*
> *只需抄写，不要白费力气。*（102-103）

该诗第一节描写说话者"我"搜罗华丽夸张的文字和精巧的构思来赞美上帝，而这个努力确实有所回报，因为"它们光彩四射，胜过平常"。然而随着文字的渐趋复杂，"我"的思想也开始扩展、膨胀，"隐喻中缠绕的是一个简单的意图，/意义也被装饰，仿佛可以卖点银两"。"我"的诗歌已经不复质朴，而被层层的隐喻所装饰，甚而与金钱和买卖沾上关系。

在第二节中，"我"绞尽脑汁搜罗最精巧、最合适的词汇，成为典型的"时刻留心搜集新奇巧智"（叶丽贤，26）的玄学诗人，"时常把已经写下的文字抹删；/这个不够犀利，那个缺乏生动"，"我"最后陷入了迷茫的境地。而在最后一节中，就像火焰的蹿升，"我把我自己编织进了意义"，诗歌在此实际上成为说话者展现自己繁复精巧的写作才华的舞台，对上帝的赞美这一初衷反而退居其次。直到第15行，诗中体现的主题都是文字和诗人本身，这在某种程度上体现了说话者"我"的骄傲，因为他苦思冥想地试图把自己凸显出来。该诗从第一节中的"扩展"和"膨胀"开始就蕴含着自大的意味，诗人竭力展示自身的才学，是玄学派"更渴望被人钦佩，而不是被人理解"（Johnson, 18）的真实写照。

该诗最后4行，就像赫伯特许多诗的最后一部分那样扭转了整个行文走向，否定前面所说的创作心态，并为诗人的困境指明出路。我们可以在这4行诗中清楚地看到《爱星者与星》的影子，尤其是《爱星者与星》第一首中的"我口咬秃笔，千般沮丧，万分苦痛，/这时缪斯嘱我：行于言须情动于中"（锡德尼，《爱星者与星》，3）和第三首"我从斯黛拉脸上懂得何为爱与美，/于是我只消去临摹大自然的作品"（锡德尼，《爱星者与星》，6），可见锡德尼对赫伯特影响之深。然而，锡德尼的爱指的是他的爱人佩内洛普，而赫伯特诗中的爱则是上帝。当说话者"我"为了寻找浮夸复杂的文字而让自己陷于沮丧忙乱之境时，一位朋友（上帝）在他耳边忠告：无须到处寻找，其实一切都来自上帝，只要简单临摹即可。正如W手稿中的原题《虚构》所暗示的，"我"刚开始追求的巧妙的文字、复杂的比喻和自认为具有独创性的思想其实都是虚构和臆造。在赫伯特看来，语言文字越是浮夸造作，就越是"不着边际"，越是远离本质。赫伯特借用诗中这位朋友之口道出了他的创作主张，即追求简单和真实。这样的诗学观隐含着诗人对其自身在早期诗歌中追求繁复精巧、偏重形式和视觉感受的写作心态的否定，同时也与约翰逊批判的玄学派诗人追求新奇、"运用夸张时不知节制"、"既让人无法相信，也让人难以想象"（Johnson, 17）的特点相悖离。

两首《约旦河》都表现了赫伯特对诗歌写作，尤其是语言文字方面的要求。如学者克拉克（Elizabeth Clarke）所述，"赫伯特确实想在约旦河中为他的诗歌作一次洗礼"（Clarke, 9），洗去累赘和浮夸的语言，从而让他简单地赞颂"我的上帝，我的王"。

三、赫伯特论诗歌本质："最大的赢走全部"

沃尔顿在传记中提到，赫伯特临终前托人将诗集《圣殿》转交给尼古拉斯·费拉（Nicholas Ferrar），赫伯特在病榻上说，"他[尼古拉斯·费拉]会发现这本诗集刻画了我的灵魂和上帝之间无数精神上的冲突"（Walton, 109）。《圣殿》整部诗集正是他的精神自传，充满了真诚的情感流露，我们从中看到了诗人不加掩饰的痛苦、欢乐、悔恨、愤怒、踌躇等情绪。他的诗歌真实且诚恳，能引起强烈的共鸣，也因此被认为是"17世纪最好的神学诗"（Williamson, 110）。因而，我们很难将他与约翰逊所说的缺乏情感投入的玄学派相关联。在赫伯特看来，诗歌的一个主要目的便是展现诗人丰富的内心情感世界。除此之外，他认为诗歌还有一个更重要的功能，那便是：拉近人与上帝之间的距离。赫伯特终其一生所追求的就是和上帝的亲近，这一点他通过诗歌做到了。

在《本质》（The Quidditie）这首诗中，赫伯特用简单明了的语言告诉我们诗的本质是什么：

> 我的上帝，诗并非王冠，
> 不关乎荣誉或华丽的衣襟，
> 不是雄鹰、宴会或名望，
> 也非宝剑或一把鲁特琴。
>
> 它不会跳跃、舞蹈或演奏；
> 它从没去过西班牙或法兰西；

它也不能为白日提供欢娱，
用丰富的储备和领地。

它不是官职、艺术或消息，
也不是交易所或热闹的买卖处；
但它是这样，当我写它时，
我与你在一起，最大的赢走全部。（69-70）

这首诗在 W 手稿中的题目为《诗歌》（Poetrie），但是后来改为 "The Quidditie" 这一双关语，这个词既可以表示事物的本质或者精华，也可以表示过于微妙以至于变得无关紧要的区别。全诗共 12 行，前面 10 行诗人都在讨论诗不是什么，它不是 "王冠" "荣誉" "衣襟" "雄鹰" "宴会" 等，似乎诗歌什么都不是，它和荣誉、权力、娱乐和金钱都毫无关系。然而，虽然诗歌并不是前面提到的事物，但它有一个对赫伯特来说最大的功能，那就是诗歌能够拉近人与上帝的距离，通过写诗，诗人得以和上帝在一起。诗中第 11 行的 "但"（But）字神奇地将前面 10 行和最后 2 行划了一个等号，诗人在从事诗歌创作时得以和上帝亲近，从而让他拥有了一切美好事物（Vendler, 17）。"最大的赢走全部" 有一种纸牌游戏的意味，谁的牌最大，谁就是赢家，因此可以拿走赌桌上的一切。在诗人眼里，诗歌因为能拉近人与上帝的距离，胜过前 10 行罗列的一切事物，所以成为赢家。因此，"最大的赢走全部"，诗歌赢得了前面提到的所有属性，那么就像标题 "The Quidditie" 的双重含义所暗示的，诗歌似乎什么都不是，却又什么都是，它涵盖了前面所说的一切事物。

四、余 论

以艾略特（T. S. Eliot）为首的新批评派从 20 世纪初期开始先后撰文肯定玄学派诗歌的价值，同时唤起人们对这一诗人群体的兴趣。在评价赫伯特时，艾略特曾说："在据称属于'多恩流派'的所有诗人当中，赫伯特是唯一以宗教信仰为其全部灵感来源的人。"（Eliot, 18）此外，艾略特 1932 年在《旁观者》杂志发表题为《乔治·赫伯特》的文章，其中把多恩与赫伯特做了比较，指出多恩并没有克服天生的骄傲心性，"尽管赫伯特活的时间短，在谦卑这条路上，他却比多恩走得更远"（Patrides, 336）。作为一名虔诚的宗教诗人兼乡村牧师，赫伯特将其朴素真诚的宗教情感投射到诗歌创作中，他在《真正的赞美诗》（*A True Hymne*）中把诗歌创作和宗教生活紧密相连，指出如果没有真情实感，即使诗歌形式再好、再押韵也是徒劳，因为"一首赞美诗或诗篇所能承载的优美之处，/体现在当灵魂与诗行一致之时"（168）。

赫伯特在《圣殿》中多次提及诗歌创作问题，从诗歌的主题、语言和本质等方面都提出了独到的看法，基本上确立了质朴的写作风格。尽管评论界习惯把他同多恩联系起来，认为他的许多作品是对多恩的模仿，但是在他自己诗学观的引领下，逐渐摆脱了多恩的阴影，他的诗歌作品从而呈现出独特的魅力，远非"玄学派"一词能简单概括。实际上，从宗教诗的角度来看，乔治·赫伯特的影响远远超越约翰·多恩。赫伯特的诗集《圣殿》被后来的宗教诗人如亨利·沃恩（Henry Vaughan）、理查德·克拉肖（Richard Crashaw）、克里斯托弗·哈维（Christopher Harvey）等争相模仿，在 17 世纪俨然形成了"赫伯特流派"（Stewart, 128）。多恩的《诗歌集》和赫伯特的《圣殿》同时出版于 1633 年，到 17 世纪末，尽管经历英国内战的洗礼，《圣殿》已有 10 个版本，而多恩的《诗歌集》则仅有 7 个版本。《圣殿》质朴的语言特色和真挚的情感吸引各个阶层和各个教派的人士传诵阅读，它曾在狱中给英王查理一世（Charles I）带去慰藉和安宁，也曾被推荐给克伦威尔（Oliver Cromwell）阅读（Todd and Wilcox, 189），而赫伯特秉持的质朴的诗学观则是他的诗集广为流传的重要原因。

引用文献【Works Cited】

Bennet, Joan. *Four Metaphysical Poets: Donne, Herbert, Vaughan, Crashaw.*
    Cambridge: Cambridge UP, 1934.

Bottrall, Margaret. *George Herbert*. London: John Murray Ltd., 1954.

Charles, Amy. *A Life of George Herbert*. Ithaca: Cornell UP, 1977.

Clarke, Elizabeth. *Theory and Theology in George Herbert's Poetry*. Oxford: Clarendon, 1997.

Coleridge, S. T. *Biographia Literaria*. London: J. M. Dent & Sons, Ltd., 1906.

Eliot, T. S. *George Herbert*. London: Longmans Green & Co., 1962.

Herbert, George. *The Works of George Herbert*. Ed. F. E. Hutchinson. Oxford: Clarendon, 1945.

Johnson, Samuel. *The Lives of the Poets*. Ed. Roger Lonsdale. Oxford: Oxford UP, 2009.

Martz, Louis. *George Herbert and Henry Vaughan*. Oxford: Oxford UP, 1986.

Patrides, C. A. *George Herbert: The Critical Heritage*. London: Routledge & Kegan Paul, 1983.

Rickey, Mary. *Utmost Art: Complexity in the Verse of George Herbert*. Lexington: U of Kentucky P, 1966.

Spiller, Michael. *The Development of the Sonnet*. London: Routledge, 1992.

Stein, Arnold. *George Herbert's Lyrics*. Baltimore: Johns Hopkins P, 1968.

Stewart, Stanley. *George Herbert*. Boston: Twayne Publishers, 1986.

Summers, Joseph. *George Herbert: His Religion and Art*. Cambridge: Harvard UP, 1968.

Todd, Richard, and Helen Wilcox. "The Challenges of Editing Donne and Herbert." *Studies in English Literature* 52.1 (Winter 2012): 187-206.

Vendler, Helen. *Invisible Listeners: Lyric Intimacy in Herbert, Whitman, and Ashbery*. Princeton: Princeton UP, 2005.

Walton, Izaack. *The Life of Mr. George Herbert*. London: Newcomb, 1670.

Williamson, George. *The Donne Tradition: A Study in English Poetry from Donne to the Death of Cowley*. Cambridge: Harvard UP, 1930.

胡家峦，编注. 《英国名诗详注》. 北京：外语教学与研究出版社，2003.

王佐良，主编. 《英国诗选》. 上海：上海译文出版社，1988.

吴笛. 《英国玄学派诗歌研究》. 北京：中国社会科学出版社，2013.

锡德尼. 《为诗辩护》. 钱学熙，译. 北京：人民文学出版社，1964.

锡德尼. 《爱星者与星》. 曹明伦，译. 保定：河北大学出版社，2008.

叶丽贤.《"玄学巧智"：塞缪尔·约翰逊与玄学派经典化历史》.《国外文学》，2016（2）：21-30.

朱徽.《中英比较诗艺》.成都：四川大学出版社，1996.

（特邀编辑：郝田虎）

弥尔顿《论真正的宗教》中的宽容理念考辨

崔梦田

内容提要：本文将在 17 世纪 70 年代初的历史和思想语境中考察并探讨弥尔顿《论真正的宗教》（1673）中的宽容理念。首先，本文细读文本并指出该文中宽容理念的针对对象及实施原则，并对弥氏应对天主教的四种策略进行了反思。其次，本文详述了 1672—1673 年间英国政治和思想界对宽容问题的广泛讨论。查理二世、下议院基于各自的诉求提出了差异较大的宽容法案或举措，马维尔等思想家也积极参与其中，在舆论界延伸了对这一问题的探讨。最后，本文在比较弥尔顿和同时期其他版本的宽容理念后指出，《论真正的宗教》在努力促成新教徒大联合的同时，明确地表现出对天主教的不宽容；弥氏的宽容理念在 17 世纪 70 年代初并未实现，1688 年的光荣革命最终使得这一构想变为现实。

关键词：弥尔顿；《论真正的宗教》；宽容

基金项目：四川大学外国语学院中央高校基本科研业务费项目（编号：2018wyzy-03）

作者简介：崔梦田，北京大学博士，四川大学外国语学院讲师，主要从事 17 世纪英国文学、17 世纪英国史研究。

Title: Milton's Idea of Toleration in his *Of True Religion*

Abstract: This paper aims to examine the idea of toleration in Milton's *Of True Religion* (1673) within the historical and intellectual context of the early 1670s. First, the objects and principles of toleration Milton put forward in the pamphlet are stressed, and his four suggestions as to how to remove or hinder the growth of popery are reflected upon. Second, this paper recapitulates the heated debate on toleration in British political and intellectual arenas in 1672 and 1673. Charles II and the House of Commons, out of their own interests, proposed different versions of acts or bills concerning toleration. In the public sphere, Andrew Marvell and other intellectuals' participation, further intensified the debate. Above all, having compared Milton's idea of toleration with that of his contemporaries, the author points out that Milton, in *Of True Religion*, both conveys his high ideal of unification of all Protestants and his explicit intention of intolerance of Roman Catholics. In spite of its failure in the early 1670s, Milton's idea of toleration finally worked out after the Glorious Revolution in 1688.

Key words: Milton, *Of True Religion*, toleration

Author: Cui Mengtian (Ph.D., Peking University) is a lecturer at the College of Foreign Languages and Cultures, Sichuan University. Her major research fields include seventeenth-century English literature and the history of seventeenth-century England. Email: athena32@163.com

　　弥尔顿（John Milton）在王朝复辟后将主要精力投诸诗歌创作，《论真正的宗教》（*Of True Religion*）是他在 1660 年后唯一公开发表的政论文章。学界通常认为，这部作品于 1673 年上半年发表；斯特夫利（Keith W. F. Stavely）依据文内证据，进一步将创作时间确定为 1673 年 3 月 13 日至 5 月 6 日之间（Kelly, 408, 412）。此前，查理二世于 1672 年 3 月 15 日颁布《信教自由令》（Declaration of Indulgence），该法令允许不从国教者申请许可并进行公开敬拜，同时准许天主教徒在私人场所进行敬拜。此举在不从国教者间引发激烈讨论，但也触碰了不少国教徒敏感的神经，英国国内反天主教的情绪再度高涨。1673 年初，经过下议院的投票与反复施压，查理二世于该年 3 月 8 日撤销《信教自由令》。此后，下议院积极运作，试图通过一条宽容新教徒不从国教者的法令，与此同时提出并通过了针对天主教的《宣誓条例》（The Test Act）。由于贵族院增加的附加条款引发争议，宽容不从国教者的法案并未于该轮议会休会（3 月 29

日）前获得通过（Kelly, 410-412）。但弥尔顿显然看到了不从国教者获得宽容的希望，他再一次撰文介入公共领域，发表自己对于宽容问题的见解。本论文将在 1672—1673 年的历史和思想语境中考察并探讨弥尔顿《论真正的宗教》中的宽容理念：首先将分析该文中宽容理念的基本原则、针对对象及实施程度，考察该文提出的四种应对天主教的策略；再详述 17 世纪 70 年代初期英国政治和思想界对宽容问题的广泛讨论，尤其关注弥尔顿和马维尔（Andrew Marvell）宽容思想之异同；以此揭示当时英国各界不同的宽容版本构成的思想谱系，并探究《论真正的宗教》中的宽容理念在该谱系中所处的位置及其对后世的影响。

一、《论真正的宗教》中的宽容原则、对象及程度

《论真正的宗教》全名为《论真正的宗教、异端、宗派、宽容，兼论可遏制天主教发展的最佳方式》（*Of True Religion, Heresy, Schism, Toleration, and What Best Means May Be Used Against the Growth of Popery*）。弥尔顿在标题中即开宗明义，该文将涉及当时的各个教派，但天主教显然不在其宽容范围之列，弥氏将其看作需要遏制的对象。文章一开始，弥尔顿即清楚表明，已有一些人在公共领域进行大量讨论，劝告人们警惕罗马天主教的发展，弥氏此文的目的在于助上述劝说者一臂之力（Loewenstein, 451）。

首先，弥尔顿讨论了"真正的宗教"应遵循的两个主要原则：其一，只遵从上帝的话语；其二，信仰不应为绝对信仰。所谓"绝对信仰"（implicit faith），是指依据教会的信仰，而非经文的特定权威（Loewenstein, 451）。[①] 弥尔顿认为，如果所有的新教教派都专注、虔诚地遵从这两条原则，将避免许多论战和争论，并使他们联合起来对付共同的敌人（Loewenstein, 451）。这共同的敌人是谁，可谓不言自明。实际上，弥尔顿所用的这种

---

① 勒文斯坦在该页注 7 中补充了《牛津英语大词典》（*Oxford English Dictionary*）对 Implicit Faith 的解释，即"关乎属灵事务的信仰，不应由个人独立获得，而是应遵从教会的整体信念，并毫无怀疑或疑问地依靠教会的权威"（Loewenstein, 451）。

联合所有新教徒的话语体系在 1673 年 2 月下议院的辩论中已为一些议员采纳，当时议员们正在酝酿着制定一条专门宽容新教徒的法案，希望借此"联合所有新教徒"；此前亦有论者（如沃尔斯利[Charles Wolseley]）同弥尔顿一样，毫不含糊地将这种联合的目的指向"共同憎恶天主教"（Kelly, 420）。论述完真正的宗教遵循的原则后，弥尔顿紧接着巧妙地评论道，"真正的新教徒不会迫害或不宽容其他的新教徒"（Loewenstein, 451）。此处，弥尔顿显然是在向国教徒喊话，呼吁他们与其他新教徒联合，不要强迫其按照国教仪式敬拜。值得注意的是，弥尔顿在本文中对于国教徒十分客气，他的大目标是要促成所有新教徒的联合，因此暂时放弃了曾经对于国教的严苛批评立场。弥尔顿在本文中对于国家支持宗教的看法显然比先前的文章缓和得多：他曾在《论世俗权力》（*A Treatise of Civil Power*）（1659）和《关于解除教会雇工最可能的办法之意见》（*Considerations Touching the Likeliest Means to Remove Hirelings out of the Church*）（1659）中呼吁世俗行政官不再干涉宗教事务，取消国教制，取消国家对神职人员的财政支持等。

对于弥尔顿的这一改变，马森很是痛心。他认为，1673 年的弥氏放弃了先前废除国教的伟大梦想以及政教完全分离的先进理念，选择了时局所需的权宜之计（Masson, 697）。斯特夫利则认为，这是弥氏特意采取的修辞策略，因为此时国教徒看起来有意通过新教徒的联合实现有限宽容，并以此遏制天主教的发展（Kelly, 421）。笔者认同斯特夫利的看法，并想进一步指出，弥尔顿 17 世纪 50 年代末提出的政教完全分离的思想确实伟大，但这一理念过于超前，在当时的历史语境下几乎没有实现的可能性。对此，哈林顿（James Harrington）在 1659 年 8 月 31 日发表的《政治箴言》（*Aphorisms Political*）中直接指出过，该书添加的第 21 至 38 条针对的正是弥尔顿此前出版的《关于解除教会雇工最可能的办法之意见》。哈林顿认为，大多数人在宗教方面都需要"公共引导"，国教则需要由政府资助的神职人员。如果剥夺大多数人所期待的宗教供应，就是剥夺他们的良心自由（Ayers, 94-95）。鉴于此，我们可以如此看待弥尔顿的转变：他在 1673 年审时度势，对国教徒更加温和，并采取新教徒大联合以反对天主教的策略，这在当时的语境下显然比其早期方案更现实、更易实现。甚至可以说，这一策略在弥氏平生提议的所有政教理念中最接近现实，但即便如此，他在有生之年并未目睹其实现，也未见证国教徒对于不从国教者的宽容；他的这一话语体系在接下来的十几年中几经沉浮，最终在光荣革命后遇到历史契机，于1689年的《宽容法案》（The Toleration Act）中变为现实。

其次，弥尔顿论及真正的宗教之对立面——虚假的宗教，或曰异端。他对异端的定义是："依据人之传统接受或相信的宗教，此种宗教常在上帝话语的基础上添加其他内容。"弥尔顿继续推论道，根据这一定义，"在整个基督教世界里，罗马天主教是唯一或者最大的异端"（Loewenstein, 452）。对比之下，新教的各个宗派：路德宗、加尔文宗、再洗礼派（Anabaptists）、索齐尼主义者（Socinians）、阿米尼乌斯主义者（Arminians）都不算异端。弥尔顿认为，他们可能有错，但其与异端之间存在本质区别：其错在于，试图经由一切真诚的努力正确理解经文，但最后却违背意志，错误地理解了话语；而异端是在意志和选择中公开违背《圣经》话语（Loewenstein, 452）。之后，弥尔顿指出了人们通常认为各个派别可能存在的错误：路德宗相信同体论（Consubstantiation），加尔文宗相信预定论（Predestination）；再洗礼派否认婴儿接受洗礼的权利；阿里乌与索齐尼主义者不完全认同三位一体论（Trinity）；阿米尼乌斯主义者将自由意志置于恩典之上等（Loewenstein, 452-453）。值得注意的是，弥尔顿在《论基督教教义》(De Doctrina Christiana)(1658—1660)中对于再洗礼派与索齐尼主义者的思想比较认同，《失乐园》中比较明显地采纳了阿米尼乌斯主义的思想（Kelly, 424-426）。他在此处列出这些错误[1]，目的在于客观地评价各教派之间的差异，寻求新教徒之间最大程度的融合。比较微妙的是，弥尔顿在此处并未提及贵格会（Quakers），他在贵格会中不乏朋友，其学生埃尔伍德（Thomas Ellwood）即是其一。斯特夫利指出，

---

[1] 值得注意的是，他在提出这些教派的错误时，用的句式都是：be taxt with...，be accus'd of...，be charg'd to...，be condemn'd for...等。也就是说，他引述的是通常人们对这些教派的看法（Loewenstein, 452-453）。

据马森研究，这一省略可能源于贵格会拒绝参与由《信教自由令》引发的"反天主教"争论（Kelly, 411）。由此可窥见弥尔顿此文与当时语境关系之密切，他甚至会依据时局所需调整一贯认同的原则，以看起来更为客观的态度进行探讨，并有意省略掉可能引起非议的部分，以便求得新教徒间的最大公约数。前文提到，马森为弥尔顿在本文中采取的权宜之计颇感痛心，因为弥尔顿绝非擅长妥协之人，他通常选择将原则置于首位。但我们需要明确，弥尔顿并非不知变通，即便是在 17 世纪五六十年代，他也会根据时局修改《论国王与官吏的职权》（*The Tenure of Kings and Magistrates*）（1649，1650）与《建立自由共和国的简易办法》（*The Readie & Easie Way to Establish a Free Commonwealth*）（1660 年 2 月与 4 月），在不同的政治语境下突出不同的重点。此文亦然。总之，弥尔顿在区分了异端与错误、将天主教称为异端、新教各派别的问题界定为错误后进一步指出，应该对新教各个派别实行宽容政策。那么接下来的问题是，这一宽容应该达到什么程度呢？他认为，应该允许这些新教徒解释各自的信仰，无论是通过争论、在各自聚会中的讲道、公共写作还是自由出版的方式均可（Loewenstein, 453）。至此，弥尔顿已经阐明了如下几个问题："真正的宗教"应该遵循什么原则；何为虚假的宗教或异端，何为错误；对于犯有错误的新教徒应该宽容到什么程度。

最后，弥尔顿问道，是否应该对天主教也实行宽容政策呢？在强调天主教可能引发政治问题、追溯英国摆脱教皇统治、解除"火药阴谋"（Gunpowder Plot）等历史后，弥尔顿明确回答道，无论在公共层面还是私人层面都不应对天主教实行宽容，因为天主教的偶像崇拜在公共层面会有辱热忱的旁观者的信仰，于私人领域会触怒上帝（Loewenstein, 454）。此处弥尔顿明确反对天主教的私人敬拜，与查理二世推出的《信教自由令》关系密切，因为按其规定，天主教可在私人场合进行敬拜。斯特夫利指出，在弥尔顿写作时，该法案已被查理二世撤销，议员们还在讨论是否对新教徒实行有限的宽容。可见，弥尔顿此处的提法确实是特定时期的修辞需要。本文部分同意斯特夫利的说法，这一解释只是问题的一个方面。实际上，弥尔顿同此时的许多英国新教徒一样，他们对于天主教的反感与复辟后国家的道德状况不无关系。这一点在弥尔顿最后提出的第四条遏制天主教发展的策略中有所体现。弥尔顿特意指出，他提出的四条策略针对的是英国的天主教徒，而非外国的天主教徒，因为后者受国际法的保护。弥氏提出的四条策略分别为：驱逐偶像；勤奋读经；彼此宽容；改善道德。前三条基本是前文内容的进一步延续，第四条则是新的内容，尤其值得我们关注。弥尔顿写道，近年来，关于英国道德败坏的抱怨日渐增多：骄傲、奢侈、醉酒、淫乱、诅咒、发誓、公开的不信与日俱增。这些都将是天主教随之发展的原因。在弥尔顿看来，若人们不能真心悔改，改善道德，他们就会转向天主教寻求虚假的安慰（Loewenstein, 457）。弥尔顿的忧虑并非空穴来风。当时的英国，王室生活奢华糜烂，民间暴力事件频发，底层欺诈行骗成风（Spurr, *England*, 15-16）。马维尔在 17 世纪 70 年代初的一封私人信件中不无沮丧地写道："从来没有哪个国家如此不幸，像当今的英国一样罹患如此多复杂、致命、难以医治的疾病。"（Margoliouth, 309）弥尔顿对于社会现象的认识是真实的。他通过引用《圣经》经文将道德败坏的结果与天主教的偶像崇拜加以联系，但这一论证缺乏现实证据，对于英国普通的天主教信众来说也未必公平。17 世纪 70 年代中期的一个调查显示，当时英格兰与威尔士境内所有天主教教徒加起来只有 1.4 万余人，他们在各个方面受到挟制，不太可能引起大的政治影响（Seaward, 62）。包括弥尔顿在内的许多英国人对天主教的扩张极度忧虑，部分原因还在于欧洲大陆天主教势力的持续扩张，同时法国的天主教君主路易十四（Louis XIV）与英国王室交往密切。这使得我们有必要讨论 17 世纪 70 年代初期英国的政治和思想语境。

二、17 世纪 70 年代初英国政治和思想界对于宽容的讨论

查理二世于 1672 年 3 月 15 日推出《信教自由令》，允许不从国教者经过注册公开敬拜，也准许天主教徒进行私人敬拜。查理二世宗教观念相对淡薄，他推出此令，很大程度上是要确保不从国教者和天主教徒的忠诚。他要与法国国王路易十四一起向荷兰开战，需要尽可能获得臣民

的支持（Spurr, *England*, 29）。但这条法令推出后，在国教徒和不从国教者之间均引起诸多怀疑，人们既担心国王此举僭越宪制，又对宽容天主教可能引发的政治后果深表忧虑（Spurr, *England*, 36）①。

正是在这样的背景下，1673 年 2 月初，议会重聚后，议员们迅速将矛头指向《信教自由令》，并明确表示，"只有议会的法案才能终止关乎宗教事务的惩罚性法规"；与此同时，他们致力于引入一条宽容新教徒的法案，以让查理二世明白："我们并非不喜《信教自由令》的内容，而是不满意其提出的方式；并非怀疑其不够审慎，只是质疑其合法性。"（Spurr, *England*, 38）迫于下议院的压力，查理二世于 3 月 1 日向上议院求助，但并未获得预想的支持。下议院依然坚持：他们继续推进宽容新教徒的法案，并准备通过另一条法案，以阻止天主教徒担任公职（Spurr, *England*, 38）。最终，经过多方讨论与斡旋，查理二世同意撤销《信教自由令》；下议院通过了限制天主教徒担任公职的《宣誓条例》②；至于宽容不从国教者的法案，最终未获通过，因为上议院在该法案中增加了若干条款，其中一条提出，"议会休会期间，国王有权免除惩罚性法规施加的惩罚"，下议院刚刚想尽办法否决国王终止法案的权力，议员们显然无法接受此条款，最终宽容不从国教者的法案功亏一篑（Spurr, *England*, 39）。

就第一节的讨论来看，弥尔顿在《论真正的宗教》中的立场与下议院的方案比较接近：他们都想帮助不从国教者获得宽容，同时又都反对将这一宽容权延伸至天主教徒。弥尔顿大概认为，虽然宽容新教徒的法案此轮议会未获通过，但他从议员们的态度中看到了一些希望，因此在议会休会（3 月 29 日）后依然努力撰文，呼吁新教徒的联合。值得注意

---

① 在不从国教者之中，各个教派由于神学观念的不同，反应各有差异：长老派追求的是国教的容纳（comprehension）而非宽容，他们中的一些人已经与国教徒一起聚会，因此对于单独注册进行敬拜并不热衷；独立派和洗礼派信奉自主聚会，因此乐于为他们的牧师和聚会场所注册；贵格会拒绝注册，因为他们认为国家没有权力控制宗教（Spurr, *England*, 35; Dzelzainis and Patterson, 8-9）。

② 该法条规定：担任公职的人需参加国教圣礼，而且他们必须弃绝罗马天主教的圣餐变体论（transubstantiation）（Spurr, *Shaftesbury*, 16）。

的是，此时同下议院与弥尔顿持相同论调的还有另外一个群体：为荷兰造势的宣传家们。穆兰（Peter Du Moulin）与希尔（Joseph Hill）的书籍分别于 3 月中旬与 4 月间出现在英国，他们呼吁，英荷同为新教国家，不应同室操戈，若法国国王路易十四得势，罗马天主教的势力将继续扩张，对英荷都将造成威胁。德莱顿（John Dryden）等反对荷兰的宣传者也不甘示弱，他们极力将荷兰人刻画为败坏的新教徒，他们追逐利益甚于虔诚，但德莱顿等人却无力抵抗其反对者的指控：此时的英国王室既有亲法倾向，还秘密地信奉天主教（Spurr, *England*, 40）。王室的天主教信仰和亲法倾向已趋于明显：查理二世的妻子与情人均是天主教徒，但最令英国新教徒们忧虑的是，国王尚无合法子嗣，而他的弟弟詹姆斯，即约克公爵（Duke of York），已于 1672 年正式宣布改宗罗马天主教，而且将于 1673 年秋迎娶一位天主教妻子，这意味着英国的储君可能仍是一位天主教徒。如果当时英国新教徒们得知《多佛条约》（Treaty of Dover）还有一个未公之于众的版本，他们的反天主教情绪恐怕会更加强烈。他们的现任国王查理二世曾于 1670 年与路易十四签署过一个秘密的《多佛条约》，其中一个条款为，查理二世有意公布他改宗天主教，如果出现这种情况，路易十四应为他提供二十万英镑助其解决国内由于改宗引起的政局不稳问题（Seaward, 65-67）[①]。弥尔顿在创作《论真正的宗教》时，詹姆斯尚未同信奉天主教的意大利公主再婚。但这一次弥尔顿对于时事的走向把握十分精准。《论真正的宗教》问世约半年后，由于詹姆斯的天主教婚姻，英国民众反对天主教的情绪再度高涨，相比之下，人们对于新教的各个派别倒是更为同情。

17 世纪 70 年代的宗教和政治事务中，有发言权的除了王室成员和议会议员外，还有国王的重要大臣，例如，查理二世的五大臣集团（Cabal），这五位大臣分别是克利福德（Sir Thomas **Clifford**）、阿林顿（Henry Bennet, Earl of **Arlington**）、白金汉（George Villiers, Duke of **Buckingham**）、沙夫

[①] 斯珀尔提到的数目是 15 万英镑，这条秘密条约直到 1830 年才公之于众（Spurr, *England*, 12）。沙夫茨伯里于 1673 年前后获知这一秘密条款，这一定程度上影响了他之后的政治决策（Ashcraft, 115-116）。

茨伯里（**Ashley** Cooper，即 Earl of Shaftesbury）、劳德戴尔（John Maitland, Ear of **Lauderdale**），粗体部分为五人的姓氏、封号或名字，其首字母连在一起即是 Cabal；五位大臣分别为不从国教者或天主教的赞助人（Dzelzainis and Patterson, 5）。其中，克利福德正是怂恿查理二世颁布《信教自由令》的大臣（Spurr, *England*, 28），白金汉公爵则是独立派的主要赞助人，沙夫茨伯里对于不从国教者也不乏同情（Dzelzainis and Patterson, 5-6, 10）。塔克（Richard Tuck）认为，五大臣集团的政教策略是"抬高王权，以此限制教会的权力"（qtd. in Chernaik and Dzelzainis, 302）。马维尔也持这一观点，他曾在 1668 年 5 月亲笔起草过一个议会演讲（最终并未发表），请国王行使其特有的君权来处理宗教事务（Dzelzainis and Patterson, 5-6）。他的这一以君权制衡教权的观点延续到其 1672 年和 1673 年的作品：《散文化的〈排练〉》（*Rehearsal Transpros'd*）第一部和第二部。《散文化的〈排练〉》之标题即包含了白金汉公爵于 1672 年发表的戏剧《排练》（*The Rehearsal*），这部戏剧主要是讽刺英雄剧（heroic drama），尤其是作家德莱顿在戏剧中被嘲讽地称作贝斯（Bayes）。马维尔则将嘲讽对象指向国教，尤其是帕克主教（Samuel Parker），他在文中毫不留情地讥讽道，贝斯在舞台艺术上有多虚假，帕克在宗教事务上就有多虚伪（Dzelzainis and Patterson, 5-6）。马维尔通过自己的作品和修辞建立起了文学作品与政教事务之间的关联。[①]他极尽挖苦之能事，吸引了大批拥趸。国教一方帕克与巴特勒（Samuel Butler）不甘示弱，他们的回应更是将双方的辩论推至风口浪尖，一度还将弥尔顿卷入其中，致使马维尔不得不在第二部中专门澄清弥尔顿并未参与《散文化的〈排练〉》第一部的写作（Dzelzainis and Patterson, 417-419）。实际上，巴特勒认为弥尔顿参与了马维尔文章创作的说法毫无道理，仔细比较便可得知，此时的弥尔顿与马维尔关于宽容的观念差异很大。

　　如第一节讨论所示，弥尔顿《论真正的宗教》的目的在于促成新教

---

① 关于马维尔如何建立这一关联，参见 N. H. Keeble, "Why Transprose *The Rehearsal*?"（Chernaik and Dzelzainis, 249-268）。

徒的大联合，呼吁国教宽容不从国教者，并一起反对天主教。但马维尔在《散文化的〈排练〉》（尤其是第一部）中所持的观点却是，通过王权给国教施压，以便实现宽容；他在文章中尽其所能离间王权和国教。因此马维尔同五大臣集团的看法一致，或者说他的作品实际上是五大臣集团政教思想的体现，他认同查理二世 1672 年颁布的《信教自由令》，并在作品中多次提及这一法令（Dzelzainis and Patterson, 123, 375）。同时，此时的马维尔，对于天主教的态度也十分缓和，他撰文讽刺的目标是国教徒而非天主教徒，这再次与《论真正的宗教》形成鲜明的对比。关于二位对于天主教的不同看法，泽尔采尼斯引用当时一位天主教徒作家的看法来加以说明，很有说服力：卡斯尔曼（The Earl of Castlemaine）敏锐地察觉到，"弥尔顿最新发表的《论真正的宗教》背后对于天主教极不宽容，对比之下，马维尔则成为天主教在新教徒中最可能联合的对象"（Chernaik and Dzelzainis, 307）。值得注意的是，马维尔的晚期作品，如1677 年的《对于英国天主教和专制政府之发展的记述》（*An Account of the Growth of Popery and Arbitrary Government in England*），也提出反对天主教的看法，但即便是那时，马维尔也与弥尔顿的反天主教立场有所分别：第一，他的这部晚期作品明显受到当时政治话语的影响，即以惧怕天主教和专制政府结盟（fear of "popery and arbitrary government"）为由反对宫廷党；其次，即便是在这部作品中，他依然提到，英国的天主教信奉者，是所有天主教徒中最真诚、最应被宽恕的人（Chernaik and Dzelzainis, 307；Patterson, Maltzahn & Keeble, 292）。这显然与《论真正的宗教》对英国天主教徒的决绝看法大相径庭。

马尔灿（Nicholas von Maltzahn）在《弥尔顿、马维尔与宽容》一文中比较了弥尔顿和马维尔的宽容思想后指出：马维尔消极意义上的宽容观更接近现代西方国家的宽容理念，即不同的信仰不仅承认彼此之间存在差异，甚至对之视而不见，这样一来，宗教渐渐被理解为世俗国家可以容忍的私人经验；对比之下，弥尔顿持有的是积极的宽容观，即人们致力于对基督救赎真理的共同发现，他坚持认为我们有义务建立与不同观点之间的联系，参与构建信者彼此对话的积极自由（Achinstein and

Sauer, 86-104）。这一消极—积极宽容观的对比是成立的，对于英国的天主教徒来说尤其如此。马维尔为了实现最大限度的宽容，不惜诉诸国王的君权，以期实现对所有教派（包括天主教）的宽容；弥尔顿为了实现对于新教徒不从国教者的宽容，努力建构起新教徒之间的共同联合，但这一联合体的成立却以将天主教视为他者为前提。马尔灿认为，马维尔的宽容观后来成为西方国家的主流，由此使得对于宗教的自由探寻成为可能，但这一自由并非没有限制，因为良心作为个人事务虽获得了广泛认同的接受，但其前景却被窄化（Achinstein and Sauer, 104）。笔者想要补充的是，马维尔宽容观的实现并非一蹴而就，在英国历史上至少还需一个多世纪才最终成为现实；更先为历史接受的是弥尔顿关于新教徒大联合的构想。17 世纪 80 年代后期，詹姆斯二世（James II，即前文提到的约克公爵）一系列的宗教和政治政策在现实层面使得这一新教徒的联合成为可能。1685 年，詹姆斯二世即位后，他实行的一系列宽宥天主教徒、提拔天主教官员的措施令国教徒与托利党分外紧张，由于国内的天主教徒过少（只有总人口的 2%），詹姆斯二世只好联合辉格党来准备重选议会。1688 年初他重颁《信教自由令》（Declaration of Indulgence）后受到国教徒的抵制，盛怒之下他关押了七位国教主教，这一严厉措施触动了所有新教徒（国教徒与不从国教者）的敏感神经，甚至可以说促成了他们的联合（Rose, 1-4）。此外，王后突然宣布生子更加剧了人们对于天主教储君的恐惧想象。于是，在种种里应外合之下，英国人选择接受了一位国外的新教徒入侵者（后来的威廉三世[William III]），不再继续忍受他们的天主教国王。因此，斯珀尔认为，1688－1689 年间，英国宁可改换君主也不愿放弃新教（Spurr, *Post-Reformation*, 190）。在威廉与玛丽获得王位后，英国于 1689 年初通过了《宽容法案》，对大多数不从国教者进行了宽容；而英国的天主教徒直到 18 世纪末才获得同等程度的宽容。此处，我们可以看到，尽管今天看来，弥尔顿在《论真正的宗教》中提出的构想宽容程度有限，但其一旦获得现实可能性，会释放出巨大的政治能量。

三、结 论

本文在 17 世纪 70 年代初的历史和思想语境下考察了弥尔顿《论真正的宗教》中的宽容观念。弥尔顿的宽容原则依据的是《圣经》话语，宽容对象主要是新教徒各个派别，他明确声明，天主教徒不应被列入宽容范围。在当时的政治与思想语境中，国王查理二世以王权通过《信教自由令》，对不从国教者进行宽容，允许他们经过注册后进行公开敬拜，也准许天主教徒在私人场合敬拜。国王的几位重臣——五大臣集团多是不从国教者或天主教的赞助人，他们欲实施一种温和的宗教观。但国教徒和部分不从国教者对《信教自由令》心存疑窦，他们或认为其僭越宪制，或担心其偏袒天主教。与此同时，英国、法国、荷兰的地缘政治使得政教关系更为复杂：此时英法联合进攻荷兰，荷兰在英国进行舆论宣传，声称英荷同为新教国家，不应同室操戈，让天主教法国渔翁得利。这一宣传也影响了议员们和民众。1673 年，下议院迫使查理二世撤销了《信教自由令》，并通过《宣誓条例》限制天主教徒担任公职，但他们意欲宽容不从国教者的法案未获通过。总结来看，在 17 世纪 70 年代初的宽容谱系中，马维尔与查理二世和五大臣集团的宽容观更为接近，他在对待国教徒和天主教徒的问题上均与此时的弥尔顿差异较大，弥氏更为认同下议院议员们的宽容方案。本文通过分析指出，虽然马维尔的消极宽容观后来成为西方自由主义思想与宽容观念的主流，但弥尔顿的积极宽容观在特定的历史条件下会释放出比前者更大的政治能量。

引用文献【Works Cited】

Achinstein, Sharon, and Elizabeth Sauer, eds. *Milton & Toleration*. Oxford: Oxford UP, 2007.

Ashcraft, Richard. *Revolutionary Politics and Locke's* Two Treatises of Government. Princeton: Princeton UP, 1986.

Ayers, Robert W., ed. *The Complete Prose Works of John Milton*. Vol. VII. Rev. ed. New Haven: Yale UP, 1980.

Chernaik, Warren, and Martin Dzelzainis, eds. *Marvell and Liberty*. London: Macmillan, 1999.

Dzelzainis, Martin, and Annabel Patterson, eds. *The Prose Works of Andrew Marvell*. Vol. I. New Haven: Yale UP, 2003.

Kelly, Maurice, ed. *The Complete Prose Works of John Milton*. Vol. VIII, 1666—1682. New Haven: Yale UP, 1982.

Loewenstein, David, ed. *John Milton Prose: Major Writings on Liberty, Politics, Religion, and Education*. Oxford: Wiley-Blackwell, 2013.

Margoliouth, H. M., ed. *Poems and Letters of Andrew Marvell*. Vol. 2: Letters. Oxford: Clarendon, 1927.

Masson, David. *The Life of John Milton: Narrated in Connexion with the Political, Ecclesiastical and Literary History of His Time*. Vol. 6. Gloucester, MA: Peter Smith, 1965.

Patterson, Annabel, Nicholas von Maltzahn, and N. H. Keeble, eds. *The Prose Works of Andrew Marvell*. Vol. II. New Haven: Yale UP, 2003.

Rose, Craig. *England in the 1690s: Revolution, Religion and War*. Oxford: Blackwell, 1999.

Seaward, Paul. *The Restoration, 1660—1688*. Malden, MA: Blackwell Publishing, 2002.

Spurr, John. *England in the 1670s*. Oxford: Blackwell, 2000.

---. *The Post-Reformation: Religion, Politics and Society in Britain 1603—1714*. Essex: Pearson, 2006.

---, ed. *Anthony Ashley Cooper, First Earl of Shaftesbury, 1621—1683*. Surrey: Ashgate, 2011.

（特邀编辑：杨骁）

莎士比亚研究

Shakespeare Studies

莎士比亚和梅兰芳

任明耀

内容提要： 对戏剧大师莎士比亚和梅兰芳的比较研究，给予我们诸多启发。从戏剧体裁看，形式多样是他们的共同点，莎氏喜剧和梅氏喜剧有异曲同工之妙。莎氏悲剧主要是性格悲剧，表现悲壮美；中国古典悲剧可算是社会悲剧，表现伤感美。两位戏剧大师都是改编的能手，都有点石成金、化腐朽为神奇的本领。与莎氏相比，梅氏在戏剧理论方面的建树更为系统。莎氏长于剧本创作，梅氏长于舞台表演。莎剧文学水平高，可看性强，中国戏曲偏重可听性，缺乏可看性。中国戏曲应该和莎剧联姻，"梅学"和莎学的互相滋养是文化交流的需要。

关键词： 莎士比亚；梅兰芳；戏剧；比较研究

作者简介： 任明耀，1922 年生于杭州市，1948 年毕业于上海暨南大学外文系，杭州大学（现浙江大学）中文系荣休教授，浙江省艺术研究所特约研究员，一生从事外国文学、外国戏剧、莎士比亚等教学和研究，业余从事京剧艺术研究。有《说不尽的莎士比亚》《梅兰芳九思》《求真斋文存》等多种著作。

Title: Shakespeare and Mei Lanfang Compared

Abstract: A comparative study of Shakespeare and Mei Lanfang enlightens us in multiple ways. In terms of genre both dramatists work on a variety of genres. Shakespeare's comedy and Mei's comedy are analogous though different. Shakespeare's sublime tragedy is mainly character tragedy, while classical Chinese tragedy is largely sentimental social tragedy. Both masters are good at adaptation and can turn stone into gold. Compared with Shakespeare, Mei has made systematic achievements in dramatic theory. Shakespeare excels in play writing, and Mei is superior in stage performance. Shakespearean dramas are literary masterpieces worthy of reading, whereas traditional Chinese dramas (*xiqu*) are less readable, but more for the ear. This essay advocates a marriage between Shakespeare and Chinese *xiqu*. The need of cultural exchange necessitates a cross-fertilization between Shakespeare studies and Mei studies.

Key words: Shakespeare, Mei Lanfang, drama, comparative studies

Author: Ren Mingyao, born in Hangzhou in 1922, completed his undergraduate studies in Shanghai in 1948. A Professor Emeritus in the Department of Chinese, Hangzhou University (today's Zhejiang University), he teaches and studies foreign literature, foreign drama, and Shakespeare for a lifetime. Peking opera occupies his amateur time. He is the author of many books, including ones on Shakespeare and Mei Lanfang.

　　我们如果比较研究一下不同国家、不同时代的两位戏剧大师：莎士比亚和梅兰芳，就会发现颇有值得我们思考的地方。

　　莎士比亚以剧本、诗歌闻名于世，是英国文艺复兴时代最伟大的戏剧家。他出生于一个商人之家，父亲是手套制造商，又兼售皮革、羊毛等，以后又当过镇长，不久家道中落，陷入困境。他只得去伦敦谋生了。他一生创作了 38 个剧本（包括新近发现已被许多莎学专家认可的《两个高贵的亲戚》在内，我国已有译本，由孙法理翻译，漓江出版社出版）、2 首长诗和 154 首十四行诗。这无疑是一笔宝贵的文化遗产。四百余年来，许多国家的学者都在研究莎士比亚，形成了一股经久不衰的"莎学"热，英、美、德、日、加拿大等工业发达国家和不少属于第三世界的发展中国家包括中国在内，都有自己的莎学组织，他们经常举办年会和莎剧演出来纪念和研究这位戏剧大师。在英国莎士比亚的故乡斯特拉特福镇，还设立了国际莎士比亚协会（ISA），每隔 5 年举行一次全球性的世界莎士比亚大会（WSC），并同时举办莎剧演出。每次开会都有论文结集出版，那些提交大会的新意迭出的莎研论文，都给与会者以新的启示。至今为止，莎士比亚著作在全世界范围内依然是畅销书，莎剧演出仍然受到世界各国人们的热烈欢迎。

梅兰芳出生于19世纪末的一个中国梨园世家，他和莎士比亚一样出身微贱，都没有受过高等教育，可是他们都极富戏剧天才，通过自己的努力和艺术实践，他们都在戏剧事业上做出了巨大的贡献。不同的是：梅兰芳是地地道道的表演艺术家，尽管梅兰芳也参与过一些新编剧本的讨论。有人做过精确统计，梅兰芳一生演过的剧目有130多出。在丰富的表演实践中，梅兰芳的唱腔艺术和表演艺术形成了自己的独立体系，已经成为世界艺苑三大表演体系之一（另两个体系是斯坦尼斯拉夫斯基表演体系和布莱希特表演体系）。后两种表演体系经过许多学者的多年研究和探索，已经得到全世界戏剧界人士的公认。如何探究和发展梅兰芳表演体系，尚待我们去研究和探索。目前海内外已有不少梅派艺术研究的社会团体，梅派艺术的知音——梅迷的数量相当多，可是至今还没有形成和建立具有国际性的有权威的梅派艺术研究组织，他们的活动是分散的、不经常的，还没有专门性的学术刊物如"梅兰芳研究"，这不能不算是一种缺憾。

比较莎氏、梅氏两位，从戏剧体裁看，形式多样是两位大师的共同点。

历史剧：莎士比亚的历史剧充满着爱国主义精神。他能完美地将历史与诗融为一体，既是诗化的历史，又展现了历史的诗，其思想意义是深刻的，其艺术贡献是巨大的。他在历史剧中表现了从英国封建社会形成时期的约翰王时代到英国封建社会极盛而衰的亨利八世时代共350年间的历史，反映了金雀花王朝、兰开斯特王朝和都铎王朝三个英国历史上著名王朝的盛衰兴亡史。他最先创作《亨利六世》三部曲和《理查三世》，又称第一个"四部曲"。以后又写《理查二世》、《亨利四世》（上下篇）和《亨利五世》，又称第二个"四部曲"。另外还写了《约翰王》和《亨利八世》。莎士比亚历史剧着重表现七位君主，这些性格各异的国王又可分为三类。第一类是暴君或无能者，如理查三世、理查二世是暴君的典型，亨利六世则是无能者的典型。第二类是有优点也有明显缺点的君王，如约翰王、亨利四世、亨利八世等。第三类则是理想的君主，他们不但是合法的君主继承人，而且有气魄、有才智、有胆识，如亨利五世。历史剧贯穿的一根主线是反对暴君，歌颂明君。

梅兰芳演出的剧目中没有真正意义上的历史剧。有的只是根据历史故事传说中的片段改编的剧本，如《龙凤呈祥》《王宝钏》《穆桂英挂帅》《抗金兵》等。其中人物如孙尚香、王宝钏是属于帝王、高官的女儿，表现了她们忠夫的思想。也有的属于爱国主义题材，如《抗金兵》《木兰从军》《穆桂英挂帅》等，梅氏所扮演的梁红玉、花木兰只能算是巾帼英雄，谈不上是重要的历史人物。

喜剧：莎士比亚的喜剧充满了乐观主义精神。莎氏总共写了 13 部喜剧，其成就不下于他的悲剧。莎氏喜剧的主题是歌颂爱情和友谊。他的喜剧洋溢着对爱情的向往和对真诚友谊的赞颂，处处散发着令人心旷神怡、神清气爽的气息，从中可体会到人性的美和生活的美。

莎氏喜剧和梅氏喜剧颇有异曲同工之妙。《威尼斯商人》是歌颂友谊和爱情的浪漫喜剧。男主人公安东尼奥是个正直的商人，为了帮助友人巴萨尼奥求婚，他向犹太人夏洛克借了三千元钱，夏洛克约定如果到期不还，必须割下安东尼奥一磅肉。安东尼奥因货船未能按期到达，无法归还这笔钱。在法庭上，夏洛克气势汹汹，一定要按规定割下安东尼奥一磅肉。在此危急关头，女扮男装的鲍西娅以非凡的机智手段战胜了夏洛克的凶残。剧中另一条主线是巴萨尼奥和鲍西娅的爱情故事。鲍西娅以金、银、铅三种不同的盒子来择婚。鲍看重真诚的爱情，不在乎外表的美丽。她置地位显赫的摩洛哥亲王和阿拉贡亲王于不顾，偏偏爱上选中铅盒的穷绅士巴萨尼奥，终于结成了佳偶。

莎氏喜剧中的女性形象和梅氏喜剧中的女性形象都是真、善、美的化身。鲍西娅在选择对象方面，充分显示了她的明智，她不爱地位、权势和金钱，却是看中男方的人品。在法庭一场，她以机智和勇敢战胜了贪婪、狠毒的夏洛克，真可称得上是一位"可爱的女性"。梅氏喜剧《凤还巢》中的女主角程雪娥虽没有鲍西娅那样大胆、机智、勇敢，在爱情方面她不能自作主张，只能听从父亲的主意，但她一旦看中了风流、倜傥的青年公子穆居易以后，就始终不变。后来在洞房花烛之夜，她发现穆居易对她的误会,不由得委屈地伤心落泪。她对破坏她婚姻的同父异母的姐姐雪雁不计前嫌,在雪雁落难之时仍然收留了她和她的丈夫朱千岁,这充分表现了雪娥的心灵美。由于历史条件不同,文化背景不同,雪娥绝不可能像鲍西娅那样性格开放而又大胆。

莎氏喜剧中的小丑形象和梅氏喜剧中的小丑形象,同样引人注目。《威尼斯商人》中的夏洛克是吝啬鬼,也是一个小丑,他凶狠、残忍,没有一点人性,在法庭一场中表现得淋漓尽致。当他被鲍西娅斗败时,又表现得十分无奈。同时他也诉说了犹太人被污辱的委屈心情。他的女儿杰西卡是他的对立面,不但公然反对父亲的包办婚姻,与她的心爱情人基督教青年罗兰佐私奔而去,而且一反父亲悭吝的脾性,大把大把地花钱,这无疑是对夏洛克的极大讽刺。

《凤还巢》中的丑女雪雁和丑男朱千岁都是典型的小丑形象,雪雁其貌不扬,偏偏看中俊男穆居易,朱千岁是个花花公子,一心想娶美貌的雪娥为妻。他们为了达到各自的卑鄙目的,使出了卑劣的手段,可是结果事与愿违,在洞房花烛之夜达到了喜剧的高潮:他们满以为对方是心爱的人儿,结果真相暴露,在吃惊之余,朱千岁想退婚,雪雁倒有自知之明,一把拉住朱千岁:生米已煮成了熟饭,丑对丑两不吃亏,还有什么好退婚的!莎氏喜剧《温莎的风流娘儿们》中的胖子骑士福斯塔夫和朱千岁是一丘之貉,他们都属于"癞蛤蟆想吃天鹅肉"的小丑,结果都落到了狼狈不堪的地步。梅氏剧作的喜剧数量不多,其中的女主角大都是端庄贤淑的女子,远远比不上莎氏喜剧中的女主角那样光彩夺目,丰富多彩。

莎氏喜剧和梅氏喜剧中同样运用了误会的手法来制造笑料。如莎氏喜剧《错误的喜剧》中的一对孪生兄弟,由于相貌一模一样,和他俩原来熟悉的妻子、情妇、父亲、朋友等人往往将他们认错,闹出了许多笑话。又如抒情喜剧《第十二夜》描写了两对情人的恋爱经过,由于兄妹容貌相像,在一次海难事故中,兄妹走失,再加上妹妹女扮男装,在和异性交往中发生了许多误会。又如浪漫喜剧《皆大欢喜》中,由于女主人公女扮男装也闹出了不少笑话。这类情节在中国戏曲舞台上也是屡见不鲜的。如《四五花洞》中的真假潘金莲，又如《错中错》中的女扮男装引发了许多矛盾，最终骨肉团聚，男婚女嫁，达到皆大欢喜的目的。《凤还巢》中的雪雁和朱千岁的婚配实际上也可算是一场"错误的喜剧"。

在梅氏喜剧中还有一种悲喜剧形式，如《玉堂春》中的苏三，在妓院中她和公子王金龙恩恩爱爱过了一段甜蜜日子，后来王金龙因事离开，没有音信，苏三又吃了冤枉官司，被判重刑，以后通过三堂会审，终于和过去的恋人王金龙团聚了。苏三虽出身妓女，但她以曲折的遭遇、坚定的爱情，最终赢得公子王金龙的爱情。其他如《王宝钏》也可属于悲喜剧。剧情描写王丞相之女王宝钏，为了追求幸福的生活，自抛彩球选中了薛平贵，被相府赶了出来，18年的寒窑生活不可算不苦，最后薛平贵从军立功，后得代战公主的帮助，攻破长安，自立为王，夫妻也团聚了，当然这个喜也只能算是半喜，因为薛平贵被西凉国招为驸马了。像这类结局在莎氏喜剧中是看不到的。

悲剧：莎氏悲剧是莎剧的精华，表现了重大的历史题材，既有政治悲剧，也有不少爱情悲剧。这里我想就莎氏悲剧和梅氏悲剧做一些简单的比较研究。在莎氏悲剧中，主人公大都是身居高位的统治者，主要是帝王或国家的首领，如四大悲剧中，《哈姆莱特》中的哈姆莱特是丹麦王子，《李尔王》中的李尔王是君主，《麦克白》中的麦克白是得胜回来的将军，《奥赛罗》中的奥赛罗是将军，都是身居高位者。在梅氏悲剧中的主人公少数属于帝王将相或官宦之家，如《霸王别姬》中的楚霸王和虞姬，《太真外传》中的唐明皇和杨贵妃，《洛神》中的曹植和甄妃，《宇宙锋》中的赵艳容是丞相赵高之女；然而大多是普通女子或深受压迫的平民女子，如《生死恨》中的韩玉娘，《玉堂春》中的苏三等。

其次，莎氏悲剧中的主人公，往往不是一个"完人"，性格比较复杂，有不少缺点，恰好符合莎氏"人无完人"的人性论观点。哈姆莱特是莎氏笔下的人文主义理想人物，他疾恶如仇，但在复仇过程中迟疑不决，一味沉溺于生存与死亡的思辨过程中，丧失了报仇的大好时机。李尔王、麦克白、奥赛罗同样都有明显的缺点。可是在梅氏悲剧中，女主人公都是完美的化身，如《霸王别姬》中的虞姬，她与霸王生死与共最后自刎而死，跟莎氏悲剧中的女主人公们同样具有悲壮之美。又如《洛神》中的甄妃，生前不能与爱恋的曹植同枕共眠，只能死后在梦中洛水之畔，相见一面，依依而别。她们的悲剧往往不像莎氏悲剧那样悲壮、激烈，然而那淡淡的哀愁，令观众唏嘘不已。她们都是十分完美的人，在她们身上是找不到缺点的。即使像杨玉环和唐明皇的爱情，杨玉环生前深得唐明皇的爱宠，马嵬坡死后，唐明皇仍思念不已，后召道士，将自己引至海上仙山，与苦苦思恋的玉环相见，互诉衷情，不胜伤感。后玉帝下旨，命玄宗与贵妃长居天宫，永为夫妇，这完全是一出浪漫主义的悲剧，在现实生活中是根本办不到的，尤其是帝王之爱恋，往往是短暂的。中国戏曲往往为了追求爱情的永恒，只能移至天上，移至梦中，直到化蝶永远相随在一起，这完全跟中国观众的审美情趣相吻合，观众不愿为女主人公伤逝哭哭啼啼离开剧场，所以剧情都以假想为"大团圆"来收尾。这类浪漫主义的结尾，在莎氏悲剧中是看不到的。

莎氏悲剧气势磅礴，主人公的独白，往往是悲剧冲突的一种主要形式，是悲剧的精华部分，令人心灵震撼。在梅氏悲剧中不可能有长篇的独白，中国戏曲是歌舞形式，这一独特的形式决定了不可能有长篇独白的形式。可是梅氏悲剧中独白形式虽然短小，却是悲剧人物内心世界必不可少的形式。如《霸王别姬》中，虞姬看霸王睡在帐中休息，独自踱出帐外，眼见明月高高挂在夜空，触景生情，不禁叹道："看，云敛晴空，冰轮乍涌，好一派清秋光景！"这美丽的夜景反衬了虞姬的当时悲凉心情是多么令人心恸。

莎氏悲剧都有一个悲惨的结局，这似乎是天经地义的。梅氏悲剧中也有悲剧结尾的，如《霸王别姬》等，特别是梅兰芳创编的《生死恨》是一出典型悲剧，洋溢着爱国主义精神。该剧描写宋朝时期金人南侵，韩玉娘和程鹏举都沦为金将张万户的奴隶，且强令他们结婚，但他们有强烈的爱国思想，结婚以后夫妻双双商量着如何逃出金人统治区回到宋室的怀抱，哪知他们的计谋被敌人察觉，结果韩玉娘被卖与他人，夫妻被活活拆散。后程鹏举怀着军事地图，经过千辛万苦逃出金人统治区，回到了宋室，将地图献呈宗泽元帅，打败了张万户。韩玉娘命运悲惨，她后来逃至荒野被一位好心孤寡老妇人收留，二人相依为命，过着极其艰苦的生活。"纺织夜诉"是最动人的一幕，她在夜深人静之际，一边纺纱，一边哀叹自己的离乱之苦，她一边思念丈夫，一边希望着"我邦家兵临边障，要把那众番奴一刀一个斩尽杀绝，到此时方称了心肠"。那一整套唱腔，倾诉着韩玉娘的悲愤心情，使听者动容，大可以和莎氏悲剧中的大段抒情独白媲美。这部悲剧的结尾，冲破了传统的"大团圆"模式，使生活的规律按照本来的面貌表现。程鹏举后来因功当了襄阳太守，但他仍然时时想着患难中的妻子，他派人打听到妻子韩玉娘的下落以后，急如星火赶到韩玉娘的住地来相会。韩玉娘悲喜交加，由于长年累月饱受着艰难的离乱之苦，她已心力交瘁，病情严重，夫妻见面，她承受不住激烈的感情刺激一恸而终，她最后的一句唱词是这样的："寻一处干净土月冷泉台。"然后慢慢闭上了双眼。梅兰芳用二黄摇板抒发了主人公的深沉感情，实现了她早先表白的那样："留下这清白体还我爹娘。"原本她可以跟着丈夫享受荣华富贵的晚年生活了，可是她终于倒在了日夜思念的程鹏举的怀里。这到底是谁之罪？如果用"大团圆"结尾，岂不是大大削弱了悲剧的意蕴了么！可是中国戏曲强调教化作用，善恶报应是一大特色。好人即使悲剧下场，也要有个"光明"的尾巴，这就大大削弱了悲剧意蕴的深度。这在莎氏悲剧中看不到，莎氏悲剧往往出现悲喜交叉的场面，喜剧的场面却为更大的悲剧场面服务，所以给人有"悲中有喜悲更悲"的感觉。

另外，莎氏悲剧中造成主人公悲剧的主要原因，往往是"内因"即悲剧人物的性格所造成的，如哈姆莱特的延宕不决，李尔王的刚愎自用，麦克白的贪婪野心，奥赛罗的轻信妒忌，所以莎氏悲剧主要是性格悲剧。梅氏悲剧（也包括其他中国戏曲），造成悲剧的原因主要是"外因"，即外部环境所造成的。如虞姬如果没有霸王被围垓下的环境，她会自杀吗？如果甄妃生前能和曹植同结爱心，她何用死后在梦中与曹植相晤呢？祝英台如果有一个贤明的父亲，她和梁山伯早成了佳偶了，所以中国的古典悲剧可算是社会悲剧。其中女主人公都是性格完美之人，未嫁时，她们是家庭中的孝顺女儿，出嫁以后都是相夫教子的贤德妇人，她们端庄、美丽、善良，她们的悲惨结局自然会引起人们的同情、感叹，这就是中国人最喜欢的"感伤之美"。

喜剧有喜剧之美，悲剧有悲剧之美，中国人的审美情趣和西洋人的审美情趣也各不相同。莎氏悲剧表现的是强者毁灭所带来的震惊和恐惧，是悲壮美；梅氏悲剧却是善良的女主人公毁灭带来的怜惜与同情，是伤感美。中国古典悲剧很少渲染恐惧和死亡，不去制造令人毛骨悚然的场面，像埃及女王克莉奥佩特拉临死前那种毒蛇缠身的场面是看不到的。中国人的传统文化不讲究血淋淋的悲剧场面，即使是女主人公如虞姬自刎而死的场面，也只是用剑轻轻一抹倒地甚至斜身一靠而亡。中国戏剧处处讲美，即使自杀也用美的形式表现。像《窦娥冤》那种绑赴刑场、呼天抢地的悲号的场面是极少见的。这种"中和之美"的戏剧效果，使观众产生"怨而不怒，哀而不伤"的效果，如果让观众哭哭啼啼离开剧场，或者怀着恐慌之心离开剧场，那是会失去大批观众的，也是不容易被观众接受的。

传奇剧：莎士比亚晚年创作的传奇剧《泰尔亲王配力克里斯》《辛白林》《冬天的故事》和《暴风雨》等具有浪漫主义的特点，有人称之为"浪漫剧"。这类剧本在梅氏剧目中不容易找到，两者有显著的不同。

莎翁经历了青、中年时代的风雨洗礼，到了晚年时期，他的性情有了明显的变化，他温良敦厚，清静明达，俨然如一个谦和宽容的长者。他晚年创作的传奇剧不像过去中青年时代的创作，有深刻的揭露性和批判性。他靠自由的幻想来战胜黑暗的社会，靠浪漫的方法来寄托他心目中的完美社会。他把自己的理想寄托于未来的世界，他朦朦胧胧意识到明天要比今天更美好。他在《暴风雨》中借大臣贡柴罗之口描绘了一个子虚乌有的理想国，那里没有贸易，没有地方官，没有文学、富有、承袭、疆界、耕种、武器和战争，一切都没有，连君主也不要，人人都不用劳动，"大自然中一切的产物都不须用血汗劳力而获得"，大自然所产生的一切东西都能养育生活在大地中的人民。这显然是一个托马斯·莫尔的空想社会主义理想国，完全是乌托邦，所以他的传奇剧明显地染上了奇谲的梦幻色彩。

　　莎氏传奇剧中的主人公都是青年男女，他们纯洁善良，心地美好，这是莎氏笔下的理想化人物，结尾都是有情男女都成眷属，如《冬天的故事》中，西西里国王和波西米亚国王曾结下深仇，可是他们的下一代弗罗利泽和潘狄塔却结下了爱情的果子。它是爱对恨的胜利，象征着发生在父辈间的一切恩恩怨怨全被下一代的爱所融化。剧中人与人之间的关系是和谐的。温暖灿烂的阳光普照大地，人间是温暖、美好的，这些都是莎氏理想主义的充分表现。

　　梅氏演出的剧目中少有传奇剧，有相当的歌舞剧。和莎氏传奇剧的共同点是都有浪漫主义的色彩，可是故事性都不强，有的甚至没有故事情节。如《廉锦枫》只是表现了孝女廉锦枫为了治母病到海边采集海参，以歌舞形式来表现廉锦枫的心灵美。《嫦娥奔月》《天女散花》《麻姑献寿》则利用神话传说边歌边舞来表现嫦娥和天女、麻姑的形象。《黛玉葬花》只是以歌舞表现黛玉的淡淡的哀怨之情。这些歌舞剧既没有故事情节，也没有爱情的描写，虽有浪漫主义的色彩，但没有现实主义的精神。

　　但梅氏剧目中少数昆剧剧目如《白蛇传》，以神话传说来表现男女之间的爱情故事，跟莎氏的传奇剧颇有相似之处，特别是昆剧《游园惊梦》的传奇色彩十分浓厚，可算是梅氏唯一的一部传奇剧。他常演的《游园惊梦》是和莎士比亚同时代的明朝汤显祖的名著四梦之一《牡丹亭》中的一折。故事叙述太守之女杜丽娘与婢女春香游园偶见断井颓垣，顿兴伤春之感。她是一位受封建礼教管教甚严的少女，既没有人身自由，也没有爱情自由，归来以后她悠悠入梦，梦中遇见秀才柳梦梅，两情缱绻，醒后心向梦境不已。梅氏深爱其内容有反封建的意义，所以生前常常和姜妙香、俞振飞合演此剧。1960 年梅还与俞振飞、言慧珠合作将此剧摄成影片。

　　另外值得一提的是，莎剧中的角色可谓包罗万象，从帝王将相、才子佳人，到贩夫走卒、普通百姓，据不完全统计，有数百人之众。这众多的角色，演绎了人间的悲欢离合；许许多多故事，使观众得到审美愉悦和人生启迪。梅氏剧目中的人物，相对来说要少得多，梅氏所扮演的角色往往是宫廷贵妇、家庭中的贤淑小姐、夫人、平民女子、美貌仙女等，剧中角色比较少，有时只有一人表演，所以演绎的人生范围也比较小，不像莎剧演绎的人生范围那样大。莎剧场面宏大，琳琅满目，使人目不暇接。梅氏剧目的场面要小得多，人物活动范围也小得多，也许受表演程式的影响，不能放开表演吧！

莎士比亚是语言大师，其精妙的台词在剧中随处可见。例如关于爱情的：

> 假如用一扇门把一个女人的才情关起来，它会从窗子里钻出来的；关了窗，它会从钥匙孔里钻出来的；塞住了钥匙孔，它会跟着一道烟从烟囱里飞出来的。
>
> ——《皆大欢喜》

例如关于金钱的：

> 金子！黄黄的、发光的、宝贵的金子！它可以使黑的变成白的，丑的变成美的，卑贱变成尊贵，老人变成少年，懦夫变成勇士。
>
> ——《雅典的泰门》

> 虽然权势是一头固执的熊，可是金子却可以拖着他的鼻子走。
>
> ——《冬天的故事》

莎士比亚戏剧中的警言妙语，举不胜举。国外有一部《莎士比亚妙语》的辞典，可见这些警言妙语流传之广，充分显示了莎士比亚的智慧之光。反观梅氏剧目中这类闪闪发光的警句妙言就很少了，很难与莎氏精美的词句相媲美。这大约是因为中国戏曲的唱词、道白偏重于情节叙述。但这并不妨碍梅氏以他优美的梅腔打动观众的心弦，这是莎剧难以达到的境界。特别是梅氏表演着重以情动人，以美感人，剧中女主人公形象往往完美无缺，既能达到审美的要求，也能陶冶观众的心灵。

两位戏剧大师都是改编的能手。莎士比亚从旧剧、编年史、历史传记、小说等汲取素材加以改编，他的戏剧几乎全部取材于前人的历史材料和文学作品，他是一个对现成材料进行改编的"加工厂"。他的伟大之处，不在于他寻找素材的方式，而在于他有妙手回春、点石成金的艺术功力。任何一个陈旧的老故事，经他点化改编以后，都会立刻化腐朽为神奇，成为光艳照人的艺术精品。如《李尔王》参考了《李尔王和他三个女儿的真实编年史》，并参照 1594 年 4 月在玫瑰剧院上演的一个同名剧本。此外，如《哈姆莱特》《雅典的泰门》《泰尔亲王》《驯悍记》《无事生非》《温莎的风流娘儿们》等，据说均是以旧剧为主要题材来源的。梅氏演出剧本大都也是在旧剧的基础上改编的，如《宇宙锋》《霸王别姬》《贵妃醉酒》《凤还巢》《抗金兵》《生死恨》《穆桂英挂帅》等。这些剧目，原来的主题不突出，不鲜明，情节拖沓，人物过多，但经过梅兰芳改编以后，就大放异彩，成了他的精品之作。如《霸王别姬》是从旧剧《楚汉争》改编的，原来场次过多，情节松散，水分太多，如虞姬自刎以后，还有霸王的战斗和乌江自刎，可是观众不买账，看完虞姬自刎以后，纷纷退场了。梅氏演出本精减了场次，保留了精华，演到虞姬自刎就结束了。又如《生死恨》，原小说以团圆结尾。梅氏于"九一八"事变以后改编为《生死恨》，突出了爱国主义，加强了时代色彩，演出以后大受观众欢迎，成为梅氏的代表作。又如《宇宙锋》，原为梆子传统剧目《一口剑》，旧剧不偏重旦色，其他如川剧、汉剧、徽剧、秦腔均有类似剧目。梅兰芳改编此剧突出了赵高的奸诈和秦二世的好色，同时重点放在"书房"和"金殿装疯"两场，突出了赵艳容不畏强暴的品质，也成了梅氏的代表作。又如《穆桂英挂帅》，原为豫剧剧目，1959 年，梅氏根据豫剧改编成京剧，突出了穆桂英顾全大局挂帅出征的爱国主义精神，成为梅氏晚年的代表作。可见梅兰芳也有莎士比亚那种点石成金、化腐朽为神奇的本领，这点是共同的。

另外值得特别提出的是，莎士比亚只有剧本流传于世，他在戏剧理论方面没有专门的著作，只有在《哈姆莱特》一剧中通过哈姆莱特和伶人的对话表达了他的戏剧美学的观点。另外，他对小丑的表演也发表了颇有见地的看法。但总体上，莎氏在戏剧理论方面的建树是零星、散乱的。可是梅兰芳生前发表了不少有关京剧的回忆录和理论文章，他的著作有《梅兰芳演出剧本选集》《梅兰芳唱腔集》《梅兰芳文集》《舞台生活四十年》（一、二、三集）。这些著作是一笔宝贵的戏剧美学文化遗产，对研究梅派艺术都是极重要的参考资料，而且对继承京剧传统、创新京剧艺术、弘扬民族文化都是极有借鉴作用的。例如梅说："演员是永远离不开观众的，观众的需要，随时代而变迁。演员在戏剧上的改革，一定要配合观众的需要来做，否则就是闭门造车，出了大门就行不通了。"（梅兰芳，141）这段话至今仍很有现实意义。时代已经变迁，新的 21 世纪已来临，可是京剧的剧目不变，程式不变，表演方法不变，唱腔不变，一桌二椅的舞台布景不变，音乐伴奏不变……那如何能适应新时代观众的审美要求呢？继承传统固然重要，但在继承基础上创新，似乎更重要，限于篇幅，我不再赘言。

这两位戏剧大师各自以自己的艺术手段，为世界艺术的发展立下了不朽的功绩。由于时代不同，历史文化背景不同，审美情趣不同，艺术手段不同，对他们的比较研究是一个值得重视的课题。由于我的水平所限，不可能做出全方位的比较研究，这篇小文只是起到抛砖引玉的作用。21 世纪是一个多元化的世纪，各国之间的文化交流将趋频繁，如何提高我国的文化品位，如何加强文化建设，已是摆在我们面前的一个迫切而又重要的任务。世界是人类的大家庭，各国之间的文化交流与相互学习，已成为不可阻挡的潮流。

对两位戏剧大师的比较研究之余，我想值得我们思索的有：

（1）中国戏曲依然应该保持戏曲特点，京剧依然应该姓京，梅派依然应该姓梅，如果失去了自己的民族特色，被外国文化融化，成为四不像的艺术，那是没有出息的。越是民族的，就越是世界的；越是传统的，就越是现代的。可见越是具有民族特色的艺术，越能屹立于世界艺苑之林。

（2）莎剧总数只有 38 种，和中国戏曲剧目数量相比，真可谓小巫见大巫。中国传统剧目数以百计千计，任何一个外国剧作家都无法和我们相比。然而令人奇怪的是，莎剧至今常演不衰，其秘诀究竟在哪里？简言之，就是四个字："常演常新。"任何国家的经典作品，都要经得起时间的考验，常演仍然会受到观众的欢迎，可是常演而不常新，那是要被时代淘汰的。莎剧在各国的表演方式是不尽相同的，目前莎剧表演形式多种多样，有话剧，有歌剧，有舞剧……真可谓百花齐放，这体现了观众审美情趣的需要不同。其次，每部莎剧的演出，没有样板可言。英国演出的《哈姆莱特》和其他国家演出的《哈姆莱特》绝不雷同，必有各自创新的东西。而且前一年演出的《哈姆莱特》和今年的演出也是不尽相同的。从观众的审美心理考察，求变求新，富于时代色彩，这是共同的要求，这样才能赢得观众的赞赏。反观中国京剧演出的现状，剧目往往是"二百年不变"，看来看去是老脸孔，听来听去是老腔调，观众怎么会不厌烦呢？过去四大名旦演唱《玉堂春》唱法各有不同，四大须生演唱《失·空·斩》也有所不同，如今学流派的以为学得越像越好，可是观众审美心理并不这样认为。张君秋拜梅兰芳为师，可是他并不死学梅派，而是根据自身条件特创张派艺术，成为京剧旦角艺术的一朵奇葩！他的代表作《望江亭》《状元媒》的唱腔，华丽动听，不下于梅腔。他的《彩楼记》，远远超过梅氏的《彩楼配》，这就说明艺术上的创新是多么重要！

（3）我们应该承认，京剧剧目的文学水平不算太高，不像莎剧那样情节曲折，跌宕多姿。京剧剧目的故事情节往往单一，一条故事情节发展到底。莎剧就大不一样，往往穿插好几个故事。有几个故事穿插在一起，所以可看性强。中国戏曲偏重可听性，缺乏可看性。

（4）中国戏曲不讲究开头、结尾。由于程式的限制，角色往往自报家门，过场戏太多，水分太多，故事交代重复太多，人物脸谱化。莎剧开头往往戏剧矛盾突出，能抓住观众的心，不像中国戏曲的矛盾冲突开展缓慢，情节发展拖沓，结尾往往不了了之。举《汾河湾》为例，柳迎春在寒窑苦守十八春，依靠 17 岁的儿子丁山打雁捕鱼为生，好容易盼到薛仁贵参军回来，原是一场喜剧，可是先是薛仁贵对柳迎春的调戏，以试探柳迎春是否贞洁，以后看到一只男人的鞋子，以为妻子不贞，薛仁贵拟杀死柳迎春，以后才弄明白那只男人的鞋子为儿子所穿用。以后在谈话中薛仁贵才醒悟，在回家途中误将儿子丁山射死了，一场喜剧变成了一场悲剧。这悲剧如何收场呢？忽报薛仁贵已当了将军，匆匆带柳迎春下场了。这样的情节安排太不合情理了，既不是喜剧，也不是悲剧，观众的情绪难以调动起来，看了以后真有点笑不起来也悲不起来。像这类不合情理的安排在莎剧中是看不到的。

（5）中国戏剧应该和莎剧联姻，从莎剧中汲取题材改编成京剧剧本是扩大剧目的有效途径之一。关于这个问题，我已在拙文《论莎士比亚戏曲化》（任明耀）详细论述过了，这里不再重复。我只想在这里提供一个信息：1998 年 3 月，北京对外经济贸易大学举办了一次"莎士比亚日"，主题是"莎士比亚属于全世界，也属于中国"。主办者在公告中说："莎士比亚是人类有史以来最伟大的诗人和戏剧家之一，在过去的四百多年里，他对人性的深刻思考，他对戏剧艺术的创造和贡献，他生动、有力的诗句影响感召了全世界不同民族、不同文化的人群，在人类步入第三个千年的今天，莎士比亚仍以他内涵深刻的不朽戏剧和鲜明的人物形象在世界文坛和舞台占有一个不可替代的地位。"在 1998 年 3 月 6 日至 8 日活动期间，除了有中外莎学专家参与的莎学研讨会外，英国皇家国立剧院（RNT）来北京演出了著名悲剧《奥赛罗》。同时有的参加单位也演出莎剧折子戏《仲夏夜之梦》《罗密欧与朱丽叶》《李尔王》《温莎的风流娘儿们》《哈姆莱特》《第十二夜》《威尼斯商人》《奥赛罗》等。这次活动取得了极大的成功。《奥赛罗》别具一格的演出，给观众留下了深刻的印象。剧中角色一律现代着装，奥赛罗由黑人演员扮演，更有真实感。以后这个剧团又移师上海演出，同样获得了极大成功，他们与上海的莎剧演员们座谈交流，双方都得到了启发。特别是他们观看了上海昆剧团演出的《血手记》（根据《麦克白》改编），大为赞叹。他们想不到中国同行们能如此深刻领会莎剧的精神，演出如此精彩，如此别具一格，使他们大为倾倒。有的英国演员动情地说："你们演得比我们还好！"由此可见，中外戏剧工作者对莎剧的理解和赞赏是同声相应的。

世界文学艺术界对莎士比亚的研究已有莎学组织，他们每年或定期举办学术活动和演出活动来纪念这位大师。他们既参加讨论，又观看演出，每次都取得丰硕的成果。由此我想到建立"梅学"，从事梅兰芳全方位的研究已经刻不容缓了。我们期待在 21 世纪里，有更多的梅派剧目演出，有更多有关梅兰芳的学术研讨活动，有更多研究梅兰芳的著作出版。德国诗人歌德对莎士比亚有一句名言："说不尽的莎士比亚！"当我们认真开展梅学研究的时候，难道不是也有"说不尽的梅兰芳"的感觉吗？

有志于研究莎士比亚和梅兰芳的人们，让我们共同携起手来，努力攀登这两座"高山"吧！

引用文献【Works Cited】

梅兰芳. 《舞台生活四十年：梅兰芳回忆录》，上册. 北京：新星出版社，2017.

任明耀. 《论莎士比亚戏曲化》. 载《求真斋文存》. 杭州：浙江大学出版社，2014. 46-61. 原刊于《戏剧（中央戏剧学院学报）》1990（4）：24-32.

（特邀编辑：郝田虎）

论莎士比亚《亨利四世》（上下篇）中
哈利王子的学徒生涯

沈　弘

内容提要： 亨利五世是莎士比亚历史剧中塑造最成功的君王形象，他率领英军在阿金库尔击败了强大的法国军队，成为英国人心目中伟大的民族英雄。然而，在《亨利四世》（上下篇）中，这位未来的理想君王却有着一段不甚光彩的学徒生涯。年轻的哈利王子并未在王宫中接受正规的贵族教育，而老是在贫民区跟以福斯塔夫为首的一帮流氓无赖在一起鬼混。但他却在镇压叛军战场上的决战时刻杀敌制胜，一飞冲天，顿时成了一个正面人物形象。剧中主人公这种戏剧性变化不禁使读者感到纳闷：一个整天无所事事，被所有人都视作没出息的小混混究竟如何能华丽转身，变成了被众人称颂的大英雄？本文拟通过具体的文本分析，来揭示出这一复杂人物性格的内在发展逻辑。莎士比亚对于哈利王子的性格刻画契合了马基雅维利关于理想君王需兼备狐狸和狮子特征的理论。剧中狐狸的形象是福斯塔夫，而狮子形象则是霍茨波。

关键词： 哈利王子；福斯塔夫；学徒生涯；马基雅维利；狮子；狐狸

作者简介： 沈弘，北京大学博士，浙江大学外语学院教授，主要从事英美文学研究。

Title: The Making of an Ideal Ruler: On Shakespeare's Treatment of Prince Hal's Apprenticeship

Abstract: The image of Henry the Fifth is one of Shakespeare's most successful dramatic creations. As the first English monarch who is able to defeat the powerful French army and become the king of both England and France, Henry V has made himself the figure of a great national hero. Nevertheless, in the two parts of *Henry the Fourth*, Shakespeare describes in detail Prince Hal's supposed riotous youth, which is a very peculiar way of apprenticeship to his future kingship. The young prince does not receive his formal education within the court, but instead spends a lot of time mixing with the vainglorious Falstaff and other rascals and pickpockets in the East End of London. His miraculous transcendence into a great hero on the battlefield raises questions on how such an indolent youth can become an outstanding hero in such a short time. The author of this paper has the opinion that Shakespeare has deliberately modeled his Prince Hal on Machiavelli's idea that a good prince should learn from two animals: the fox and the lion, because the fox can protect itself from traps, and the lion can protect itself from the wolves. In *Henry the Fourth*, the fox figure is undoubtedly Falstaff, and the lion figure should be none other than the firebrand Hotspur. Prince Hal has learned his cunning from the former, and battle courage from the latter. These two qualities combined together will accomplish the national hero, Henry the Fifth.

Key words: Prince Harry, Falstaff, apprenticeship, Machiavelli, lion, fox

Author: Shen Hong (Ph.D., Peking University) is a professor at the School of International Studies, Zhejiang University (Hangzhou 310058, China). His research field is English literature. Email: hshen_72@126.com

亨利五世是莎士比亚历史剧中塑造最成功的君王形象，他率领英军在阿金库尔击败强大的法国军队，成为英格兰和法兰西两国共同的君主，并因此成为英国人心目中一位伟大的民族英雄。

然而，在《亨利四世》（上下篇）中，这位未来的理想君王却有着一段不甚光彩的学徒生涯。年轻的哈利王子并未在王宫中接受正规的贵族教育，而是经常在贫民区和以福斯塔夫为首的一帮流氓无赖在一起鬼混。可是后来他却在镇压叛军战场上的决战时刻杀敌制胜，一飞冲天，顿时成为被包括父王亨利四世在内的英国举国上下所有人都看好的一个正面人物形象。

剧中主人公这样一种戏剧性的变化不禁使读者和观众们感到纳闷：一个整天无所事事，因而几乎被所有人都视作没出息的小混混究竟如何能华丽转身，转瞬间就变成了被众人称颂的大英雄？本文拟通过具体的文本分析，试图揭示出这一复杂人物性格的内在发展逻辑。

一

《亨利四世》（上篇）第二幕第四场的背景是位于伦敦东区依斯特溪泊的野猪头酒店。哈利王子在这一场中自诩跟该酒店中的一批小酒保们"认了把兄弟"，并向其死党波因斯活灵活现地模仿其中一位小学徒弗朗西斯接客时高声叫喊"八先令六便士""您请进来""就来，就来，先生！"和"七号房间一品脱西班牙甜酒记账"的姿态和语调（139-140）[①]。

根据王子自己的解释，他之所以放下身段，去跟那些身处社会底层的小人物打交道，还是有其放长线钓大鱼之实用目的的："要是我做了英国国王，依斯特溪泊所有的少年都会听从我的号令。"（139）然而据本文作者所见，剧作者莎士比亚在设计上述场景时显然还具有另一层意义：他的这场戏是想暗示观众或读者，哈利王子就像那个小酒保弗朗西斯一样，正在经历一个准备接替父王王位的学徒生涯。

按照传统的看法，一个金枝玉叶、血统高贵的王子，尤其是像哈利王子那样将来注定要继承王位的太子，肯定是要过宫廷的生活，接受最好的教育，举手投足要表现出最高雅的教养，更需要具备文韬武略，以便战争来临时能够横刀立马，率领千军万马冲锋陷阵。可是哈利王子偏偏是一个性情中人，无法忍受宫廷内的繁文缛节和虚伪说教，以及父王的严加管束，反而喜欢结交一帮下层社会的狐朋狗友，吃喝玩乐，无所不做。在别人的眼里，他简直就像是一坨糊不上墙的烂泥。

对于国王亨利四世来说，这个不成器的长子是他的一块心病，正好诺森波兰伯爵的儿子亨利·潘西的小名也叫哈利，而后者却以英武和勇

[①] 文中相关引文均出自莎士比亚：《莎士比亚全集》第三卷，朱生豪译（北京：人民文学出版社，1994年），以下标出页码，不再一一说明。

猛而著称，其英勇善战的威名远扬，这令亨利四世既伤心又嫉妒，恨不得能把自己的太子跟对方交换：

> 当我听见人家对他的赞美的时候，我就看见放荡和耻辱在我那小儿哈利的额上留下的烙印。啊！要是可以证明哪一个夜游的神仙在襁褓之中交换了我们的婴孩，使我的儿子成为潘西，他的儿子成为普兰塔琪纳特，那么我就可以得到他的哈利，让他把我的儿子领了去。（109）

即便是在福斯塔夫的眼中，哈利王子老在伦敦东区混的这种生活方式也是不入流和没有出息的。在《亨利四世》（上篇）第二幕第四场中，福斯塔夫以父亲的口吻对哈利的经历作了颇为负面的评价：

> 为什么你做了我的儿子，却要受人家这样指摘？天上光明的太阳会不会变成一个游手好闲之徒，吃起乌莓子来？这是一个不必问的问题。英格兰的亲王会不会做贼，偷起人家的钱袋来？这是一个值得问的问题。有一件东西，哈利，是你常常听到的，说起来大家都知道，它的名字叫沥青；这沥青据古代著作家说，一沾上身就会留下揩不掉的污点；你所交往的那帮朋友也是这样。（154）

> 霍茨波也宣称："我从来没有听见过哪一个王子像他这样放荡胡闹。"（203）。

但是在哈利王子自己看来，在伦敦东区的下层社会生活却是一个未来国王所必须体验的一种经历。因为那儿有原生态的"丛林法则"，只有强者才能够生存。王子混迹于小偷和强盗之中，正是为了能够培养一种大自然中弱肉强食的野性，以便于适应日后社会和政治的激烈竞争。再说，一位好君王若要领导一个强大的民族，就必须首先真正地了解社会和民心所向，或者说要接地气。哈利王子走出王宫，进入社会底层，正是为了要接地气。

　　哈利王子在伦敦东区所结识的密友福斯塔夫虽然从本质上说只是一个外强中干、欺软怕硬的花心大萝卜，但是作为哈利王子在下层社会中的"师父"，他还是教会了这位学徒很多能帮助他在现实社会中立足的本领。

　　首先，福斯塔夫机智诙谐，熟悉各种谚语、俚语、俗语，油嘴滑舌，极具喜感，在各种不同的场合均能应答如流，堪称是一位能经常化险为夷的生存大师和英语语言大师。例如在《亨利四世》（上篇）第二幕第二场中，哈利王子和波因斯存心要捉弄福斯塔夫，他们装扮成强盗，在福斯塔夫一伙劫掠了一群去坎特伯雷朝圣的香客之后，用黑吃黑的突然袭击方式抢走了赃物。在同一幕第四场中，哈利和波因斯为了奚落福斯塔夫，故意向他打听打劫众香客的结果。谁知福斯塔夫接过话头，眼睛都不眨地吹起牛来，而且谎言滔滔不绝，牛皮越吹越大。哈利和波因斯为了让他难堪，一下子打断了他的话头，直截了当地告诉他，扮演成强盗突袭福斯塔夫一伙的就是他俩自己。没想到福斯塔夫脸不变色心不跳，一下子就改口顶了回来：

　　　　上帝在上，我一眼就认出了你们。嗨，你们听着，列位朋友们，我是什么人，胆敢杀死当今的亲王？嘿，你知道我是像赫拉克勒斯一般勇敢的；可是本能可以摧毁一个人的勇气；狮子无论怎样凶狠，也不敢碰伤一个堂堂的亲王。……我将要把这一回事情终生引为自豪，并且因此而格外看重你；我是一头勇敢的狮子，你是一位货真价实的王子。（149）

　　作为福斯塔夫的关门弟子，哈利王子整天跟师父拌嘴斗舌，这也算是学徒期间的一种智力游戏。他很快就在嘴皮子功夫上做到了青出于蓝而胜于蓝。无论在王宫里，还是在依斯特溪泊的野猪头酒店，哈利的言语举止均做到了收放自如、反应敏捷和滴水不漏。就连他的师父最终也被他数落得垂头丧气、哑口无言。在《亨利四世》（下篇）第五幕第五场，福斯塔夫"不分昼夜地策马驰驱"，满心喜悦地来到威斯敏斯特寺附近的广场，想找他曾经带过的那位学徒，即刚参加完加冕典礼的新国王亨利五世，以为自己从此可以背靠这棵大树而飞黄腾达。谁知亨利五世一番冷言冷语让他彻底凉透了心：

> 我不认识你，老头儿，跪下来向上天祈祷吧；苍苍的白发罩在一个弄人小丑的头上，是多么地不称它的庄严！我长久地梦见这样一个人，这样肠肥脑满，这样年老而邪恶；可是现在觉醒过来，我就憎恶我自己所做的梦。……我已经丢弃了过去的我，我也要同样丢弃过去跟我在一起的那些伙伴。（331）

听了这番话，福斯塔夫瞠目结舌，如雷轰顶，他往日的那股子机灵劲消失得无影无踪。

第二，福斯塔夫虽然本性浅薄俗气，但他毕竟多年混迹于社会，深谙人性，善于察言观色，解读社会中不同层次人物的心理。在这一方面，哈利也继承了师父的衣钵。他工于心计，表面上与下层社会的三教九流们打成了一片，虚与委蛇，但内心深处还是清楚地知道自己作为将要继承王位的太子所肩负的历史使命。在《亨利四世》（上篇）第一幕第二场跟波因斯一起策划了抢劫强盗们的计划之后，哈利有下面这样一段内心独白：

> 我完全知道你们，现在虽然和你们在一起无聊鬼混，可是我正在效法太阳，它容忍污浊的浮云遮蔽它的庄严的宝相，然而当它一旦穿破丑恶的雾障，大放光明的时候，人们因为仰望已久，将要格外对它惊奇赞叹。……我要利用我的放荡的行为，作为一种手段，在人们意料不及的时候一反我的旧辙。（116）

后来事态的发展果然是按他预先的设想所进行的。就连一世英名的霍茨波也被哈利放荡不羁的浪子外表所迷惑，麻痹轻敌，在决战时措手不及，居然败在了这个被他平时所瞧不起的纨绔子弟手下。

第三，福斯塔夫为人非常狡猾，一肚子的坏水和阴谋诡计，尤其善于空手套白狼，住旅店就连一个子儿都不愿意自己掏，往往靠忽悠旅店老板娘和依附哈利王子就可以得逞。在师父的长期熏陶下，哈利王子耳濡目染，自然也学到了这种借力打力、四两拨千斤的本领。他与波因斯设计假扮强盗去打劫福斯塔夫一伙从香客们那儿抢来的金钱，以及随后从福斯塔夫那儿套话并挤对他，试图让他下不了台，便属于学徒期间的这一类学习实践活动。

二

伊丽莎白时代的戏剧是从英国中世纪戏剧发展而来的，而以《普通人》为代表的中世纪道德剧的一个最典型特征就是剧中充斥着讽喻性的人物角色。所以莎士比亚戏剧作品中有时还能够找到中世纪戏剧中讽喻性人物的影子，例如《威尼斯商人》中的两位主要人物，即假扮成律师、千方百计想要和平协调合同争端的鲍西娅和口口声声要按原合同条款从安东尼身上割一磅肉的犹太商人夏洛克，在剧中的言行举止就分别代表了"宽恕"和"正义"这两个抽象的概念，使人联想到中世纪道德剧中的讽喻性人物。

《亨利四世》（上下篇）也不例外，有两位主要人物（福斯塔夫和亨利·潘西·霍茨波）在剧中的形象令人强烈地联想到"狐狸"和"狮子"这两个丛林法则中的动物意象。

从上面已经提及的油嘴滑舌、工于心计和"喝酒从来不付账"（上篇，第五幕第三场）等种种特点来看，福斯塔夫毫无疑问就是一只狡猾无比的老狐狸。虽然他在剧中好几次宣称自己是一头狮子（例如："我是一头勇敢的狮子"，上篇第二幕第四场），但这样的表白在特定的语境中充满了反讽的意味。谁也不会真正把他视作一位令人仰慕的英雄，充其量只是一个走在百兽之王前面狐假虎威的小丑。在索鲁斯伯雷的战场上，福斯塔夫狐狸般的个性特征得到了充分的表现。应哈利王子的请求，福斯塔夫从伦敦东区拉了一支队伍跟随国王上战场平定叛乱。他嘴里不断地说着大话（"要是潘西还没有死，我要一剑刺中他的心窝。"[206]），但是刚跟道格拉斯交手，他就倒地佯装战死，并因此逃过了一劫。再下一场哈利王子杀死霍茨波之后，扭头看见他昔日的师父也已倒在了战场上，不禁为他感到一丝悲伤。可是正当他蹲在福斯塔夫身边，对他的死表示哀悼之时，后者却出乎意料地站起身来，还发表了下面这一通强词夺理的议论：

> 他妈的，辛亏我假扮得好，不然杀气腾腾的苏格兰恶汉早就把我的生命一笔勾销啦。假扮吗？我说谎，我没有假扮；死了才是假扮，因为他虽然样子像个人，却没有人的生命；活人扮死人却不算是假扮，因为他的的确确是生命的真实而完全的形体。智虑是勇敢的最大要素，凭着它我才保全了我的生命。（210-211）

且看此时的福斯塔夫，一副活脱脱的老狐狸嘴脸。

霍茨波作为万人注目的英雄形象在该剧的前面部分也同样出彩。上篇一开头就是威斯摩兰来到王宫，向亨利四世报告"少年英武的哈利·潘西·霍茨波"在北方镇压苏格兰叛军的赫赫战果。国王这样感叹道：

> 嗯，提起这件事，就使我又是伤心，又是妒嫉，妒嫉我的诺森伯兰伯爵居然会有这么一个好儿子，他的声名流传众口，就像众木丛中一株最挺秀卓异的佳树，他是命运的骄儿和爱宠。（109）

霍茨波（Hotspur）这个英文原名的意思是"火暴性子"。在现实生活中，他确实是一位自视甚高、傲慢骄横的武士，视自己的荣誉为生命，一言不合就欲将对手置于死地。他的一句口头禅就是："激怒一头雄狮比追赶一只野兔更使人热血沸腾。"（122）

即使是在哈利王子的心目中，霍茨波也是一个毋庸置疑的"雄狮"形象。在上篇第五幕第一场中，哈利对作为叛军成员之一的华斯特伯爵这样说：

> 请您转告令侄，威尔士亲王钦佩亨利·潘西，正像所有的世人一样；凭着我的希望起誓，如果这一场战乱不算在他头上，我想在这世上再没有比他更勇敢、更矫健、更大胆而豪放的少年壮士，用高贵的行为装点这衰微的末世。（198）

有意或无意地，哈利王子始终把霍茨波视为自己所要遵循的楷模和要超越的对象。表面上他似乎胸无大志，但实际上他无时无刻不在想着要战胜霍茨波，以赢回他作为太子的荣誉。正如他在上篇第三幕第二场中向父王亨利四世所坦承的那样：

> 我要在潘西的身上赎回我所失去的一切，在一个光荣的日子结束的时候，我要勇敢地告诉您我是您的儿子，那时候我将穿着一件染红了血的战袍，我的脸上涂着一重殷红的脸谱，当我洗清我的血迹的时候，我的耻辱将要随着它一起洗去；不论这个日子是远是近，这光荣和名誉的宠儿，这英勇的霍茨波，这被众人所赞美的骑士，将要在这一天跟您的被人看不起的哈利狭路相逢。但愿他的战盔上顶着无数的荣誉，但愿我的头上蒙着双倍的耻辱！总有这么一天，我要使这北方的少年用他的英名来和我的屈辱交换。我的好陛下，潘西不过是在替我挣取光荣的名声。我要跟他再算一次账，让他把生平的荣誉全部缴出，即使世人对他最轻微的钦佩也不例外，否则我就要直接从他的心头挖取下来。（172）

自从古罗马时代以来，西塞罗等古典作家们就鼓吹君王必须依靠自己的德行来进行有效的统治。但是到了文艺复兴时期，渴望祖国统一和关注实用统治效果的马基雅维利却对这种传统理论提出了挑战。他在《君王论》这部论著中大胆地指出，光靠德行来统治国家的君王，其效果往往适得其反：假如一个君王慷慨地拿出自己的钱去帮助别人或犒劳臣民，到头来他反而会发现自己成了孤家寡人；因为一旦君王成了穷光蛋，就会被迫加重赋税，向民众榨取钱财，结果再也没有盟友前来援助他，臣民们也会离心离德，弃他而去（Mack, 1293）。按照他的理论，一个理想的君王应该以德行为幌子来收买人心，而在实际行动中他可以采取背信弃义甚至杀人放火等一切手段来达到他维持统治权力的目的。

马基雅维利《君王论》中一个最著名的论点就是，一个理想的君王必须向动物们学习，尤其是狐狸和狮子这两种最具有典型意义的野兽：

> 由于君王必须理解该如何更好地利用动物的习性，他就得选择动物中的狐狸和狮子。因为狮子无法识破陷阱，而狐狸则斗不过恶狼。所以君王必须得使自己成为狐狸，以便能识破陷阱；同时也得使自己成为狮子，这样才能吓走恶狼。（Mack, 1298）

莎士比亚的亨利五世正是这么做的。这是他心想事成、坐上国王宝座，并立于不败之地的秘密所在。

三、结　语

通过以上对于莎剧文本及其时代背景的初步分析，我们可以看到，莎士比亚塑造的亨利五世这一人物形象，正好契合了马基雅维利在《君王论》中所提出的独特理论，即一个理想的君王必须向动物学习，以便能兼备狐狸的狡猾和狮子的凶猛。福斯塔夫无疑扮演了《亨利四世》（上下篇）中的狐狸形象，而霍茨波则具有狮子的野性。这两者在哈利王子的学徒生涯中得到了完美的结合，因而最终造就了未来的亨利五世这位被后世英国人民所传颂的民族大英雄。

引用文献【Works Cited】

Mack, Maynard, et al., eds. *Norton Anthology of World Masterpieces*. Vol. I. 4th ed. New York: Norton, 1979.

朱生豪，译. 吴兴华，校. 《亨利四世》（上下篇）. 见：《莎士比亚全集》，第三卷. 北京：人民文学出版社，1994.

（特邀编辑：郝田虎、邢锋萍）

莎剧的历史书写：
《理查三世》与早期现代英国教育革命

徐　嘉

内容提要：《理查三世》写于英国教育深刻变革之际，剧中台词和角色设置与早期现代英国对教育的讨论直接相关。莎士比亚以两个"才华早发，断难长命"的小王子为线索，揭示出西方早期现代国家在教育系统化过程中暴露出的种种弊端；以一个充满世俗智慧但缺乏道德观念的侍童为线索，展现出经验教育的利弊。本文结合早期现代英国的教育家和教育实践，解读剧中透示的英国世俗教育思想，管见莎士比亚对这场教育变革的反思。

关键词：莎士比亚；儿童；《理查三世》；教育

作者简介：徐嘉，北京大学博士，北京理工大学外国语学院副教授，主要从事早期现代英国文学研究。本文系教育部社科基金青年项目"莎士比亚与早期现代英国教育"（项目编号 16YJC752023）的阶段性成果。

Title: *Richard III* and Early Modern English Educational Revolution

Abstract: *Richard III* was written in the height of English educational changes, and its lines and role setting were directly related with early modern English discussions of education. Shakespeare took two little princes who were "so wise, so young, never lives long" as a clue, to reveal the shortcomings exposed in the process of educational systematization of Western early modern countries; also he used a page who is full of worldly wisdom but lacking moral values to show the advantages and disadvantages of the experimental education. With references to the early modern English educators and educational practices, this paper interprets the English secular education ideas in the play and Shakespeare's reflection on the changes in education.

Key words: Shakespeare, children, *Richard III*, education

Author: Xu Jia (Ph.D., Peking University) is an associate professor of English at the School of Foreign Languages, Beijing Institute of Technology (Beijing 100081, China). Her major academic interest is early modern English literature. Email: xujia.sfl@bit.edu.cn

16 世纪初到 17 世纪中叶，受宗教改革和伊拉斯谟等欧洲大陆教育家的影响，英国进行了长达 100 多年的教育改革，涵盖高等教育、初等教育、学前教育等诸多领域，为英国现代教育制度的形成奠定了基础。《理查三世》（1592—1593）写于英国教育深刻变革之际，对教育的暗指比比皆是。爱德华亲王谈及伦敦塔，特意提到"这塔堡是凯（恺）撒初建"（3.1.69），"即使无案可查，我的大人，我想这事绩（迹）仍该流传下去，好让它代代相承，传之无穷，直到人类的审判末日为止"（75—78）①。这不但显示出王子的聪敏和雄心，而且与当时的教育理念和教材内容相吻合。1553 年，都铎王朝广设文法学校，以人文主义理念治校，学校注重古典语言和古典传统教育，教材大都为古代大思想家的著作，凯撒的《历史》（*Histories*）就是其中之一（Piesse, 72）；亲王虽然年少，但引经据典、出口成章，这也符合文法学校的办学宗旨——教授文法知识，培养学生流利的说写能力。此外，克莱伦斯之子向祖母哭诉"上帝执法，有仇必报；我要日夜诚心祈祷，愿神不放过他去"（2.2.14—15），爱德华亲王和约克王子被杀时"枕边放着一本祈祷书"（4.3.14），这也反映出早期现代英国的学前教育状况——学前教育主要包含宗教和仪规两方面，启蒙教材通常为宗教读本，儿童会从《主祷文》（*Lord's Prayer*）学起，接着读《信条》（*The Creed*），有的会读《十诫》（*Ten Commandments*），

---

① 该剧引文均取自朱生豪译本，行数标注以阿登版《理查三世》（1981）为准，后文出自该著作的引文，将随文标记行数，不再另注。

再到《启蒙书》(*Primer*)、《诗篇》(*Psalter*)和《教义问答集》(*Catechism*);早期现代英国的贵族妇女多能识文断字,负责子女 7 岁前的宗教教育(Grendler, 418)。

劳伦斯·斯通认为,1560—1640 年是英国教育快速发展的时期,对整个英国社会的影响巨大而深远,称得上是一场"教育革命"(educational revolution)(Stone, "The Educational", 41)。本文拟从《理查三世》中的约克王子、爱德华王子和葛罗斯特的侍童入手,讨论莎士比亚对于这场教育革命的历史书写,即"神童热"和从学徒教育到学校教育的过渡,梳理教育改革在早期现代英国的巨大发展、社会影响和困境,反思它的经验和教训。

一、早期现代英国的"神童热"

劳伦斯·斯通指出,1560—1640 年英国教育大发展的原因之一在于成人对儿童态度的改变,孩子不再被视作父亲的私产(Stone, "The Educational", 70)。相对于中世纪父母对子女普遍的漠不关心态度,早期现代英国父母已经意识到,儿童并非"小型的成人"(miniature adults)(Pollock, 48),而是处于一个非常活跃的身份建立阶段,需要特别关注和引导,儿童教育渐成风气。与此同时,英国社会也出现了另一种矫枉过正的现象——为了让孩子"赢在起跑线上",父母急于对儿童过早、过度教育,从而引发了早期现代英国历史上空前的"神童热"。作为大众文化的戏剧也迎合了这一热点。16、17 世纪的英国舞台上出现了许多"才华早发"的神童,莎剧《冬天的故事》中的迈密勒斯、《麦克白》中的小麦克德夫、《约翰王》中的亚瑟都属此类。

将《理查三世》与它的历史来源霍林希德(Raphael Holinshed)的《英格兰、苏格兰和爱尔兰编年史》(*Holinshed's Chronicles of England, Scotland and Ireland*)对比,可以发现,莎士比亚对约克公爵的年龄做了一个有趣的改编。史载 1483 年,葛罗斯特公爵将侄子爱德华五世及其幼弟约克公爵囚杀于伦敦塔,同年宣布继位,史称理查三世(1452—1485,1483—1485 年在位)。威尔士亲王爱德华五世(1470—1483,1483 年在位)

被害时年仅 13 岁，约克公爵 11 岁。但在莎士比亚笔下，约克公爵生活在母亲伊丽莎白王后和祖母约克公爵夫人身边，根据中世纪和早期现代国家传统，男孩 7 岁以前才可与母亲及女眷同住，7 岁时需更换裤装（breeched），离开母亲，开始学童或学徒生涯（Stone, *The Family*, 6; Elyot cap. Iiii, fo., 13）。由此可见，莎士比亚笔下的约克公爵应该不满 7 岁。此外，约克说他知道"葛罗斯特一生下来就长着牙齿"，而且是"听他的奶妈说的"（2.4.32）。将"老妇人的故事"（Old Wives' Tale）信以为真，是早期现代戏剧中典型的"幼儿"形象（Piesse, 73）。换言之，莎士比亚虽未明言小约克的年龄，却实际上将他的年龄改小了。在将约克公爵变为"幼童"之后，莎士比亚详细写他聪明。在与葛罗斯特的对话中，约克时而暗讽葛罗斯特是中世纪道德剧中的"恶习"（Vice）①，时而讥笑对方是驮着猴子的驼背人——早期现代英国戏剧中典型的"傻瓜"扮相，他言语犀利、充满机锋，面对老成世故的葛罗斯特，竟丝毫不落下风（3.1.108—131）。

在现代观众眼里，小约克因为太过年少聪明，往往算不上真正的儿童，只是顶着成人脑袋的小大人。玛乔丽·加伯责怪莎士比亚根本不会塑造儿童角色，她评论道："他们的成人化让观众觉得怪异不安；当这群可怕的婴儿走下舞台，我们反倒松了一口气。"（Garber, 30）但这群"才华早发"的"可怕婴儿"却代表了早期现代英国父母理想中的孩子，在舞台上和现实中备受追捧。勃金汉公爵夸奖小约克"好生善辩，如此锋利而敏捷"（2.4.132—133）；葛罗斯特连用了六个形容词"好难对付的孩子；大胆，敏捷，灵巧，无顾忌，能干"（O, 'tis a parlous② boy, /Bold, quick, ingenious, forward, capable）（3.1.153—154）；伊丽莎白王后责怪这个孩子"多嘴"（parlous）（2.4.35），担心他"太机灵了"（too shrewd）（35）。现实

---

① 演出该剧时，理查常身佩匕首，此匕首的形状大小，让人想起中世纪道德剧（Morality Play）中"恶习"（Vice）身配的竹竿。小约克刻意提到理查的匕首，可能是在暗示理查与"恶习"一样，都是邪恶的化身。参见 Alan C. Dessen, *Shakespeare and the Late Moral Plays* (Lincoln: Nebraska UP, 1986), 41-44.

② parlous 既指"聪明善辩的"，也有"危险的"含义，参见 *Oxford English Dictionary* (*OED*), 2nd ed. CD-ROM v. 4.0 (New York: Oxford UP, 2009), "parlous".

生活中，以约翰·伊夫林（John Evelyn）的儿子理查德（Richard Evelyn）、儿童演员佩维（S. Pavy）和神童诗人亚伯拉罕·考利（Abraham Cowley）为代表的神童也深受人们的喜爱。约翰·伊夫林（John Evelyn）在日记里欣慰地写道，儿子理查德（Richard Evelyn）"3 岁半就认得 100 多个法语词，不到 5 岁就知晓动词的主动和被动形式、开始学习名词；5 岁就能轻松阅读，还能读懂为父潦草的手写体"，还能"背诵很多诗歌，记得并演出一些剧本"（Hiscock, 38—39）。本·琼生赞叹 13 岁的儿童演员佩维演技娴熟，扮演起老年人来"如此真实"（Jonson, 77），以至于命运之神（Parcae）也把他当成了老人（2.15—16）。神童诗人亚伯拉罕·考利 15 岁时就出版了第一部诗集（1633）。整个社会对神童的偏爱，甚至影响到了大诗人弥尔顿（John Milton）[①]。威廉·克里根就曾提及，"令人难以置信的是，作者（指弥尔顿）提前（backdated）了 1645 年集子里一些诗歌的写作日期，试图为自己设计出一个更加早熟的新童年"（Kerrigan, 306）。由于父母对学前教育的重视和蔓延整个社会的"神童热"，英国社会对儿童文法知识的要求也水涨船高。在 16 世纪的英国，文法学校所招收的绝大多数男孩，在入学前都已能阅读（Jewell, 17）[②]。

　　"神童热"的原因，直接来自于 16 世纪初到 17 世纪中叶的英国教育改革。自 15、16 世纪开始，由天主教会全权掌控的西方教育领域逐渐受到文艺复兴和宗教改革浪潮的冲击。16 世纪 30 年代，亨利八世发起宗教改革，教育不再由教会全权负责，英国教育开始走向世俗。1534 年《至尊法案》的颁布使天主教在英国失去了至高无上的地位。1640 年以后，亨利八世又陆续撤销了一些牧师学校，教育不再是宗教的副产品，教师也不再限于牧师。到了伊丽莎白时期，英国教育在世俗化和大众普及上成就斐然。一大批人文主义学者，如科利特（John Colet）、莫尔爵士（Sir Thomas More）、埃利奥特爵士（Sir Thomas Elyot）、奇可爵士（Sir John

---

① 弥尔顿的焦虑很大程度上缘于比他小十岁的少年天才都出了诗集，而他自己要到十多年后（1645 年）才出版诗集。

② 考虑到当时英国社会的高文盲率与文法学校的拉丁语教材难度，这一标准对男童的文法水平要求已经很高。

Cheke）、阿谢姆（Roger Ascham）等，都主张尊重知识、发展教育，教育最好"从娃娃抓起"。在儿童教育的代表作之一《童蒙的自由教育》（*A Declamation on the Subject of Early Liberal Education for Children*）中，伊拉斯谟先是描述了意大利神童法比奥·奥西诺（Fabio Orsini）的神奇表现，随后话锋一转，直言出现天才并非由于奥西诺天赋异禀，而是后天教育的成果："这种魔力会出现，只是因为孩子尚幼之时，你就为他请了一位博学、正直又认真负责的好导师。如果你让孩子在小时候就得到了他所能得到的最好教育，你就最有可能创造奇迹。"（Erasmus, *Literary*, 344）约翰·黎里（John Lyly）的代表作《才智的剖析》（*The Anatomy of Wit*）（1579）和罗杰·阿谢姆的《教师》（*The Scholemaster*）（1563—1568，1572 年出版）也以实例论证了神童可以通过教育制造出来。对于孩子的成长来讲，教育的重要性远超天赋。

从根本上来说，自 14 世纪以来，随着人们越来越重视世俗时间，世俗教育才逐渐成了不可逆转的历史潮流。《"反对无所事事"布道词》（*Homilie "Against Idlenesse"*, 1563）、《1601 年济贫法》（*The Poor Law, 1601*）等许多早期现代时期文献对"浪费时间"的行径做出激烈批评。在伊丽莎白时期，浪费时间不仅被视作"原罪"，甚至成了"社会公害"（Sokol, 125）。有趣的是，英国的新教改革也极大地促进了世俗教育的发展。在中世纪，教育是宗教的衍生品，"拯救灵魂"才是教育的首要目的。但到了新教改革时期，如霍勒斯·E. 斯卡德所说，英国的新教改革实际上促进了"神童热"。新教改革后，

> （父母想）赶在成熟的年龄前面，确保孩子有足够的知性信仰得到拯救；因此，无忧无虑的童年常常被异常（迅速）的成长所代替……这实际是对于神圣信息的违背，这等于事实上对孩子说：除非你成人而且皈依上帝，否则你进不了天国。（Scudder, 128-129）

斯卡德所说的"神圣信息"（divine message），指的是《圣经》中"小孩子更容易进天堂"的典故。《马太福音》记载，耶稣说："让小孩子到

我这里来，不要禁止他们，因为在神国的，正是这样的人。"(《圣经·马太福音》10：14) 耶稣看重小孩子，推崇纯真、顺从父命的童心。但随着宗教改革逐渐深入，"童心"不再是"进天国"的保证；恰恰相反，儿童只有通过学习，具备了足够的知识、智力和成熟度，才有可能认识上帝、皈依上帝、进入天国。这就使得早期现代英国的父母对于孩子的成长成熟产生了极大的焦虑，急于让孩子"赶在（应当）成熟的年龄前面"就成熟起来，"制造"神童。

但另一方面，父母对于学前教育的狂热是否适当？过度教育对儿童有何影响？《理查三世》借两个小王子之死，提出了质疑。当众人对小约克的机灵智巧赞叹不已时，葛罗斯特却冷冷旁白道："才华早发，断难长命"(3.1.79)，"开春过早，往往使夏令短促"(94)，预言孩子太聪明，反而活不长。而综观全部莎剧，《理查三世》中的两位小王子被囚杀于伦敦塔，《约翰王》中的亚瑟王子跳下高墙摔死，《亨利六世》中的鲁特兰在舞台上被杀，《冬天的故事》中的迈密勒斯惊惧而死，莎士比亚笔下的早熟儿童大都没能活到成年。在现实中，这一主题也不断上演：理查德·伊夫林只活了 5 岁半；而仅本·琼生一人，就写过三首著名的儿童悼亡诗——为其长子早夭所作的《我的长子》(On My First Son)、为其长女早夭所作的《我的长女》(On My First Daughter) 和为 14 岁去世①的儿童演员佩维所作的《伊丽莎白女王剧团的儿童 S. P. 的墓志铭》(Epitaph on S. P., a Child of Q. El. Chappel)。

"才华早发，断难长命"，这不仅是戏剧效果，也不仅是对死去孩子的美化，还体现出早期现代英国人对教育世俗化的忧虑，透露出莎士比亚对教育改革中所出现的过度教育、过早教育现象的反思。阿谢姆将"神童热"归咎于家长不愿给子女成长的时间。伊拉斯谟编写的《格言》(Adages) 则收录了文艺复兴时期颇为流行的一句格言 Festina lente (欲速则不达，make haste slowly)，提醒人们凡事太快完成，往往会带来错误和忏悔。但当时的教育家们似乎忽略了一点，即"神童热"的根源正是

---

① 原诗称佩维"不到 13 岁"，应为笔误。

来自教育体制化改革，来自英国学校教育的本质缺陷：仅仅学习"文学佳作"与"纪律"，是否足以适应飞速发展的英国社会？

二、学徒教育向学校教育的过渡

早期现代英国人对于"神童热"的忧虑，与当时社会关于学徒教育和学校教育的大讨论关联紧密。斯通指出，1560—1640年英国学校教育的发展由各具特色又互有重叠的三部分构成，即小学校、文法学校和大学。但对于占全国人口绝大多数的中下阶层和乡村学生（自由民除外）来讲，他们或者只能上"小学校"，接受最基础的文化教育，或者沿袭中世纪传统，接受言传身教的学徒技术教育（Stone, "The Educational", 42-44）。1618年，《尼古拉·布雷顿对话》借一个普通乡下人之口，讨论了学校教育对农村生活的无关紧要："我们可以学耕地、耙地，学种谷、收获，学剪枝，学打谷、簸谷，学扬谷、碾谷，学酿酒和烤面包。这一切岂是书中所有。在乡下，我们要做的主要就是这些事情。"（孙立田，70-79）对于大多数农民和城市贫民来说，即使不会写字，还有教堂的牧师和城里的先生来帮忙（孙立田，70-79），但如果没有接受学徒教育，掌握一门谋生的技能和经验，生存就成了问题。

《理查三世》对学徒制度利弊的讨论，主要集中在葛罗斯特的侍童身上。这个侍童只有短短6行台词，在现代的舞台演出时又常被成年演员替代（Lawhorn, 239），很容易被观众忽略。但将侍童与两个小王子对比，可以看到莎士比亚的匠心独具：王子与侍童的不同的言谈举止、处事方式和最终命运，实际上展现出早期现代英国教育领域里新旧两种教育理念的冲突，即学校教育和学徒教育各自的优缺利弊的冲突。

第四幕第二场，葛罗斯特想要谋杀两个小王子篡位，询问身边侍童：

葛罗斯特：你可知道有谁喜爱金子，情愿立功暗杀一个人吗？
侍童：我倒知道有一个满怀不平的人，他自命不凡，恨自己过于穷
　　　困；金子对他抵得上二十个雄辩家，一定能买得他赴汤蹈火，
　　　不辞艰险。（4.2.36—39）

侍童的回答至少显示了三方面的信息：

首先，学徒教育（或"经验教育"）与学校教育在教育理念上的冲突。1563 年颁布的《工匠法》（Statute of Artificers）规定，英国学徒期从 7 岁开始，为期 7 年[①]。由此推断，葛罗斯特的侍童应该与爱德华亲王同龄，比约克公爵稍大一些。但相比小约克的伶牙俐齿、语带双关，爱德华的引经据典、出口成章，葛罗斯特的侍童的语言显然简单、直接许多，而且缺乏古典文法的训练。这是因为，侍童通常接受学徒教育，学习的场所不是学校，学习的内容也非古典"七艺"[②]，而是沿袭中世纪的学徒传统，在社会中锻炼，主要是从服侍的主人葛罗斯特身上学习处世经验和谋生技艺。

其次，侍童讥诮"金子"抵得上"二十个雄辩家"，这也透露出 16、17 世纪英国文法学校迅速扩张对社会的不利影响。新教改革后，文法学校在英国各地、大小城镇大规模地兴建起来。1558—1685 年间，英国新建了超过 358 所文法学校（Stone, "The Educational", 70）。1587 年，威廉·哈里森（William Harrison）甚至感叹："女王治下，未设一所文理学校的自治镇已寥寥无几了。"（Grantley, 15）文法学校在不改变社会阶层的前提下，极大地推动了英国教育的发展，降低了文盲率，增强了社会阶层的流动性。但它的缺点也十分明显。由于文法学校的基本教学内容"仅限于古典语言知识、语法知识和宗教教义"（Stone, "The Educational", 44），威廉·黎里（William Lily）的《文法简论》（*Short Introduction to Grammar*）（1540）又是主要教材，这就造成了文法学校教学内容保守单一，教学方法枯燥死板，越来越难以适应社会需求，培养出大批无实用技能的古典学者。这些学生很难找到合适的工作，即使找到工作，挣的钱也可能不如没有受过教育的人多；加之长期受反对专制君主的古典传统影响，他们在思想上也较为保守固执，容易成为社会的不稳定因素。1611 年，培

①　现实中，英国少年通常在 7 岁至十几岁之间开始学徒生涯。

②　文法学校是中世纪出现的中等教育形式，主要教授"七艺"，即文法、逻辑、修辞、算术、天文、几何、音乐，其中文法、逻辑、修辞最为重要。16 世纪早期，英国文法学校都以拉丁文授课，后转为英文教学。

根告诫詹姆斯一世："吾国培养的古典学者太多，又没有适合他们的职业；而船舶管理和商业技术人员却明显不足，文法学校已经办得太多了。"（奥尔德里奇，107）穆尔卡斯特、霍布斯也注意到，受教育人口超过实际雇佣需求，已对现有社会秩序构成严重威胁。这些"异化知识分子"（alienated intellectuals）不仅唆人反叛，还会教坏小孩子（Stone, "The Educational"，75）。文法学校的扩张程度和教学内容超越了社会需要，这一状况一直延续到 1680 年英国职业学校的兴起才得以缓解。

随着学校教育大发展和文法学校的扩张，教育世俗化、体制化逐渐占据主流，学徒制这一传统的教育模式已远不如中世纪重要。但作为学校教育的补充，以学徒制为代表的经验教育模式对于早期现代英国社会仍然不可或缺。两个小王子被他们的同龄人葛罗斯特的侍童间接杀害，"金子抵得过二十个雄辩家"，透露出莎士比亚对学校教育大规模发展的隐忧：较之中世纪流传下来的、非官方的、效仿成年主人的学徒制教育传统，新兴的教育体制化改革或无法完全适应变革社会的需要，学校教育的内容、形式和理念都有待改良。

再次，经验教育并非没有缺点。在《理查三世》中，学徒制的危险集中体现为主人葛罗斯特在道德上对侍童的不良影响。侍童听见葛罗斯特的谋杀计划丝毫不觉恐怖，反而不假思索、有理有据地筛选起杀人犯和杀人方法，这种视生命为草芥的态度十分可怖，显然缺乏正确价值观的引导。这也是早期现代教育家反对经验教育的一大证据。教育家罗杰·阿谢姆的《教师》（The Scholemaster）警告道，儿童因为性情尚不稳定，容易受到环境影响，造成道德败坏（Ascham, 33）。伊拉斯谟在《论基督教君主的教育》中对君主的教养要求也可引为证据：

> 与这个孩子交游的友伴，也不应当不经挑选，而应当是品行良善、值得尊重、受过体面正派之教养训练的男孩。寻常可见的那些人群，那些寻欢作乐的轻狂少年、酒鬼、谈吐粗鄙的民众，特别是那些谄媚之徒，您都必须让他们远离王储的视听，只要他的道德发育尚未牢固确立。（伊拉斯谟，12）

对于莎士比亚时代的英国人来讲，孩子就像海绵，他们喜爱模仿周围所有人，不分良莠地吸收一切知识。而学徒制的危险也在于此：若服侍的主人品行不良，孩子比成人更容易受到影响，变成一个不分是非、没有道德的人（"文艺复兴人"的反面），从而危害国家和社会。

蒙田（Michel de Montaigne）认为"只读书本令人不悦"，在《儿童的规范和教育》（*Of the Institution and Education of Children*）（1603 年英译本）中，蒙田提出，书本教育并非教育的全部，"接触社会、游历国外、观察奇风异俗，对小男孩的全面成长而言，不可或缺"（Montaigne, 65-66）。这一观点很符合我国"读万卷书，行千里路"的传统教育思想，但在早期现代西方国家却因其与中世纪学徒式经验教育的联系而备受争议。伊拉斯谟批驳中世纪的经验教育传统，认为"经验是愚人和恶人的常见学校，教导智慧和诚实之人则另有他法"，阿谢姆认为"学习一年，超过凭经验二十年；学习更安全，而经验则多加痛苦，少增智慧"（Ascham, 61）。莎士比亚虽未直接论断两种教育模式孰优孰劣，但却以他对戏剧角色的"改编"（如约克公爵的年龄）和"创造"（如葛罗斯特的侍童）参与到对教育改革的讨论和反思中了。

三、结　语

《理查三世》通过对两位王子和侍童角色不同言语模式、处事方法和最终命运的展现，反映出早期现代英国教育系统化逐渐占据主流的历史趋势。但它同时也提出了质疑，即中世纪流传下来的、非官方的、学习成年主人的学徒制度是否有可借鉴之处。在这些或老练世故，或机灵智巧的儿童身上，莎士比亚探索了教育的不同实现途径——从学校和书本中学习，或从社会和经验中学习，两种教育方式各有利弊。前者可以培养优雅的言辞和理论知识，但缺乏现实经验；后者虽有助于增长社会阅历，但容易受到成人作风和社会风气的不良影响，有学坏的风险。

早期现代英国教育革命对我国教育改革亦可有所启示。从授课内容和方法而言，学前教育应当适度，学校教育的学科设置应更加灵活。同时，对于古典教育所导致的保守不能一概否定，适当的古典教育可以陶冶学生的品格情操，培养高雅的文化涵养。强调职业技术教育，也不应忽视古典教育对学生品行塑造的正面影响。另外，经验教育和学校教育应该相互补益，不可偏废一方。

引用文献【Works Cited】

Ascham, Roger. *The Scholemaster* (1563—1568, Posthumously Published. 1st ed., 1570; Collated with 2nd ed., 1572). Ed. Edward Arber. London: Constable, 1927.

Elyot, Sir Thomas. *The Boke Named The Governour* (1531). London: Thomas East, 1580. STC (2nd ed.) 7642.

Erasmus, Desiderius. *The Adages of Erasmus*. Ed. and trans. Margaret Mann Phillips. London: Cambridge UP, 1964.

---. *Literary and Educational Writings 4*. Ed. J. K. Sowards. Trans. Beert C. Vertraete. Toronto: U of Toronto P, 1985.

Garber, Majorie. *Coming of Age in Shakespeare*. New York: Routledge, 1981.

Grantley, Darryll. *Wit's Pilgrimage: Drama and the Social Impact of Education in Early Modern England*. Aldershot: Ashgate, 2000.

Grendler, Paul F., ed. *Encyclopedia of the Renaissance*. Vol. 1. New York: Charles Scribner's Sons, 1999.

Hiscock, Walter George. *John Evelyn and His Family Circle*. London: Routledge, 1955.

Jewell, H. M. "A Notion of True Learning." *National Register of Archives Annual Report and Bulletin of the West Riding Northern Section* 6 (1963): 14-20.

Jonson, Ben. *Ben Jonson*. Ed. C.H. Herford et al. 11 vols. Oxford: Clarendon, 1925—1952, vol. 8 (1947).

Kerrigan, William. *The Sacred Complex: On the Psychogenesis of* Paradise Lost. Cambridge: Harvard UP, 1983.

Lawhorn, Mark. "Appendix 1: Children in Shakespeare's Plays: An Annotated Checklist." *Shakespeare and Childhood*. Ed. K. Chedgzoy et al. Cambridge: Cambridge UP, 2007. 233-249.

Montaigne, Michel de. *The Essayes of Michel Lord of Montaigne*. Trans. John
    Florio (1603), ed. Henry Morley. London: George Routledge and Sons, 1894.

Piesse, A. J. "Character Building: Shakespeare's Children in Context."
    Shakespeare and Childhood. Ed. K. Chedgzoy et al. Cambridge: Cambridge
    UP, 2007. 64-79.

Pollock, Linda A. *Forgotten Children: Parent-Child Relations from 1500 to 1900*.
    Cambridge: Cambridge UP, 1987.

Scudder, Horace E. *Childhood in Literature and Art*. Boston: Houghton Mifflin,
    1894.

Shakespeare, William. *King Richard III*. Ed. Antony Hammond. The Arden
    Shakespeare. 2nd ser. London: Methuen, 1981.

Sokol, B. J. *A Brave New World of Knowledge: Shakespeare's* The Tempest *and
    Early Modern Epistemology*. Madison: Fairleigh Dickinson UP; London:
    Associated UPs, 2003.

Stone, Lawrence. "The Educational Revolution in England, 1560—1640." *Past
    and Present* 28 (1964): 41-80.

---. *The Family, Sex and Marriage in England, 1500—1800*. New York: Harper &
    Row, 1977.

奥尔德里奇. 《简明英国教育史》. 诸惠芳，等译. 北京：人民教育出版社，
    1987.

威廉·莎士比亚.《莎士比亚全集》. 朱生豪，等译. 北京：人民文学出版社，
    1994.

《圣经》. 中国基督教三自爱国运动委员会和中国基督教协会印行.

孙立田. 《工业化以前英国乡村教育初探》,《世界历史》，2002（5）：70-79.

伊拉斯谟.《论基督君主的教育》. 李康，译. 上海：上海人民出版社，2003.

（特邀编辑：邢锋萍）

兰姆版《莎士比亚物语》
在日本明治前期的译介与传播

李艳丽

内容提要： 作为英国文学经典的莎士比亚作品，在明治前期传入日本时，以青少年为对象的通俗易懂的兰姆版《莎士比亚物语》广为流传。然而，兰姆版的各种翻译/改写、译者、媒体情况并不明晰。本文立足于文献调查，阐明以下问题：明治开化时期，日本以英国为范本建构近代国家，聘请外国教师、设置英文学科、教授英国文学/莎翁作品，培育了莎学人才；引进诸多兰姆版作品，尝试各种翻案①改写及舞台化，报刊媒体发挥了重要的推广作用；兰姆版的译者大多是接受了明治新式教育的英文学者，也活跃于报刊媒体。但是，这并不能严格定义：所谓在大报上刊登就是出于政党政论的目的，在小报上刊登就是出于娱乐性；在译者而言，也是自觉或不自觉地从娱乐和政治两方面推动了莎士比亚作品的译介与传播，这也从侧面体现了转折期日本文学的特点。

关键词：《莎士比亚物语》；兰姆；明治；译介

作者简介： 李艳丽，东京大学博士，上海社会科学院文学研究所助理研究员，研究领域为晚清小说、明治文学、比较文学。

Title: The Translation and Dissemination of Lamb's *Tales from Shakespeare* in Early-Meiji Japan

Abstract: Lamb's *Tales from Shakespeare*, whose intended readers are children, was widely spread during the early Meiji era. However, much remains unclear

---

① "翻案" 指以小说、戏剧的故事情节为基础进行改编。

about its various translations/rewrites, translators, and publication media. This article, by way of literature search, tries to clarify the following problems. During the Meiji civilized period, Japan regarded Britain as a model for the construction of a modern country. It invited foreign teachers, set up the English disciplines, taught British/ Shakespearean works, and trained scholars in Shakespeare studies. Many versions of Lamb's Shakespeare have been introduced into Japan, and the rewrites and adaptations for performance have been tried. During this process, press media, including entertainment newspapers, political newspapers, literary magazines, and academic magazines, played an important role. Most translators of the Lambs were Anglicists who had accepted the Meiji new education and were active in the press media. It should be noted that, publications in the major newspaper are not always for the purpose of party politics, and publications in the tabloid are not always for the purpose of entertainment. In a similar way, translators promoted, consciously or unconsciously, the translation and dissemination of Shakespeare's works both for the purpose of politics and that of entertainment. This fact reflects the characteristics of Japanese literature in transition indirectly.
Key words: *Tales from Shakespeare*, Lamb, Meiji, translation
Author: Li Yanli (Ph.D., University of Tokyo) is an assistant researcher at the Shanghai Academy of Social Sciences. Her research fields are late-Qing fiction, Meiji literature, and comparative literature. Email: lyl@sass.org.cn

  兰姆版《莎士比亚物语》（*Tales from Shakespeare*）是兰姆姐弟将莎士比亚的 20 个戏剧作品进行改写的面向青少年的故事书，查尔斯翻译悲剧，玛丽翻译喜剧，自 1807 年出版后便在世界各国广为流传。日本明治[①]4—5 年（1871—1872）出现了大量的莎士比亚翻译作品，其中多取自兰姆版，到了明治 16—20 年左右，介绍莎士比亚的作品主要都是依据兰姆版进行改写翻译的。

---

① 明治时期为 1868 年 9 月 8 日—1912 年 7 月 30 日。

　　查尔斯·兰姆是英国文学史上首屈一指的散文家，留下了《伊利亚随笔》（*Essays of Elia*，1823）及《伊利亚续笔》（*The Last Essays of Elia*，1833）等杰出作品。日本对于散文家兰姆的兴趣，大约始自 20 世纪 20 年代，主要研究者有平田秃木、户川秋骨、石田宪次，他们都是明治前中期出生的。但是在明治前期，日本便对兰姆版莎士比亚显示出了极大的热情，这大约不能归结到兰姆的个人魅力吧。都说兰姆版的翻译数量众多，但究竟有多少、刊登在什么刊物、有哪些翻译者、为什么受欢迎，情况却是非常不清晰的。并且，值得注意的是，兰姆版甚至莎翁作品在日本的流传，基本都是依赖于报纸杂志。其中既有政论性的"大报"，也有娱乐性的"小报"，这清晰地体现出精英知识分子与普通民众接受莎士比亚的两条路径。然而，需要注意的是，这并非意味着在政论报刊上刊登就是出于政治目的，而小报上刊登就是为了娱乐。事实上，这两个要素在译者的写作中、在读者的解读中，经常是纠缠在一起的，这也体现了转折期明治文学的特点。

一、预出发——幕末明治初期莎士比亚的进入

　　"莎士比亚"的名字最早见于天保 12 年（1841），幕府的天文方见习①涩川六藏根据 Lindley Murray 所著 *Grammar of the English Language*（1795）翻译的英文语法书《英文鉴》（英文鑑）下编中记："Shakespear② シャークスピール。"其后，嘉永 6 年（1853），津藩荒木睿氏《英吉利纪略》（嘆咭唎紀略）中出现了"莎士比阿"。文久元年（1861），《英国志》（英国誌）（Thomas Milner, *The History of England*）第 5 卷③中出现了"舌克斯毕"。有学者认为，这三个译名都是通过兰学（"兰学"指荷兰（荷兰

---

① 天文方是江户幕府设置的关于天体运行及日历的研究机构。

② 囿于资料，笔者无法查阅原书。此处依据石塚伦子：《明治期の『ハムレット』受容——翻訳と翻案》（《英語英文学研究》10（2004）及桃山学院大学 2016 年"莎士比亚诞辰 400 年纪念特别企划展"《シェイクスピアと桃山学院》）。

③ 囿于资料，笔者无法查阅原书。该《英国志》是日本人翻刻的，也是 8 卷本，研究者记为"第 5 卷末"，并不是指中国的版本。

语翻译）传入日本的西洋科学）翻译过来的，"シャーケスピール"就是按照荷兰语的发音翻译的日文①。然而，《英吉利纪略》乃是"陈逢衡记，荒木謇训点"。陈逢衡（1778—1855）是江苏江都人，《英吉利纪略》刊行于 1841 年。②而《英国志》原本是为了将 Tomas Milner 的英国史传道而前往中国的传教士慕维廉（William Muirhead）的汉译，后来经日本的长门温知社翻刻而成。1856 年上海墨海书院刻印《大英国志》，其中的译名为"舌克斯毕"③。所以，这两个译词应该说是沿用了中文。

此外，关于江户时代的戏剧所受莎士比亚的影响，有说法称，近松门左卫门《释迦如来诞生会》（1695）、近松半二《妹背山妇女庭训》（1771）的故事情节与莎士比亚作品相近，1810 年江户市村座上演的《心谜解色系》（鹤屋南北四世与樱田治助二世合作）的故事情节与《罗密欧与朱丽叶》相似。④但这些说法都未获得确证。

明治 4 年，中村正直翻译了 Samuel Smiles 的 *Self-Help*（1859），译名为《西国立志篇》。其中收录了关于莎士比亚的短评，并引用了《哈姆雷特》第一幕第三场中的一段，里面将莎士比亚的名字翻译为"舌克斯毕"。

明治 7 年，《哈姆雷特》第一次从莎士比亚原文翻译过来，题为《哈姆雷特的独白》（ハムレットの独白）⑤，刊登于日本最早的漫画杂志 *The Japan Punch*（ジャパン・パンチ）⑥1 月号上。译者是《伦敦新闻画报》（*Illustrated London News*）的日本特派员 Charles Wirgman（1832—1891），他的这段翻译是用罗马拼音拼成的日语，被认为翻译得极为幼稚，讽刺了当时面向外国人的日语学习书。

---

① 石塚伦子：《明治期の『ハムレット』受容——翻訳と翻案》，《英語英文学研究》10（2014）：35。

② 据于桂芬：《西风东渐 中日摄取西方文化的比较研究》，北京：商务印书馆，2001 年，152。

③ 据大岛田人：《明治初期に於けるシェークスビア》，译名为"千克斯"。载《明治大学人文科学研究所紀要》3（1955）。

④ 吉武好孝：《明治・大正の翻訳史》，东京：研究社，1974 年，5。

⑤ 即著名的 "To be or not to be"，原文 12 行半。

⑥ 这是一份面向居住于横滨的外国人的月刊漫画杂志。

明治时期外国文学的传入，是在西南战争（明治10年）之后逐渐开始的。也就是在明治11年的时候开始兴起了翻译文学，主流是英法文学。英国不仅在欧洲具有重要的位置，随着其在亚洲势力的扩大，也对日本产生了很大的影响，英国文学中，莎士比亚与利顿（E. R. B. Lytton）是最受欢迎且被翻译作品最多的作家[①]。利顿的政治小说契合了明治13年左右兴起的自由民权运动的热潮[②]，而对于莎士比亚的接受也含有类似的因素。

二、兰姆版的各种改写本

日本国立国会图书馆收藏了18种兰姆版[③]，当然这并不等同于明治当时的情况，可能有的书是后来收入的，也可能有一些现在没有收入的版本。笔者根据先行研究以及关于莎士比亚在日本传播/翻译的文献[④]，将明治的兰姆版整理如下。

1. 明治10年12月3日，《民间杂志》第98号、第99号连载，《胸肉の奇訟》，即《威尼斯商人》。[⑤]

---

① 至明治23年，莎士比亚译书出版了27种。明治11—23年左右，主要的外国翻译小说62册，其中英国文学28册，法国文学20册。吉武好孝：《明治·大正的翻译史》，51-52。

② 例如，明治11年丹羽纯一郎翻译的《欧州奇事 花柳春话》(*Ernest. Maltravers*, 1837) 获得了极大好评。

③ 可通过日本国立国会图书馆主页 www.ndl.go.jp 检索获取。

④ 主要参考论文：大岛田人：《明治初期に於けるシェークスピア》；富原芳彰：《『該撒奇談』に関する覚書》，《一橋論叢》7（1963）；石塚伦子：《明治期の『ハムレット』受容——翻訳と翻案》；以及柳田泉：《随笔 明治文学：文学篇·人物篇》（东京：平凡社，2005年）；川户道昭、榊原贵教：《明治翻译文学全集新闻杂志编 1·莎士比亚集 1》，1996年；《明治翻译文学全集新闻杂志编 2·莎士比亚集 2》，1996年；《明治翻译文学全集新闻杂志编 3·莎士比亚集 3》，1997年，东京：大空社。

⑤ 被视为根据兰姆版进行的翻案小说。平辰彦：《『ヴェニスの商人』と『何桜彼桜钱世中』——その台本と上演をめぐって》，《英学史研究》27（1994）：166。

2. 明治 12 年，筠荘居士译《李王》，未刊，收入早稻田大学戏剧博物馆。

　　这是东京大学的在读学生和田垣谦三以汉文翻译的《李尔王》。当时他跟从 Houghton 学习莎士比亚，同时跟随中村敬宇学习《左传》，于是便尝试了这种翻译。

3. 明治 13 年，《伊势古事记日曜丛志》第 17 号，《泰西奇闻爱姬谭》，似乎是通过 Lamb 版 *Cymbeline* 改写的。①

4. 明治 16 年 3 月—6 月，《邮便报知新闻》，翠兰生（藤田茂吉）译《春宵夜话》（ゼ・ウイントルス テール、アズ ユー ライ ク イト、ヴェロナの二紳士、ハムレット），即 *Winter's Tale*；*As You Like It*；*The Two Gentlemen of Verona*；*Hamlet*（其中，*As You Like It* 以《仏国某州领主麻吉侯情话》为题，同年发行单行本）。

　　根据樽本照雄指摘，《绪言》（1883 年 3 月 14 日）中记：《ゼ・ウイントルス・テール》（3 月 15 日—28 日）、*As You Like It*（4 月 5 日—5 月 1 日）、*The Two Gentlemen of Verona*（5 月 3 日—24 日）、《ハムレット・プリンス・オフ・デンマーク》（6 月 2 日—21 日）。②

5. 明治 16 年（1883），井上勤译《人肉质入裁判》，即《威尼斯商人》，今古堂出版。③

6. 明治 16 年 7 月，翠岚先生（藤田茂吉）译述《（西基斯比耶丛书 No.1）*As You Like It* 仏国某州领主麻吉侯情话全》，春梦楼。④

---

① 大岛田人：《明治初期に於けるシェークスピア》，110。

② 樽本照雄依据川户道昭、榊原贵教编：《明治翻译文学全集新闻杂志编 1・莎士比亚集 1》。

③ 井上勤是日本外国文学翻译先驱者，擅长英语、德语，译著有凡尔纳《月世界旅行》、笛福《鲁滨逊漂流记》等。不过，这一篇研究者认为是以兰姆版为底本的，如柳田泉：《随笔 明治文学：文学篇・人物篇》，24；平辰彦：《『ヴェニスの商人』と『何桜彼桜钱世中』》，166。

④ 樽本照雄注：单行本未见。樽本照雄：《汉訳ラム『シェイクスピア物语』の序——「区别がつかない论」再び》，《清末小说から》124（2017）：13。

研究者富原芳彰认为，上述 2、4、6 的译者应该是阅读了莎士比亚的原作的，但基本上他们都是以兰姆版为底本翻译了梗概。[①]

7.   明治 17 年 2 月，《函右日报》，菊亭香水（佐藤藏太郎）译，《政治奇闻　花月情话》，即 *Romeo and Juliet*。

8.   明治 17 年 11 月，《邮便报知新闻》，九皋山史（藤田鸣鹤）译，《花间一梦》，即 *Cymbeline*。

9.   明治 18 年，4 月—6 月，《邮便报知新闻》，藤田鸣鹤译，《落花日暮》即 *Romeo and Juliet*、《荣枯之梦》即 *Macbeth*、《雨后之花》即 *All's Well That Ends Well*。

10.   明治 18 年，（业菊野史）仁田桂次郎译，《冬物语·因果物语：泰西奇谈一》，即 *The Winter's Tale; Measure for Measure*。

11.   明治 19 年，竹内余所次郎译，《莎士比亚摘要 一名·西洋歌舞伎种本 第 1 册 李尔王》，即 *King Lear*，博文社。

12.   明治 19 年，品田太吉译《莎士比亚物语》，包括 *Hamlet; King Lear; Two Gentlemen of Verona; Macbeth; Cymbeline; The Merchant of Venice*。

13.   明治 20 年，《中央学术杂志》，《卡塞琳婚姻奇谈（梗概）》，即 *The Taming of the Shrew*。

14.   明治 21 年，井上勤译《幽灵》，即 *Hamlet*。

15.   明治 21 年，仁田桂次郎译《泰西奇谈·二》:《女房持虎之卷》，即 *The Taming of the Shrew*;《岚之卷》，即 *Tempest*;《智孟物语》，即 *Timon of Athens*，盛进舍出版。

16.   明治 21 年 1—3 月，《学艺世界》，靖江小渔译《豪华之梦》，即 *Timon of Athens*。

17.   明治 37 年，小松月陵译《沙翁物语集》，日高有邻堂。

18.   明治 40 年，小松月陵译《沙翁物语十种》，博文馆。

---

① 富原芳彰:《『該撒奇談』に関する覚書》，45。

三、为什么是莎士比亚？为什么是兰姆版？

莎士比亚作品属于英国古典文学，在阅读理解上具有较高的难度，但在明治开化期便一举占领了外国文学中的高地，深受广大民众的欢迎。明治时代，国民教育力度加强，1872 年颁布的教育法《学制》以"国民皆学"为第一目的，故国民识字率很高。但当时开国未久，外国文化浸染尚不充分，直接翻译原著，对于广大的民众来说可能并不一定合适。而面向青少年的兰姆改写版通俗易懂，自然受到了青睐。在旧学制时代（1947 年以前），兰姆版《莎士比亚物语》是中学生与高中生的教科书或辅导读物，被广泛使用。

关于英国文学受欢迎的理由，研究者已做了充分讨论。代表性的有柳田泉，他的观点主要有以下三点：第一，对西洋的"人情"感兴趣，无论是与日本相同还是不同的人情，都是日本人感兴趣的地方；第二，成为理解英国历史地理习惯风俗等具体情况的辅助手段；第三，介绍西洋的优秀作品，将促进日本文学及戏剧的进步，继而提高日本文化。[①]可是，在西洋诸国之中为何选择英国，以及较难阅读的莎士比亚？在明治初期，莎翁作品的数量绝对性地压倒法国、德国作品以及其他英国的近代小说。这个热度自然是与莎士比亚传记及其作品在日本的介绍有关的，更与明治初期官立学校中外国教师讲授英语、英国文学、古典文学、戏剧尤其是莎士比亚作品有关。

柳田泉（1894—1969）是日本近代文学研究家、英文学者，在和、汉、洋学方面具有深厚的造诣，为实证性明治文学研究做出了巨大贡献。他的上述观点是很正确的。结合明治前期文学及社会文化的特点，可想而知，翻译英国文学有助于民众了解其所模仿的先进对象国英国的文化，从而提高日本文学的水平。而聘请外国教师讲授英国文学、莎士比亚，在学校课程中设置英文科、莎士比亚文学，对推动莎翁作品的译介

---

① 当然，这三点并不只适用于英国文学，事实上，对于所有的西洋文学，明治开化期的大量引进都出于相同的文化心理。柳田泉：《随笔 明治文学：政治篇·文学篇》，东京：平凡社，2005 年，276。

也功不可没。

英国文学在日本文化接受史上实现了主导性作用，作为正式的课程设置始于明治 20 年。不过，早在明治 8 年，在东京开成学校（东京帝国大学前身）便已经有外国讲师开设以莎士比亚为中心的英国文学课程了。另一方面，明治 8 年，这个时间点也是日本第一次翻译《哈姆雷特》之年。译者是明治时代最重要的戏作小说家假名垣鲁文，他翻译了《叶武列土》。①自此之后，日本持续而大量地翻译了英国文学。明治 20 年东京帝国大学设置英文科，21 年成立国民英文学会，23 年东京专门学校（早稻田大学前身）设置英文科，26 年杂志《文学界》创刊，28 年东京高等师范学校设置英语科，29 年正则英语学校建立，30 年东京外国语学校设置英语科。

明治 6—9 年，在东京开成学校②担当英文学讲座的教师是 James Summers（1828—1891），他的后任于明治 10—15 年在该校执教，是耶鲁大学的助教授 William A. Houghton（1851—1917），这两位老师开创了日本的莎士比亚研究的先河。明治 10—13 年，Summers 在大阪英语学校教书，明治 13—15 年在札幌农学校，明治 18 年在东京筑地开办了"欧文正鹄学馆"（英语学校），培育了很多人才。③在他的弟子中有很多名人，例如：坪内逍遥、井上哲次郎、冈仓觉三、天野为之、头本元贞、志贺重昂、加纳治五郎、内村鉴三。查看当时 Summers 使用的讲义有：Marsh, *History of the English Language*; Morley, *History of the English Literature*; Underwood, *Manual of English Literature*; Bain, *Rhetoric*; Shakespeare, *Hamlet*。④Houghton 则注重对莎士比亚作品进行解读、分析

---

① 明治 8 年（1875）9 月 7 日、9 日、10 日，三次连载于《平假名绘入新闻》。鲁文本人不通外语，必然是借助了别人的翻译，但目前尚不知底本是什么。

② 明治 10 年，东京开成学校改称东京大学。

③ Summers 在去日之前曾长期滞留中国各地，精通中文。1853 年回英国后在伦敦King's College 任中文教师，撰写了很多关于中国和中文的书籍，亦精通日语。

④ 资料见于明治 9 年东京开成学校一览，转引自大岛田人：《明治初期に於けるシェークスピア》，100-101。

剧中人物性格的细致内容，他的讲义主要有以下这些：Craik, George L., *A Manual of the History of English Literature and of the History of English Language*；Spraque, Homer B., *Masterpieces in English Literature*；Craik, George L., *The English of Shakespeare: Illustrated in a Philological Commentary on his* Julius Caesar；Shakespeare, W., *Hamlet*；Shakespeare, W.: *King Lear*；Shakespeare, W., *Merchant of Venice*；Shakespeare, W., *Richard II*；Spenser, E., *The Faerie Queen*。[①]

显而易见，莎士比亚占了绝大比重。除了这两位教师以外，自明治2年起，东京开成学校大约聘请了20名外国教师，重点都是教授英国文学。在这两位老师的弟子中，最先翻译莎士比亚作品的是和田垣谦三，他用汉文翻译了《李尔王》。最早教授莎士比亚的是山崎为德，他从京都同志社大学毕业后留校任教，讲授莎士比亚、弥尔顿和丁尼生。而大名鼎鼎的坪内逍遥在东大毕业后，在东京专门学校讲授英国文学。如此济济人才，为下一代学习莎士比亚打下了扎实的基础。

莎士比亚作品尤其是《哈姆雷特》往往被解读为契合了自由民权运动，含有政治性而深受关注，并且事实上很多莎翁作品都刊登于政论性报刊，翻译者中也有政党系人物。不过，这并不是因果关系。明治14—20年，文坛上随着翻译文学的兴盛，自由民权运动迎来高潮，也出现了政治小说的高潮。但是需要注意的是，日本政治小说具有"人情"的特点，这也印证了柳田泉所分析的第一点：对"西洋人情"感兴趣。

四、戏作与政治共同推动莎士比亚

"人情"在明治文学中具有重要的意味。近者来说，从江户后期以为永春水（1790—1843）为代表的"人情本"到明治初期的戏作小说，再到明治20—30年代以尾崎红叶为代表的"砚友社"成为文坛的主流。并且这一脉还延续至后来的永井荷风、谷崎润一郎的耽美风。明治18—19年坪内逍遥创作的小说《当世书生气质》及文学理论《小说神髓》发表，

---

① 转引自大岛田人：《明治初期に於けるシェークスピア》，104。

被誉为日本现代文学的奠基之作。然而，《当世书生气质》中蕴含了旧时代的人情特点，这并不一定都是日本传统文学的影响，也与他学习莎士比亚有关。而撰写《小说神髓》时，据称外国教师 Summers 所使用的 Bain 的著作 *Rhetoric* 成为坪内逍遥的有益参考书。

在前文的论述中，需要留意的是，作为英国文学名著的 *Hamlet*，它的第一个翻译者并不是当时众多的英国留学者、国家精英知识分子，而是承担了大众娱乐功能的戏作小说家，一个创办/参与了数种小报的报人——假名垣鲁文。

明治时期报刊发达，通常分为大报和小报两种。所谓大报，即报道以政论为中心，以汉文调书写，而不使用日本人自己发明的表音符号"假名"。在江户时代，学习汉字（汉文）的都是武士和知识分子阶层，老百姓只能看假名书写的文章，所以大报一般是将老百姓隔离了出去的。小报则不同，不仅使用假名，还有绘图（插图），文章平易。明治时期，主要的小报有《读卖新闻》《假名读新闻》《东京绘入新闻》《绘入自由新闻》，大阪方面的大报是《大阪日报》，小报有《浪花新闻》《朝日新闻》。

假名垣鲁文的《叶武列土》（*Hamlet*）就刊登于《平假名绘入新闻》[①]，多年后，他的第二次翻译[②]刊登于《东京绘入新闻》[③]。《叶武列土》采用了歌舞伎剧本的形式，将人物、时代、舞台都彻底日本化，故事情节也完全设置于江户时代的儒教道德伦理的文脉之中（如自杀赎罪）。不过，假名垣鲁文这篇翻译仅仅登了两回便因为读者不喜欢不接受而不得不中止。11 年后他进行了改译，将题材改成了日本人熟悉的"院本调"（净琉璃），获得了好评。当然，获得好评并不仅仅因为这个，更应该看到，在这 10 年之间，英国文学在日本的译介与传播得到了发展，日本民众对英国文化的熟悉与接受，以及当时文坛如坪内逍遥等人倡导的戏剧改良运动（明治 17 年，坪内翻译了莎士比亚《自由太刀余波锐锋》[*Julius Caesar*]）

① 1875 年 4 月，高畠蓝泉与落合芳几创刊的小报。
② 自明治 19 年 10 月 6 日起断断续续连载 22 回。
③ 1876 年 3 月，由《平假名绘入新闻》改名。

都是有关系的。明治 11 年以后，利顿、狄斯累里（Benjamin Disraeli）等政治小说相继被翻译，一直到明治 20 年左右翻译小说都非常流行。鲁文第二次翻译莎士比亚也是应和了这一潮流。

明治 18 年，大阪《朝日新闻》连载了①宇田川文海的《何樱彼樱钱世中》（*The Merchant of Venice* 的翻案作品）②，同年在大阪戎座（5 月 16 日—6 月 5 日）歌舞伎上演。内容虽然是《威尼斯商人》，但形式是"正本"（即歌舞伎、净琉璃的台本，院本），舞台则搬到了东京，固有名词全部改成了日本名，插图也完全变成了江户的武家与町人的样子。这场表演获得了满堂喝彩，观众认为它完全没有舶来品的味道，情节又非常有趣。③同鲁文一样，宇田川也是向一般读者提供娱乐的小说家。他在 1875 年创刊《浪花新闻》，后来加入了《大阪日日新闻》《朝日新闻》《大阪每日新闻》。

对于宇田川的这个作品的出处，研究者平辰彦提出了质疑，认为是河岛敬藏根据莎作原本进行了翻译，然后小宫山天香进行了翻案改写，再将材料交给了宇田川，他再按此改写的。④然而，据铃木邦彦的调查，改作的底本是此前刊登于《民间杂志》上的《胸肉奇讼》，而《胸肉奇讼》据平辰彦调查是依据了兰姆版的，这样一来，平成彦认为《何樱彼樱钱世中》的底本是莎作原本就发生了自相矛盾。这个问题本文暂且不论，假定平辰彦的说法成立，那么这里面的人物转承倒是很有趣。河岛敬藏是英文学者，学习于立教大学。1883 年 2 月 27 日，《日本立宪政党新闻》（《每日新闻》前身）上连载河岛敬藏翻译的《裘力斯·凯撒之剧》（欧洲戲曲ジュリアス·シーザルの劇），这被视为日本第一个根据莎士比亚原作进行逐字逐句翻译的作品。他还翻译了《罗密欧与朱丽叶》（露妙樹利戲曲 春情浮世の夢）、《裘力斯·凯撒》（沙吉比亜戲曲羅馬盛衰鑑）。小

① 4 月 10 日（第 1838 号）至 5 月 20 日（第 1872 号），连载 35 回。
② 同年 12 月，文宝堂出版单行本。
③ 川户道昭：《明治のシェークスピア》，东京：大空社，2004 年，166-167。
④ 平辰彦：《『ヴェニスの商人』と『何桜彼桜銭世中』——その台本と上演をめぐって》。

宫山天香是报人、小说家，1882 年在《日本立宪政党新闻》上连载他翻译
的《革命余闻　勇妇特蕾丝传》（Émile Erckmann and Alexandre Chatrian,
Madame Thérèse, 1863）。

　　明治 34 年，戏剧《该撒奇谈》(坪内逍遥翻译，畠山古瓶脚色)在东
京明治座上演，这是莎士比亚《裘力斯·凯撒》在日本的第一次上演。
至此，莎士比亚戏剧的职业演出在日本一共有 4 次，前 3 次上演的剧目
都是宇田川的《威尼斯商人》改写版《何樱彼樱钱世中》（分别是明治 18
年 5 月大阪戎座、6 月大阪朝日座、明治 26 年 11 月大阪弁天座）。逍遥
的《该撒奇谈　自由太刀余波锐锋》出版于明治 17 年①，时隔 17 年突然
上演，其契机是当时政界发生的一个事件②。尽管坪内逍遥翻译《该撒奇
谈》的时间确实契合了自由民权运动，但他本人并没有从这个意识出发
去翻译，而纯粹是出于对艺术的关心。只不过，多年之后，他的翻译被
搬上舞台恰巧又是出于政治的机缘，这种解读与巧合是需要从莎士比亚
作品本身进行探讨的。

　　在前文所述作品中，可以清楚地看到，莎士比亚作品翻译/翻案的大
部分是以报纸杂志为媒体：*The Japan Punch*、《民间杂志》③、《伊势古事
记日曜丛志》④、《邮便报知新闻》、《函右日报》⑤、《中央学术杂志》⑥、
《学艺世界》⑦。除此之外，如果不局限于兰姆版的话，还可以整理出如

① 由东洋馆出版，这是东京专门学校的创建人之一小野梓创办的书店。
② 明治 34 年 6 月 21 日，政界怪杰星亨在东京市参事室被四谷区学务委员伊庭
　　想太郎刺杀身亡。
③ 1874 年由庆应义塾出版，1875 年 5 月废刊。这是一份关于自然科学、社会科
　　学、文学、宗教的学术综合杂志，是明治时代初期评论界的主要刊物。
④ 据《东京日日新闻》明治 13 年 4 月 27 日广告，可知是大众通俗的文艺杂志。
⑤ 1879 年 6 月，由平山陈平、矶部物外、广濑重雄等于静冈创刊，属于改进党系
　　的民权派日刊。
⑥ 这是《早稻田文学》创办之前第一份刊登真正的文学批评的杂志，是坪内逍
　　遥、高田早苗等"同攻会"的机关刊物。
⑦ 教育相关杂志。

下这些刊登于报刊媒体的莎翁作品。①

1. 《(ロミオ)ト(ジュリエット)ノ話》（罗密欧与朱丽叶），《喜乐之友》，明治 12 年 4 月—8 月

2. 《「ハムレット」中の一段》（哈姆雷特中的一段），矢田部良吉译，《東洋学芸雑誌》，明治 15 年 3 月

3. 《高僧ウルゼー・「ヘヌリー第四世」中の一段》（亨利四世中的一段），外山正一译，《邮便报知新闻》，明治 15 年 3 月—4 月

4. 《甸国皇子班烈多物語》（哈姆雷特），坪内雄藏译，《中央学术杂志》，明治 18 年 7 月

5. 《人肉質入裁判》（威尼斯商人），岩本善治译，《文学丛志》，明治 18 年 10 月—11 月

6. 《理想佳人伝》（李尔王），译者不详，《女学杂志》，明治 20 年 1 月

7. 《海外情譜》，译者不详，《大阪日报》，明治 20 年 7 月—8 月

8. 《三人の姫》（李尔王），岩本善治译，《女学杂志》，明治 20 年 8 月—9 月

9. 《転合笑話》，译者不详，《土阳新闻》，明治 20 年 8 月—10 月

10. 《情天恨地—志しりい物語》，架空道人译，《学艺世界》，明治 20 年 10 月—12 月

11. 《妙縁奇遇—白金の指輪》，菅城子译，《土曜新闻》，明治 20 年 12 月—21 年 1 月

12. 《正本はむれット》（哈姆雷特），山田美妙译，《以良都女》，明治 21 年 5 月—9 月

13. 《活人形》，架空道人译，《日本大家论集》，明治 22 年 4 月

---

① 根据川户道昭、榊原贵教编：《明治翻译文学全集 新闻杂志编 1・莎士比亚集》（大空社）整理。但不知 7、9、10、11、13 莎士比亚原作名。

这里涉及的刊物有《喜乐之友》①《东洋学艺杂志》②《文学丛志》《女学杂志》③《大阪日报》④《土阳新闻》⑤《以良都女》⑥《日本大家论集》⑦。既有大众通俗刊物、娱乐杂志，也有文学刊物、政党报刊、学术杂志、教育杂志。

值得一提的是，刊登了很多莎作的《邮便报知新闻》是一份民权派政论报刊。明治5年，由前岛密等人创刊，拥有栗本锄云、藤田茂吉、犬养毅、尾崎行雄等论客，是明治前期东京发行的有力的政论报刊。回溯一下，前文中在这份刊物上发表莎作译文的译者有：井上勤、菊亭香水、藤田茂吉、和田垣谦三、仁田桂次郎、竹内余所次郎、小松月陵（即小松武治）。藤田茂吉是《邮便报知新闻》的主笔与社长，也是政治家（立宪改进党）、众议院议员，著有《文明东渐史》《济民伟业录》等。菊亭香水（即佐藤藏太郎）是报人，先后加入《邮便报知新闻》《大阪每朝新闻》《神户新报》等报社。他的代表作是《惨风悲雨·世路日记》，这部作品被视为《小说神髓》出现之前的新小说，同时也是政治小说的先驱。

五、小　结

从明治4—5年起到明治16—20年左右，介绍莎士比亚的作品主要

---

① 竹村正路于1879年4月10日创刊的游戏杂志，似乎是同人杂志，仅发行了8号，综合文艺杂志。据近藤宏幸：《日本最初のロミオとジュリエット——雑誌『喜楽の友』と小栗貞雄》。
② 1881年10月，由东洋学艺社创刊的月刊，也是日本最早的学术综合杂志，致力于科学启蒙。
③ 创刊于明治18年7月，至明治37年2月，计548册，是日本最早的真正的女性杂志，岩本善治任主编。
④ 明治9年2月创刊，后来被日本立宪政党（自由党系的地域政党）收购。
⑤ 明治13年创刊的立志社的机关报。
⑥ 创刊于明治20年，最初提倡贤妻良母的理想女性，是一份具有保守主义色彩的启蒙杂志。
⑦ 由博文馆发行，明治20年6月创刊，明治27年12月废刊，综合杂志《太阳》的前身。

都是依据兰姆版进行改写翻译的。可以认为，初期因为兰姆版通俗易懂，更容易让民众接受；而中期则契合了自由民权运动的高潮与政治小说的流行。在转折期的明治，莎士比亚作品的进入与传播有着历史性的机缘，也有着外国教师的努力，培育了日本的莎士比亚研究者。在明治前期，文学尚带有前近代重"人情"的风格，在接受莎士比亚的悲喜剧时，不仅出于对外国风土人情的感兴趣，也契合了转折期的日本作家所具有的戏作人情及参与政治的双重性格。而这些译者所翻译/改写的莎士比亚作品刊登于政论性大报与娱乐性小报、游戏杂志、文学杂志、学术杂志、教育杂志等多种媒体，其刊行的数量及传播的范围相当广泛，可以认为莎士比亚在精英知识分子及普通大众之中得到了很高的认知度。

　　明治后期、大正时代[①]，在少年少女杂志的风靡之下，日本出现了很多面向青少年的改写翻译。以《哈姆雷特》为例，自明治 20 年到昭和的少年少女杂志中刊登的《哈姆雷特》有 13 篇，少年杂志上有 1 篇。这些少女小说反映了大正时代纯情的同性爱小说的流行。[②]同时，随着兰姆版的引进，英国的儿童教育观念也进入了日本社会。

（特邀编辑：崔梦田）

---

① 大正时期为 1912 年 7 月 30 日—1926 年 12 月 25 日。
② 三浦誉史加：《日本における子供向けシェイクスピア翻案物の研究》，《真宗総合研究所研究紀要》31（2012）：208-209。

学人之旅

Journey of Learning

我的"中世纪"之旅

（《噢西坦抒情诗：欧洲诗歌的新开始》新序）

李耀宗

作者简介：李耀宗，美国哥伦比亚大学博士，旅美独立学人，欧洲中世纪学者，详见本文。

Title: My Journey into the "Middle Ages" (New Preface to *Occitan Lyric: New Beginnings of European Poetry*)

Author: Li Yaochung (Ph.D., Columbia University) is an independent scholar and medievalist living in the US. Email: yaochungli@gmail.com

近代文学批评家奥尔巴哈（Erich Auerbach）的名著《模拟》（*Mimesis*）卷首引 17 世纪英国诗人马维尔（Andrew Marvell）的诗句："要是我们有足够的世界与时间……"他的另一部中世纪研究名著《但丁：世俗世界的诗人》（*Dante: Poet of the Secular World*）的卷首引语是古希腊哲人赫拉克利特（Heraclitus）的名言："人的性格（ethos）是他的命运（daimon）。"我就借用这两句作为序言的引子。

奥尔巴哈借"性格即命运"来论证欧洲文学呈现或表征现实（特别是表征个人）的命题：希腊诗人如荷马创造的人物都显得浑然一体，因其身体和精神能统一为独立的个体。他称这种文学对现实的表征为模拟，与后来的现实主义大不相同。如果我们撇开它的希腊宗教原意，以现代人的观点来理解，命运（如天资、家庭、师友等，以及机缘际遇）对人生之旅的影响远远超过性格（包括个性、人格），两者并不等同。不过，性格有时的确会产生决定性的作用。我想从性格（或个性）与命运的角度来介绍我的"中世纪"之旅，说明本书的缘起与形成过程，同时也解释为什么我以"奥丁求符"开始，而以"我为奥丁"结束本书的论述部分。

我的旅程开始于一桩意外的幸运之事：美国哥伦比亚大学（以下简称"哥大"）的英语与比较文学系给了我四年全额奖学金，因为我有意攻读中世纪文学。为什么选中世纪时期呢？因为在中国台湾东海大学选过英语中世纪文学的课，碰到一个上课时总是穿件绿色夹克的英国老师，只记得他叫菲尔丁先生，我们称他为"绿衣骑士"，因为他教我们读过一首很有趣的英文诗《高文爵士与绿衣骑士》（*Sir Gawain and the Green Knight*），使我对中世纪文学留下了深刻的印象。当时我心想，如有机会，一定要读其原文，多多学习这个时期的文学。同时，天真无知的我还认为这是中国知识界研究最薄弱的领域，有待学者耕耘。当时人们对从古希腊、古罗马时期到文艺复兴时期之间约一千年的欧洲历史文化所知极其有限，一般学者以为那是个黑暗时代而不感兴趣，或者因为研究要求过高而知难而退。如今有幸到国外读研，我把握机会，除了满足个人的求知欲，也希望将来可以弥补这块知识界的空白。前一个目标纯属个人的兴趣，后一个目标的情况比较复杂，能否实现，全凭机缘巧合——本书的完成和出版并非偶然或必然之事。

我的"中世纪"之旅开始于纽约。读研真是件赏心乐事，除了受到中世纪研究的基本训练，还能据原文博览群书，不断发现有趣的作者和作品。而最大的发现是，中世纪不是欧洲历史上的一个过渡时期，而是一个新开始。"中世纪"的拉丁词（*medium aevum*）与作为历史分段的名称都首次出现于 17 世纪，从此变成西方史学界的标准用词，泛指公元5—14 世纪这约一千年的历史。其实它是文艺复兴时期的人文学者如彼特拉克（Petrarch）、布鲁尼（Leonardo Bruni）和比翁多（Flavio Biondo）的发明，以之建立一个古代—中世纪—现代的历史分期模式，其中，中世纪变成一个黑暗时代，一个从古典到文艺复兴的过渡期。这个模式一直到 20 世纪还被广泛使用，甚至应用到中国历史分期。可是，更多的学者已意识到它的缺点，认为不适于用它来涵盖这约一千年的史段。因为从政治、社会、经济和文化等各个方面来看，这个时代都是个新生事物出现的时代。如帝国被新兴后继王国替代，后者成为现代民族国家的前身；贵族阶层和封建社会开始建立；基督教独尊和教皇机制开始扩张；各种地方文化蓬勃发展，在拉丁文化的垄断下发展各自的方言文学，奠定了现代欧洲文化的基础。因此，使用"中世纪"一词指代这段时期弊多于利，成为考察这约一千年史实的障碍。我在序文题目里把它放在引号里，表示对它的保留态度。但是，这个词已成习惯用语，在本书中也只好随俗。关于中世纪的问题，我会在第一章进一步讨论。

我最感兴趣的题目就是欧洲诗歌的新开始——所有现代欧洲语言和文学的起点。而出现时间最早，对后世影响最长远的是罗曼语系（Romance languages）文学。中世纪文学的精华所在，不是以前我们所熟悉的晚期（14 世纪）著名诗人如但丁与乔叟的诗歌，而是还要早两个世纪的欧洲诗歌灿烂的新开始：噢西坦抒情诗与古法语叙事诗。在哥大，我有幸得到名师指导，尤其是汉宁（Robert Hanning）教授和费兰特（Joan Ferrante）教授在这方面都给了我宝贵的指点。汉宁除了带我深入古英语与中古英语文学，还引领我进入古法语罗曼史和认识到所谓"12 世纪的文艺复兴"的重要性。费兰特教我普罗旺斯语（现在通称为噢西坦语）与诗歌，教我读但丁，可以说是本书的"教母"。此外，杰克逊（W. T. H. Jackson）教授也指导我读中古高地德语文学、中古拉丁文学和阅读抄本必需的古文书学。其间，最幸运的是我选读了赛义德（Edward Said）教授的文学理论与批评课。这让我终身受用无穷，因为赛义德给我（一个非西方人和非基督徒）在一度被西方基督教观点垄断的中世纪文学研究迷宫里指出了一条"世俗批评"的出路。①我后来在北大教文学理论与批评，也要完全归功于他多年的栽培。

可是，读研很快呈现出一些知识与人生选择的基本问题。在学术分工越来越细的时代，学者的视界变得越来越窄，因为他必须在一个特定的题目上或范围里（特定的作者、作品、时期等）做专家。对一个兴趣

① 李耀宗：《重新开始：纪念赛义德》，《国外文学》，2004（1）：21-23。

宽广的学生而言，这是很难以接受的限制。尤其是对一个偏爱读文学作品，不愿意把人生有限的宝贵时间花在阅读无穷无尽的学术专著上的年轻人，进入学界的代价就显得太高了。取得博士学位前后的教学经验证实，我不喜欢教书和改作业，进入学界不符合我继续研读中世纪文学的初衷。因此，我后来离开了学界，主掌家政，同时做个独立学人。我于国共内战时期被祖母带到台湾，自幼没有得到父母宠爱和家庭温暖。直到三十年后中美建交，我才回到家，此时父亲早已去世，我与母亲也仅有两次短暂的团聚，这成为我的终身遗憾。等自己有了子女，我强烈地希望亲自抚养他们，体验和亲子一起成长的过程。如今看来，我对命运的安排还是很满意的。海阔天空，让我一生任意翱游于西方文史哲书丛之中（也不再局限于中世纪），度过幸运的读书生涯。

我天性爱自由，以读书为第一乐事。身处学界之外的好处很多，其中最主要的是不必撰写或出版学术文章和专著。由于我兴趣广泛，读书的时间都嫌不够，哪有空闲写文章发表。尤其是在初学期间，我从不觉得对任何作者或作品有过人的见解，很少有写心得与人分享的冲动，几乎把全部时间花在阅读文学作品上，只有遇到疑难之处才查阅与其相关的研究专著。因此，从来不敢以专家自居，最多自称为文学生（a student of literature），以做书呆子自傲。我读书做笔记并不勤快，从来不为著书而读书。后来写点书评论文，也是为朋友办学术期刊（郑培凯先生的《九州学刊》）捧场而作。①

当然，任何研究都不能脱离学界，尤其是少不了资料充足的图书馆。何况，上图书馆是人生至高享受，在其中犹如身处仙境。我知道一旦身离学界，就不容易使用大学图书馆的藏书，尤其是原始材料如手抄本更是可望而不可即。因此，我尽量延迟毕业，除了阅读相关研究资料，还把自己未来需要的基本典籍复印下来，作为后来独立研究的"本钱"。虽然这些材料并不够用来著书，却满足了我研读的基本需要。命运的安排

---

① 文章题目如下：《道德戏剧式的政治理论》《理解狄尔泰》《时间与威列克先生》《阐释与批评》《阐释的隐喻》《阐释的寓言》。另一篇《理解中世纪与女人》发表在《当代》。

又让我的两处住所都有充分的图书馆资源，因此，虽然遇到不少困难，我仍然能够独立研究。

既然有了"欧洲诗歌的新开始"这个题目，我的自由容许我悠闲地浏览在研究院正式学过的东西以外的领域，取得对中世纪文学比较全面的认识。除了中古拉丁文学、罗曼语系和日耳曼语系的文学之外，我还广泛涉猎中世纪的凯尔特语系（威尔士与爱尔兰）文学、阿拉伯文学、波斯文学和拜占庭文学，打算将来写出一系列的文章，全面介绍欧洲中世纪文学。除了阅读和做笔记，为了准确地理解原文，我把重点作品逐字逐句地翻译出来，尤其是欧洲新兴的方言诗歌：噢西坦抒情诗和古法语叙事诗《罗兰之歌》（*La Chanson de Roland*）、克雷蒂安·德·特鲁瓦（Chrétien de Troyes）的五部罗曼史、玛丽·德·法兰西（Marie de France）的短篇故事诗（lais）等都有译稿。不过，这些只是用来做语文训练的，不是可以发表的翻译著作。这样，我沉醉于中世纪文学的浩瀚典籍里，完全没留意到奥尔巴哈引的马维尔诗句——"要是我们有足够的世界和时间"所提示的岁月不饶人的紧迫性，只觉得该学的东西无边无际，能学到多少就学多少。我有足够的世界有待探索，足够的时间尽情享受读书之乐。

我虽然不在学界，但是有幸结识了许多学界的书友，都是通过读书认识的朋友、同好，这些书友组成了我的另类"学界"。大学就认识的程一凡先生，当年在加州大学伯克利分校专治中国历史，但对西方历史文化也很熟悉，我们经常交流读书心得。温文尔雅的吴千之先生从北外来哥大英语与比较文学系攻读英国浪漫时期文学，比我晚到几年，成为我的系友和书友。后来郝田虎先生也到哥大英语系攻读文艺复兴时期文学，和我成为知心系友和书友。我还有幸在哥大遇见来自复旦的程雨民先生，他是语言学家，翻译过一些英语和俄语名著。后来，他邀请我去复旦做过演讲。此外，我还有些在纽约认识的外地书友。学贯中西而专治西方哲学的李幼蒸先生，翻译了多部重要的西方经典著作，写了许多讨论西方现代哲学的专著。我们有很多共同的爱好，我从他那里学到如何给中国读者介绍西方文化。我和周蕾女士结识的经过更是值得纪念：我偶尔读到她的一篇文章，觉得气味相投，遂冒昧给她去信，她很快回信，从此成为最志同道合的书友。她专治现代批评理论，一出书就送我一本，我拜读过她的大部分早期著作。我的书友大部分在纽约，后来还成立了读书会，每月聚会一次，讨论一本共同挑选的书。除我例外，成员个个都是学术领域里的佼佼者：数理逻辑哲学家王浩先生、文学家高友工先生、史学家和作家郑培凯先生、在哥大读研的哲学家吴瑞媛女士和谢世民先生。我记得有一次由我主持讨论《玫瑰传奇》，那是最枯燥的一场读书会，我无法说明为什么它是中世纪的畅销书，首次体会到把西方中世纪文学介绍给汉语读者的困难。

在纽约住过二十年后，我迁居普林斯顿，至今又是二十几年。这个大学小城有一所顶尖的高等学府——普林斯顿大学和一个顶尖的学术机构——普林斯顿高级研究院，真是个圣贤满街、群英聚会的地方。我有幸和许多著名的人文学者和科学家，如纳什（John Nash）和威腾（Edward Witten），结识来往。有位当地的德语翻译家——也是我的好友——菲莉煦（Shelley Frisch）女士，译过多部关于尼采、卡夫卡和爱因斯坦的书，得过翻译大奖。我有幸向她请教，花了两个下午，和她逐字逐句解析本雅明（Walter Benjamin）关于翻译家的那篇经典文章。我也有机会遇见从外地来访的学者。与廖炳惠先生结识，更是直接跟我后来出书相关。他是文学理论与比较文学专家，喜欢西方古典音乐，同样推崇我的老师赛义德（后者很欣赏他写的一篇与音乐有关的文章）。我们常常一起去读书会，逛书店，成为知己的朋友。他总是敦促我写点读书心得，后来也全靠他的奔波接洽，出书的事才得以实现。我和旅美舞蹈家江青女士在纽约就认识，后来她又创作著书，成为我的书友。近几年我还和生物学家兼作家徐祁莲女士结识，常常拜读她的有科学眼光的优雅散文小品，与她交流读书心得。通过与这些书友的交往，我得到他们持续的鼓励，让我更踏实地走我的中世纪路子。

能够交上这么多书友是我的福气，尤其是他们赠送的书装满了几个箩筐，给了我极大的鼓舞和挑战。我收到了这么多礼物，拿什么回馈呢？回馈书友成为我写书的主要动机。

20 世纪 80 年代，经王浩先生的介绍，我有幸接到中国的西方中世纪研究先行者李赋宁先生的邀请，在北大教过一年书，结识了他的高足张隆溪、沈弘和冯象诸君。他们都成了我的"中世纪"之旅的良友，与本书的诞生结下不解之缘。北大一别，二十多年后我"复出"时，他们都已成知名学者。沈弘先生是李赋宁先生的关门弟子，在北大读完博士之后，曾多次到西方著名学府深造。他在北大和浙大教中世纪文学，教育、栽培了下一代中世纪学者。我有幸与他的高足郝田虎先生及张素雪女士相识，他们都是扎实认真地做研究的一流学者。沈弘先生关于中世纪英语文学的著作与翻译取得了斐然成果，也是有目共睹的事实，我不必赘言。

冯象先生也是李赋宁先生的得意门生（李先生亲口对我夸奖过他），他到哈佛大学研读中世纪文学，取得博士学位，首次把《贝奥武甫》从古英语翻译成中文。虽然后来改行到法学界，仍然勤奋研究中世纪文学，以中文写出第一部全面介绍亚瑟王故事的《玻璃岛》。他把亚瑟王文学放在整个西方文学三千年的传统里，以讲古和翻译的方式，叙述与亚瑟王相关的故事。尤其重要的是，他提供了许多以前未受重视的文学素材，如威尔士文学与古法语文学，他的这些研究成果是汉语中世纪研究的一个重要里程碑。我对这部博学的书主要的批评是，他"发明"的西方文学传统太过稀松，把神话传说，尤其是蒙默思的杰弗里（Geoffrey of Monmouth）的野史，当作真实历史，不够严谨。其次，他的翻译太过"汉化"，如把特里斯坦（Tristan）译作"哀生"，虽然颇有创意，原名却踪影全无。如此译文读来中国味十足，可是少了点异国情趣。不过，冯先生的独特才能和高超文笔是令人钦佩的，也是不可模仿的。由于我们有许多共同的文学兴趣，他是我"中世纪"之旅的良伴。记得多次在他的铁盆斋寓所品尝过他烹调的肴馔，而我只在呆子巷寒舍以一顿味如嚼蜡的感恩节火鸡餐回馈，十分自惭形秽。蒙他和诸位书友多次赠书，我如果想以书回馈，就得写本比较像样的书。

张隆溪先生与我对现代西方文学理论与批评有同好，我们一见如故，成为书友。我长年累月读书，渐渐有些读书心得。等子女都上了大学，觉得可以"出山"的时候，命运再次向我招手。他听见我有出山之意，即刻邀请我到香港城市大学的跨文化中心做研究。我重返学界时间虽短，却利用这个机会对汉译欧洲中世纪文学的情况做了初步的了解，也以行外人的身份苛刻地批评了学界的一些怪现象，这再度证实我不适于处身学界。[①]在城市大学研究期间，除了做专题研究之外，我还在其"文化沙龙"做过一次关于基廉九世的诗的报告。从听众的反应我首次认识到，要介绍西方中世纪文学给汉语读者，必须先为他们做好基本常识的准备，光凭翻译是不够的。本书对噢西坦抒情诗歌介绍得比较详细，应该感谢沙龙与会者给我的启示。回美之后，我开始认真考虑著书：张先生当然是本书的促生者，在此特地向他致谢。

我刚说过，写书的动机纯粹为回馈书友。可是，我当年只管读书，全不懂得出版事宜，订过一份大而无当的计划，希望推出一套翻译和研究并重的"欧洲中世纪名著译丛"，拟包括如下作品：噢西坦抒情诗；古法语叙事诗，包括演义歌（chanson de geste）《罗兰之歌》、克雷蒂安·德·特鲁瓦的五部罗曼史、玛丽·德·法兰西的短篇故事诗、《列那狐传奇》（*Roman de Renart*）、色情诙谐短篇故事诗（fabliaux）；中古高地德语抒情诗（Minnesang）、《尼伯龙根之歌》（*Nibelungenlied*）与高特非利德·冯·斯特拉斯堡（Gottfried von Strassburg）的《特里斯坦》（*Tristan*）；中古拉丁诗歌，包括《剑桥歌集》（*Carmina Cantabrigensia*）、《布兰那歌集》（*Carmina Burana*）、野兽史诗《伊森格利姆斯》（*Ysengrimus*）和蒙默思的杰弗里的《不列颠诸王纪》（*Historia regum Britanniae*）。这个计划后来逐渐缩减到译介罗曼语系诗歌，只专注一个具体题目，即欧洲诗歌的新开始。即使如此，后来证明这个计划也太大。除了范围仍旧太广，更主要的是出版的困难。

我返美之后，很快完成了噢西坦抒情诗研究的第一部分工作，因为它是整个西方现代诗史上的首要重镇、欧洲中世纪文学的冠顶明珠、欧洲诗歌名副其实的新开始。沈弘先生收到稿件，立刻把它交给《国外文学》发表。[②]当我的噢西坦抒情诗研究与翻译初稿完成之后，廖炳惠先生

---

① 李耀宗：《汉译欧洲中古文学的回顾与展望》，《国外文学》，2003（1）：23-33。
② 李耀宗：《欧洲诗歌的新开始——古噢西坦抒情诗歌（上）》，《国外文学》，2005（1）：21-38；李耀宗：《欧洲诗歌的新开始——古噢西坦抒情诗歌（下）》，《国外文学》，2005（2）：17-29。

自告奋勇替我解决出版的困难。他在中国台湾为我奔波接洽，几经周折，终于找到知识界知名的台湾允晨文化出版社给我出书。其负责人廖志峰先生建议我给噢西坦抒情诗加个比较宽广的背景，以带领读者进入这个相当陌生而且有点专业的领域。我欣然同意，依据以前的读书心得，花了几个月时间，写出第二章"古凯尔特诗歌"和第三章"古日耳曼诗歌"。《诸神的黎明与欧洲诗歌的新开始：噢西坦抒情诗》，由廖炳惠先生作序，于2008年在台湾出版，我终于如愿以偿地以书回馈书友。我在该书"自序：采菊西篱下"这样介绍它的内容：

> 维吉尔之后，但丁以前，这一千三百多年里，西方文化发生了惊天动地的变化，最重要的莫过于欧洲诗歌的新开始。而这件文化史上的大事在汉语世界却鲜为人知，探索其内容就是本书的目的。因此，《诸神的黎明与欧洲诗歌的新开始：噢西坦抒情诗》本身也是个新开始，开辟重要的新领域，首次做出一些成果。

书友们收到书之后的反应令我十分快慰，也是意料中事，因为他们一直都在鼓励我著书。沈弘先生和郝田虎先生更是大力向他们的学生推荐，虽然《诸神的黎明与欧洲诗歌的新开始：噢西坦抒情诗》一书并不在中国大陆发行。郝先生还在文章里赞誉拙著，为它广做宣传。而令我意外的是，本不是我书友的汉学家孙康宜女士，通过出版社向我转达了对书的高度评价。我和她取得联系，蒙她赠书，又添了一位书友。大家都鼓励我再接再厉，把古法语叙事诗的部分早日完成。

可是，有了出书经验之后，我才知道出版这种书的困难，已不敢做此妄想，更不愿再为写书而读书。尤其是研究古法语叙事诗，原始材料的数量与种类都远远超过噢西坦抒情诗，与之相关的文体问题更加错综复杂，十分耗时费事。如长篇的演义歌和罗曼史都超过百篇，每篇从几千行到几万行不等，短篇的光是色情诙谐故事诗就有百余篇。虽然我可以把范围缩小到早期，但数量仍然非常可观。出书次年，廖炳惠先生又热情邀请我到台湾三所大学讲学，做两次报告。于是我准备了两篇讲稿：

一篇是《"宫廷爱情"与欧洲中世纪研究的现代性》，补充了书里提到的一个题目的内容，顺便谈点理论性的问题；另一篇《"从史诗到罗曼斯"与欧洲叙事诗的新开始》则提出当时对这个领域尚未成熟的部分想法。这两篇讲稿，尤其是第二篇，我原来并不想发表；三年后，应沈弘先生的催请，分别发表于《外国文学评论》与《国外文学》[①]，作为我的"天鹅之歌"。

虽然曾放弃著书，我并没停止过对古法语叙事诗的研读。只是"无债一身轻"，我可以继续探索其他领域。从中世纪往古追溯，尤其是阅读晚古时期与希腊化时期的典籍和专著，到这两个尚待深入的世界探索。我的"中世纪"之旅已近尾声，命运再次敲门。在一次偶然的通信中，郝田虎先生征求我出版《诸神的黎明与欧洲诗歌的新开始：噢西坦抒情诗》一书中文简体字版的意见，我乐观其成，全权委托他出版之事。因此写篇新序，向书友们做个交代。

在进一步简介本书内容之前，让我先列举得到的新成果。

●首次全面评述欧洲诗歌的新开始。包括早期凯尔特诗歌（古威尔士与古爱尔兰诗歌）、日耳曼诗歌（古高地德语、古英语与古北欧诗歌）和罗曼语诗歌（噢西坦抒情诗与古法语诗歌）。

●首次专门评述一种文体，噢西坦（Occitan）抒情诗，又叫作普罗旺斯（Provençal）抒情诗。除了深入研究它的存在方式、形式与内容、流传与接受史（history of reception），介绍诗人的生平与评价、文化背景等，还从全部诗歌里精选了 29 位诗人的 66 首诗，从 13 世纪的传记和笺注中挑出精华，把第一手材料译成中文。

●首次提供研究中世纪的基本知识。从抄本的实存状况、形成与流传，到现代校正本的文本批评（textual criticism），都做了翔实的论述。以噢西坦抒情诗为实例，考察西方文本建立的理论、实践与历史，顺便讲一堂西方学术史的基础课。

---

① 李耀宗：《"宫廷爱情"与欧洲中世纪研究的现代性》，《外国文学评论》，2012（3）：5-18；李耀宗：《"从史诗到罗曼斯"与欧洲叙事诗的新开始》，《国外文学》，2012（2）：31-41。

●首次提出对中世纪文学的世俗批评（secular criticism）。以存疑与批判的态度，掌握具体的第一手文献材料，重新检阅、解读早期欧洲诗歌。突破过去立足于宗教观点的诗歌批评，打破自文艺复兴时期以来以希腊罗马直通文艺复兴的正统文化史观，修正以地中海为中心的文化地理观，解构过分简单化的二元对立。

全书分为三部分。

第一部分以"奥丁求符"的神话开始，标示早期欧洲诗歌与宗教之关系的主题。首先讨论研究古代诗歌必须注意的诸多问题，然后对早期欧洲诗歌的概况做个鸟瞰。

第一章厘清一些由于时空与文化距离造成古诗隐晦的观点问题：提出可信的翻译标准与世俗批评的立场，再探索时间引起的"符文效应"、口头与书写、时代错乱等现象，指出传统的中心与边缘文化地理观对研究古诗的妨碍，最后检验两组我们非常熟悉的文化概念："罗马"与"蛮族"、"基督教"与"异教"。如果不澄清这些根深蒂固的成见和笼统的概念，就很难清晰地观察古诗。

第二章开始讨论早期凯尔特诗歌，分成威尔士诗歌与爱尔兰诗歌两部分。以"蜜酒与鲜血"的主题来比较古威尔士的两组名诗——塔列森（Taliesin）的赞诗与《哥多廷》（Y Gododdin）的挽诗里恩主与扈从的关系，前者赞美生命，后者歌颂死亡。从丰富的早期爱尔兰诗歌里，我挑选"海上的马车"作为诗歌里人间与仙界对照和交汇的表征，探讨基督教诗人如何在《康拉出游记》（Echtrae Chonnlai）与《布兰航海记》（Immram Brain）里尝试转化传统题材与主题，以及得到什么成果。

第三章评述三种古日耳曼诗歌。以"枪尖对枪尖"一句话点出古高地德语诗《希尔德布兰之歌》（Hildebrandslied）的关键，用"贝奥武甫的耳朵"聆听古英语诗歌传统与基督教的弦外之音，再从"奥丁的面具"里外寻找古代诸神苟存于北欧诗歌的秘密，及其对诗歌本质的启示。除了《贝奥武甫》，我还讨论了主要的古英语宗教与英雄诗歌。至于北欧诗歌，除了《埃达》（Edda）之外，还介绍了比较不受重视的"宫廷体"（skaldic）诗歌。

第二部分对噢西坦抒情诗做了纵深的评述，也分为三章。

第四章先从希腊罗马文化与中世纪文化断裂和延续的关系勾勒出噢西坦抒情诗出现的文化背景，再以现代的观点分析它怎样在口头与书写、文字与音乐、拉丁与方言（宗教与世俗）、诗歌传统与个人才能四个层面建构欧洲诗歌的新范式。

第五章离开现代，重现过去，追溯噢西坦抒情诗从但丁的时代到 20世纪的流传与接受史，发掘历代读者赋予它的各种意义，间接见证将近八百年的欧洲思想变迁史。然后把焦点集中于具体媒体，详细叙述诗歌抄本的形成与流传的情况，包括对一部重要抄本的考察报告。最后检验抄本如何被编辑成现代读者所依赖的文本，从历代编者遇到的理论和实践上的困难，认识到文本的不稳定性与揣测成分，同时也间接学习到一点西方文本批评的历史。这些都是阅读中世纪文学必备的基本知识，也是中世纪文学与现代文学的主要差异之处。

第六章带领读者进入诗歌的表演现场，从现代抵达 13 世纪诗人小传与诗歌笺注的世界，在那里就近观赏诗人的演出。笺注、小传作者是最接近诗人的听众，从他们最感兴趣的题目与诠释中，我们可以看见诗歌当时的意义。这些小传与笺注也是最早的噢西坦散文故事，不只是珍贵的文学史素材，还有点文学价值。

第三部分收集翻译了 29 位诗人（包括 3 位女诗人）的 66 首诗。每个诗人都有简介，每首诗都注明出处和诗格，译文力求信达。虽然明知诗不可译，却因信口谈诗，无词为证，对不起读者，只好勉强为之，只传达知识，与诗意无关。

可见本书不只俯瞰整个欧洲诗歌开始的局面，并挑选其中最重要的文体做纵深的研究；不只介绍中世纪诗歌，还提供阅读、理解古诗的基本知识；注重研究，也兼顾翻译。

回顾过我的"中世纪"之旅与本书的诞生，最后我想介绍本书的特色。仍从奥尔巴哈的马维尔引言"要是我们有足够的世界与时间……"说起。他的巨著《模拟》畅论从荷马、《圣经》到伍尔夫与普鲁斯特的西方文学，但没在书里说明为何引这诗句。除了写书的迫切性，我想这与他著作的时代和地点有关。他的"世界与时间"已不再是第二次世界大战以前的德国马尔堡大学，而是他被纳粹放逐到土耳其后所居住的伊斯坦布尔，不具备写学术专著的条件。因此，他的书里没有任何注脚和书目。可是，从他书的后记看，要是他有"足够"的条件，就不可能写出这本名著。虽然我们的处境有相似之处（如研究环境欠佳、涵盖面太广、学术形式不够专业等），但我绝对不敢和他相提并论，只是觉得这引语点出了本书有点奥尔巴哈的特色。如果我有足够的时间像专家那样去研究所有的早期凯尔特诗歌和日耳曼诗歌（像马维尔诗中情人那样花一百年称赞女友的眼睛，两百年赞其胸脯，三万年赞其其余），大概就写不出本书里的相关篇章。

我想借用公元前 5 世纪希腊诗人品达（Pindar）的名句（揣译如下）"蜉蝣之物，是什么？不是什么？人是梦中阴影，但每逢神赐光彩乍现，灿烂辉煌与美好人生就会来临"①作为结语。品达把人的出色表现（如运动会上胜出和诗人的诗歌戏剧得奖）归诸神赐的光彩照射。依我世俗的看法，神是诗人凭想象力创造的表征、符号和面具。我们不也常说作家的神思灵感和神来之笔吗？学者著书也需要有想象力，受惠于神赐的光彩，也就是多次提到的命运。我有幸遇见这么多书友，而最幸运的是于半世纪前结识民哲，她无怨无艾地陪我上路，全力支持我追求我的理想，即使活在"梦中阴影"的世界。没有她就没有这本书，谨把本书献给她。这是一部靠想象力研究诗人想象力的著作，其论述部分以"奥丁求符"开始，而结尾是："以上就是我——奥丁——身悬知识之树几十年所见所闻，留下来的记录，与爱好诗歌的读者分享。"

（2017 年 11 月 27 日于普林斯顿呆子巷）

（特邀编辑：郝田虎）

---

① 原文为：ἐπάμεροι: τί δέ τις; τί δ᾽ οὔ τις; σκιᾶς ὄναρ
　　　ἄνθρωπος. ἀλλ᾽ ὅταν αἴγλα διόσδοτος ἔλθῃ,
　　　λαμπρὸν φέγγος ἔπεστιν ἀνδρῶν καὶ μείλιχος αἰών.
　Pindar, *Pythian 8*, 95-97. 来自 Perseus Digital Library, at www.perseus.tufts.edu.

中国莎学百年的见证

——拜望莎学世纪老人散记

杨林贵

作者简介：杨林贵，东华大学教授，主要研究方向为英美文学、莎士比亚、翻译研究。发表研究论文数十篇，近年出版文集若干部，主要包括《莎士比亚与亚洲》（梅林出版社，2010）、《莎士比亚在新旧亚洲》（洛兹大学出版社，2013）、"中国莎士比亚论丛" 7 册（东北师范大学出版社，2013）、"莎士比亚研究系列" 5 册（商务印书馆，即出）。

Title: Visits with Professors Zhang Siyang and Ren Mingyao, Witnesses of the Centennial History of Shakespeare in China

Author: Yang Lingui is a professor of English at Donghua University. His major research interest is Shakespeare although he also publishes on American literature and translation studies. Yang has published numerous essays on Shakespeare. His recent book publications include *Shakespeare and Asia* (Edwin Mellen Press, 2010), *Shakespeare in Old and New Asias* (University of Lodz Press, 2013), *Shakespeare Studies in China* (7 volumes, Northeast Normal University Press, 2013), and *Selected Shakespeare Studies* (5 volumes, The Commercial Press, forthcoming). Email: l-yang@dhu.edu.cn

　　笔者有幸于 2017 年暑期前后分别拜望了张泗洋、任明耀两位年近期颐的莎学老人。对莎士比亚作品的共同志趣，让笔者与这些老辈学者缔结了友谊。而这种友爱数十年的绵延，笔者认为，要归功于这些前辈的为学与为人。为学者，他们是促进 20 世纪中国莎学发展的重要人物；为人者，上善若水是他们的品性，或许也是他们长寿的秘诀之一。首先，莎士比亚之缘联结了不同年代的人。不管生长于忧患还是安乐年代，人们都从莎士比亚作品中得到愉悦和启迪，而大家以莎会友，分享体会与研究，就形成了一个志趣相投的友爱共同体。张、任两位是这个共同体中健在的最年长的前辈。他们见证了莎士比亚被介绍到中国一个多世纪以来的风风雨雨，也为中国莎学做出了巨大贡献，是中国莎学史上的重要人物。他们是 20 世纪 80 年代中国"莎学热"中的活跃分子，也是中国莎士比亚研究会（原"中莎会"）创始期的重要会员。笔者在这里记叙与他们交往的点滴，与有兴趣的莎学同仁分享。

2017 年 8 月下旬的温哥华，气候宜人，笔者怀着崇敬的心情拜望了原中国莎士比亚研究会副会长张泗洋老师，与他一同度过了一个下午的愉快时光。张泗洋，1919 年生于江苏泗阳，吉林大学中文系退休教授。他 1941 年考入中山大学外文系，同年参加中共地下组织，开展学运工作，1944 年转入重庆中央大学外语系，1945 年毕业后继续从事党的地下工作，1947 年被捕，于沈阳解放时出狱。中华人民共和国成立后历任中学校长、沈阳师专教务长、东北师范大学中文系副教授、吉林大学教授。曾经担任中国莎士比亚研究会副会长、吉林省莎士比亚协会会长。他从 20 世纪 50 年代开始研究莎士比亚，积累的 40 本笔记及其他研究资料在"文革"期间被抄家抢走并散失，20 世纪 80 年代初开设莎士比亚课程，并招收莎士比亚戏剧研究生，先后培养了 3 期共 12 名硕士研究生，是我国最早招收莎学方向研究生的导师。

张泗洋发表了关于莎士比亚的研究论文数十篇，代表论文包括《马克思与莎士比亚》（1983）、《莎士比亚悲剧的艺术特征——纪念莎士比亚诞辰 420 周年》（1984）、《哈姆莱特的忧郁性格》（1987）、《音乐中的莎士比亚》（1987）等。1989 年出版了 70 万字的《莎士比亚引论》（与张晓阳、徐冰合著）（中国戏剧出版社），被美国《莎士比亚通讯》誉为"中国第一部全面地、系统地研究莎士比亚，具有中国学术特色的莎学专著"。1991 年出版另一部专著《莎士比亚戏剧研究》（时代文艺出版社，2011

年重印）。他先后主编了吉林省莎士比亚协会的两本学刊《莎士比亚的三重戏剧》（与孟宪强合作主编，东北师范大学出版社 1988 年版，2011 年重印）、《莎士比亚在我们的时代》（与孟宪强合作主编，吉林大学出版社 1991 年版，2011 年重印）。他耄耋之年主编出版了 200 余万字的《莎士比亚大辞典》（商务印书馆 2001 年版）。他在战争和动乱环境下经历的个人磨难没有磨灭他的学者气质和修养，在逆境中仍坚持有价值的学术思考，为"文革"结束后莎学研究的迸发奠定了基础，令人敬佩。

2017 年 8 月 25 日于温哥华拜望张泗洋老师

笔者最初与张老师认识是在 20 世纪 80 年代末，在孟宪强教授的引荐下，聆听了他给吉林大学研究生开设的莎士比亚研究课程，对莎士比亚的博大精深开始有了初步了解，也开始了这段令我受益匪浅的忘年之交。后来有幸参加了他主持的《莎士比亚大辞典》的编撰工作，并协调配合张老师、孟老师主持的吉林省莎士比亚协会的工作，更深入体会了老一辈的治学精神。两年前，张老师从加拿大家中寄来一封亲笔信，委托笔者负责《莎士比亚大辞典》的修订再版工作。笔者已经开始有关资料的更新积累，但遗憾的是，因为近年奔波于大洋两岸，一直忙于教学和日常杂务，还没能在这项重大工程上投入足够的时间，或许更要克服拖沓的陋习，早日完成使命，以不辜负前辈的重托。从这方面来说，张老师一生勤奋，永远是笔者学习的榜样。

98 岁的张老师，精神矍铄，声音洪亮，走路不需辅助，这与他的勤奋和坚持锻炼有很大关系，他一贯脑勤体勤。青少年时期他和那一代的很多热血男儿一样，怀着救国救民理想，习武练功。和平年代，操练武功成了他的锻炼项目，直到几年前家人出于他的身体状况的考虑，劝阻他进行剧烈运动，他现在改为走步锻炼。虽然近两年记忆减退、听力有障碍，但当我们谈到莎学人物、莎学事件，他依然兴致盎然。笔者向他汇报了近年国际国内莎学发展的一些情况，他不时点评或者提问。他还一直坚持写作，到北美生活以来，回顾了在中国 20 世纪政治风云变幻背景下个人的奋斗历程，撰写了百万字的自传。期待他的手稿早日编辑出版，让我们能够欣赏他作为见证人为近百年中国历史的沧桑巨变留下的真实记录。

2017 年 5 月初，笔者应邀在杭州讲学期间，与浙江大学郝田虎教授一同拜访了另一位莎学前辈，95 岁的任明耀老人。任明耀先生，1922 年生于浙江杭州，原杭州大学（现浙江大学）中文系退休教授。任先生 1948 年毕业于上海暨南大学外文系，曾任浙江省外国文学研究会理事长、浙江省文学学会理事、浙江省戏剧理论研究会理事等学术职务。他是中国莎士比亚研究会的首期会员，也是较早加入国际莎士比亚学会的中国学者，出版外国文学研究著作及译作多部。20 世纪 80 年代开始发表莎士比亚研究成果，代表作有《谈莎士比亚的历史剧》《惊心动魄的爱情大悲剧——〈安东尼与克莉奥佩特拉〉的艺术技巧》《李尔王的哲理性》《论莎士比亚戏曲化》《情趣无穷的〈驯悍记〉》《莎士比亚在我们的时代》等莎学论文，出版研究文集《说不尽的莎士比亚》（香港语丝出版社 2001 年版）。1986 年应邀参加于柏林召开的第四届世界莎士比亚大会，提交会议论文《〈李尔王〉研究在中国》。可以讲，任明耀先生是我国前辈莎士比亚爱好者和研究者的一个典型代表。几十年来，他一直关注中国莎学的动向。我们看到，在他的书桌上赫然摆放着 2016 年卷的《中国莎士比亚研究通讯》，他说要不断向年轻学者学习，这既体现了老人家谦逊的风范，或许也是他长寿的秘诀之一，即"活到老，学到老"。

2017 年 5 月 4 日于杭州拜望任明耀老师

　　任老兴趣爱好广泛，对于戏曲以及书法艺术都颇有造诣。在我们拜访时，他饶有兴味地谈到他的莎学研究、书法研习体会，还向我们展示了他早年创作并出版的童话作品，以轻松的形式教诲为人之道。他本人为人诚恳豁达，豪爽好客，总是带着笑眯眯的神情，是个乐天派。笔者在 30 年前与他初次见面就开始熟悉了这样美妙的神情。1988 年还是研究生的笔者来到杭州，向他请教向中文系学生教授莎士比亚的经验，他不但不嫌我这个小字辈冒昧，反倒不厌其烦地留我在家中用晚餐，并特意嘱咐老伴为我做了东坡肉。那是我尝过的最美味的东坡肉，至今令我回味无穷，不仅仅因其美妙的江南风味，而更在于任老传送给我的人情温暖。第二次见到任先生，是在 1992 年"中莎会"在上海举办的纪念朱生豪诞辰 80 周年莎学研讨会上，那时任老已是古稀之年，但和年轻人一样精神抖擞，活跃在会场内外。我们一见面，他竟马上亲切地叫我"小杨老师"（笔者当时刚刚从教两年），他的和蔼可亲给我更大的温暖和鼓励。

一年前，他听说我在国内，特地寄来了书法作品"君子之交淡如水"，正契合了笔者交友的态度，也概括了笔者与张泗洋、任明耀等前辈之间的友谊：不尚虚华，却关爱绵长。笔者视之为珍宝，经过装裱挂在办公室墙上，这幅作品时时提醒我与任老的多年情谊，也为工作空间增添了温馨。拜访临别，任老再次展现了他的慷慨为人，向笔者和郝教授赠送了个人研究文集《求真斋文存》(浙江大学出版社2014年版)、最新的墨宝等珍贵礼物，并应允为郝教授主编的集刊撰稿。

求真探索以及奖掖后进，是张泗洋、任明耀等老一辈莎学学者的共同特点。不仅如此，我们还需要跟前辈学习为学为人的真谛：一心向学，淡泊名利。他们从事学术研究大多兴趣使然，有感而发，不为名利。他们发表的莎士比亚评论大多在60岁之后，研究与职称晋级等功利目的毫不相干，也没有受当今某些所谓核心刊物类的学术八股的驱遣。他们又都是古稀之年仍然笔耕不断。他们正值壮年时，正常的学术研究受到压制，直到"文革"结束后学术能量才得以迸发。他们的研究有其时代特色，当然也受到时代条件的局限，可能缺乏所谓的"科学性"。然而，我们的时代开始越来越多地见证这样一种现象：失却了人文关怀、只为名利而驱动的学术研究，越是"科学"越是可怕。所幸这些前辈的研究少有公式化和套路化的"学术前沿"逻辑。

祝愿两位前辈期颐之年康泰祥和！也愿莎学这个友爱共同体特有的温情不断传递。

(2017年9月10日初稿，2018年2月25日修改)

(特邀编辑：邢锋萍)

著译者言

Author's/Translator's Preface

《斯宾塞诗歌选集》译者前言

胡家峦

内容提要： 本文探讨斯宾塞诗集《爱情小诗和祝婚曲》（1595）三部分之间的关联，并分析十四行组诗《爱情小诗》和《祝婚曲》的创新之处，指出《阿那克里翁体短诗》的桥梁作用。

关键词： 埃德蒙·斯宾塞；《爱情小诗》；《祝婚曲》；《阿那克里翁体短诗》

作者简介： 胡家峦，北京大学外国语学院英语系荣休教授，博士生导师，曾任英语系系主任、外国语学院首任院长，研究领域为英美文学，尤其是文艺复兴时期英国诗歌，出版著作多部，包括专著《历史的星空：文艺复兴时期英国诗歌与西方传统宇宙论》和《文艺复兴时期英国诗歌与园林传统》、译著《斯宾塞诗选》、编注《英美诗歌名篇详注》、主编《杰克·伦敦文集》等。

Title: The Translator's Preface to *Selected Poems of Edmund Spenser: Sonnets and Others*

Abstract: The essay delves into the connections between the three parts of Edmund Spenser's *Amoretti and Epithalamion* (1595). It analyzes what is original about the sonnet sequence *Amoretti* and *Epithalamion* and pinpoints the bridging function of "Anacreontics."

Key words: Edmund Spenser, *Amoretti*, *Epithalamion*, Anacreontics

Author: Hu Jialuan, Professor Emeritus in the School of Foreign Languages, Peking University. His research field is Anglo-American literature, especially Renaissance English poetry.

斯宾塞的十四行组诗《爱情小诗》和《祝婚曲》最早见于威廉·庞森比（William Ponsonby）于 1595 年在伦敦出版的一部八开本的书，书名为《爱情小诗和祝婚曲。埃德蒙·斯宾塞近作》（*Amoretti and Epithalamion. Written not long since by Edmunde Spenser*）。庞森比在书前写了一篇《致尊敬的罗巴特·尼达姆（Robart Needham）爵士先生》的献函，献函中说到斯宾塞上述诗歌的手稿早先是由尼达姆爵士从爱尔兰带到英格兰的。但有关尼达姆和斯宾塞之间的关系，现已无从稽考。在庞森比的献函之后，还附有《老 G. W. 致作者》和 G. W. I. 的《致作者》两首献诗，均采用斯宾塞十四行诗体写成，诗中盛赞斯宾塞的成就。老 G. W. 可能是英国诗人老杰弗里·惠特尼（Geoffrey Whitney Senior，约 1548—约 1601），而 G. W. I. 则可能是小杰弗里·惠特尼（Geoffrey Whitney Junior）。

在 1595 年的八开本中，《爱情小诗》和《祝婚曲》两者之间插有四首按古希腊抒情诗人阿那克里翁（Anacreon，公元前 570—前 480）的风格写成的短诗，这些短诗没有标题，后来就被称为"阿那克里翁体短诗"（*Anacreontics*）。因此，1595 年的八开本中实际上包含三组诗歌：《爱情小诗》《阿那克里翁体短诗》和《祝婚曲》。

早期批评家大多认为《爱情小诗》是独立的十四行组诗，而《祝婚曲》只是附于其后随之发表的作品。但是，现今的批评家大多倾向于认为，这两组诗歌是相互关联的：《爱情小诗》描述斯宾塞向伊丽莎白·博伊尔（Elizabeth Boyle）求爱的过程，而《祝婚曲》是斯宾塞对他自己婚礼的庆贺。在《爱情小诗》第 74 首中，斯宾塞明确提到了伊丽莎白这个名字，随后在《祝婚曲》（第 263—266 行）中又提到了 1594 年夏至那一天。人们据此推论，斯宾塞是在 1594 年夏至那天在爱尔兰的科克与伊丽莎白·博伊尔举行婚礼的。因此，《爱情小诗》和《祝婚曲》被视为斯宾塞献给他的新婚妻子的两组相互关联的诗歌。

那么，插在这两组诗歌当中的《阿那克里翁体短诗》与这两组诗歌有无关联呢？

我们不妨先粗略地观察一下《阿那克里翁体短诗》。这四首诗歌不仅篇幅短小，显得微不足道，而且还带有某种程度的淫猥色彩（某些早期批评家因此认为它们不是出自斯宾塞之手）。既然如此，斯宾塞为什么要把这四首短诗收入他的系列组诗之中呢？这个问题长期以来都是一个不解之谜(Hutton, 1036-1058)。可以看到，在《斯宾塞作品集注本》(*The Works of Edmund Spenser: A Variorum Edition*, 1932—1949）中，早期的编纂者和批评家都坦言他们的困惑。科利尔（J. P. Collier）在他编纂的《斯宾塞作品集》(*The Works of Edmund Spenser*, 1862）中，把这些短诗都按原书的编排顺序置于《爱情小诗》之后，希望斯宾塞诗歌本身就能"有好的理由来解释它们"。此外，帕尔格雷夫（F. T. Palgrave）在格洛萨特（A. B. Grosart）编纂的斯宾塞全集（1880—1888）中，以及奥斯古德（C. G. Osgood）在《斯宾塞作品集注本》中，都没有提供进一步的解释。相反，他们两人都不过勉强地承认这些短诗确实出于斯宾塞之手而已。伦威克（W. L. Renwick）则公开批评这些诗歌是一种不成功的试验，并指出它们"与《爱情小诗》和《祝婚曲》两者的严肃情感均不一致"，而且还认为斯宾塞是由于粗心和匆忙的缘故，才收入这些短诗的（Miola, 50-66）。上述见解得到稍后批评家们的支持。利弗推测，这些诗歌之所以被"附加"上去，只是因为要填满这个小小的书卷而已（Lever, 101）。韦尔斯福德认为，这些"不太出色、没有独创性"的"阿那克里翁体短诗"偏离了十四行组诗的统一性（Welsford, 2）。

但是，近来有些批评家，如邓肯-琼斯（K. Duncan-Jones）、克里根（W. Kerrigan）和沃肯廷（S. Warkentin）等，都坚信斯宾塞的这三组诗歌是密不可分的，它们明显地呈现出一种三重结构，即两组较长的作品（《爱情小诗》和《祝婚曲》）被一组短小的"阿那克里翁体短诗"隔开。他们指出，斯宾塞在给予他的作品以三重结构方面，实际上是遵循英国 16 世纪 80—90 年代出版的十四行组诗的一种常见的惯例。也就是说，一组十四行诗后面一般都跟着一个篇幅较长的正式作品或叙事作品，这两个部分经常由一组短诗隔开，而这组短诗又往往是按照阿那克里翁风格写成的。譬如，理查德·巴恩菲尔德（Richard Barnfield, 1574—1620）用一首颂歌把他的十四行组诗《辛西娅》(*Cynthia*, 1595）与其后面的叙事诗《卡桑德拉传说》(*The Legend of Cassandra*）隔开，而这三个部分在各自的末尾都分别标明"完"。托马斯·洛奇（Thomas Lodge，约 1558—1625）用一首与阿那克里翁风格相联系的颂歌把他的十四行组诗《菲利斯》（*Phillis*, 1593）与其后的长篇叙事诗《埃尔斯特雷德的悲惨怨诉》（*The Tragicall Complaynt of Elstred*）隔开。萨缪尔·但尼尔（Samuel Daniel, 1562—1619）用一首短小的颂歌把他的十四行组诗《迪莉娅》（*Delia*, 1592）与其后面的浪漫传奇《罗萨蒙德的怨诉》（*The Complaint of Rosamond*）隔开。因此，不足为奇的是，斯宾塞的这部作品也遵循同样的惯例，采用三重结构的模式。此外，在这种惯例中，插在两组诗歌之间的短诗一般也都是比较轻快活泼的，从而使得通向新的风格或情绪的道路显得轻松，犹如"两道菜肴之间的冰糕，或一出戏剧中两个部分之间幕间插演的音乐"（Maclean and Prescott, 638）。持有这种三重结构观点的批评家们主张，斯宾塞的《爱情小诗》《阿那克里翁体短诗》和《祝婚曲》应当作为一个有机的整体来阅读（Larsen, "Introduction"）。

*

斯宾塞描写求爱过程的《爱情小诗》包括 89 首十四行诗，它与锡德尼（Philip Sidney, 1554—1586）的十四行组诗《爱星者和星》（*Astrophel and Stella*）和莎士比亚的十四行组诗被誉为英国文艺复兴时期著名的三大十四行组诗。总体来说，斯宾塞的《爱情小诗》在其完整性方面，在其所述故事的复杂性和趣味性方面，不仅超越了彼特拉克传统中的任何十四行组诗，而且胜过同时代英国诗人锡德尼的十四行组诗《爱星者和星》，可以和莎士比亚的十四行组诗相媲美。

毋庸置疑，采用十四行组诗来描述情人追求美丽女子的思想，在 1595 年斯宾塞的《爱情小诗》问世以前就有过先例。在怀亚特（Thomas Wyatt, 约 1503—1542）和萨里（Henry Howard, Earl of Surrey, 约 1517—1547）引进意大利诗人彼特拉克（Francesco Petrarch, 1304—1374）《歌集》（*Canzoniere*）中的十四行诗体以后，这种诗体就立即引起了英国诗人的极大兴趣。1582 年，托马斯·沃森（Thomas Watson, 1555—1592）的《爱的热情世纪》（*Hecatompathia*, 1582）问世，表明英国的年轻一代诗人力图复兴彼特拉克式诗歌的努力。锡德尼去世五年后，他的《爱星者和星》于 1591 年出版，从那时起，用英语写作彼特拉克式十四行组诗就开始盛行，接连出现了老贾尔斯·弗莱彻（Giles Fletcher the Elder，约 1548—1611）的《丽西亚》（*Licia*，1593）、巴纳比·巴恩斯（Barnabe Barnes）的《帕忒诺菲尔和帕忒诺菲》（*Parthenophil and Parthenophe*，1593）、亨利·康斯塔布尔（Henry Constable，1562—1613）的《狄安娜》（*Diana*，1594）、迈克尔·德雷顿（Michael Drayton，1563—1631）的《爱狄亚的镜子》（*Ideas Mirrour*，1594）、威廉·珀西（William Percy，1574—1648）的《科莉亚》（*Coelia*，1594），以及前面已经提及的洛奇的《菲利斯》、但尼尔的《迪利亚》和巴恩菲尔德的《辛西娅与卡桑德拉传说》等广为人知的十四行组诗。

这个时期的英国十四行组诗都大量借鉴了法国和意大利的众多典范，尤其是彼特拉克在《歌集》中写给劳拉的十四行组诗。从 14 世纪初到 16 世纪末的大约三百年期间，彼特拉克"温柔的新体"诗的音调和技巧在西方爱情诗领域占有压倒性的地位。彼特拉克十四行诗的思想结构支配着文艺复兴时期诗人的想象。在伊丽莎白时代的英国，特别是在斯宾塞以前，许多十四行诗诗人还没有成功地从彼特拉克传统中解放出来。他们大多不过是把彼特拉克及其意大利和法国追随者们的诗歌译成英语诗歌而已。然而，值得认真探讨的是，英国十四行诗的历史或许主要并不是表明它如何对彼特拉克传统进行借鉴，而是表明它如何从彼特拉克传统中逐步地解放出来。

从这个角度来看，斯宾塞的十四行组诗究竟在哪些主要方面突破了彼特拉克传统，并体现了创新色彩呢？

首先，从格律上说，斯宾塞的十四行诗体有其明显的独特之处。事实上，文艺复兴时期英国十四行诗作者早就表明他们在格律上独立于彼特拉克。因为就彼特拉克或意大利形式的十四行诗体而言，它包括一个八行诗（octave）和一个六行诗（sestet），其韵脚排列是：

abbaabba cdecde

　　而由萨里伯爵所确立的英国式或莎士比亚式十四行诗体则变为三个四行诗（quatrain）和一个双行诗（couplet），其韵脚排列是：

abab cdcd efef gg

　　对照来看，英国式十四行诗不仅把意大利式八行诗和六行诗的结构改变为三个四行诗和一个双行诗的结构，而且把意大利式的韵脚数从五韵扩展到七韵。此外，在韵脚排列上也加以变化。

　　然而，斯宾塞式十四行诗的韵脚排列与上述意大利式和英国式都不尽相同，其韵脚排列是：

abab bcbc cdcd ee

　　显而易见，斯宾塞式不是英国式的七韵，而是回到意大利式的五韵，同时又保持英国式结构的主要特点，即包含三个四行诗和一个两行诗。在斯宾塞式的韵脚中，b 和 c 两个韵都分别重复四次，相互交错，形成"连环扣"，音调委婉曲折，甜美和谐。斯宾塞连接四行诗的方式（abab bcbc）是从法国诗人马罗（Clement Marot, 1496—1544）那里学来的。可以说，斯宾塞的十四行诗既不是意大利式，又不是英国式或莎士比亚式。他的十四行诗体独树一帜，后来就以他的名字命名，称为"斯宾塞十四行诗体"。

　　有必要提及的是，斯宾塞并不是创造这种十四行诗体的唯一诗人。在 1584 年（即在《爱情小诗》和《祝婚曲》出版之前十年，在斯宾塞最早留存的十四行诗写成以后四年）出版的一部题为《诗歌的神圣艺术：初学者的尝试》（*The Essayes of a Prentise, in the Divine Art of Poesie*）的书中，苏格兰王詹姆斯六世和其他五位苏格兰诗人发表了 20 首采用了与"斯宾塞十四行诗体"相同的诗体写成的十四行诗。詹姆斯写了 15 首，托马斯·哈德森（Thomas Hudson）、罗伯特·哈德森（Robert Hudson）和"M. W."、福勒（William Fowler）和苏格兰大诗人蒙特格默里（Alexander

Montgomerie）各写了 1 首。对于这种情况的最新研究支持这样的结论，即斯宾塞和苏格兰诗人们都是各自独立地发展了这种形式的（Kellogg and Steele, 451）。

除格律外，《爱情小诗》的独特之处还表现在组诗中时间结构的精妙设计方面。关于《爱情小诗》的结构，批评家们众说纷纭，但大多与诗人求爱的时间进程有关。一般来说，组诗中可以觉察到时间的推移：从一年的开始（第 4 首），经过以圣灰星期三（第 22 首）为开端的四旬斋、岁末（第 60 首），直到新的一年的开始（第 62 首）、复活节（第 68 首）及以后，诗人的求爱大约经历了一年多的时间。此外，这些十四行组诗还常被称为某种"抒情花环"，其主要原因就是组诗中不时地暗示"年"的进程及其循环轨迹（Maclean and Prescott, 638）。

亚历山大·邓洛普论证了时间进程的暗示如何给予组诗以连贯性。他指出，在伊丽莎白时代的英国，一般来说通行两种历法：一种是公历（或格里高利历），即一年从 1 月 1 日开始；另一种是民用历（或儒略历），即一年从 3 月 25 日开始。如果设想，《爱情小诗》第 22 首所说的"神圣的时日"（第 3 行）指的是圣灰星期三[①]，那么由此开始的"神圣的节期"（第 1 行）指的就是四旬斋，四旬斋为期 40 天，一直持续到复活节，而第 68 首就是庆祝复活节的[②]。于是总数为 89 首的十四行组诗《爱情小诗》构成了一幅三联画：中心部分有 47 首诗，与为期 40 天的四旬斋、外加其间 7 个星期日的数字 47 相应；而首尾两部分则各有 21 首诗，形成前后对称的格局（Dunlop, 1980）。不仅如此，如果说第 62 首提到的新年按照儒略历始于 3 月 25 日，那么就可以确定该年是 1594 年，因为只有 1594 年的复活节（参见第 68 首）才确确实实落在了六天以后的 3 月 31 日。

有些批评家如卡斯基（Kaske, 1978）对《爱情小诗》隐含一年某个时段的时间设计持否定态度，而有些批评家则尝试拓展邓洛普的观点，他们详细阐述了包括《祝婚曲》在内的某种更大的模式，如汤普森

---

① 复活节前第七个星期三，四旬斋的第一天。
② 每年春分月圆之后第一个星期日。

（Thompson, 1985）和福田（Fukuda, 1988）等。也有些批评家试图进一步追溯与教会年历的联系，如普雷斯科特（Prescott, 1985）、约翰逊（Johnson, 1990）和拉森（Larsen, 1997），他们认为，这样的一个事实或许并非偶然，即：斯宾塞十四行组诗中有 89 首十四行诗，而在伊丽莎白时代的《公祷书》中也有 89 组取自《圣经》、为特殊日子编写的阅读经文。

尽管批评家们对《爱情小诗》的结构莫衷一是，但他们都旨在给予《爱情小诗》以某种内在的统一性，从而为进一步研究提供了值得参考的不同视角。

下面着重考察一下《爱情小诗》在运用意象和比喻方面的独特之处。

毋庸讳言，斯宾塞在这方面的创新往往受到质疑，因为和文艺复兴时期的爱情诗一样，斯宾塞的《爱情小诗》也大量借鉴了彼特拉克传统的奇喻（conceit），而且大多是已经"确立的类型"（Larsen, 2）。

说到奇喻，它是彼特拉克传统中的一种特殊的隐喻模式，或是对诗歌结构具有重要作用的一种精致灵巧的隐喻。在某种意义上，奇喻是思想的装饰。以《爱情小诗》第 10 首为例，诗人把他的爱人称为"女暴君"，并请求"爱情之主"（小爱神）把她的"罪过"都记到他的"黑名册"里，以便把她缉拿归案。实际上，这首诗的整个思想不过是一种高度形象的说法，它表达了诗人的希望，希望他的爱人能深切体味，热恋情感在蒙受极大屈辱时会产生怎样的感受和反应。

同彼特拉克式的奇喻一样，斯宾塞的奇喻经常以一系列传统的所谓"诙谐模仿"（parody）为基础（Kellogg and Steele, 453-454）。这些"模仿"为几乎源源不断地产生隐喻的意象提供了素材和规则。

有一种"模仿"是基于中世纪典雅爱情文学传统中的爱情法庭，它把类似于司法的程序当作表现两性之间相互关系的模式。掌管法庭的是爱情之主，即上述第 10 首十四行诗中掌握黑名册的小爱神。遭到不公对待的情人可以把他的情妇召到爱情法庭受审；她可以蔑视法庭；她的情人可以在监狱中服刑；情人还可以聘请律师为他辩护，诸如此类。

另一种"模仿"是把爱情想象为武装冲突，把心中的爱人比作"冷酷无情的武士"（第 11 首）或"甜蜜的武士"（第 57 首）；把自己对爱人的苦苦追求比作围攻堡垒（第 14 首）；不断地"祈求和平"（第 11 首）或渴望"休战"（第 12 首）；把自己比作俘虏或囚徒（第 52 首）；把"控告、祈求、乞怜、气馁和悲痛"之类的求爱手段喻为围攻的武器（第 14 首），如此等等，不一而足。

更为重要的是，把爱情看作是对基督教的一种模仿（第 22 首，第 68 首）。由于描写宗教膜拜的诗歌和描写理想化性爱的诗歌之间有着相似之处，这两个传统就几乎难分难解。一方面，宗教作品往往采用模仿司法程序和武装战斗的意象和比喻；另一方面，受《旧约·雅歌》激发而写的充满激情的宗教诗歌也模仿性爱。性爱诗歌模仿宗教，宗教诗歌模仿性爱，这两个传统相互依存，相互渗透，这种情况持续不断，在斯宾塞以后很长时期内都是如此。

但是，在某种意义上，如果把上述各种"模仿"最终产生的奇喻当作一种分析和探讨的手段，那么认为斯宾塞的奇喻单纯是"模仿"的观点就不免有失偏颇了。譬如，斯宾塞在他的十四行组诗中声称，他所追求的女郎源自天国，具有神圣的性质。她是"天使"（第 1 首），"在天国出生，属于天使的世系"（第 61 首），她的眼睛"最像造物主，他的光照亮我们看见的万物"（第 9 首），她是"天国形相的美好理念"（第 45 首），她的"光辉的形象"映现出"造物主的美"（第 61 首），以及"那天国的光辉映像"（第 88 首）。这样说的时候，诗人是不是在"模仿"呢？或许，作为新教徒诗人的斯宾塞并不是在"模仿"，而是他本身就对此信以为真的。然而，不管怎么说，女郎的这种神圣性，可以通过诗人把自己看作是在她的祭坛边虔诚服务的"神圣的祭司"（第 22 首）这个奇喻来加以很好的探讨：诗人对女郎的爱犹如祭司对神的爱。进一步看，这两种爱也是相互影响、相互辉映的。在第 13 首中，诗人赞扬女郎那高傲和谦卑相互融合所形成的"最美好的气质"，从而暗示出这样的悖论，即女郎通过谦卑地爱他，可能最终使自己"崇高"。这种模式实际上反映了基督教徒心目中基督的爱、谦卑、复活升天的模式。随后，在第 61 首中，诗人在求爱的第二年又开始再现他的女郎出生于天国和她的骄傲这个主题，但表现这个主题时就不再带有他在第一年中那种痛苦和急切的刺耳音调。诗中的音调是自信的、理想化的，而先前的司法和战争隐喻全都被抛到脑后。诗人心目中女郎的形象无疑比先前更为崇高，因而也暗示女郎的"谦卑"已成功地使她自己"崇高"了。仅从上面这个例了来看，恐怕就不应把斯宾塞的奇喻简单地说成是纯然"模仿"的产物。

那么，斯宾塞奇喻的独创性究竟表现在什么地方呢？对这个问题可以这样回答：《爱情小诗》中比喻和意象的独创性主要见于各种传统成分经过细微变化之后的重新组合，在求爱方面总体上表现了肉体之爱和精神之爱相互融合的新颖色彩。

这种新颖色彩在《爱情小诗》中通过奇喻描述诗人求爱的曲折过程及其情感变化方面可见一斑。有些批评家对诗人的情感变化进行了细致的探讨，他们一般都把组诗分为三个阶段。譬如，汤普森就认为：第一阶段（第 1—60 首）表现渴慕、忧伤和痛苦等强烈情感；第二阶段（第 59—63 首）标志着从激情向平静的过渡；第三阶段（第 63—89 首）抒发获得爱情的幸福和喜悦（Thompson, 1985）。实际上，从激情向平静的过渡意味着摈弃纯肉体性并向精神性逐渐升华的过程，而抒发获得爱情的幸福和喜悦就意味着最终达到精神性和肉体性的完满结合。这在《爱情小诗》中奇喻的运用上得到明显的表现。可以看到，奇喻开始由模仿纷扰的社会现象转变为模仿恬静的大自然。在第 63 首中，女郎的拥抱成为"幸福的海岸"。在第 64 首中，她的亲吻带来比花园中的百花更为浓郁的芳香。在第 67 首中，诗人把女郎喻为一只驯服的鹿。相同的思想也见于第 71 首中的蜘蛛和蜜蜂的奇喻。总之，通过奇喻的运用，斯宾塞试图把肉体之爱和精神之爱融为一体，以此战胜悲惨的、毁灭性的情欲。严格地说，这既不是彼特拉克式，也不是新柏拉图式。它比前者带有更多的精神性，比后者带有更多的肉体性。

斯宾塞奇喻的这种特点从整个十四行组诗情节发展的角度来观察或许可以看得更为清晰。

诗人在《爱情小诗》一开头就宣称，这些小诗都是献给他所爱慕的女郎的。她的灿如"星光"的明眸将阅读它们，而它们也将看见她那"天使"的目光（第 1 首）。采用宇宙间的意象显然旨在以崇高的音调开始讲述对爱的追求。诗人嘱咐他的"思想"冲破肉体的束缚，去寻找他的所爱（第2首）。把"思想"作为求爱者是与传统不同的。接着女郎便以"至高无上的美"出现在他的"思想"之中（第3首）。从这种理想化的高度，美的理念逐渐有了某种形体，成为人间春天"美丽的花儿"（第4首）。这就意味着进入尘世的领域。组诗中可以发现她的一些具体形象，如：头戴金色发网（第37首），面对镜子梳妆（第65首），全神贯注地绣花（第71首），焚毁诗人的书信（第48首）。但另一方面，她依然是一种理想的化身，如：闪耀着"造物主"的光辉（第9首），"天国的仙灵寄居的神圣地方"（第76首），"天国的光辉映像"（第88首）。总的来说，诗人没有把女郎过于具体化，也没有把她完全神化。她既是脚踏在尘世土地上的谦卑之人，又是一种理想化的崇高精神品质。

作为崇高精神品质的象征，女郎傲视尘世的一切。作为脚踏在现实土地上的人，她深知自己肉体凡胎的弱点，因而又很谦卑。正如诗中所说，她的体液配合适度，"温和的谦卑交融着可怕的威严"（第13首）。女郎的这种双重品质对诗人产生了深刻的心理影响。诗人知道，她的高傲暗示"对卑猥的蔑视，对低贱俗物的讥诮"，因此"这高傲值得赞扬"（第5首）。它是诗人崇敬和赞颂的一种精神品质。尽管这种品质引起诗人的苦恼，他却并不气馁。他深知要赢得女郎的爱不是一件轻而易举的事，因为"这种爱与那卑劣的情欲不相同"，他并不指望"不费心血"就编织出一个"永存的同心结"（第6首）。相反，为了获得真纯的爱，他决心经受考验。他反复描述他所经历的内心冲突和曲折道路。有时，他怀疑女郎的高傲只是一种"自命不凡"，因而他提醒女郎说："世间的荣耀是浮渣垢滓"（第27首）。有时，他甚至认为激发他爱情的那些品质也可能会因过分的高傲而腐朽（第41首）。但是，尽管出现了这些心理上的痛苦波折，他却始终没有失去自己的基本信念。诗中"航海"的意象集中表达了他内心的焦躁和潜在的信念（第34首）。他心中虽充满苦闷和彷徨，却没有诅咒和忌恨。他始终抱着成功的希望。他之所以能够如此，是因为——正如他对女郎所说——"你构筑我思想,在内里把我塑造"，"你平息欲望掀起的风疾雨暴，它因你而增强，因你的美德而减弱"（第8

首）。这些诗句足以说明女郎对诗人的精神影响：她是诗人恢复心理平衡的力量，也是使诗人在精神上变得愈来愈崇高的力量，正是这种力量激励着诗人坚持不懈地前去追求。

诚然，作为追求者的诗人是谦卑的，但诗人也有促进女郎在精神上变得更为崇高的积极作用。女郎既没有忘记她的肉体必将归返的大地，又时刻沉思她的灵魂所关注的天堂。和别人一样，她也面临着依靠自身的美德获得拯救的任务。因此她始终沉思着"如何上天堂"。正是在这种考虑中，她的追求者起到不可或缺的作用。诗人对她说："垂顾我吧，永远谦卑不傲，这样的谦卑一定会使你崇高"（第 13 首）。女郎谦卑地垂顾作为追求者的诗人，暗示她内心之爱的流露，而爱则必将使她"崇高"，因为男女之爱是通向上帝之爱的第一层阶梯，即通向永恒和天堂的道路。和追求的诗人一样，被追求的女郎也被喻为"航船"，她"就像一条平稳行驶的航船，劈波斩浪，保持正确的航向"（第 59 首）。于是诗人和女郎都像"航船"那样保持各自的航向，他们坚定不移地朝着爱的目标前进，最终也必将一同进入爱的港湾。

因此，诗人在第二年到来时以平静而充满希望的音调回顾过去，决心改变自己的生活，同时也请他的爱人"把旧年的烦恼化为新的欢欣"（第 62 首）。这一次，他的呼吁得到了回答。可以觉察到，女郎的思想开始发生变化。诗人看见他长期的追求即将获得成功的光明前景：在遭受海上风暴的频频袭击之后，他看到了陆地，从而完全恢复了信心，过去的一切痛苦，现在都"微不足道"了（第 63 首）。他终于得到了报偿。女郎第一次允许他吻她（第 64 首）。犹如一只被久久追猎的小鹿，她温顺地来到他身边，同意把自己的命运托付给他（第 67 首）。随后，在复活节，他满怀喜悦地第一次代表自己和女郎两人向上天祈祷，他们真诚地相爱不仅符合复活节的教导，而且也是神意的实现："相爱吧，亲爱的，我们应当做到，爱是主给予我们的谆谆教导"（第 68 首）。

纵观整个组诗，斯宾塞在《爱情小诗》中虽然描述了自己求爱的过程，整个故事源自个人的经历，但它却主要说明求爱是一种"心理磨炼"。正是经历了这种心理上的艰苦磨炼，诗人才开始由激情转向平静，抒发获得爱情的幸福和喜悦，并逐渐达到肉体之爱和精神之爱的完满结合。

应当说，正是这种结合体现了《爱情小诗》不同于彼特拉克传统的新颖之处。在彼特拉克传统中，诗中的说话者通常都为爱情状况的不稳定性所困扰，他的情感、思想和动机不断变化，内心充满激烈的冲突，而这种冲突是根本无法解决的。说话者或因遭到爱人的拒绝，或因不能把肉体之爱与精神之爱调和起来而不断受挫（Prescott, 143-161）。为什么如此呢？因为说话者所追求的对象都是已婚女子，他渴望的不过是一个在性爱方面不可能赢得的女郎，如彼特拉克笔下的劳拉和锡德尼笔下的斯黛拉。对已婚女子的追求被认为是通奸式的爱。然而，斯宾塞在描述自己的内心冲突方面虽然大量借鉴了彼特拉克传统，但他却发现了自己独特的解决办法。他最终离开彼特拉克式爱情状况的变化无常和自我专注，转向情侣们在神圣婚姻的"互爱的契约"中能够发现"宁静和休憩"的神圣殿堂，在这座殿堂里，肉体之爱和精神之爱不是相互对立，而是和谐共存。换句话说，斯宾塞的创新就在于把他的整个十四行组诗献给他合法所爱的、能够迎娶的女子，把肉体的欲望不是导向一个不可得到的情妇，而是导向一个可以唤起诗中说话者本人的肉体之爱而又没有任何不光彩之处的女子，一个他"可以光荣赢得的女子"（Dasenbrock, 38-46）。因此，《爱情小诗》以婚曲形式作为结束是非常恰当的。

这里应当提及的是，《爱情小诗》的最后三首诗，即第 87—89 首十四行诗，表达了诗人与他的爱人分离之后渴求安慰和充满期待的情感，因此这三首诗一般也被称为"期待诗章"。第 87 首说到他与爱人离别后的悲思和哀愁。第 88 首提到安慰和光辉："自从我失去了那给予安慰的光辉"（第 1 行）。第 89 首以鸽子作为明喻，透露出他希望得到安慰的暗示。诚然，第 88 首中那"清晰鲜明"的"闪光的理念"似乎也可以使他得到某种安慰，但这种安慰是不充分的，而且在该诗的最后两行中，诗人干脆排除了它具有任何安慰的可能性："我用这样的光辉盈满心田，但却饿坏了身体，弄瞎了双眼"（第 13—14 行）。这些诗句表现了第 87 首中"我这样充满期待地消磨时辰"（第 9 行）一语的心境。总之，组诗结尾的数首十四行诗转而哀叹与爱人的分离，可以说是符合传统的。彼特拉克的颂诗和十四行诗分为两组，一组歌颂生前的劳拉，另一组歌颂死后的劳拉。根据这个原型，十四行组诗把悲叹分离的哀婉音调和渴望最终精神融合的音调融为一体，应该说是恰当的。不过，《爱情小诗》中最后的分离并不是因为女郎的死亡，也不是因为第 86 首中的"谗言恶语"所引起的感情的疏远，而是出于一种欢乐的理由。它是从女郎接受求爱到举行婚礼之间那种不可避免的分离，它预示着最后在《祝婚曲》中喜庆的婚礼。

*

在 1595 年的八开本中，插在《爱情小诗》和《祝婚曲》之间的四首没有标题的短诗都以阿那克里翁风格写成。这些短诗共有九个诗节，包括三种韵式（第 1 节，第 2—3 节，第 4—9 节），以及四种诗体（第 1 节，第 2 节，第 3 节，第 4—9 节），大多以一个四音步抑扬格双行诗结束。

这些机智的短诗主要描写丘比特、狄安娜和维纳斯之间的交流和对话，也是聚焦在爱情方面。如前所述，在十四行组诗和组诗后面的一篇长诗之间插入阿那克里翁体短诗，是斯宾塞遵循文艺复兴时期惯例的做法。不过，这是否只是一种形式而无实际意义呢？显然不是。这些短诗实际上起着把《爱情小诗》和《祝婚曲》联结起来的桥梁作用。

那么，它们是如何起到桥梁作用的呢？

有一种观点认为，阿那克里翁体短诗充满了性的暗示，从而承接《爱情小诗》所表现的欲望主题（Kaske, 1978）。这种观点导向进一步的阐述，即这些短诗是一种小型的神话隐喻，有助于把前后两组诗歌（即《爱情小诗》和《祝婚曲》）统一起来，并以神话隐喻的方式表现这两组诗歌之间在字面义和寓言义上的联系。在字面义上，这两组诗歌描绘说话者从单恋进展到婚姻的幸福；而在寓言义上，这两组诗歌则描绘说话者从四旬斋受难到与上帝幸福联合的寓言性进程。但无论在哪种意义上，这四首短诗都同样再现了《爱情小诗》中戏剧性的精神冲突，并预示这种冲突最后通过婚姻得到解决。不仅如此，四首短诗中最长的第四首阐明了对于两组诗歌的字面义和寓言义都至关重要的主题，即诗中说话者的受苦对他最终获得的幸福是完全必要的。总体来看，作为一种神话隐喻，四首短诗"使前后两个组诗所包含的各种困难的过渡——从忧伤到欢乐，从孤独到爱，从一无所获到取得成果，从不和到和谐，从疾病到健康，从罪到拯救，从四旬斋到复活节，从死亡到新生——在结构上和主题上都成为可能"（Miola, 51-52）。

但是，也有另一种观点认为，四首短诗与其说是捕捉过去的努力，不如说是一种预示性地逐步消除肉体淫猥色彩，暗示对《祝婚曲》的期待。而且，四首短诗中有一种临界肉欲的暗示，这与《祝婚曲》中临界肉欲的暗示相同，也同样预示《祝婚曲》。第四首短诗中写道：维纳斯

> ……在精美的泉水中为他洗澡，
> 那是可爱的快乐泉。
> 谁不愿像这样经常被蜇伤，
> 在维纳斯的至福中沐浴欢畅？
>
> （第 69—72 行）

这些诗句实际上并不是重新唤起过去的东西，而是预示《祝婚曲》中的性的完成，也就是《祝婚曲》第 20 节中所描绘的场景。在这方面，与《阿那克里翁体短诗》形成对照，斯宾塞的《祝婚曲》表现了一种得体和保留的特点。在传统婚曲中，婚礼的司仪不仅通过不同的音调、频繁的命令语气、各种安排和指导使自己的声音十分突出，而且还常以粗俗淫猥的旁白给他的声音增添特色。但在斯宾塞的《祝婚曲》中，他的声音始终保持着一种谨慎的、保留的音调。《祝婚曲》并不是一开始就关注肉体的，而是缓慢地、逐步地将其引进。新娘在第 9 节以前都不曾出现。在第 9 节，她的面貌是象征性地加以描绘的，她的举止仪态则被形容为贞洁而谦逊。只是到了第 13 节，在婚仪上，实际的肉体接触才第一次得到确认：牧师祝福之手的肉体接触，这本是在加冕式和一切授神职仪式上的一种十分普通的祝福形式，却引起新娘脸上的羞红：牧师"赐福的双手为她祝福，看啊，红玫瑰初放在她的双颊"（第 225—226 行）。

在第 13 节稍后部分有关牵手（根据婚礼指南，牧师"将使男方牵起女方的右手"）的描述揭示出新娘对于这种接触非常敏感："爱人啊，我们结合的信物你的手，给我时为何害羞？"（第 238—239 行）虽然肉休性在这时得到了确认，但端庄稳重的仪式接着又持续了六个诗节，直到第 13 节的微妙暗示在第 20 节默默地得到完成。显然，斯宾塞旨在从他的《祝婚曲》中消除传统婚曲中惯常带有的粗俗淫猥的色彩，并将这些色彩纳入一组颇为不雅的"阿那克里翁体短诗"中，使其独立于《祝婚曲》，并将《祝婚曲》与《爱情小诗》隔开。

*

《祝婚曲》（*Epithalamion*，意为 before the bride's chamber，"在新房前"）可能是斯宾塞"最为传统而又最富独创性"的诗篇，被视为英国婚曲类型中的一枝奇葩。婚曲形式可以上溯到古希腊女诗人萨福（Sappho，约公元前 612—？），但最有影响的婚姻颂歌出自罗马诗人卡图卢斯（Catullus，公元前 84？—前 54？）之手。在文艺复兴时期诗人看来，罗马诗人卡图卢斯的第 61 首和第 64 首婚曲不仅是婚曲的发端，而且是婚曲的最佳范例。在古典婚曲中有两种不同的类型。第一种类型由卡图卢斯的第 64 首婚曲代表，这种发展与其说是抒情性的，不如说是史诗性的，它具有盛典式的崇高风格，歌颂诸神和英雄的爱情，庆贺奥林匹斯山诸神参加的婚礼。第二种类型由卡图卢斯的第 61 首婚曲代表，这种婚曲并不缺少神话成分，但其主题却是真实人类的婚礼，具有个人的抒情色彩。它典型地歌唱喜日的黎明，歌唱新娘之美，也歌唱欢庆活动和新郎的急切心情。它祈愿新婚夫妇的联合富有成果，使他们的家系能够得以保持。文艺复兴时期诗人们一般都选择仿效第一种婚曲，或许因为当时对于神话的关注，或许也因为许多文艺复兴时期婚曲都是庆祝欧洲贵族豪门之间的婚礼。斯宾塞借鉴的显然是第二种类型。他汲取了众多传统成分，譬如向缪斯的吁请、喜日的黎明、新娘的美貌、带领新娘回家、喜庆活动，以及新婚之夜。斯宾塞之所以选择模仿第二种婚曲，部分地是因为他的诗歌更具个人色彩，更少公开性；他的诗歌庆祝的是他自己于 1594

年和伊丽莎白·博伊尔举行的婚礼。毋庸置疑，由于斯宾塞自己是曾经丧偶、现已中年的小官吏，而博伊尔则是出身古老大家族的年轻女子，对于庆祝他们两人的婚礼来说，斯宾塞肯定也感到采用史诗式的婚曲是不恰当的。

因此，斯宾塞选择了更加个人的、更加抒情的形式。斯宾塞《祝婚曲》的重大创新，就在于他不是为别人咏唱，而是集诗人、司仪和新郎的形象于一身，庆祝他自己的婚礼（"一人独自儿吟咏歌唱"，第 17 行），歌颂他自己的年轻的新娘，写作他自己的祝婚曲。不仅如此，传统婚曲中的司仪惯常只将事件安排到新房的门槛之前为止，因为他必须停留在内室外面，而在新婚夫妇进入新房之后，就安排听众的进一步庆典。但斯宾塞《祝婚曲》中的司仪的声音却是新郎自己的声音，他把听众领进了新房里面。因此，一种私密的行动得到了公开的庆祝，并凝聚了诗歌内外的社会环境。

传统的婚曲是庆祝贵族婚礼的颂诗，而斯宾塞的《祝婚曲》则带有市民阶级的色彩，如观看并参与庆婚活动的"商人的女儿"（第 167 行），以及与贵族婚礼不相宜而体现出市民阶级快乐情调的"丝绸彩帐"和"芳香的床单、精美的花毯"（第 303—304 行）等。同时斯宾塞也把传统婚曲的色彩与爱尔兰乡村的地方色彩和民间习俗融合在一起，如第 4 节的场所尤其富有爱尔兰和民间传说的特点，而第 19 节的长篇驱魔也带有明显的农村色彩，这种色彩甚至扩展到爱尔兰沼泽地中的蛙鸣。

更为独特的是，诗中以新娘和新郎为中心，周围是城镇街衢，即社会环境（"商人的女儿"、高呼婚姻神的"男孩子"、鸣钟报喜的"青年"）。城外是自然环境（林木、禽鸟、马拉谷、山峦，青蛙）。在这外围又呈现出神话世界（缪斯、美惠三女神、海门、维纳斯、铿提娅等）。神话世界之上，则是基督教天国（"天使""圣殿""诸圣"）。总之，社会与自然、现实与想象、异教与基督教等众多因素融为一体，创造了一个无限浩渺的宇宙空间。正是从宇宙间那黎明前的阴郁和沉寂开始，诗中首先出现了神话人物。在这种氛围之中，新娘从娘家出发；随着旭日东升，人类社会看见庆婚队列穿过城镇街衢，来到教堂，举行神圣的婚仪；接着是喜庆活动；夜幕降临，随后众人散去，只把一对新婚夫妇留在洞房，这时又再次出现神话人物和广阔宇宙。全诗以广阔的宇宙开始和结束。在这广阔的背景上，全诗以第12、13两节描写教堂婚仪为中心，象征性地把人间之爱与神爱结合在一起，构成了一曲"宇宙欢乐"的颂歌。所有这些，正如马克斯·威克特（Max Wickert）所说，都是经过仔细安排的一种对称的格局。诗歌的发展如同庆婚队列那样，从新娘家走向城镇教堂，最终抵达新婚夫妇的新房；这些都是通过穿越一圈绕一圈的一系列同心圆的意象和吁请而发展的。斯宾塞以黑暗、寂静和神话人物形象开始；随着太阳升起，人类社会逐步聚集，亲眼见证婚礼，随后举行欢庆活动；最终，日落之后，只有新婚夫妇独自留下，接着又再次出现了神话和宇宙的暗示。这一切所围绕的圆心是婚礼仪式本身，而仪式则是在"天使"（而不是"小爱神"，但或许表明小爱神可以变为天使）的伴随下完成的。显然，《祝婚曲》以孤寂和黑暗开始，但越来越多的人物形象被召唤前来，从起初的黑暗逐步移向白昼，开始了公众的欢庆活动。随后，从"神秘黑暗"（第360行）中出现了创造。为什么以"黑暗"结束呢？因为根据原初在"空虚混沌、渊面黑暗"（《旧约·创世记》第 1 章第 1 节）中创造天地的创世神话，创造与黑暗相联系，因此，在黑夜之中，"像朱夫和美丽的阿尔克墨涅共眠，生下了提任斯城邦的伟大新郎"，或者"像朱夫和你躺卧在一起，生下了马耶斯蒂"（第328—331 行）。总之，从黑暗中出现了创造。

在形式上，斯宾塞的婚曲借鉴了但丁和彼特拉克所常用的意大利的坎佐尼（canzone，古时法国普罗旺斯或意大利的一种抒情诗）形式，这种形式在英语诗歌中是十分罕见的。坎佐尼形式由若干长度相等的长诗行组成，后面是一个对刚刚完成的诗歌说话的、被称为"尾声"的短诗节。典型的是，在但丁和彼特拉克诗歌中，有五六个长诗节，每节 13 行，这些诗行中主要是五音步诗行，其中包含一音步诗行或三音步诗行的变化。结尾诗行包括五至七行不等，通常都有一个短诗行。虽然斯宾塞的《祝婚曲》在形式上依赖于坎佐尼，但它在意大利典范的基础上做出了众多变化。譬如，全诗包括 23 个长诗节，每节从 17 到 19 行不等，因此无论是个别诗节和全诗的长度都超过了意大利形式，而诗节长度的不均又与其原型坎佐尼的正规诗节形成对照。

诗中描述了喜日从黎明到夜晚的一昼夜的活动，同时也暗示一年的进程。海厄特（Hieatt, 1960）指出，诗中隐含着一种精妙复杂的数的象征结构。诗中包含下列一些重要的基本事实：

1. 诗中有 365 个长诗行；

2. 全诗由 24 节组成；

3. 夜幕降临，叠句在第 17 节发生变化；

4. 通过在词汇、意象和思想方面的相似之处，试图确立在第 1—12 节和第 13—24 节两个部分之间的平行类比；

5. 诗中在最后的结尾诗节之前有 359 个长诗行。

上述基本事实或许并不令人感到惊异。实际上，《祝婚曲》在结构方面完全是一种时间的象征。诗中的 365 个长诗行象征一年。全诗从一天的黎明开始，到次日黎明前结束。这就意味着一昼夜 24 小时，因此整个诗歌由 24 个诗节组成自然也十分恰当。但是，斯宾塞关注时间和时间进程的象征却是复杂精妙、不同寻常的。夏至那天（即举行婚礼的时间）白昼在爱尔兰南部（即举行婚礼的地点）大约持续 16¼ 小时。在第 17 节，叠句开始变化，此诗节按照三个短诗行分成 4 部分，而夜晚在这 4 部分的第一部分中降临（即 16¼）。24 个诗节不仅代表斯宾塞喜日当天时间的推移，也代表恒星时，正如斯宾塞所说：

> 你们，美丽的"时辰"，
> 昼和夜的女儿，生在朱夫的天堂，
> 一年中各个季节，你们来划分，
> 创造出世间美好的事物万千，
> 使它们更新不断。

> （《祝婚曲》第 98—102 行）

的确，全诗 24 个诗节代表不同的节气。前 16 节代表夏至；后 8 节代表冬至，这是最短的日子。不仅如此，第 1—12 节和第 13—24 节的两个平行系列还分别代表春分和秋分。

  海厄特提出了另一方面的问题，这个问题关系到结尾的诗节（即"尾声"），以及第 424 行以后在格律上缺一个短诗行的明显瑕疵。他认为，斯宾塞是有意引入这些特点的，因为他意识到，（在托勒密体系中）当恒星天完成其 360° 向心轨道时，太阳只完成 359°，也就是还缺一度，不到 360°。斯宾塞表面上以第 359 个长诗行（即第 426 行）结束诗歌（这在某种意义上象征太阳的循环及其不完整的圆形），但他在"尾声"中却增加了 6 个长诗行，从而象征性地表达了 365 天太阳年的完成。此外，由于第 424 行以后的不规则（即缺一个短诗行），这就使诗中有 68 个短诗行，相应于季节、月份和周的总数，即 68（短诗行）＝4（季）＋12（月）＋52（周）。因此，如果说"在年的层次上那种象征性的不足"为尾声的 6 个长诗行所补足，那么第 431 行这个短诗行所说的"但许诺给予两者以补偿"，就戏剧性地使斯宾塞的诗歌圆形成为一个整圆。海厄特对《祝婚曲》中这种时间寓意的发现具有特别重要的意义，因为它第一次提供了对于"尾声"的一个具有说服力的阐释。

> 歌哟，为替代众多的饰物而创制，
>
> 本应将我的爱人适当地打扮，
>
> 却因仓促发生的事情而中止，
>
> 你不愿停下来等待你恰当的时间，
>
> 但许诺给予两者以补偿，
>
> 既成为她的美丽的装饰点缀，
>
> 又成为短暂时光的永恒纪念碑。
>
>   （《祝婚曲》第 427—433 行）

  "尾声"中的"却因仓促发生的事情而中止，你不愿停下来等待你恰当的时间"这两行诗，在过去始终是令人困惑的，但现在看上去就变得清晰了。这支祝婚曲，本应是一种完美的装饰，却由于在第 359 个长诗行（即第 426 行）就告结束而"中止"。因此，它只是不太充分地代表太阳的运转轨道。那"仓促发生的事情"指的就是这首诗歌在声音和节奏的构成方面偶然发生的事情。不仅如此，这首诗歌不愿"等待"它"恰当的时间"，也因为它在尚未完成 360° 和 365 天之前就已结束。然而尾声"补偿"了一切。它使全诗成为一个完美的装饰，并象征性地画出一个整圆。的确，《祝婚曲》既是庆祝一天的"短暂时光"，又是一个"永恒的纪念碑"，它象征太阳、小时、季节和年的无穷无尽的往复循环。显而易见，这种数的结构有助于增强时间的主旨。

时间的主旨是具有深刻内涵的。斯宾塞认为，人的一生在某种程度上反映了整个创造活动。大宇宙有春夏秋冬四季，而与此相应，小宇宙（人）则有诞生和青春、成熟、中年以及暮年与死亡各个时期。正如星移斗转带来季节的循环变化并使这种变化成为一种永恒那样，人类通过婚姻也创造了一种永恒。这种永恒有两层含义：一、通过婚姻繁衍的后代可以永远维系小宇宙的生命，或人类的生存。这就是诗人为什么首先采用了一个"婚床"的意象——"快替她卸去衣装，让她躺在婚床上"（第 17节），接着又祝愿新娘"生养众多的后裔"（第 22 节）的原因。二、婚姻还能创造另一种永恒，即人类后代不仅可以维系受到时间制约的生命，而且还可以获得超越时间的真正的永恒，尽管他们的肉体终会腐朽，他们的灵魂却可能在天国获得永生：

> 他们可能从尘世这久居的住处，
> 怀着永恒的幸福，
> 登上你们那傲然高耸的圣殿，
> 并且为酬答他们光辉的业绩，
> 他们还可能把天国的居所承继，
> 使天上诸圣的数目不断增添。
>
> （《祝婚曲》第 418—423 行）

因此，结婚本身虽是一个短暂的现实，但它也是永恒的象征。它既是肉眼可见的表象，又是一种内在的精神。正如约翰·利弗所说，它"填平了现实和理想之间的沟壑，成为肉体和精神之间的桥梁"（Lever, 95）。在这个意义上，婚姻乃是灵与肉的神圣结合，也是文艺复兴时期人们追求的理想。

引用文献【Works Cited】

Dasenbrock, Reed Way. "The Petrarchan Context of Spenser's *Amoretti*." *PMLA* 100.1 (Jan. 1985): 38-50.

Dunlop, Alexander. "The Drama of *Amoretti*." *Spenser Studies* 1 (1980): 107-120.

Fukuda, Shokachi. "The Numerological Patterning of *Amoretti* and *Epithalamion*." *Spenser Studies* 9 (1988): 33-48.

Hieatt, A. Kent. *Short Time's Endless Monument*. New York: Columbia UP, 1960.

Hutton, James. "Cupid and the Bee." *PMLA* 56 (1941): 1036-1058.

Johnson, William C. *Spenser's Amoretti: Analogies of Love*. Lewisburg: Bucknell UP, 1990.

Kaske, Carol V. "Spenser's *Amoretti* and *Epithalamion* of 1595: Structure, Genre, and Numerology." *ELR* 8 (1978): 271-295.

Kellogg, Robert, and Oliver Steele, eds. *Edmund Spenser: Books I and II of The Faerie Queene, The Mutability Cantos and Selections from The Minor Poetry*. New York: Odyssey, 1965.

Larsen, Kenneth J., ed. *Edmund Spenser's 'Amoretti' and 'Epithalamion': A Critical Edition*. Tempe, AZ: Medieval & Renaissance Texts & Studies, 1997.

Lever, J. W. *The Elizabethan Love Sonnet*. London: Methuen, 1956.

Maclean, Hugh, and Anne Lake Prescott, eds. *Edmund Spenser's Poetry*. 3rd ed. New York: Norton, 1993.

Miola, Robert S. "Spenser's Anacreontics: A Mythological Metaphor." *Studies in Philology* 77 (Late Winter 1980): 50-66.

Prescott, Anne Lake. "Spenser's Shorter Poems." *The Cambridge Companion to Spenser*. Ed. Andrew Hadfield. Cambridge: Cambridge UP, 2001. 143-161.

Shire, Helena. *A Preface to Spenser*. London: Longman, 1978.

Smith, J. C., and E. De Selincourt, eds. *The Poetical Works of Edmund Spenser*, "Introduction." London: Oxford UP, 1912.

Thompson, Charlotte. "Love in an Orderly Universe: A Unification of Spenser's *Amoretti,* 'Anacreontics,' and *Epithalamion*." *Viator* 16 (1985): 277-335.

Welsford, E. *Spenser: fowre Hymnes, Epithalamion*. New York: Barnes & Noble, 1967.

Wickert, Max. "Structure and Ceremony in Spenser's *Epithalamion*." *ELH* 35 (1968): 135-157.

胡家峦，译. 《斯宾塞诗歌选集：十四行组诗及其他》. 中华译学馆·中世纪与文艺复兴译丛，许钧主持，郝田虎主编. 杭州：浙江大学出版社，2018.

（特邀编辑：郝田虎）

书　评

Reviews

伦敦城市喜剧中的地理空间

——评《一座城市的戏剧：伦敦喜剧中的地方 1598—1642》

王 岚

内容提要： 文艺复兴时期反映伦敦普通市民生活的"城市喜剧"颇为直接地反映了"空间的实在"，即伦敦的环境和社会变化。通过构想、建构、解释等手段，戏剧家们使一些具体的物理的地方逐渐变为容易辨认的重要社会空间和心理空间。观众在剧作家创造的戏剧空间中领悟城市地理空间的变化，并形成一定的"认知"。吉恩·霍华德的著作《一座城市的戏剧：伦敦喜剧中的地方 1598—1642》用新历史主义、文化地理学等跨学科的方法，带领读者重新认识伦敦城市喜剧中具有代表性的四种重要地理空间，从中窥见伦敦乃至英国的历史、经济和社会变迁，领悟巨变时期伦敦（新）居民所面临的观念上的挑战，以及戏剧在城市共同体的意识形态建构过程中所发挥的作用。

关键词： 吉恩·霍华德；城市喜剧；伦敦；文艺复兴；空间

作者简介： 王岚，北京外国语大学博士，上海外国语大学英语学院教授，主要从事英国文学和加拿大文学研究。

Title: Spaces of London Comedy: A Review of *Theater of a City: The Places of London Comedy 1598—1642*

Abstract: City comedies focusing on everyday urban life in Renaissance London quite directly reflect the "space as lived," that is, London's environmental and social changes. By offering "conception," construction, and interpretation, the playwrights transform specific places into recognizable social and psychological spaces. In *Theater of a City: The Places of London Comedy 1598—1642*, Jean E.

Howard takes interdisciplinary approaches such as New Historicism and Cultural Geography, explores four types of typical spaces significant in London comedy, and helps readers form their "perception" of historical, economic and social changes in London and in England itself. Through her examination, Howard reveals the conceptual challenges faced by the (new) inhabitants of London in this period of upheaval, and the role that the theatre plays in the construction of the ideology of urban communities.

Key words: Jean E. Howard, city comedy, London, Renaissance, space

Author: Wang Lan, Ph.D., is a professor at the School of English, Shanghai International Studies University (Shanghai 200083, China). Her research interests include British and Canadian literature. Email: 02655@shisu.edu.cn

文艺复兴时期的英国风云激荡。作为欧洲列强新秀的英国，其政治、经济、文化中心——伦敦也经历了剧烈的变化：人口激增，国内外大量移民既带来了经济和文化活力，也造成了一定的焦虑和排外情绪；海内外贸易空前活跃，有闲有钱阶级对时尚和奢侈消费的追求造就了一种重炫耀和虚荣的"浪子"文化，很多人因盲目攀比，负债累累，锒铛入狱。这是资本原始积累的重要阶段，这是伦敦众人挣扎于金钱诱惑和道德约束之间的阶段，这恰好也是戏剧这一艺术及娱乐形式蓬勃发展登顶英国戏剧史上第一座高峰的时期。

大多数中国读者对于英国文艺复兴时期戏剧的了解主要局限于莎士比亚的作品，少数人可能略知克里斯托弗·马洛（Christopher Marlowe，1564—1593）和本·琼生（Ben Jonson，1573—1637），但对于这一时期反映伦敦普通市民生活的"城市喜剧"（City Comedy，也称为 London Comedy）则知之甚少，甚至闻所未闻。如果仅从艺术价值和审美角度来看，这些喜剧很难堪称水平一流，因此长期受到忽略。然而，从历史资料价值和艺术与社会互动的角度来看，它们却是值得深挖的富矿。

美国哥伦比亚大学著名的莎士比亚及文艺复兴时期研究专家、新历史主义文论家吉恩·霍华德（Jean E. Howard，1948— ）在其 2007 年出版的专著中，将视线投向了长期不受批评家重视，但却与伦敦生活密切相关的城市喜剧：《一座城市的戏剧：伦敦喜剧中的地方 1598—1642》（以下简称《一座城市的戏剧》，*Theater of a City: The Places of London Comedy 1598—1642*，2007），用跨学科的方法，分析了伦敦城市喜剧中的四种重要地理空间，从中窥见伦敦乃至英国的历史、经济和社会变迁。伦敦城市喜剧的一个显著特点是其主人公通常为社会地位低于绅士阶层的城市平民，如鞋匠、小店主、商人等，地点往往是伦敦某个具体的建筑、街道或者区域。这类喜剧中基本不会出现王室成员，即使偶尔有出现，也不是主角。霍华德的这部论著对英国戏剧史研究的杰出贡献使它当之无愧地获得了 2008 年的巴纳德·休伊特杰出戏剧史奖（Barnard Hewitt Award for Outstanding Theater History）。本文将从选题视角、研究方法和研究内容三方面，分析这本书的创新性和启发性。

一、选题视角

霍华德的选题视角具有较为鲜明的文化研究特点。书中，作者大量运用游记、日记、讽刺性小册子等各种形式的"小历史"资料、反映主流意识形态的"大历史"资料和横跨 40 多年的多部城市喜剧，分析了文艺复兴时期迅速上升为世界性大都市的伦敦这一城市空间，经济和社会等方面的变迁及其与商业剧院等提供的文化娱乐生活之间的良性的、多重反复的互动，探索了人们的生活方式、思维方式和精神世界的变化。

西方英语国家历来重视文艺复兴时期的英国戏剧研究，且办有专门的期刊。自从格林布拉特（Stephen Greenblatt）在 1982 年的《文类》（*Genre*）杂志第一期专刊提出新历史主义批评方法后，这种将文学、文化、历史、政治等因素综合考察的批评方法被一批学者应用于文艺复兴时期的戏剧研究。如朱莉·桑德斯（Julie Sanders）的 *The Cultural Geography of Early Modern Drama, 1620—1650*（2011）、妮娜·乐凡（Nina Levine）的 *Practicing the City: Early Modern London on Stage*（2016）、斯坦尼夫（Hristomir A. Stanev）的 *Sensory Experience and the Metropolis on the Jacobean Stage (1603—1625)*（2014）等。

相比较而言，霍华德的专著有以下几个特点：（1）考察的时间段比较完整，集中于 1598—1642 年，偶尔论及 16 世纪中后期及 1660 年王政复辟之后的喜剧；（2）研究的剧本主要为城市喜剧，有时会与莎士比亚的戏剧做一些对比；（3）所选取的四种地理空间能集中体现彼时伦敦市民的情感结构。

二、研究方法

《一座城市的戏剧》充分体现了 20 世纪下半叶在欧美学术界兴起的"历史转向"和"空间转向"，她所采用的具体研究方法主要包括新历史主义、文化地理学和女性主义等。

霍华德熟谙新历史主义将"小历史"等素材与传统文本分析相结合的研究方法。她在本书中考察和使用的资料包括：（1）日记和书信。如开篇所引威登堡公爵（Duke of Wirtemberg）1592 年描写伦敦商贾云集、门庭若市的游记，著名的亨斯洛（Philip Henslowe）的《日记》。（2）历史。如约翰·斯托（John Stowe）撰写的传统型伦敦历史《伦敦概览》(*Survey of London*, 1598, 1603)、《文明与资本主义 15—18 世纪》(*Civilization and Capitalism 15th—18th Century*)。（3）小册子。如托马斯·德克（Thomas Dekker）的《从傻子到浪子的入门书》(*Gull's Hornbook*, 1609)、托马斯·海伍德（Thomas Heywood）的《为演员一辩》(*The Apology for Actors*, 1619)、亨利·皮查姆（Henry Peacham）的《伦敦生活艺术指南》(*The Art of Living in London*, 1642)。（4）人口统计资料、贸易公司的资料等。（5）《牛津英语大词典》(*OED*)不同历史时期对某些界定界限的词汇如 foreign, strange, alien 等的不同定义。（6）大量的城市喜剧文本。"细读""厚描"功底扎实的霍华德对伦敦喜剧与市民情感和不同社会群体的形成过程之间的互动的阐述，与威廉姆斯所提出的艺术"中介论"有相通之处（Williams, 97-98），与格林布拉特在论及文本与各种社会能量互动时经常用到的"商讨""流通"和"交易"等也有共同之处（Greenblatt, 15-28）。

在霍华德的这本著作中，新历史主义的批评方法贯通全书，但相对来说比较隐晦，而显性的研究方法则是空间理论中的文化地理学，确切地说是新城市社会学。关于空间理论在欧美知识界的兴盛过程，何雪松曾做过简明扼要的综述：福柯和列斐伏尔（Lefebvre）通常被认为是空间理论的重要倡导者，福柯宣称 20 世纪预示着一个空间时代的到来，他主要是考察权力和知识的空间化趋势；列斐伏尔 1974 年以法语出版了《空间的生产》，他是最早系统阐述空间概念的学者，将空间结构区分为空间的实践（spatial practices）、空间的再现（representation of space）与再现的空间（representational space）三个要素，即空间的实在（lived）、构想（conceived）和认知（perceived）三个层面，列斐伏尔所阐发的关于空间的一般理论深刻影响了后世的空间思考和都市研究。在文化地理学中，新城市社会学理论侧重都市研究，主要聚焦于城市发展过程中的空间、资本和阶级的交织。（参见何雪松，34-48）

对于社会转型期的伦敦，《一座城市的戏剧》运用新城市社会学的理念，选出四种地方进行剖析，侧重于它们所代表的城市地理空间与社会空间、市民心理空间和城市喜剧之间在意识形态方面和精神层面无所不在的相互影响。霍华德在论述这四种地方时，注意到了列斐伏尔所划分的空间的实在、构想与认知三个层面之间的互动。

三、研究内容

《一座城市的戏剧》中，四种具有鲜明时代特征的地方分别是：（1）反映商业模式变迁的皇家交易所；（2）惩罚不守信用者的负债人监狱；（3）妓院及其他性交易场所；（4）体现都市风尚的舞厅和礼仪学校。作者的选择可谓独具慧眼，因为上述场所最典型地反映了伦敦在向国际化都市转型的过程中，其商业和经济模式、人口规模和构成等的变化带来的挑战与风险。当时伦敦社会的主宰通货为"金钱与声誉"（傅洁琳，5），而这四种地方均与之相关。

霍华德论及的第一个地方是最能体现伦敦经贸快速发展和转型的皇家证券交易所——当时伦敦最著名的地标性建筑之一。霍顿（William Haughton）的《我要英国人》（*Englishmen for My Money*，1598）、海伍德的《交易所的漂亮姑娘》（*The Fair Maid of the Exchange*，1607）等城市喜剧反映了这个新近出现的"空间的实在"。有关证券交易所的城市喜剧一般涉及两类地理空间，一是位于一层的大厅，这里是超越实物形式的贸易和借贷等活动的中心，其主体为男性；另一个空间是二楼的商铺，女性和"浪子"等频繁活动于其间。

皇家证券交易所反映的是充满矛盾的社会空间和心理空间。正如《威尼斯商人》中的夏洛克一样，这里比较活跃的放贷人和大商人多数是犹太人、葡萄牙人等。逐渐拥有了民族自豪感的本地商人对犹太人等外籍商人仍感到焦虑。《我要英国人》的主人公葡萄牙高利贷者皮萨罗娶了英国妻子。尽管皮萨罗想方设法要把三个女儿介绍给外国富商，但女儿们却坚定不移地选择嫁给英国人，皮萨罗的财富最终被英国后代继承，整个家庭逐渐被另一民族同化。可见，城市喜剧在展现市民对外来移民焦虑和不信任的同时，也提供了一种融合的前景。①城市喜剧的常见情节是来自外国的商人最终敌不过机智优雅、中道衰落的本国绅士。伦敦观众在共同嘲笑外国人的无知和语言上的无能时，形成了一种想象的共同体，并逐步形成一种新的主体性和文化认同（47）。

在《一座城市的戏剧》讨论的四种地方中，只有第一种是一个具体的、固定的地理空间。其余三种均涉及多个地点。霍华德关注的第二种地方是惩罚不守信用者的负债人监狱，伦敦当时至少有四所比较重要的这类监狱（69）。当时负债人入狱现象非常普遍，因为如果欠 4 便士不还，便可被告入狱（76）。这类地理空间主要是男性的世界，其鲜明的主题是金钱与声誉紧密相关，相互影响，炫富的能力可以使骗子得到尊重和地位，而债务和不良声誉则会毁掉一个人的社会身份。其现实背景是经济社会快速发展催生商品拜物教，强烈冲击传统的社会等级观念和道德观念。

霍华德把负债的原因归为两大类：过度挥霍和高风险的商业投资（93）。涉及债务人的戏剧大致有三类。一是注重虚荣和外表、热衷于自

---

① 详见Jean E. Howard, *Theater of a City: The Places of London Comedy 1598—1642*，第42-43页。后文出自该书的引文，将随文标出页码，不再另注。

我展示和炫耀的"浪子"因盲目消费而罪有应得地进了监狱，代表性作品有米德尔顿和德克合写的《咆哮女子》（*The Roaring Girl, or Moll Cut-purse*, 1611），这类城市喜剧意在讽刺和警诫"浪子"所代表的以消费和娱乐为主的新风尚，具有较为明显的教化功能。二是仁慈公正的君主拯救落难人，这类戏剧往往具有怀旧倾向，认为市场处处有陷阱，不愿面对市场风险。三是涉及戏剧性表演及其功效的戏剧，主人公通常靠借贷欺骗等方式硬撑门面，入狱后靠颇有技巧的忏悔表演，成功走出监狱甚至成为人生赢家，代表性作品是琼生等三人合写的《向东去》（*Eastward Ho*, 1605）和库克（John Cooke）的《你也如此》（*Tu Quoque*, 1611）（71-73）。这类戏剧具有元戏剧的性质，侧重表演技巧和机智而非道德说教。此类城市喜剧也折射出监狱系统当时存在的问题：由于公共投入很少，犯人的衣、食、床铺得不到基本保障；看守没有工资，则贪婪而残忍地压榨犯人，甚至有明确的收费表。这些喜剧一方面被看作是"浪子"的"大学"教育，同时也部分地推动了慈善捐助和监狱管理，提醒观众警惕债务经济、信用文化的风险。

第三种地方是妓院及其他性交易场所。涉及这类场所或者性交易的城市喜剧数量较多，如《向西去！》（*Westward Ho*, 1604）、《忠贞的妓女》（*The Honest Whore, Part I*, 1604; *Part II*, 1605）、《荷兰交际花》（*The Dutch Courtesan*, 1604）、《齐普赛的贞洁女郎》（*Chaste Maid in Cheapside*, 1611）等。霍华德感兴趣的是这些"涉娼"喜剧如何体现市场经济、消费风尚、外来人口等，对性别关系、家庭关系、女性贞洁观念和自我意识、道德评判标准等产生的影响和变化。女性的哪些性行为会被认为有违道德规范？偶尔一次婚外性行为，是否可以被认定为"妓女"？可以看出，"妓女"是对行为上超出传统道德规范的女性的统称，并不限于职业的性工作者。

霍华德所采取的研究态度是搁置道德分析，因为剧院并不是一个道德说教场所。她以德克的《忠贞的妓女》为例，引发读者思考妓女从良后受尽浪子丈夫的虐待却默默忍受是否一定值得赞赏，其丈夫甚至怂恿她重操旧业，以便供养他过上绅士的体面生活。霍华德认为，"涉娼"喜剧拷问人们对于"未婚女子、处女、妻子、寡妇、娼妓"等称谓含义的传统区分是否合理（134-135）。作者站在支持女性独立的立场，指出剧作家们在"涉娼"喜剧中，理性客观地再现了性行为准则在商业大潮中的变化，那些善于运用自身资源的女子在剧中最终都会落得个好结局。这些喜剧颠覆了传统文学作品中的严厉死板，代之以充满活力的灵活变通（140）。霍华德指出，作为交易市场上的一员，妓女与普通商户有很多相似之处，尤其是那些站在商店门口或者在柜台边揽客的姑娘，她们都是被商品化的存在（129）。如果说证券交易所这一地理空间以其宏伟稳固象征了伦敦国际贸易的日益壮大，无所不在的妓院则象征市场经济对传统文化界限的侵蚀（121）。霍华德认为，"涉娼"喜剧对观众的认知影响是复杂矛盾的，它们既贬抑妓女，又迫使观众审视以往对女性的传统看法；剧中女性对奢侈生活的追求与性出轨紧密相连，漂亮的异域服饰往往暗示一名女子的堕落，但她们的形象在警示的同时，也会刺激观众的消费欲望。

伦敦西区体现都市风尚的舞厅和礼仪学校是霍华德考察的第四种地方，主要涉及查理一世时期的城市喜剧，其目标观众为伦敦西区的精英阶层，而非伊丽莎白一世时期和詹姆斯一世时期的普通市民。受来自法国的王后以及她所主导的宫廷文化的影响，17世纪20—30年代的伦敦喜剧反映了伦敦成为世界性大都市后，商业资本渴望雅化的愿望，以获得与法国文化与时尚有关的新型文化资本。商人们聘请家教或者上培训学校，努力训练自己的言行举止，以提升自己的社会形象和地位（162-167）。在《舞会》（*The Ball*, 1632）、《海德公园》（*Hyde Park*, 1632）等剧中，剧中人物除了华丽的服饰，还展示了优雅、机智、法语能力、舞厅风姿、击剑和骑术等（当时的"宫廷三艺"为击剑、跳舞、音乐）。从剧作家们根据新的"空间的实在"所构想的喜剧中，观众们看到了时尚和行为规范的参照。

从霍华德的研究可以看出，与前三类城市空间的喜剧类似，这类喜剧也具有相当的复杂性和矛盾性。这类剧中不可或缺的人物是来自法国的舞蹈老师，其略带滑稽的形象集中反映了市民和观众对外来人口的矛盾心理：既羡慕欧洲的高雅时尚，又排斥鄙视这些女性化的外国人和外国文化，认为他们会减损英国人的男性气概并带来毒害英国人的恶习，如酗酒、赌博、嫖娼、无节制的消费等。地理位置以及相关的新社会空间是西区文化的有机组成部分，它既是所谓的时尚高雅之地，也是女性名誉容易遭受质疑之地。

四、结 语

霍华德选取伦敦四种颇具代表性的地方，结合大量"小历史"资料、传统历史资料和戏剧文本等，生动地重建了当时伦敦的社会环境及社会和心理空间，一幅转型变革时期伦敦迷你版的"清明上河图"跃然纸上。从学徒到王公贵族，伦敦各行各业各阶层的观众在剧作家们"构想"的戏剧空间中领悟城市地理空间的变化，并形成一定的"认知"，使一些具体的物理的地方变为容易辨认的重要社会空间和心理空间。从她的研究可以看出，皇家证券交易所等四种具体的地理空间在城市喜剧中的不断出现，具有了一定的意识形态含义，与某些类型的人物和故事紧密相连了。城市喜剧部分满足了观众的娱乐期待，宣泄了部分市民对外来移民的焦虑和排外情绪，揭示了"浪子"文化的虚幻和对底层青年的毒害，阐释了导致女性贞洁观念和自我意识变化的社会原因，也为那些想要提升自己身份自信的伦敦（新）居民提供了模仿对象。

文艺复兴时期的伦敦处于历史的转型变革期，我国改革开放40年来也经历了一个转型变革的时代，尤其是近年来，由于综合国力大幅度提升，城市化进程加快，与国际社会的交流日益频繁，国内外移民显著增多，一些大城市居民的心理也在发生变化，商品拜物教现象、诚信危机等对传统道德规范的冲击，都是我们社会正面临的问题。霍华德的研究对戏剧在城市共同体的意识形态建构过程中所发挥的作用，以及对我们理解目前社会的重构、国际化、身份焦虑等均有较大的现实借鉴意义，对我国戏剧研究尤其是城市喜剧的研究和创作也必将有所启发。

引用文献【Works Cited】

Greenblatt, Stephen. *The Greenblatt Reader*. Ed. Michael Payne. Malden: Blackwell Publishing, 2005.

Harkness, Deborah, and Jean E. Howard, eds. *The Places and Spaces of Early Modern London*. Special issue, *Huntington Library Quarterly* 71. Berkeley: U of California P, 2008.

Howard, Jean E. *Theater of a City: The Places of London Comedy 1598—1642*. Philadelphia: U of Pennsylvania P, 2007.

Williams, Raymond. *Marxism and Literature*. Oxford: Oxford UP, 1977.

傅洁琳. 《格林布拉特新历史主义与文化诗学研究》. 山东大学博士论文, 2008.

何雪松. 《社会理论的空间转向》. 《社会》, 2006（2）: 34-48。

迈克·克朗. 《文化地理学》. 杨淑华, 宋慧敏, 译. 南京: 南京大学出版社, 2005.

（特邀编辑：郝田虎）

英国文艺复兴诗歌翻译的等值效应原则

——以胡家峦译《斯宾塞诗歌选集》为例

刘立辉

内容提要： 文学翻译应该遵循等值效应原则。英国文艺复兴时期诗人斯宾塞的诗歌思想深刻，形式工整富于乐感，语言古奥精深，很难译成等值的中文。胡家峦教授以汉语特有的顿（音组）、韵式、叠字、叠韵等翻译手段呈现《爱情小诗》和《祝婚曲》的诗体结构和音韵特征，并以"译者前言"和译本注释的方式解释原诗的主题意义，很好地践行了文学翻译的等值效应原则。《斯宾塞诗歌选集》体现出来的翻译原则为英语或者其他语种的格律诗汉译提供了示范。

关键词： 英国文艺复兴；诗歌；翻译；等值；埃德蒙·斯宾塞

基金项目： 中央高校基本科研业务费专项资金资助"欧美文学的前沿性研究"（项目批准号：SWU1709121），项目主持人：刘立辉。

作者简介： 刘立辉，西南大学外国语学院、外国语言学与外语教育研究中心教授，博士生导师。

Title: The Principle of Equivalent Effect in Translating English Renaissance Poetry: A Case Study of the Chinese Version of Edmund Spenser's *Amoretti and Epithalamion* by Hu Jialuan

Abstract: Literary translation should follow the principle of equivalent effect. The English Renaissance poet Edmund Spenser's poetry, characteristic of multi-layered implications, rhythmic and orderly form, profound and often archaic diction, is hard to be put equivalently into Chinese. Professor Hu Jialuan adopted various effective means, such as sound groups or pauses in the natural flow of Chinese metrical language, the Chinese pattern of the rhyme scheme, Die Zi and Die Yun, etc., to render the metrical and rhyme patterns of *Amoretti and Epithalamion* into Chinese. Furthermore, the Translator's Preface and the footnotes also help to convey what the original implies. Hu's Chinese version of Spenser has successfully implemented the principle of equivalent effect and can serve as an example for translating the metrical and rhymed verse in English or any other language into Chinese.

Key words: English Renaissance, poetry, translation, equivalence, Edmund Spenser
Author: Liu Lihui is a professor and doctoral supervisor at the School of Foreign Studies and Foreign Linguistics and Foreign Languages Education Research Center, Southwest University. Email: liulihui99@163.com

　　英国 16、17 世纪文学群星璀璨，有三颗星辰格外闪亮和耀眼，那就是斯宾塞、莎士比亚、弥尔顿。在中国，莎士比亚可以说是家喻户晓，弥尔顿也享有很高的知名度，但了解斯宾塞的人恐怕就没有那么多了，其重要原因是斯宾塞的主要诗歌作品迟迟未有汉语译本问世。汉语译本迟到的原因恐怕主要有两点。一是斯宾塞诗歌作品的语言难度较大，不仅夹杂着大量的中古英语，而且措辞意蕴丰富，没有扎实的语言功力只能望文兴叹。二是斯宾塞作品的题材比较小众化，不像圣经题材和莎士比亚戏剧题材那样大众化。虽如此，斯宾塞诗歌显示出了高超的语言艺术，以特定的艺术形式展现了英格兰的丰厚历史文化和伊丽莎白一世时代英国的广阔社会画面。因此，长期以来，欧美学界对斯宾塞研究热情不减，不仅成立有国际"斯宾塞学会"，而且还出版有《斯宾塞研究》年刊，以及介绍世界各地最新研究成果的《斯宾塞评论》。可以说，斯宾塞研究在欧美学界虽算不上显学，但却是一种常青藤的学问，比起昙花一现的显学更有意义。

　　改革开放以来，中国的斯宾塞研究取得了可喜的成绩，除了有学术专著出版和学术论文发表外，斯宾塞主要诗歌的汉语译本也陆续问世。1992 年，曹明伦教授翻译出版了《小爱神：斯宾塞十四行诗集》（安徽文

艺出版社）。2018 年，胡家峦教授将历经多年心血的翻译成果《爱情小诗》
和《祝婚曲》付梓出版。胡家峦教授是中国目前在斯宾塞研究上用力最
深的学者，早在 1997 年，他翻译出版了《斯宾塞诗选》，选译了《牧人
月历》《爱情小诗》《仙后》的部分内容，并完整地翻译了《祝婚曲》和
《迎婚曲》两首长诗。这次作为浙江大学"中华译学馆·中世纪与文艺复
兴译丛"的开山之作，《斯宾塞诗歌选集》不仅完整地翻译了《爱情小诗》
的 89 首十四行诗歌，而且还原了 1595 年的出版原貌，将《爱情小诗》
和《祝婚曲》置放在一起，翻译了插在两者之间的四首按古希腊抒情
诗人阿那克里翁风格写成的短诗，即后人所称的"阿那克里翁体短诗"
（*Anacreontics*）。

　　斯宾塞诗歌思想深刻，形式工整富于乐感，语言古奥精深，因此翻
译斯宾塞诗歌无疑是一巨大挑战。《斯宾塞诗歌选集》在英汉两种语言之
间卓有成效地执行了等值效应原则，无论在形式和音韵的处理上，还是
在诗歌主题内涵的传递上，较圆满地做到了译入语和源语在风格、意义
等方面的等值传递。

一

　　按照中国现行的诗体归类原则，诗歌大体可分为现代诗和古典诗两
大类，斯宾塞的诗歌无疑属于中国标准下的古典诗歌。如果要把斯宾塞
诗歌等值地翻译成汉语，中国古典诗体的五言诗、七言诗无疑是较为理
想的选择。胡家峦先生也考虑用中国古典诗体翻译斯宾塞诗歌。他曾在
国际斯宾塞学会会刊撰文指出，用五言或者七言诗体翻译篇幅短小的英
语诗歌具有可行性，但如果要把数千行甚至上万行的英语古典诗歌翻译
为五言或者七言汉诗，不仅单调沉闷，而且斯宾塞诗歌的独特形式也将
丧失殆尽（Hu, 140-141）。但是，如果将有严格音步和韵脚的英语诗歌翻
译成汉语自由诗体，则完全去掉了原诗本身具有的美丽镣铐，无法呈现
原诗的形式美。为了能在汉语译文中体现斯宾塞诗歌的形式美和音韵美，
胡家峦先生从屠岸先生的莎士比亚十四行诗歌的翻译实践中受到启发，
较为完美地呈现了斯宾塞诗歌的音步和韵律特征。屠岸先生曾说，"莎士

比亚十四行诗每行的节律为轻重格五音步，译文即以汉语五顿（每顿包含一个重读）来体现"（莎士比亚，xvii）。胡家峦认为，屠岸所言的顿可以称为"音组"（sound group），根据汉语的表达习惯，一个音组大多为两个或者三个汉字组成，英诗中的抑扬格、扬抑格、抑抑扬格、扬抑抑格等都可以处理为一个音组，甚至有的英语姓名的汉译都能用音组进行处理（Hu, 141-143）。例如，《仙后》中的 the Redcross Knight 按两个音组翻译为"红十字｜骑士"，Fradubio 译为"弗拉｜杜比奥"。如果每个音组按照 2 个至 3 个汉字计算，一个抑扬格五音步英语诗行则可由五个音组组成，包含 10 个至 15 个汉字的诗句。一个亚历山大诗行则译为由六个音组组成，包含 12 个至 18 个汉字的诗句。例如：

> A Gentle Knight was pricking on the plaine,
> Yclad in mightie armes and siluer shielde,
> …
> Full iolly knight he seemd, and faire did sitt,
> As one for knightly giusts and fierce encounters fitt.
>
> (Spenser, *The Faerie Queene*, 31)

> 有一位｜高贵的｜骑士｜驱马｜在平原，
> 全副｜武装，｜银质的｜盾牌｜手中持，
> ……
> 那骑士｜英姿｜飒爽，｜端坐｜在马背，
> 适合于｜激烈的｜战斗｜和骑士的｜比武｜大会。
>
> （斯宾塞，《斯宾塞诗选》，140）

这里摘录的前三行为抑扬格五音步，最后一行则是亚历山大诗行（抑扬格六音步）。译文则分别处理为五个音组和六个音组，再辅之以与原诗相对应的韵脚，汉语译本较为完美地实现了与原诗在形式美上的等值效应。

这次出版的《斯宾塞诗歌选集》很好地执行了以顿为本的音组翻译

原则。这里仅摘取数个诗行为例，便可窥见一斑。

SONNET. XXV.

HOW long shall this lyke dying lyfe endure,

    and know no end of her owne mysery:

    but wast and weare away in termes vnsure,

    twixt feare and hope depending doubtfully.

Yet better were attonce to let me die,

    and shew the last ensample of your pride:

    then to torment me thus with cruelty,

    to proue your powre, which I too wel haue tride.

Yet if in your hardned brest ye hide,

    a close intent at last to shew me grace:

    then all the woes and wrecks which I abide,

    as meanes of blisse I gladly wil embrace.

And wish that more and greater they might be,

    that greater meede at last may turne to mee.

要持续多久啊，这死一般的生命，

    不知何时才结束它无穷的苦难：

    难道就只是在不稳的状态下耗尽，

    不定地悬摆在恐惧和希望之间？

即便是让我立刻就身亡气断，

    以作为显示你骄傲的最后实例，

    那也胜过折磨我，残酷万端，

    就为了证明我饱尝的你那种威力。

但如果在你冷酷的心中藏匿

    最终赐我以恩惠的隐秘意图，

    那我就欣然把经受的一切悲戚

和苦难，领会为获取幸福之途。
　　并希望那样的苦难会更大更多，
　　　　以便更大的报偿最终转向我。

　　　　　　　（斯宾塞，《斯宾塞诗歌选集》，60-61）

　　原诗的编排颇具特点，从视觉上体现了英国十四行诗的结构特征，即三个 4 行诗体和一个双韵体。每行皆为抑扬格五音步，韵脚为 abab bcbc cdcd ee。译文每行皆处理为五个音组，每行字数在 11 个到 14 个汉字之间，韵脚也与原诗相对应。这样，译文不仅视觉工整，念起来也音韵优美，译出了原诗的节奏和韵律效果。

YE learned sisters which haue oftentimes
Beene to me ayding, others to adorne:
Whom ye thought worthy of your gracefull rymes,
That euen the greatest did not greatly scorne
To heare theyr names sung in your simple layes,
But joyed in theyr prayse.

博学多识的姐妹啊，你们三番
五次地帮我来为别人添彩增光：
认为他们无愧于优美的诗篇，
甚至伟人们，当他们的英名回荡
在淳朴的曲调里，也会洗耳恭听，
陶醉于那颂赞歌吟。

　　　　　　　（斯宾塞，《斯宾塞诗歌选集》，240-241）

　　这是《祝婚曲》的前六行，其中的前五行为抑扬格五音步，第六行为抑扬格三音步，韵脚为 ababcc。译文在音组和韵脚的安排上都与原诗形成了工整的对应，译本非常传神。
　　文学翻译活动不仅仅是引荐优秀的外国文学作品，而且还会对译入国的文学创作产生影响。卞之琳先生曾说，当译诗"随意处理西方传统的格律诗和现代的自由诗，不加区别，在中国诗界造成了广泛而持久的错觉，误以为西方从古到今写诗都不拘形式，以此借鉴而分行写所谓'诗'，结果并不利于巩固和提高白话'新诗'真正成为中国现代诗主体的地位"（卞之琳，365）。中国新诗已有百余年的历史，其发生语境与外国诗歌的翻译有着紧密的关系，但文体上的成就乏善可陈，其重要原因正如卞之琳先生所言，很多时候，译者对格律诗和自由诗不分青红皂白地译成分行的汉语就万事大吉。译者没有文体自觉，译出的诗自然就无法唤起读者的文体自觉，如果这个读者刚好又是一位作者，阅读自由化的译诗就无助于培养"新诗"创作者的文体自觉。相反，如果汉语译者在翻译外国格律诗时能像《斯宾塞诗歌选集》那样注重文体的等值转换，无疑将对汉语诗歌的创作产生重大的积极影响。

二

如果说音步和韵脚主要构成了诗歌的音律美，追求措辞、节奏、头韵等修辞手段产生的审美效果也是斯宾塞毕生孜孜以求的诗学目标。就形式而言，斯宾塞的诗歌已将英语诗歌推向了新的高度，而且有的成就是后人难以企及的。他在史诗《仙后》中首创独特的"斯宾塞诗节"（Spenserian stanza），每节9行，前8行为抑扬格五音步，第9行为抑扬格六音步（亚历山大诗行），韵式为ababbcbcc。"斯宾塞诗节"对后世诗人彭斯、华兹华斯、拜伦、雪莱、济慈、丁尼生等产生过影响，作为一个词条被《普林斯顿诗歌与诗学百科全书》收录，被誉为"英诗历史上最具原创性的韵律创新之一"（Preminger, 1205）。斯宾塞创作的十四行诗更是因为韵式的复杂精巧而独成一体，被称为"斯宾塞体"十四行诗，其韵式为ababbcbccdcdee，全诗只有五韵，比英式十四行诗体（莎士比亚体）整整少了两韵，其中的b韵和c韵重复达到四次，极富音乐性。可以说，斯宾塞十四行诗在诗艺上已到达炉火纯青的程度，引来无数羡慕者，但因其写作难度大，跟随者极少。

为了尽可能等值地传递斯宾塞诗歌的审美效果，译者必须有丰富的译入语知识结构，在措辞、节奏、音响效果等方面最大限度地传递原诗的风貌，尽力做到形神皆备。胡家峦先生有着深厚的英汉语音律知识功底，这从他对英诗头韵诗句的汉语转换处理中便可见一斑。汉语翻译界大多认为英诗中的头韵几乎是不可译的。胡先生却对此进行了卓有成效的翻译探索，指出可以充分利用汉语表达中的叠字、双声、模拟等手段最大限度地呈现英诗头韵的音韵效果，并以斯宾塞《仙后》的诗节作为例子以显示这种翻译策略的有效性（Hu, 147-148）：

> The joyous birdes shrouded in chearefull shade,
>
> > Their notes unto the voice attempred sweet,
> >
> > Th'Angelicall soft trembling voice made
> >
> > To th'instruments divine respondence meet:
>
> The silver sounding instruments did meet
>
> > With the base murmure of the waters fall:
> >
> > The waters fall with difference discreet,
> >
> > Now soft, now loud, unto the wind did call:
>
> The gentle warbling wind low answered to all.

> > > > (Spenser, *The Faerie Queene*, 282)

> 快活的禽鸟隐藏在欢乐的林荫间，
>
> > 她们的鸣啭与人声甜美协调：
> >
> > 天使般的人声发出微微的震颤，
> >
> > 与那神妙的管弦声和谐合调：
>
> 银铃一般响亮的管弦声飞飘，
>
> > 溶进流水的一片潺潺的低吟：
> >
> > 潺潺的流水恰当地变换音调，
> >
> > 时高时低地把那风儿召引：
>
> 阵阵的清风向一切发出低低的回音。

> > > > （斯宾塞，《斯宾塞诗选》，274）

原诗中的音素 sh, s, d, w 在 shrouded, shade, silver, sounding, difference, discreet, warbling, wind 等单词中得以重复，形成一种人类、禽鸟、流水、清风、乐器等各自以独特的声音参与而形成的美妙音乐。译诗通过"林荫""微微""管弦""响亮""潺潺""变换""阵阵""低低"等叠字、叠韵、模拟等方式，最大限度地呈现了原诗的音乐效果。

《祝婚曲》第 20 诗节描写新婚夜晚的静与动，其中前 11 诗行是：

But let stil Silence trew night watches keepe,

That sacred peace may in assurance rayne,

And tymely sleep, when it is tyme to sleepe,

May poure his limbs forth on your pleasant playne,

The whiles an hundred little winged loues,

Like diuers fethered doues,

Shall fly and flutter round about your bed,

And in the secret darke, that none reproues,

Their prety stealthes shal worke, and snares shal spread

To filch away sweet snatches of delight,

Conceald through couert night.

但是，请让寂静来忠实地守夜，

以使神圣的安宁能自信地统治，

适时的睡眠，也能在睡眠的时节，

在你的快乐平原上舒展四肢。

这时，一百个长着翅膀的丘比特，

像羽色斑斓的飞鸽，

围绕着你的床榻盘旋飞行，

在神秘黑暗中，谁也不会来指责，

它们偷偷摸摸地布设陷阱，

为了窃走藏匿在茫茫黑夜里

一片片欢乐的甜蜜。

（斯宾塞，《斯宾塞诗歌选集》，312-313）

原诗使用了头韵手法的词语组合，以体现静中有动、动中有静的新婚洞房花烛夜的幸福生活，例如"stil Silence""fly and flutter""stealthes shal worke, and snares shal spread""sweet snatches of delight"。译文按照叠韵、叠字等方式将其转换为"寂静""盘旋飞行""偷偷摸摸地布设陷阱""一片片欢乐的甜蜜"，不仅节奏与原文相呼应，而且也极符合汉语的表达习惯，清晰流畅。

这种追求英汉音韵对等效果的翻译笔法，也频繁出现在十四行诗的汉语转换中。这里摘取几例，以飨读者。《爱情小诗》第6首最后两行是：

Then thinke not long in taking little paine,
To knit the knot, that ever shall remaine.

因此，别总是指望不费心血，
就能编织出一个永存的同心结。

（斯宾塞，《斯宾塞诗歌选集》，14-15）

原诗中的"not"和"knot"在读音上形成呼应，译文按"ie"音分别处理为"别"和"结"，语义和音韵效果得到了较好的传递。

《爱情小诗》第14首第11行是"Playnts, prayers, vowes, ruth, sorrow, and dismay"，"s"在词尾、词首、词中得到多次重复，凸显求爱者为了达到成功求爱而使用了多种手段。译文将这行处理为"控告、祈求、乞怜、气馁和悲痛"，中间的三种手段第一个词按"qi"音读出不同的音调，生动地表达了原诗说话者的急迫心理。

《爱情小诗》第18首：

THE rolling wheele that runneth often round.
the hardest steele in tract of time doth teare:

and drizling drops that often doe redound,

the firmest flint doth in continuance weare.

滚动的轮子团团地旋转不息，

久而久之，会碾断最硬的钢板：

涓涓细雨洒落，常满处流溢，

终会把最硬的燧石磨损磨穿。

（斯宾塞，《斯宾塞诗歌选集》，40-41）

第 1 行出现 rolling, runneth, round 三个头韵词修饰轮子，而且 rolling 还有拟声效果，译文使用叠字词组"团团"、叠韵词语"旋转"，而且"团团"与"旋转"也构成叠韵，有力地传送了原诗的音韵效果。第 2 行中的 time 和 teare 构成很美妙的头韵手法，译文用蕴含时间意义的"久而久之"，并配以叠韵词语"碾断"来表现时间的强大摧毁力量。第 3 行用包含一个叠字词语的"涓涓细雨洒落"来对应原诗行中的头韵表达"drizling drops"，显得非常传神。

《爱情小诗》第 52 首描写离开爱人后的忧伤，其中有这样三行诗：

to sorrow and to solitary paine:

from presence of my dearest deare exylde

longwhile alone in languor to remaine.

深陷于忧伤，深陷于痛苦的孤寂：

从我最心爱的人儿身边流放，

久久地孤身一人，惨惨戚戚。

（斯宾塞，《斯宾塞诗歌选集》，124-125）

摘录中的第 1 行中的 to sorrow 和 to solitary 不仅重复了 to，而且有头韵，译诗两次使用"深陷于"，诵读起来舒缓沉重。第 3 行的译文通过

"久久地""惨惨戚戚"来对应 longwhile、alone 和 languor 构成的痛楚之声，也非常贴切。

三

文学作品翻译应尽量追求音、形、意方面的等值效应，做到形似和神似的统一，最大限度地传递原诗的诗意。上节讨论的两点主要涉及的是音、形两个方面的等值效应问题，对"意"方面的内容较少涉及。本节所谓的"意"主要指诗歌的内涵意义。要较好地传递诗歌的内涵意义，译者首先应当是一个研究者或者专业读者，对原著的思想内涵有较为完整和准确的把握，才能将理解和把握的东西传递给译入语的读者，读者根据基本的信息再做出自己的解读和判断。作为文艺复兴时期的诗人，斯宾塞精通多门语言，广泛涉猎古希腊罗马文化、欧洲大陆文学、英格兰文学和历史等多学科知识，其诗歌的思想包容量很大，要把诗人博大的思想尽量呈现给译入语的读者，确实需要深厚的研究功力。

胡家峦先生是国内在英国 16、17 世纪文学研究方面深耕多年的著名学者，并以诗歌研究见长，出版有多部英美诗歌研究专著、编著和译著。本该过着颐养天年的休闲日子，但他不顾体弱多病的身子，在斯宾塞研究方面勤耕不辍，经他翻译的斯宾塞诗歌，原诗的内涵意义得到了有效的等值呈现。他主要采用注释和导读的方式帮助读者理解原诗的内涵意义。

《斯宾塞诗歌选集》提供了较为丰富的注释，这些注释信息要么来自斯宾塞诗集的不同版本的注释，要么来自欧美学界的相关研究成果，要么是译者自己的独到理解。例如，《爱情小诗》第 74 首是一首有关私密主题的诗歌，抒发诗人对自己的母亲、女王，以及眼下恋人的赞美，三位女性都名叫"伊丽莎白"，诗歌第 1—3 行分别是"按技术常规制作的最幸福的字母，/首先表明了那个幸福的名字；/它使我感到三重三倍的幸福"。译本对其中的两行进行了注释："'那个幸福的名字'指'伊丽莎白'这个名字。斯宾塞借此歌颂'三位伊丽莎白'（three Elizabeths，第 13 行），即他的母亲伊丽莎白·斯宾塞（Elizabeth Spenser）、他的爱人伊丽莎白·博伊尔（Elizabeth Boyle）和伊丽莎白女王（Queen Elizabeth）"；"'三重三

倍’等于 9，与伊丽莎白的英语原文 Elizabeth 的字母数相等"（斯宾塞，
《斯宾塞诗歌选集》，183）。西方传统宇宙论认为数是宇宙的本质和属性，
斯宾塞对西方传统宇宙论非常熟悉，喜欢使用数字和几何来表达主题意
义。如果中国读者不了解这个诗学传统，就会感到迷惑不解。通过阅读注
释，读者不仅可以知晓诗歌本身的含义，而且还能感知诗人的家国情怀。
笔者手头的三种斯宾塞诗集，要么只解释了"三重三倍"的含义（Spenser,
Edmund Spenser's Poetry, 617, no. 4），要么只说与"幸福的名字"相关的两
个名字（Spenser, *The Works of Edmund Spenser*, 447），或者只对第 13 行中
的"三位伊丽莎白"给出注释（Spenser, *Shorter Poems of Edmund Spenser*,
645）。不难看出，译者没有完全依赖国外学者的注释，而是根据自己对
整首诗歌的理解和中国普通读者的知识结构，给出了较为全面的注释。

　　《斯宾塞诗歌选集》的"译者前言"对读者理解《爱情小诗》和《祝
婚曲》有很大的帮助。该前言不仅介绍了翻译对象的出版史和批评史，
更从主题上阐释了《爱情小诗》《阿那克里翁体短诗》和《祝婚曲》何以
成为一个不可分割的整体，斯宾塞为何要将它们于 1595 年一起出版。仅
就主题线索而言，这三首组诗是斯宾塞第二次婚姻的个人情感抒写。美
国斯坦福大学格林教授指出，与《牧人月历》和《仙后》相比，涉及私
密题材的《爱情小诗》和《祝婚曲》没有获得斯宾塞研究界的足够重视
和阐释（Greene, 256）。胡先生撰写的"译者前言"没有落墨于斯宾塞的
个人生活故事，在介绍斯宾塞诗歌对英国文学的诗学奉献的同时，着重
从时间主题、意象和比喻的独特性、爱情主题的发展演化等方面对三组
诗歌进行了导读。读者不难发现，贯穿这些主题思想的主线条是西方传
统宇宙论的时间思想，时间又与和谐理想相关，因为只有依靠时间的运
行才能抵达和谐的状态。因为数构成了宇宙的本质，所以《爱情小诗》
和《祝婚曲》都按照时间之数来构建诗歌的发展结构。英国当代著名斯
宾塞研究学者哈德菲尔德指出，《爱情小诗》和《祝婚曲》的时间之数
体现了"宇宙的神圣和谐"，这也使得两首诗在结构上表现出和谐性
（Hadfield, *Edmund Spenser*, 307）。

　　斯宾塞把个人的私人事件上升到宇宙层面的公共叙事，无疑表现了

爱之契约的神圣和伟大，肉体之爱和精神之爱的结合既可使人类繁衍子嗣，又可使灵魂接近光亮透彻的天庭。但是，16 世纪英国作家视文学为参与政治表达的辅助方式（Hadfield, *Shakespeare, Spenser and the Matter of Britain*, 105）。可以说，离开伊丽莎白一世时代的政治语境，斯宾塞的诗歌就会失去充盈的生命气息，就如同没有血肉的干瘪骨架。《仙后》《牧人月历》等作品有着显性的政治表现主题，那么，《爱情小诗》《祝婚曲》是否在私人叙事中也裹挟着某些政治指涉呢？答案是肯定的。前文提及，《爱情小诗》《祝婚曲》的结构是按照时间的运行路线进行构建的，提及的地点很少。但即使这些少数的地点也有较为丰富的政治含义。例如，十四行诗第 75 首说："有一天，我把她名字写在沙滩，/但海浪来了，把那个名字冲跑；/我用手再一次把它写了一遍，/但潮水来了，把我的辛苦又吞掉。"（斯宾塞，《斯宾塞诗歌选集》，187）据学者考证，这里的沙滩极可能是爱尔兰南部的约尔沙滩（Youghal strand），这个地点的地貌特征与《祝婚曲》第 37—40 行形成呼应，说明斯宾塞是在约尔市遇见年轻的伊丽莎白女士，也是在那里与她成婚的（Hadfield, *Edmund Spenser*, 308-309）。斯宾塞夫妇将作为英格兰人居住和生活在爱尔兰，爱尔兰将成为他们的家。斯宾塞虽然认为爱尔兰人是一个落后、野蛮的民族，但作为一个长期离开故土的殖民者，斯宾塞本人的身份认同却有其复杂性的一面，这复杂的情感流露在对特定的爱尔兰地点的描写上。《斯宾塞诗歌选集》在"译者前言"中简单地提及了诗歌中的爱尔兰背景，专业读者自然不会放过这些细节，如果能在诗歌译文中以注释的方式说明相关地点，普通读者也许能获得更多的专业信息，等值效应兴许更为凸显。

艾略特曾说："言说之后，词语归于沉寂。/只有依靠形式，依靠范式，/词语或音乐才能抵达静止。"（Eliot, 175）这里所谓的"静止"（the stillness）是指一种充满意义和生命的永恒状态。斯宾塞的诗歌以特定的艺术形式获得了永恒，胡家峦先生穷数年之功力，殚精竭虑，把斯宾塞诗歌以最大的等值效应呈现给中国读者，斯宾塞的诗歌以汉诗的艺术形式获得了充满生命意义的永恒，此乃英语诗歌和汉语翻译文学的幸事。

引用文献【Works Cited】

Eliot, T. S. *The Complete Poems and Plays*. London: Faber and Faber, 1969.

Greene, Roland. "*Amoretti* and *Epithalamion*." *The Oxford Handbook of Edmund Spenser*. Ed. Richard A. McCabe. Oxford: Oxford UP, 2010

Hadfield, Andrew. *Shakespeare, Spenser and the Matter of Britain*. New York: Palgrave Macmillan, 2004.

---. *Edmund Spenser: A Life*. Oxford: Oxford UP, 2012.

Hu, Jialuan. "Spenser in Chinese Translation." *Spenser Studies: A Renaissance Poetry Annual*, Vol. XVI. New York: AMS Press, 2002. 139-149.

Preminger, Alex, et al., eds. *The New Princeton Encyclopedia of Poetry and Poetics*. New York: MJF Books, 1993.

Spenser, Edmund. *The Works of Edmund Spenser: A Variorum Edition*. The Minor Poems, Vol. 2. Ed. Edwin Greenlaw, et al. Baltimore: Johns Hopkins P, 1947.

---. *Shorter Poems of Edmund Spenser*. Ed. William A. Oram, et al. New Haven: Yale UP, 1989.

---. *Edmund Spenser's Poetry*. Ed. Hugh Maclean and Anne Lake Prescott. New York: W. W. Norton & Company, 1993.

---. *The Faerie Queene*. Ed. A. C. Hamilton. London: Pearson, 2007.

卞之琳. 《人与诗：忆旧说新》. 合肥：安徽教育出版社，2007.

莎士比亚. 《十四行诗一百首》，屠岸，编译. 北京：中国对外翻译出版公司，1992.

斯宾塞. 《斯宾塞诗选》. 胡家峦，译. 桂林：漓江出版社，1997.

---. 《斯宾塞诗歌选集：十四行组诗及其他》. 胡家峦，译. 中华译学馆·中世纪与文艺复兴译丛，许钧主持，郝田虎主编. 杭州：浙江大学出版社，2018.

（特邀编辑：杨骁）

莎士比亚中国舞台演出研究领域
的一本英文先驱之作

唐仁芳

内容提要：英国华裔学者李如茹的著作《莎士比亚》借鉴帕特里斯·帕维斯的"沙漏"模式，讨论了中国改编莎士比亚过程中的层层"过滤"，检视了这些过滤如何反映中国政治、社会和文化不断变化的事实。作者采纳克利福德·格尔茨解析文化的方法，为读者"深入描绘"了莎士比亚和中国丰富多彩的跨文化交流与交互作用。该研究追溯一百多年来中国表演莎士比亚的历史，以 11 部不同形式的舞台演出为重点案例，表明中国的莎士比亚不仅和莎士比亚戏剧相关，也讲述了关于中国社会和文化的故事。作者对选题的精通，使得这本著作成为莎士比亚中国舞台演出研究领域的一项英文先驱成果。

关键词：莎士比亚舞台演出；中国；过滤；深描

作者简介：唐仁芳，英国赫尔大学汉语言与文化讲师，戏剧学博士，研究领域包括跨文化与比较戏剧研究、莎士比亚、剧场翻译及中国戏剧。

Title: A Pioneering English Monograph on Staging Shakespeare in China

Abstract: The UK-based Chinese scholar Li Ruru's book *Shashibiya,* drawing on Patrice Pavis's "hourglass" model, discusses the multiple levels of "filtering" that any Chinese adaptation of Shakespeare undergoes, and examines how these filters reflect the constantly changing political, social and cultural practices in China. Adopting Clifford Geertz's methodology of the interpretation of cultures, the author provides readers with a "thick description" of intercultural exchanges and reciprocal interaction between Shakespeare and China. Tracing the history of Chinese performances of Shakespeare over the past hundred years, and focusing in detail on eleven productions of different genres, the study demonstrates that Shakespeare in China is as much a story about Chinese society and culture as it is about Shakespeare's plays. The author's intimate knowledge of her subject makes this book a pioneering English monograph in the field of staging Shakespeare in China.

Key words: staging Shakespeare, China, filtering, thick description

Author: Tang Renfang is a Lecturer in Chinese Studies at the University of Hull, UK. She holds a doctor's degree in Drama from the University of Hull. Her research areas include intercultural and comparative theatre studies, Shakespeare, theatre translation and Chinese theatre. Email: renfangtang@163.com

Shashibiya: Staging Shakespeare in China. By Li Ruru. Hong Kong: Hong Kong University Press, 2003. xi + 305 pp.; illustrations.

Li Ruru's *Shashibiya: Staging Shakespeare in China* (2003) is one of the pioneering books on Chinese performances of Shakespeare. *Shashibiya* is a transliteration of Shakespeare's name in Chinese. Li's study traces the history of Shakespeare performances in China over the past hundred years, focusing in detail particularly on eleven productions in mainstream, operatic and experimental forms in the post-1949 era. A successful story-teller, Li manages to tell three stories in the book simultaneously: the political history of China in the twentieth century and its consequences for artists; the reciprocal interaction between Shakespeare and China—the influence of successive waves of Western performance aesthetics and texts on the development of modern Chinese theatre and the impact of different Chinese historical contexts on myriad interpretations of Shakespeare over the last century; and fascinating descriptions of some of the key performances, particularly in the 1980s.

Adopting Geertz's methodology of the interpretation of cultures, Li offers an anthropological "thick description"[①] of modern and contemporary Chinese theatre scenes through case studies of Shakespearean performance. She gives detailed accounts of how Shakespeare's works have been transmitted to theatre audiences in twentieth-century Mainland China. The reception has been divided and variegated, depending on when and where the productions were staged and contemporary political trends over the stretch of a century. Li's effort is not to offer her readers "a linear narrative of the history of Shakespeare performance in China, but to examine how essential meanings may metamorphose when the Western canon is brought onto the Chinese stage" (9). The Geertzian "thick description" strategy enables Li to combine textual resources with interviews and firsthand observations. At the same time, she provides valuable historical, political, and artistic background that greatly assists the reader who is not a China or theatre specialist without disengaging the reader who possesses such expertise. As a result, the productions are situated within their cultural (and intercultural) contexts, and the careers of important Chinese directors such as Jiao Juyin, Hu Weimin, Lin Zhaohua, and Lei Guohua are examined in light of the particular political and economic pressures that they each confronted. As Li herself maintains, "Shakespeare in China is as much a story about China as it is about Shakespeare" (223).

When a Shakespeare play is adapted and put on the Chinese stage, it inevitably undergoes several levels of the "filter" process (Pavis, 1992):

---

① In anthropology and other fields, a thick description of human behavior is one that explains not just the behavior, but its context as well, so that the behavior becomes meaningful to an outsider. The term was used by anthropologist Clifford Geertz in his *The Interpretation of Cultures* (1973) to describe his own method of doing ethnography (5-6, 9-10). Since then, the term and the methodology it represents have gained currency in social sciences and beyond. Today, "thick description" is used in a variety of fields. It can be used for any analysis that relies upon detailed descriptive elements. Therefore, it is often used in performance analysis.

translator, adapter, director, performers, etc. During this process, some things are filtered out, some kept and some introduced. Drawing on Patrice Pavis's "hourglass" model[①] for the filtering of both foreign and local cultures in intercultural performance, Li's book opens a new vista for the study of Chinese theatre through her vivid account of the multiple levels of filtering that created Chinese Shakespeare. She offers continual analyses of the political, cultural, and artistic forces that filter the plays in their passage to the Chinese stage, including discussions of the influence of Marx's and Engels's comments on Shakespeare, early Soviet workshops in the Stanislavski method, and the specifics of traditional Chinese theatrical conventions (such as those of Beijing Opera, or *jingju*, and less familiar regional forms such as *kunju* and *yueju*).

The book weaves together non-linear "thick descriptions" of eleven distinct productions between 1957 and 1994 (primarily of *Hamlet*, *Othello*, *Macbeth*, and *Much Ado About Nothing*, several of which enjoyed subsequent revivals). These case studies are organized generically into two main genres known as *huaju* (spoken drama) and *xiqu* (traditional music theatre). Li then groups these plays aesthetically, arranging the chapters according to their creators' intentions and approaches (indicated by chapter headings such as "Orthodox Presentations in Chinese Eyes," "Rebels against the Classics," and "Keeping Shakespeare in the 'Original Sauce'") rather than chronologically. Each chapter contains analyses of two to three productions that are neatly placed into different sections. The frequent division of the text with subheadings makes for easy navigation as the book darts around in what will probably be completely unfamiliar territory to most readers. Through her detailed re-creation

---

① In *Theatre at the Crossroads of Culture*, Pavis proposes an "hourglass" model where the upper bowl contains the foreign or source culture, and the lower bowl contains the target culture. Intercultural exchange can be likened to the grains in the hourglass flowing from the source culture, through the narrow neck, to the target culture in a linear fashion (4-6).

of these productions that includes biographical material, interviews with directors, writers, and actors, descriptions of sets, costumes, and lighting, audience reactions (including her own), and critical reviews, Li demonstrates that *Shashibiya* does not exemplify "cultural colonialism." Instead, it reflects "negotiation, compromise and balance between the two cultures" (194-196).

Li's central research issue is to explore "how changes in Chinese society have affected the way Shakespeare is presented in China" (5). The book addresses questions such as why the Chinese should concern themselves with Shakespeare while there is a rich legacy of theatre in China, how the Chinese people understand Shakespeare, why most Chinese audiences favor Westernized productions, and why the Chinese are so worried about authenticity and being faithful to Shakespeare's original works. Li argues that the sort of intercultural performance typified by Chinese productions of Shakespeare is not a "dead end," as suggested by such postcolonial theorists as Rustom Bharucha, but is instead a "two way street": "When Shakespeare is performed by Chinese theatre, the latter is certainly affected, but Chinese theatre also contributes to Shakespeare performance and scholarship" (8).

Chapter 1 is a historical overview of Shakespeare in China. As in some other non-English speaking cultures east and west, Shakespeare became known first through the Lambs' 1807 prose *Tales from Shakespeare,* which was translated by Lin Shu into classical Chinese in 1904. Although the first professional Chinese production of Shakespeare took place in 1913 in Shanghai, Shakespeare only really caught on during the 1980s (nearly ninety percent of all Chinese Shakespeare productions were staged after 1979, as shown in "Appendix 1: A Chronology of Shakespeare Performances in China").

In Chapter 2, "Orthodox Presentations in Chinese Eyes," Li analyzes two Soviet-influenced productions—*Much Ado About Nothing* (1957), directed by Soviet director Yevgeniya Konstantinovna Lipkovskaya, and its revivals in 1961 and 1979; and *Macbeth* (1980), directed by Xu Xiaozhong and Li Zibo.

This chapter shows the influence of Soviet experts in the 1950s and their enduring legacy in various *huaju* productions. The two cases illustrate the entry of Soviet art through the Stanislavsky system into the spoken theatre of China in the 1950s and its enormous impact on the Chinese staging of Shakespeare over the following forty years.

Chapter 3, "Rebels Against the Classics," covers the years immediately after 1989, a period of economic liberalization in China. That period in Chinese history, Li laments, saw the gradual dismantling of state-supported theatre and the rise of television. While it meant that theatre was once again "poor," it also guaranteed more freedom of expression. The productions from that period, as exemplified in Li's discussion of *Hamlet* (1989 and 1990 by Lin Zhaohua Workshop, and 1994 by the Beijing People's Art Theatre) and *Othello* (1994 by the Shanghai People's Art Theatre), were much more experimental. The main protagonist in the *huaju* version of *Hamlet* represents the "lonely thinking man" faced with the emerging market economy in the 1990s, while Iago (from *Othello* that was produced in China's post-reform era) becomes a sympathetic character, confused by the kind of jealousy any Chinese might feel when confronted with the fact that some groups of people in the Chinese society have got rich first in the economic reform.

Chapter 4, "The Chinese Faces of Shakespeare," investigates traditional music theatre adaptations: kunju *Macbeth*/*Xie Shouji* (*Blood-Stained Hands*, 1986 by the Shanghai Kunju Company), huangmeixi *Much Ado About Nothing*/*Wushishengfei* (*Looking for Trouble*, 1986 by the Anhui Huangmeixi Company), and yueju *Hamlet*/*Wangzi Fuchou ji* (*Prince's Revenge*, 1994 by the Shanghai Yueju Theatre). These productions sought to quarry Shakespeare as raw materials to create Chinese stories with Chinese characters, using indigenous theatrical conventions. Li is at her best and most appealing when she offers examples that highlight how the characters and plots of Shakespeare's plays are adapted to Chinese cultural codes and the conventions of various traditional music theatre, such as how, in the 1994 *yueju* adaptation of *Hamlet*, Claudius, in his prayer soliloquy, was "obsessed by the fact that he has murdered his own brother and burns incense to beg the ghost not to trouble him any more. He promises that he will mourn his dead brother every day and, moreover, that he will be a good ruler of the country" (153). Being a performer of Beijing Opera and an informed eyewitness on most of the productions that she describes—much of an insider of traditional music theatre, Li supplies the sort of detail that will satisfy both Western and Chinese readers who are interested in Chinese theatre. Her descriptions are most distinctive when she offers her own impressions of performances—even to the point of describing how particular arias were interpreted. When, for example, Macbeth was about to kill Duncan in the 1986 *kunju* adaptation, the actor playing Macbeth sang an aria in which, as Li observes, "he used an extremely quiet voice and a slow pace to sing the word 'glance' [in 'I glance at this Dragon Spring sword']. The lingering whispering sound revealed his hesitation, and made a sharp contrast to the later rising and fast melody" (111-112). The book is full of such delicious observations, which recommend it highly to those interested in transcultural theatre. Coupled with videotaped performances, Li's rich description in this chapter can serve as a guide for general readers to appreciate Chinese traditional music theatre. It also sets a good example for researchers on how to analyze a production of traditional Chinese music theatre adapted from Shakespeare.

Chapter 5, "Keeping Shakespeare in the 'Original Sauce'," looks at two productions (*Twelfth Night*, 1986; *Othello*, 1983, 1986, and 1987) that used traditional Chinese operatic forms like *yueju* and *jingju* respectively, but followed certain spoken drama conventions. These productions attempted to preserve the integrity of the Shakespearean text as much as possible (actors wearing Western costumes and approaching the lines with the attentiveness of the *huaju* idiom), but also sought to tap the expressive potential of the conventions of traditional performance. This method of presenting Shakespeare in the Chinese indigenous theatre attempted to create a nether space between the "original play" and the "target culture," but the performances were often controversial and only partially successful.

Chapter 6, "Another Dimension in Intercultural Shakespeare," reviews an English-language production of *Macbeth* informed by *jingju* aesthetic conventions, by the Leeds University Workshop Theatre (1994), directed by Li's husband, David Jiang (Jiang Weiguo), using British student actors; and a Taiwan/Mainland of China jointly produced *Shamlet*, a parody of *Hamlet*, by the Taiwan Ping Feng Workshop and the Shanghai Modern People's Theatre (1994). Throughout her discussions, Li clearly indicates that "in China Shakespeare has often been called into service in the attempts to create new theatrical forms, or to extend existing genres and explore new artistic methods" (223). While voicing her opinions about such intercultural experiments, Li asserts that the Sino-British collaboration was a successful attempt at reconciling two very different approaches not only to Shakespeare but to theatre as such, but she regrets the failure of *Shamlet* on account of its strained efforts to go beyond both a Western-style staging and Chinese traditional theatre by making reference to "contemporary local culture."

In the concluding chapter, "Old Man Sha: Dead or Sleeping," Li encapsulates the status quo of Shakespeare staging in China, saying, "Shakespeare, then, is not dead. But he is in a fitful slumber" (230) in a country swimming in the high tides of radical sociopolitical change. She assumes a "generally pessimistic outlook" because in China today, "Shakespeare productions do not enjoy consistent financial support, nor is the cultural atmosphere receptive to him" (230). She places her hope in universities and theatre academies where a tradition of studying and staging Shakespeare has been kept alive. Li's comments in 2003 seem a bit over pessimistic. The past decade has in fact marked a significant revival in the popularity of *huaju* in China. For instance,

Richard III, a Shakespeare production in Mandarin directed by Wang Xiaoying, was invited to perform at Shakespeare's Globe in 2012 and 2015 and has been received very well by both general audiences and critics. Such events in recent years suggest that Shakespeare has a bright future in China.

Published in 2003, Li's book has shown some limitations compared with the latest research in the area. Although Li employs theoretical models proposed by Clifford Geertz and Patrice Pavis, her theoretical analysis is quite casual and scattered in the book. Li is a theatre scholar at Leeds University who was raised in China and trained in traditional and contemporary theatre techniques. Thus, her ability to evaluate the productions with authority from diverse perspectives is one of the strengths of this book; however, her closeness to the material is sometimes a slight hindrance to scholarly objectivity. Li has chosen Shakespeare productions mostly from the Mainland of China in her case studies, but has not considered more performances from other parts of the Chinese-speaking world such as Hong Kong and Taiwan. Therefore, it is a pity that the book cannot provide readers with a comparative perspective of the uses of Shakespeare in different Chinese communities. Several of the productions she critiques in the book either directly involve her and/or her husband, David Jiang, or include materials and opinions derived from her mother, Li Yuru, and close friends, such as Li Rong. These leanings also seem to have determined her choice of productions to isolate as case studies at the expense of others that might have been included. Since intercultural theatre is the through-line of the book, it is unfortunate that Ying Ruocheng and Toby Robertson's 1981 collaboration on *Measure for Measure* (translated by Ying)[①]

---

① In 1981 in Beijing, Ying Ruocheng co-directed at the People's Art Theatre, with Toby Robertson, *Measure for Measure*. Ying said: "I found I could render Elizabethan English into Chinese, using colloquial Beijing dialect for the ordinary characters and classical Chinese for the great speeches of the Duke, Claudio and Isabella." Ying's version was the first translation of a Shakespeare play translated specifically for the stage.

is not covered in this book.

Still, these concerns do not significantly compromise the otherwise superb research and enlightening narrative that compose the study. Li's book has some unique features, among which the most striking is a strong personal touch in her writing. Readers of the book are well-informed about her family background: she comes from a famous Chinese theatrical family, because her mother, Li Yuru, was a leading *jingju* actress; her stepfather, Cao Yu, was the foremost playwright of modern spoken drama in China, whose translation of *Romeo and Juliet* is discussed in Chapter 1; and her husband David Jiang is a prominent theatre director, whose huangmeixi *Much Ado About Nothing* and English-language *Macbeth* are reviewed respectively in Chapter 4 and Chapter 6. Li also tells many stories that happened in her work and life, like her gathering with friends when she went back to Shanghai, at which she was shocked by her friends' drastic changes and earnest concern about making money. Such narrations sound like anecdotes; however, they are skillfully employed by Li to serve the purpose of depicting a political, economic and social history of China that is intricately linked with the story of staging Shakespeare in China. I must stress that it is the very personal quality of much of the text that makes it so appealing—indeed, she mentions a personal acquaintance or offers a personal observation every few pages—and we should be grateful that we have someone like Li to write such a book for us. Others will undoubtedly write the stage histories of Shakespeare in Taiwan and Hong Kong, and still others will rewrite portions of this stage history in the Mainland of China more analytically, theoretically, and methodically, but few are likely to match Li for the intensely personal quality of the work. Li's writing defies conventional scholarship in that she does not strain after *objectivity* and shows instead striking honesty and directness, and her enthusiasm about her subject is quite contagious.

In all, benefiting from her experience as a participant in modern Chinese history, as an audience member, and as a theatre practitioner, Li's *Shashibiya: Staging Shakespeare in China* is an excellent work of scholarship in the area of intercultural theatre studies. It is an intriguing discussion of the levels of "filtering" that any Shakespeare performance in China undergoes, and a close examination of how these "filters" reflect the constantly changing political, social and cultural practices. Furthermore, Li's intertwining of penetrating accounts of various productions with reflections on their application to theories of intercultural theatre (Patrice Pavis's "hourglass" model in particular) expands the relevance of her project beyond Chinese theatre history and comparative Shakespeare studies. This book joins a growing body of work about the dissemination and production of Shakespeare on a global scale, particularly in terms of transnational and intercultural practices. Balancing history with thought-provoking thick description, it will give readers, in the classroom or the living room, an eminently readable account of Shakespeare's fate in China in the last century.

Works Cited

Geertz, Clifford. *The Interpretation of Cultures*. New York: Basic Books, 1973.

Pavis, Patrice. *Theatre at the Crossroads of Culture*. Trans. Loren Kruger. London: Routledge, 1992.

（特邀编辑：郝田虎、邢锋萍）

追 思

In Memoriam

纪念约翰·伯罗，一位博学儒雅的慈祥长者

沈　弘（浙江大学教授）

约翰·伯罗教授和他的妻子狄安娜·琼斯

2017 年 11 月 13 日，我在"中世纪研究"朋友圈上偶然看到英国著名中世纪研究学者约翰·安东尼·伯罗（John Anthony Burrow）教授不久前去世的消息，心里不禁咯噔了一下。虽说早已有思想准备，但还是觉得这个消息来得太突然了。

在我的职业生涯中，伯罗教授可算是对我影响较大的一位举足轻重的外国学者。1985 年 2 月，我成为北京大学英语系李赋宁先生的博士生，专攻中世纪和文艺复兴英国文学。在广泛涉猎专业书籍的过程中，伯罗

教授的一部新书《中世纪作家和作品》(*Medieval Writers and Their Work: Middle English Literature 1100—1500*)吸引住了我的眼球。这本薄薄的经典论著文笔生动，深入浅出，把原本深奥枯燥的中世纪英国文学背景写得清晰易懂，具有很高的可读性。所以我在读完此书之后，就有一种想要把它译成汉语的强烈冲动，虽然当时还没有想到要出版，只是想要通过翻译来更加深入地了解伯罗教授在这本书中所阐述的一些理论观点。

通过细读此书，我弄清了关于中世纪英国文学，尤其是中古英语文学的一些基本概念。英国早期的一些历史事件给英国的语言、政治、经济和文化带来了一系列意义深远的变化。这些变化也具体反映在英国文学作品的内容和形式上。例如，公元 5 世纪盎格鲁-撒克逊人的入侵使得古英语头韵诗成了 11 世纪前英国文学作品的主流，而 1066 年的诺曼征服则把法语和法国文学的体裁带入了英国，从而使得古英语逐步进化为中古英语，头韵诗也随之演变为分诗节的尾韵诗。作者特别强调指出，中世纪思想家关于文学的概念与现代人有很大区别，因此我们对于中古英语文学作品是不能完全按照现代文学的观念来进行研究的。

在最早的古英语时代，只有极少数的僧侣能够阅读和书写，大部分文学作品都是口头创作的，所以保存下来的作品很少。从大约 12 世纪初起，随着牛津、剑桥等中世纪大学的出现和发展，从事学问研究的僧侣和教会神职人员人数大大超过了古英语时期。同时，世俗社会中的官吏、普通职员、律师和商人越来越依赖于文字工具，制作文本的方式变化也引起了文学创作上的一些根本变革。作者从匿名的开始变为具名的，诗人也开始通过各种文学形式表达自己的个性。中古英语文学中形成了一些独特的文学体裁，例如中古英语的神秘剧和道德剧起源于教会的礼拜仪式，跟古典的悲剧和喜剧概念有根本的不同。该时期的世俗和宗教抒情诗在很大程度上受到了普罗旺斯和法国宫廷优雅爱情诗的影响。在长篇叙事诗的创作中也出现了一种有趣的现象，即作者的视野由广变窄，叙事结构也由松散变得紧凑，并且越来越注意对细节的描写，因此出现了一些像《奥费欧爵士》《珍珠》《高文爵士与绿衣骑士》和《特洛伊勒斯和克丽西德》这样一些精雕细作、形式完美的作品，以及乔叟的《坎特伯雷故事集》这样集大成的综合叙事体裁。

此书还着重讨论了理解中古英语文学作品的正确方法，即如何了解现代人所不熟悉的中世纪寓意程式。伯罗把中古英语作品的寓意程式归纳为"讽喻"和"例证"这两种基本形式。例证法把事实或事件当作阐述某一普遍真理的范例，而讽喻法则把事实或事件看作代表某一真理或其他事件的隐喻。作品中的讽喻需要读者来进行释意，而例证却需要作者来进行归纳。伯罗从文学作品中引用了大量的例子来说明上述理论，其论证的翔实和精当曾令许多挑剔的评论家拍案叫绝。

然而正是伯罗的旁征博引，大大增加了翻译此书的难度。由于伯罗所引用的大都是中古英语的诗歌作品，所以译者往往会因为遇到了一段难译的引文而使得全书的翻译陷于停顿。这件事也促使我后来下了决心，要在苦学古英语和中古英语，以及细读中世纪英语文学作品的同时，先把中古英语的一些主要诗歌作品译成汉语，然后再回过头来翻译像《中世纪作家和作品》这样的一些学术论著。回顾 30 多年前这一段曲折的经历，我很庆幸自己当时做了一个正确的选择。正是因为有了这样一种相对扎实的前期准备，才有了后来一系列的学术成果，我不仅顺利完成了自己的博士论文，还连续获得了"古英语研究""中古英语文学研究"和"弥尔顿研究"等国家和教育部的人文社科项目。

由于有了国家项目的支持，我的《中世纪作家和作品》中译本文稿于 2000 年前后被北京大学出版社列入了出版计划，但是出版社要求我自己跟作者本人联系，以解决版权问题。于是我便开始了跟约翰·伯罗教授的通信联系。我在去信中介绍了自己的求学过程，包括 1988 年 5 月至 1989 年 5 月期间作为北大-牛津联合培养博士生在牛津大学埃德蒙厅学院跟布鲁斯·米切尔（Bruce Mitchell）博士学习古英语的经历，以及我为什么想要翻译和出版《中世纪作家和作品》中译本的理由。伯罗教授似乎完全没有大学者的架子，他很快就给我回信，欣然同意由我作为他这本书的译者，并且告诉我，他会就此事跟牛津大学出版社打招呼。他要求北京大学出版社尽快跟对方直接取得联系，同时还告诉我，1997 年他出版了该书的一个修订本，并将样书也寄给了我。于是，我根据这个修订本对我原来的译文进行了全面的修改和补译。与此同时，北大出版社也顺利获得了该书中译本的版权。

2002 年，我得到了一个申请王宽诚英国学术院奖学金（British Academy K. C. Wong Fellowship）的机会。按照要求，申请人必须首先获得一位英国学者作为赞助者的邀请。我便给伯罗教授写信，申请到他所在的英国布里斯托大学英语系和中世纪研究中心做为期五个月的短期研究。伯罗当时刚从布里斯托大学英语系讲座教授和中世纪研究中心主任的职位上退休，但他仍然是英国学术院院士和"早期英语文本学会"的名誉主席。于是他和他年轻的继任者、中世纪研究中心主任艾德·帕特（Ad Putter）博士便同时成了我在布里斯托大学的赞助者和导师。

我和妻子是在 2003 年 2 月 1 日，即春节那一天，离开北京，飞往英国的。当时的北京正笼罩在非典疫情的阴霾之下，而布里斯托则阳光灿烂，草坪无垠，绿树成荫，呈现出一派世外桃源的情景。已经年满 70 岁的伯罗教授热情地带我参观英语系的大楼和学校图书馆。因为他的功劳，布里斯托大学图书馆以有关中古英语文学的书籍收藏特别齐全而著称。在我的印象里，那儿跟中古英语文学相关的书籍收藏甚至比牛津大学和哈佛大学的图书馆还要更加详备。

约翰·伯罗教授有一份堪称辉煌的履历：他出生于 1932 年，20 岁时上了牛津大学。跟布鲁斯·米切尔博士一样，他也曾经是著名牛津学者托尔金（J. R. R. Tolkien）教授和 C. S. 刘易斯（C. S. Lewis）教授的高足。三年本科毕业后他便当上了伦敦大学国王学院的助教；短短两年后又成了牛津大学英语系的助教。1961—1975 年间，他还在牛津大学耶稣学院当了整整 14 年的研究员。1976 年，他被布里斯托大学高调聘请为英国文学的讲座教授，从此便离开了他所热爱的牛津大学。从那时起，他便长期担任布里斯托大学英语系主任，1990—1993 年间他还兼任了文学院院长。据不完全统计，伯罗教授在其漫长的职业生涯中至少出版了 20 部专业书籍（见附录），而且其中有许多部成了中古英语文学研究领域中的经典之作。

在伯罗教授的亲自指导下，我在布里斯托大学英语系和中世纪研究中心做了为期五个多月的研究工作，同时旁听了几门中古英语文学的研究生课程。伯罗教授虽然已经退休，但仍坚持每个学期跟他的后任艾德·帕特博士一起给研究生开设中古英语文学方面的课程。上课的场面非常温馨：那儿的研究生课程基本上都是在老师的办公室里上的，四周全是满满的书架。选课的往往只有三至五名研究生，而上课的却有一老一少两个大牌的教授，后者在课间休息时还要尽地主之谊，给每位学生倒上一杯咖啡或泡上一杯热茶，还要送上一小碟点心。当老师提及某部作品时，马上就可以转身从书架上取下书来让大家传阅。伯罗教授熟谙中古英语文学作品的文本，讲解起这些作品来如数家珍，不用看书就能说出哪个词出现在书中的哪一页第几行。帕特博士的办公室也就是伯罗教授以前的办公室，书架上的部分参考书也是他留下来的。

伯罗教授和帕特博士一起给三名硕士生上课

除了上课之外，伯罗教授还非常喜欢跟我们聊天，向我们介绍布里斯托当地的风景名胜和中世纪英国文学研究领域的名人轶事。虽然年事已高，但是伯罗教授待人还是非常热情，除了亲自带我去熟悉图书馆和帮我联系各种具体事务外，还多次给我写介绍信，以便我去伦敦英国学术院面见其他学者和去大英图书馆办理阅览证等。他还专门邀请我和妻子周末去他家做客。他的家位于风景秀丽的埃文河边的克利夫顿小镇上，离当地埃文河上建于 19 世纪末，跨越陡峭山峡的那座巨大悬索桥相距不是太远。伯罗教授的妻子狄安娜·琼斯（Diana Wynne Jones）是一位在英国享有盛名的儿童文学作家，她告诉我们，她的一些儿童文学作品当时已经被译成了汉语，并且在中国出版。伯罗夫妇有三个儿子，但都已成家立业，住在外地，只有逢年过节才会回来看望父母。其中小儿子科林·伯罗（Colin Burrow）继承了父亲的衣钵，也成了英国文学研究领域的一名后起之秀。当时他还在剑桥大学英语系任教，但自从 2006 年起，他已被聘为牛津大学英语系万灵学院的高级研究员和图书馆员。目前他正负责撰写牛津新版英国文学史中有关伊丽莎白时代文学的那一卷断代史。几年前，我原来在北大的一位学生廖运刚去牛津访学时正好去听了科林·伯罗的一门课，我还曾特地请廖运刚代我向他转达对伯罗教授的问候。

有一次在春暖花开的季节，伯罗教授甚至还兴致勃勃地亲自驱车几十英里，带我们去见识 19 世纪初英国浪漫主义诗人华兹华斯和柯尔律治客居英国西部时最喜欢散步的一条山间小径。明媚的阳光照耀在翠绿的林间草地上，环顾周围，随处可见色彩缤纷的无名野花。幽静的山谷里回荡着小鸟悦耳的歌声和伯罗教授爽朗的笑声。这一切都似乎把我们带入了一种浪漫主义诗歌的神秘意境，令我们赏心悦目，心旷神怡，久久难以忘怀。

伯罗夫妇在一个风和日丽的日子里带我们去郊游

附录：伯罗教授出版的专业书籍

Burrow, John Anthony. *A Reading of* Sir Gawain and the Green Knight. London: Routledge & Kegan Paul, 1965.

---, ed. *Geoffrey Chaucer: A Critical Anthology.* Harmondsworth: Penguin, 1969.

---. *Richardian Poetry: Chaucer, Gower, Langland, and the Gawain Poet.* New Haven: Yale UP, 1971.

---, ed. *Sir Gawain and the Green Knight.* Harmondsworth: Penguin, 1972.

---, ed. *English Verse 1300—1500.* London: Longman, 1977.

---. *Medieval Writers and Their Work: Middle English Literature 1100—1500.* Oxford: Oxford UP, 1982; rev. ed., 1997; 2nd ed., 2008.

---. *Essays on Medieval Literature.* Oxford: Clarendon, 1984.

---. *The Ages of Man: A Study in Medieval Writing and Thought.* Oxford: Oxford UP, 1986.

---. *Langland's Fictions.* Oxford: Clarendon, 1993.

---. *Thinking in Poetry: Three Medieval Examples.* London: Birkbeck College, 1993.

---. *Autobiographical Poetry in the Middle Ages: The Case of Thomas Hoccleve.* London: Oxford UP, 1993.

---. *Thomas Hoccleve.* Aldershot: Variorum, 1994.

---. *The Gawain Poets.* Tanistock: Northcote House in Association with the British Council, 2001.

---. *Gestures and Looks in Medieval Narrative.* Cambridge: Cambridge UP, 2002.

---. *Poetry of Praise.* Cambridge: Cambridge UP, 2008.

---. *English Poets in the Late Middle Ages: Chaucer, Langland and Others.* Farnham: Ashgate Variorum, 2012.

Burrow, John Anthony, and Ian P. Wei, eds. *Medieval Futures: Attitudes to the Future in the Middle Ages.* Woodbridge: The Boydell Press, 2000.

Burrow, John Anthony, and Thorlac Turville-Petre. *A Book of Middle English.* Oxford: Blackwell, 1992; 2nd ed., 1996.

---, eds. *Piers Plowman: Th B Version Archetype.* Oxford: Bodleian Library,

2014.

Burrow, John Anthony, et al. *Medieval Alliterative Poetry: Essays in Honour of Thorlac Turville-Petre*. Dublin: Four Courts Press, 2010.

Minnis, A. J., Charlotte C. Morse, and Thorlac Turville-Petre, eds. *Essays on Richardian Literature: In Honour of J. A. Burrow*. Oxford: Clarendon, 1997.

（特邀编辑：郝田虎）

纪念 Carol V. Kaske 教授

厚　朴（浙江大学教授）

Carol V. Kaske 教授在康奈尔大学执教四十年，是知名的中世纪晚期和文艺复兴时期英国文学专家，尤其精于斯宾塞研究和马洛礼研究。2010 年，在西密歇根大学举办的第45届国际中世纪研究大会上，研究斯宾塞的同行推举 Kaske 教授主讲 Kathleen Williams Lecture；在同一次大会上，Kaske 教授的朋友和门生组织了三个专场会议，以彰显其学术和教学的成就。Kaske 教授善良、博学、优雅，我

Carol V. Kaske 教授
（1933—2016）

有幸与她在北大结识，此后在绮色佳三次会面，在纽约见过一次。不幸的是，她已经于 2016 年 6 月 15 日辞世了，享年 83 岁。我很怀念她。

Kaske 教授应邀访问北大时，我在燕园求学，受命陪同教授，因此有缘结识。教授后来在绮色佳跟我讲起燕园里的蝉鸣，cicada，她印象很深。教授还说，韩加明老师告诉她，苦不苦，想想郝田虎，她用英语解释了"苦"和"虎"的韵脚。我作为当事人，当时竟然是头一次知道这种说法！那是1999—2000 年的冬天，我在哥伦比亚大学英文系读博的第一个寒假，Kaske 教授邀请我去康奈尔大学做客，给我寄了几十美元的路费，并让我住在她家里。她请我去餐馆吃饭，记得是家日本餐馆，她儿子 Richard 也参加了。她还开车带我参观了冬日的山林，给我拍了照片，可惜电脑里

没有找到，大概只有纸版的。当时谈论了不少文学话题，包括 Sir Philip Sidney、专著出版等。

后来，2001 年的暑假，我在绮色佳避暑，住了 50 天。其间，Kaske 教授曾开车带我和几名同学出去游玩，以尽地主之谊。2006 年四五月间，我博士论文答辩完成后，和在美访学的韩加明老师一起访问了绮色佳，住在 Kaske 教授家里。这是我和教授第三次在绮色佳会面，他们对康奈尔校友韩老师热情招待，我也跟着沾光。记得在 Kaske 教授家楼下的客厅，我和韩老师浏览了她的丈夫、著名中世纪专家 Robert E. Kaske 教授遗留下来的珍贵藏书，其中包括 Arthur Golding（约 1536—1606）英译的奥维德《变形记》。教授还给我看了她丈夫去世后书商给出的藏书估价单，好像并不很贵的样子，不过那是在 1989 年。

我在哥大求学期间，曾经在系里我的 folder 意外地收到 Kaske 教授留给我的问候卡片，戏称是我的"保护人"，那应该是她到哥大校园哲学楼专门留给我的。还有一次，她来纽约访友，我到她朋友家看她，当时她的朋友讥笑有的人不懂文学，把 *Well Wrought Urn*（《精致的瓮》）这本新批评方面的理论著作误以为是关于手工制作的书。

2006 年 5 月博士毕业后，我回到母校北大任教，此后一直没有回过纽约和纽约州，所以也没有机会与 Kaske 教授再次见面。现在她去世了，我只能以这篇小文纪念她，纪念一位师长、前辈和善良、周到、好客的朋友，就像她曾经撰文纪念李赋宁先生一样。

2010 年的 Carol Kaske 教授

（摄影者：Lindsay France/University Photography）

引用文献【Works Cited】

Kaske, Carol V. "A Reminiscence of Professor Funing Li at Cornell." 北京大学
外国语学院，编．《李赋宁先生纪念文集》．北京：北京大学出版社，
2005. 262-264.

附录：Kaske 教授编著的专业书籍

Vonckx, Carol. "Tendencies toward Realistic Characterization in the Romances of
Chrestien de Troyes." M.A. thesis, Smith College, Northampton, Mass.,
1955. 82 leaves.

Kaske, Carol Margaret Vonckx. "Spenser's *Faerie Queene* and Exegetical Tradition:
Nature, Law and Grace in the Episode of the Nymph's Well." Ph.D. dissertation,
Johns Hopkins University, 1964. 6 preliminary leaves, 6-256 leaves.

Kaske, Carol V. *Spenser and Biblical Poetics*. Ithaca: Cornell UP, 1999.

Kaske, Carol V., and John R Clark, eds. and trans. *Three Books on Life*. By
Marsilio Ficino. Binghamton, N.Y.: Medieval & Renaissance Texts & Studies
in conjunction with the Renaissance Society of America, 1989.

Kaske, Carol V., ed. *The Faerie Queene Book One*. Indianapolis: Hackett Pub.
Co., 2006.

Borris, Kenneth, Jon Quitslund, and Carol Kaske, eds. *Spenser Studies: A
Renaissance Poetry Annual*. Vol. XXIV, special issue, Spenser and Platonism.
New York: AMS Press, 2009.

（特邀编辑：郝田虎）

缅怀著名诗人、翻译家屠岸先生

章　燕（北京师范大学教授）

屠岸先生 20 世纪 80 年代访问莎翁故乡

屠岸先生（1923 年 11 月 22 日—2017 年 12 月 16 日），原名蒋璧厚，江苏省常州市人，中国著名诗人、资深翻译家、文艺评论家、出版家。20 世纪 50 年代至"文革"前，他在中国戏剧家协会工作，先后任《剧本》月刊和《戏剧报》编辑、常务编委，剧协研究室副主任等。20 世纪 70 年代，他奉调至人民文学出版社工作，80 年代，任人民文学出版社总编辑。屠岸先生为中国作家协会全国委员会名誉委员，中国诗歌学会副会长。2001 年他荣获第二届鲁迅文学奖文学翻译奖，2010 年获中国翻译协会"翻译文化终身成就奖"，2011 年获"2011 年中国版权产业风云人物"奖。

屠岸先生自幼家学深厚，受母亲影响热爱诗歌和文学创作，从少年时代起便开始写诗，并于 20 世纪 40 年代起开始诗歌翻译工作，译著和著述丰厚。他的主要译著有惠特曼诗集《鼓声》《莎士比亚十四行诗集》《莎士比亚长篇叙事诗》（与章燕合译）、《济慈诗选》《英国历代诗歌选（上、下卷）》、斯蒂文森诗集《一个孩子的诗园》（与方谷绣合译）等。他的诗歌作品有《萱荫阁诗抄》《屠岸十四行诗》《哑歌人的自白》《深秋有如初春》《夜灯红处课儿诗》等。2016 年出版了《屠岸诗文集》（八卷，人民文学出版社）。

屠岸先生在工作

屠岸先生致力于英语诗歌翻译 70 余载，尤其对莎士比亚十四行诗的翻译倾注了毕生精力。莎士比亚十四行诗从 20 世纪 30 年代起便陆续被译介到中国，但一直没有一部完整的中译本问世。1950 年，由上海文化工作社出版的屠岸译《莎士比亚十四行诗集》成为我国第一部莎士比亚十四行诗中文全译本，在当时产生了较广泛的影响。1962年，屠岸首次登门拜访请教倾慕已久的卞之琳先生，卞先生肯定了他的《莎士比亚十四行诗集》译本，但认为还需修订加工。根据卞之琳先生提出的诗歌翻译应依照神形兼备的原则，采用"以顿代步，韵式依原诗，亦步亦趋"的方式进行翻译的主张，屠岸对他翻译的《莎士比亚十四行诗集》进行了全面修订。修订版于1981年出版，卞之琳先生在1982年《译诗艺术的成年》一文中认为新版本更加"谨严、光润"，并把屠岸译作视为"译诗艺术成年"的典例。该译本每首诗译文后都附有一篇"译解"，对该诗的内容和形式加以说明和解释。这种加"译解"的做法，受到冯至先生的肯定和赞赏。自首版之后60余年间，《莎士比亚十四行诗集》陆续被近10家出版社再版，累计印数逾60万册。每一次再版，屠岸先生都要精心修订。目前，该译本已成为我国莎士比亚十四行诗的经典译作，产生了极为广泛的影响，对莎士比亚十四行诗在中国的接受和传播做出了重要贡献。

（特邀编辑：郝田虎）

图书在版编目（CIP）数据

中世纪与文艺复兴研究. 一 / 郝田虎主编. —杭州：
浙江大学出版社，2019.8
ISBN 978-7-308-19445-7

I. ①中… II. ①郝… III. ①中世纪文学—文学研究
—世界 IV. ①I109.3

中国版本图书馆 CIP 数据核字（2019）第 180821 号

中世纪与文艺复兴研究（一）
Medieval and Renaissance Studies（No. 1）
郝田虎 主编

策　　划	张　琛　包灵灵	
责任编辑	张颖琪	
责任校对	陆雅娟	
封面设计	周　灵	
出版发行	浙江大学出版社	
	（杭州天目山路 148 号　邮政编码 310007）	
	（网址：http://www.zjupress.com）	
排　　版	浙江时代出版服务有限公司	
印　　刷	浙江良渚印刷厂	
开　　本	710 mm×1000 mm　1/16	
印　　张	23.25	
字　　数	364 千	
版 印 次	2019 年 8 月第 1 版　2019 年 8 月第 1 次印刷	
书　　号	ISBN 978-7-308-19445-7	
定　　价	78.00 元